KB231579

휴먼 스테인 1

이 도서의 국립중앙도서관 출판시도서목록(CIP)은
서지정보유통지원시스템 홈페이지(http://seoji.nl.go.kr)와
국가자료종합목록 구축시스템(http://kolis-net.nl.go.kr)에서 이용하실 수 있습니다.
(CIP제어번호: CIP2009003155)

세계문학전집
019

Philip Roth : The Human Stain

휴먼 스테인 1

필립 로스 장편소설

박범수 옮김

문학동네

R. M.에게

일러두기

1. 주석은 모두 옮긴이주이다.
2. 본문 중 고딕체는 원서에서 이탤릭체나 대문자로 강조한 부분이다.

차례

오이디푸스: 그 정화의식이라는 게 어떤 거란 말씀인가? 어떻
게 해서 깨끗하게 하란 말씀인가?
크레온: 한 사람을 추방하거나 아니면 피를 피로 갚으라는 것
입니다……

—소포클레스, 「오이디푸스 왕」

1
모두가 알고 있다

이웃인 콜먼 실크가 일흔한 살 나이에 인근의 아테나 대학에서 청소부로 일하는 서른네 살 된 여자와 그렇고 그런 사이라고 내게 털어놓은 것은 1998년 여름의 일이었다. 이 년 전 은퇴하기 전까지 그는 아테나 대학에서 교수로 이십 년 넘게 고전을 가르치고, 십육 년 넘게 학장을 지낸 인물이었다. 콜먼의 애인이라는 여자는 일주일에 두 번 우체국 청소도 했는데, 우체국이라고는 하지만 1930년대 오클라호마 주를 휩쓴 모래 강풍에 농사를 망치고 떠돌이 신세가 된 농부 가족이 잠시 신세를 졌음직해 보이는 우중충한 빛깔의 비늘판벽 건물에 불과했다. 그 우체국은 이 산골 마을의 상업 중심가인 거리 두 개가 만나는 사거리에서 미국 국기를 휘날리며 주유소와 잡화점 맞은편에 홀로 쓸쓸히 서 있었다.

콜먼은 어느 날 우체국이 문을 닫을 무렵 우편물을 찾으러 들렀다 여자를 처음 보았다. 여자는 우체국 바닥을 대걸레로 닦고 있었다. 호리호리하고 껑충한 키에 통통한 구석이라고는 없었고, 잿빛으로 변해가는 금발은 뒤로 그러모아 하나로 묶었다. 뉴잉글랜드 개척 초기를 견뎌내며 교회의 규율에 따라 부지런히 일했던 부인네들, 당시 지배적인 도덕관에 꼼짝없이 갇혀 순종하며 엄격하게 살았던 식민지 시대 여자들을 연상시키는 용모였다. 여자의 이름은 포니아 팔리. 끝을 알 수 없는 외로움이 여실히 드러나는 무표정하고 강마른 얼굴 이면에 지금껏 견뎌온 고통을 감추고 있는 여자였다. 포니아는 낙농장에 달린 방 하나를 얻어 기거했는데, 방세 대신 젖 짜는 일을 도왔다. 포니아가 받은 정규 교육은 고등학교 2학년까지가 전부였다.

콜먼이 내게 포니아 팔리와 그들의 은밀한 관계에 대해 털어놓았던 그 여름은 시의적절하게도 빌 클린턴의 비밀스러운 사생활이 세상에 낱낱이 치욕적으로 폭로되었던 바로 그 여름이었다. 마지막 한 오라기까지 생생한 사실들, 수치심과 마찬가지로 그 생생함 또한 자극적인 구체적 정보에서 기인한 것이었다. 미스 아메리카로 뽑힌 지 얼마 안 되어 〈펜트하우스〉 과월호에서 누드 사진들이, 그것도 우아하게 두 무릎을 꿇은 포즈나 등을 바닥에 대고 누운 포즈로 찍힌 사진들이 우연히 발견되는 바람에 망신을 당한 젊은 여성이 미스 아메리카 왕관을 포기하고 대신 엄청난 인기를 누리는 대중 스타의 길로 들어섰던 사건 이후 그 여름만큼 온 세간이 들끓은 적은 없었다. 1998년 여름, 뉴잉글랜드에는 열기와 햇볕이 강렬했고, 야구장에서는 흰 피부의 홈런왕과 갈색 피부의 홈런왕이 전설적인 경기를 펼쳤으며, 미국 전역은 경건함과 순수함을 주장하는 목소리로 야단법석이었다. 수컷의 욕구를 주체하지 못한 중년의 혈기 넘치는 대통령과 그에게 홀딱 빠진 뻔뻔한 스물한 살짜리 여직원이 십대들이 주차장에서나 할 만한 짓을 대통령 집무실에서 벌였다는 사실에 테러리즘—공산주의를 밀어내고 그 자리를 차지한 국가 안보의 가장 큰 위협—은 자신의 자리를 내줘야 했다. 그리고 미국에서 가장 오래된 공동체적 열정이자 역사적으로 가장 불온하고 파괴적인 쾌락인, 자기만 성자인 척하는 감정적 도취가 부활했다. 의회와 신문, 방송에서는 자기만 옳다고 주장하며 눈길을 끌어보려는 볼썽사나운 인간들이 남을 욕하고 개탄하고 응징하지 못해 안달이 나서 도처에서 맹렬하게 설교를 늘어놓았다. 그들 모두 오래전 미국이라는 나라가 막 생겨났을 무렵 호손(그는 1860년대에 내가 지금 살고 있는 곳에서 몇 마일 떨어지지 않은 곳에 살았다)이 "박해 풍토"라고 명명했던 계산적인 광분 상태에 있었다. 그들은 행정부를 거세해, 리버만 상원의원이 민망해할 일 없이 열 살짜리 딸과 함께 텔레비전을 시청할 수 있도록 온 세상을 평온하고 안전하게 해줄 엄격한 정화의식을 실행에 옮기지 못해 안달이 나 있었다. 1998년을 겪어보지 않은 사람은 혼자만 성자인 척한다는 것이 무엇인지 모른다. 보수적인 신디케이트* 칼럼니스트 윌리엄 F. 버클리는 대통령의 부정행위—버클리는 다른 글에서 클린턴의 "무절제한 육욕"이라고 썼다—를 두고 "아벨라르가 그런 짓을 했던 시대에는 재발 방지가 가능했다"라고 썼다. 퓔베르 참사회원의 순결한 조카딸 엘로이즈를 유혹해 몰래 결혼한

아벨라르 참사회원에게 퓔베르의 동료 성직자들이 칼을 들어 응징한 12세기 방식이 피를 보지 않는 탄핵 같은 현대의 방식보다 최상의 방지책이 될 수 있다고 암시한 것이다. 살만 루슈디에게 사형을 선고한 호메이니의 파트와*와 달리, 거세라는 징벌로 교정하고자 한 버클리는 자신의 동경 가득한 열망을 실행에 옮기느라 범죄자가 될 누군가에 대한 금전적 보상 같은 것은 전혀 언급하지 않았다. 그럼에도 그 열망은 엄격한 정신에 의한, 그리고 숭고한 이상을 위한 것이라는 측면에서는 아야톨라의 판결 못지않았다.

그해 여름, 미국에는 혐오증이 재발했고, 그 사건에 대한 조크가 끊이지 않았다. 억측과 가설, 과장이 난무했다. 어른들의 삶에 대한 아이들의 환상을 유지시키려 한 나머지 아이들에게 제대로 설명해야 하는 도덕적 의무는 방기되었다. 인간의 옹졸함에 숨이 막힐 것 같았고, 정체 모를 악귀가 온 나라로 퍼져나가면서 이편 저편 할 것 없이 모두 '도대체 우리가 왜 이렇게 광분하는 걸까' 의아해했다. 남녀를 막론하고 아침에 깨어나면, 자신들을 시샘이나 혐오 너머로 데려간 잠 속에서 자신들 또한 어떻게 하면 빌 클린턴처럼 뻔뻔해질 수 있을까 밤새도록 꿈꾸었다는 사실을 기억해내곤 했다. 나 또한 크리스토**의 다다이즘 작품처럼 대형 현수막이 백악관 한쪽 끝에서 다른 쪽 끝까지 감싸듯 드리운 꿈을 꾸었다. 현수막에는 '이 안에도 한 인간이 살고 있을 뿐'이라고 적혀 있었다. 그해 여름은 혼잡함, 혼란, 난잡함이 이 사람

---

* 이슬람에서 종교 지도자가 율법에 따라 종교 문제에 대해 내리는 판결.
** 불가리아 출신의 미국 설치미술가. 주로 수십 마일 길이의 대형 천을 이용해 자연물을 가리거나 변형시킴으로써 풍경을 새롭게 볼 것을 주장했다.

의 이념이나 저 사람의 도덕성보다 더 미묘한 문제라는 사실이 백만번째 증명된 계절이었다. 그해 여름은 대통령의 성기가 모든 사람의 마음을 점령하고, 삶이 그 파렴치한 추잡함으로 다시 한번 미국 전역을 뒤흔들어놓은 계절이었다.

콜먼 실크는 토요일이면 가끔 전화를 걸어, 내가 살고 있는 산 이편에서 그쪽으로 차를 몰고 오라고 청하곤 했다. 저녁식사 후에 음악을 듣거나 1점에 1페니 내기 진러미 게임을 하거나 거실에서 두어 시간 정도 코냑이나 마시면서, 늘 그렇듯 일주일 가운데 가장 견디기 힘든 토요일 밤을 함께 보내자는 것이었다. 1998년 여름 무렵, 콜먼은 이 산골에서 이 년 가까이 혼자 지내고 있었다. 아내 아이리스와 함께 네 아이를 기른 커다란 흰색 비늘판벽 집에서. 자신의 강의를 수강했던 학생 둘에게 인종차별 혐의로 고발당해 대학 당국과 공방을 벌이던 와중에 아내 아이리스가 뇌졸중을 일으켜 돌연 세상을 떠나버린 이후로 줄곧 그렇게 지내온 참이었다.

그때까지 학자로서 생의 대부분을 아테나 대학에서 보낸 콜먼은 사교적이고, 날카로운 지성과 대도시 출신에게서나 찾아볼 수 있는 설득력 있고 매끄러운 말솜씨를 지닌 매력적인 인물이었다. 다소 전사다운 면도 있고, 경영자다운 면도 있는 그는 라틴어와 고대 그리스어를 가르치는 교수라면 전형적으로 보임직한 학자연하는 태도가 좀처럼 없었다(그 점은 콜먼이 젊은 시절 강사였을 때 이단아 취급을 당하면서도 고대 그리스어와 라틴어 회화 클럽을 시작한 것만 봐도 알 수 있다). 번역된 고대 그리스 문학작품을 다루는 그의 훌륭한 개론 강좌—

신Gods, 영웅Heroes, 신화Myth의 머리글자를 따서 GHM이라고 알려져 있었다—는 학생들에게 큰 인기였는데, 콜먼의 태도가 직설적이고 솔직한데다 이론에 치우치지 않고 설득력이 컸기 때문이었다. "여러분은 유럽 문학이 어떻게 시작되었는지 알고 있나요?" 콜먼은 강의 첫 시간에 출석을 부르고 나서 이렇게 묻곤 했다. "바로 불화에서입니다. 유럽 문학 전체가 싸움에서 기원했죠." 그러고는 준비해온 『일리아스』를 집어들고 처음 몇 줄을 죽 읽어내려갔다. "'시의 여신이여, 아킬레우스의 저주를 부르는 분노를 노래하라…… 그리스군 총사령관 아가멤논과 위대한 용사 아킬레우스가 맨 처음 불화하는 장면에서 이야기를 시작해보기로 한다.' 그런데 이 난폭하고도 힘센 두 인물은 무엇을 놓고 불화하는 걸까요? 기본적으로는 술집에서 사내들이 벌이는 싸움과 다를 게 없습니다. 한 여자를 놓고 다투는 것이니까요. 처녀라고 하는 게 더 정확하겠네요. 그녀의 아버지한테서 강탈해온 처녀. 전쟁 와중에 유괴된 처녀지요. '미아 코우리Mia kouri', 이게 이 서사시에서 그 처녀를 묘사하는 말입니다. '미아'라는 낱말은 현대 그리스어에서도 같은 의미를 지니는데 영어의 부정관사 'a'에 해당합니다. '코우리', 즉 '처녀'라는 낱말은 서서히 변화해 현대 그리스어에서 딸이라는 뜻인 '코리kori'가 되었습니다. 자, 아가멤논은 이 처녀를 본처 클리타임네스트라보다 더 좋아합니다. '클리타임네스트라는 이 처녀를 따라올 수 없다.' 아가멤논이 말합니다. '이목구비나 몸매 어느 쪽을 봐도.' 이만하면 왜 아가멤논이 이 처녀를 포기하려 들지 않는지 분명하지 않나요? 이 처녀의 유괴를 둘러싼 정황에 분노해 흉포해진 아폴론을 누그러뜨리기 위해 아킬레우스는 아가멤논에게 처녀를 아버지에게 돌려보내라고 요구하지만 아가멤논은 거부합니다. 아킬레우스가 포상으로 받은 처녀를 자신에게 넘긴다면 그렇게 하겠다고 말합니다. 그러니 아킬레우스의 분노가 다시 폭발할밖에요. 쉽게 격분하는 인물인 아킬레우스는 어떤 작가라도 기꺼이 그려보고 싶어할 법한, 그야말로 폭약같이 아주 쉽게 격발되는 거친 인물입니다. 특히 자신의 위신이나 욕구와 관련된 경우, 전쟁사에서 가장 과민한 살인기계로 변하는 인물이죠. 모두에게 칭송받던 아킬레우스는 자신의 명예에 가해진 모욕 때문에 사람들에게 외면당하고 소외됩니다. 위대한 영웅 아킬레우스는 모욕, 처녀를 빼앗긴 모욕에 대한 분노의 위력으로 스스로를 고립시키고 한때는 그가 영광스러운 보호자였고 그를 절대적으로 필요로 했던 집단에 등을 돌리게 됩니다. 다툼, 그러니까 젊은 처녀, 그리고 처녀의 싱싱한 몸과 성적 강탈에서 얻을 쾌락을 놓고 벌이는 다툼이지요. 바로 여기에서, 좋든 나쁘든 정력가인 용사 군주가 수컷으로서의 권리와 위엄을 이런 식으로 모욕당하는 것에서 위대한 상상력이 넘쳐흐르는 유럽 문학이 시작되었습니다. 이러한 이유로, 삼천 년 가까운 세월이 흐른 오늘 우리가 불화에서 이야기를 시작해보려는 것이며……"

아테나 대학 교수로 임용될 당시 콜먼은 그곳에 재직중인 몇 안 되는 유태인 교수 가운데 하나였는데, 어쩌면 미국 전역을 통틀어 고전학과에서 강의를 맡은 최초의 유태인 교수였을지도 모른다. 몇 년 전만 해도 아테나 대학에 유태인이라곤 세상으로부터 거의 잊힌 단편소설가 E. I. 로노프뿐이었다. 내가 갓 작품을 발표한 신인 작가로 어려움을 겪으며 기성 작가로부터 인정받기 위해 애쓰던 시절, 그를 만나기 위해 한 차례 이곳을 찾았던 기억은 지금도 잊을 수 없다. 콜먼은 또한

1980년대와 1990년대를 통틀어 아테나 대학에서 학장을 지낸 최초이자 유일한 유태인이기도 했다. 1995년 학장직에서 물러난 콜먼은 자신의 이력을 매듭짓기 위해 다시 강의실로 복귀했다. 델핀 루 교수가 담당하고 있던, 고전학과를 흡수한 어문학 협동 과정의 두 강좌를 맡은 것이었다. 학장 시절 콜먼은 야심가인 신임 총장의 전폭적인 지지하에 시대에 뒤처지고 침체되어 꼭 슬리피홀로* 같았던 단과대학을 떠맡았다. 그리고 약간의 우격다짐까지 동원해 수구파 교수진 가운데 무용한 인물들이 알아서 조기 퇴직하도록 적극 권고하고, 의욕이 넘치는 젊은 조교수들을 새로 임용하고, 교과 과정을 혁신해 대학이 교수들의 취미 생활을 위한 주말농장이 되어왔던 상황에 종지부를 찍었다. 만약 콜먼이 별 사건 없이 그의 전성기에 은퇴했다면, 기념논문집이 발간되거나 콜먼 실크 강의 시리즈가 제정되거나 콜먼의 이름을 딴 고전학 연구직이 생겼을지도 모른다. 혹은 이 대학을 20세기에 걸맞게 부흥시키는 데 콜먼이 얼마나 중요한 역할을 했는지 고려한다면, 콜먼이 세상을 뜬 뒤 인문학관 건물이나 심지어 이 대학의 상징인 노스홀을 콜먼을 기리기 위해 개명했을지도 모른다. 그의 인생 대부분을 바친 학계의 좁은 바닥에서 분개의 대상이나 논쟁의 대상이나 심지어 두려움의 대상으로 사라지는 대신 공식적으로 영원히 칭송받았을지도 모른다.

콜먼이 대학과의 모든 인연을 자발적으로 끊게 된 이유이자 스스로를 유죄로 만들어버린 말실수를 한 것은 정교수로 복귀한 후 두번째 학기가 반 정도 지났을 무렵이었다. 그것은 오랜 기간 아테나 대학에

---

* 19세기 미국 작가 워싱턴 어빙의 『스케치북』에 실린 단편 「슬리피홀로의 전설」의 무대인 조용한 시골 마을 그린스버그의 별칭.

서 강의를 하고 대학을 운영하는 동안 쏟아낸 수백만 마디 가운데 그를 유죄로 만든 유일한 한마디였다. 그리고 콜먼이 이해한 바로는, 그 한마디가 아내 아이리스를 죽음으로 몰아간 직접적인 원인이었다.

열네 명의 학생이 수강하는 수업이었다. 콜먼은 처음 몇 강 동안은 학생들 이름을 익히고자 강의 시작 전에 출석을 불렀다. 그런데 학기가 시작된 지 오 주가 다 되도록 출석을 부를 때 대답이 없는 학생이 두 명 있었다. 육 주째에 콜먼은 이런 질문으로 강의를 시작했다. "이 두 학생에 대해 아는 사람 없나요? 이 학생들이 실제로 존재하기는 하나요, 아니면 유령spooks*인가요?"

그날 늦게 자신의 후임자인 새 학장에게 연락을 받은 콜먼은 놀라지 않을 수 없었다. 종적이 묘연했던 두 학생이 공교롭게도 흑인이었는데, 비록 자리에 없었지만 결석한 자신들에 대해 교수가 공개적으로 물으며 사용한 표현을 곧바로 전해 듣고 콜먼을 인종차별 혐의로 대학 당국에 고발했다는 이야기를 들은 것이다. 콜먼은 신임 학장에게 말했다. "나는 두 학생이 유령 같은 존재인가라는 뜻으로 물었던 거요. 그건 뻔한 것 아니오? 두 학생은 그동안 단 한 번도 강의에 출석하지 않았소. 그게 내가 두 학생에 대해 아는 전부라오. 난 spook란 단어를 통례적이고 본래적 의미인 유령 혹은 귀신이라는 뜻으로 썼던 거요. 두 학생의 피부색이 어떤지에 대해서는 전혀 아는 바가 없었소. spook란 단어가 이따금 흑인에게 적용되는 불쾌한 말이라는 사실을 오십 년 전에는 알고 있었겠지만 완전히 잊고 있었지. 그렇지 않다면, 학생들

---

* '유령' '귀신'이란 의미 외에 비속어로 '흑인' '검둥이'라는 뜻도 있다.

이 민감하게 받아들일 수도 있는 말에 극도로 조심하는 내가 그 단어를 사용했을 리 없지 않겠소. 그 단어가 사용된 문맥을 한번 생각해보시오. 이 학생들이 실제로 존재하기는 하나요, 아니면 유령인가요? 인종차별을 했다는 고발은 비논리적이오. 터무니없는 이야기요. 내 동료 교수들도 그 주장이 터무니없다는 것을 알고, 내가 가르치는 학생들도 그 주장이 터무니없다는 것을 알 거요. 여기서 문제는, 유일한 문제는 두 학생이 늘 결석했고, 변명의 여지 없이 노골적으로 학업을 등한시했다는 점이오. 정말 불쾌한 건 그 고발이 단순한 무고가 아니라는 점이오. 그야말로 정말 가관인 무고이지요." 그만하면 전반적으로 변론을 충분히 한 셈이었기 때문에 그 문제는 거기서 종결된 것으로 생각하고 콜먼은 귀가했다.

최근에야 들은 말이지만, 평범한 학장조차 교수진과 대학 고위 운영진 사이에서 한쪽으로 치우치지 않고 일을 해나가려면 어쩔 수 없이 적을 만들게 된다고 한다. 학장 보직을 맡은 교수는 일반 교수들이 당연한 권리로 여기는 급료 인상, 모두가 탐내는 편리한 주차구역, 좀더 넓은 연구실 배정 같은 요구를 언제나 다 허가해줄 수는 없다. 특히 영향력이 약한 학과에서 제출한 교수 임용이나 승진 후보자 명단은 거의 퇴짜를 놓아야 하는 게 상례다. 과 차원에서 올라오는 교수 충원이나 업무 보조 비서 채용 등의 청원은 거의 언제나 거절하기 마련이고, 강의 시간을 줄여달라거나 이른 아침 강의를 빼달라는 요청도 마찬가지다. 학술회의 참가 비용을 지원해달라는 요청도 으레 거절해야 하는 등 학장이 적을 만들 기회는 무궁무진하다. 하물며 콜먼은 결코 평범하다고 할 수 없는 학장이었고, 그가 쫓아낸 사람들과 쫓아낸 방법, 그가 폐지하거나 신설한 제도, 그리고 엄청난 저항에도 굴하지 않고 안하무인으로 직무를 수행한 것 등은 그저 몇몇 괴팍한 불평분자나 배은망덕한 교수를 무시하고 감정을 상하게 하는 것 이상의 결과를 낳았다. 젊고 잘생기고 머리숱도 많고 수완도 좋은데다 취임하자마자 콜먼을 학장으로 임명한 피어스 로버츠 총장의 절대적인 지지 속에 콜먼은 모든 것을 뒤엎었던 것이다. 신임 총장은 그에게 "앞으로 변화가 있을 텐데 누구든 거기에 불만을 갖는다면 학교를 떠나거나 조기 은퇴를 고려해야 할 것"이라고 말했다. 팔 년 후, 콜먼의 임기가 중반에 접어들었을 무렵 로버츠 총장은 큰 영예로 여겨지는 중서부10개대학연맹 총재직에 올랐다. 기록적으로 짧은 기간 동안 아테나 대학이 이뤄낸 모든 업적에 힘입은 것이었다. 하지만 그 업적은, 능력이라곤 기금 모금 수완이 전부이고 공개적인 찬양을 받으며 어떤 타격도 입지 않은 채 아테나 대학을 떠난 총장이 아니라 과단성 있는 학장 콜먼이 이뤄낸 것이었다.

학장으로 임명된 바로 그 달에 콜먼은 모든 교수에게 개별 면담을 요청했다. 대학을 설립하고 초창기부터 대학에 재산을 기부해온 지역 명문가 자손들로, 실제로 돈이 필요하진 않지만 급료는 기쁘게 받던 몇몇 고참 교수도 예외는 아니었다. 모든 교수에게 사전에 이력서를 지참하라는 지시가 떨어졌고, 누군가가 자신을 거물이라고 생각해 이력서를 가져오지 않은 경우에도 어쨌든 콜먼의 책상 위엔 이력서가 놓여 있었다. 그리고 그들을 한 시간 내내, 때로는 한 시간이 훌쩍 넘도록 자기 방에 붙잡아두고 아테나 대학의 모든 상황이 변했다는 것을 강력하게 시사해 진땀을 흘리도록 만들었다. 콜먼은 면담을 시작할 때 상대의 이력서를 풀풀 넘기며 서슴지 않고 말했다. "지난 십일 년 동안 여기서 한 일이 도대체 뭡니까?" 그의 질문에 대다수 교수가 〈아테나 노트〉에 정기적으로 논문을 발표하고 있다고 답했다. 등사기로 밀어 인쇄한 뒤 회색 마분지 표지로 제본한 그 계간지는 그 대학 도서관 말고는 지구상 어느 도서관의 장서 목록에도 올라 있지 않았다. 교수들이 '발표'랍시고 그 계간지에 매년 게재한, 자신들의 케케묵은 박사학위 논문에서 발췌한 문헌학적, 서지학적 혹은 고고학적 잡동사니에 대해 지겨울 정도로 이야기하자 콜먼이 아테나 대학의 정중한 관례를 깨뜨리고 이렇게 이야기했다는 소문이 돌기도 했다. "다시 말해, 당신들은 자기가 만든 쓰레기를 재활용해왔다는 것이군요." 그런 다음 콜먼은 〈아테나 노트〉 앞으로 유증된 얼마 안 되는 기부금을 기증자—그 계간지 책임편집자의 장인이었다—에게 반환하고 계간지를 폐간해버렸다. 그뿐 아니라 무능한 교수 가운데서도 가장 무능한 교수들에게는 지난 이삼십 년 동안 기계적으로 암기한 내용이나 전달하던 강좌에서 손을 떼게 한 다음 신입생을 위한 교양 영어나 역사학 개론, 푹푹 찌는 늦여름에 진행되는 신입생 오리엔테이션 프로그램 등을 맡겨 조기 은퇴를 종용했다. 콜먼은 평판이 나쁜 올해의 학자 상을 폐지하고, 상금 수천 달러를 다른 데로 돌려버렸다. 대학 설립 이래 처음으로 콜먼은 교수들이 상세한 연구계획서를 제출하면 유급 안식년을 주는 제도를 공식화했다. 하지만 안식년 신청은 대개 거절당하기 일쑤였다. 참나무 판자로 내부 장식을 해 캠퍼스 전체에서 가장 세련된 장소로 꼽히던 고급 클럽 같은 교수 식당도 폐쇄한 뒤 원래 용도대로 우등과정 세미나실로 전환했고, 교수들도 학생들과 함께 구내식당에서 식사하도록 만들었다. 정기적으로 교수회의를 열 것도 요구했다. 전임 학장이 교수 사이에서 엄청난 인기를 누렸던 것은 바로 교수회의를 한 번도 열지 않았기 때문이었다. 콜먼은 교수들의 회의 참석 여부를 교수 가운데서 뽑은 서기에게 일일이 기록하도록 했다. 그 덕분에 일주일에 겨우 세 시간만 강의하면 되는 고명하신 교수님들조차 회의 때문에 캠퍼스에 얼굴을 내밀지 않을 수 없게 되었다. 또한 학칙에서 집행위원회를 구성할 수 없다고 못박은 조항을 찾아낸 콜먼은 진정한 변화에 장애가 되는 그런 케케묵은 조항은 관습과 전통의 산물에 불과하다며 철폐해버렸다. 그리고 정례 교수회의를 자신에 대한 적개심을 더욱거세게 불러일으킬 개혁 조치를 공표하는 자리로 만들었다. 콜먼이 대학을 이끌어가기 시작하면서 승진은 만만치 않은 일이 되었다. 어쩌면이 점이 모든 교수에게 가장 큰 충격이었을 것이다. 교수들은 이제 학생들에게 얼마나 인기를 얻느냐에 따라 자동으로 직급이 높아질 수 없게 되었고, 성과를 거두지 못하면 급료 인상도 기대할 수 없었다. 요컨대 콜먼은 경쟁 체제를 도입해 대학이 경쟁력을 갖도록 만들어놓았는데, 그것은 콜먼의 초기 적들 가운데 한 명이 말한 것처럼 "유태인이나 하는 짓"이었다. 그리고 그런 조처에 분노한 교수들이 특별위원회를 구성해 피어스 로버츠 총장에게 몰려가 불만을 토로하면 총장은 어김없이 콜먼의 손을 들어주었다.

로버츠가 총장으로 재직하는 동안 콜먼이 임용한 똑똑한 젊은 교수들은 모두 콜먼을 좋아했다. 콜먼이 자리를 만들어서 존스홉킨스나 예일, 코넬의 대학원 출신 인재를 임용했기 때문이었다. 젊은 교수들이 즐겨 묘사했던 것처럼 그것은 일종의 "품질 혁명"이었다. 젊은 교수들은 콜먼이 지배 엘리트 교수들을 그들만의 작은 패거리에서 끌어내고 그들의 이미지마저 위협해 거만한 교수들을 완벽하게 궁지에 몰아넣은 것을 높이 평가했다. 교수진 가운데 가장 취약층인 나이든 교수들은 모두 기원전 100년에 관한 한 자신이 가장 뛰어난 학자라는 둥 자기 위안적인 생각으로 간신히 버텨왔다. 하지만 그런 생각이 위로부터 도전받으면서 그들의 자신감은 허물어졌고, 불과 몇 년 사이에 그들 대부분이 자취를 감추었다. 얼마나 아찔한 시절이었는지! 하지만 피어스 로버츠가 미시간 대학의 총장으로 자리를 옮긴 뒤 후임으로 취임한 신임 총장 헤인스는 콜먼에게 결코 특별한 지지를 보내지 않았다. 전제군주 같은 자만심과 불도저처럼 밀어붙이는 오만함으로 그토록 짧은 기간에 대학을 깨끗하게 정화해버린 콜먼식 개혁에 대해서도 전임자와 달리 특별한 아량을 보이지 않았다. 또한 콜먼이 새로 임용했던 교수는 물론이고 기존의 교수 가운데 계속 유임시켰던 젊은 교수들도 점점 연수를 더해가면서 실크 학장에 대해 반발을 보이기 시작했다. 그 반발이 얼마나 강한 것이었는지 콜먼이 온전히 깨달은 것은, 전임 학장인 그가 존재 여부가 불투명한 두 학생을 지칭하려고 택한 단어가 본인이 명백히 의도한 의미라고 주장한 사전의 첫번째 의미로뿐 아니라 두 흑인 학생이 고발장을 제출하도록 만든 인종차별적 멸시의 의미로도 해석될 수 있다는 주장에 전혀 반발하지 않는 교수들을 각 과별로 헤아려보고 나서였다.

나는 아이리스 실크가 죽고 콜먼이 광기에 사로잡혀 있던 이 년 전 4월의 그날을 분명하게 기억한다. 그전까지 나는 잡화점이나 우체국에서 아이리스나 콜먼과 마주치면 그저 가볍게 목례나 나누었을 뿐 실크 부부와 잘 아는 사이도 아니었고, 그들에 관해 아는 것도 별로 없었다. 콜먼이 내가 살았던 곳에서 불과 4~5마일 떨어진 뉴저지 주 에섹스카운티의 작은 마을 이스트오렌지에서 성장했고, 이스트오렌지 고등학교를 1944년에 졸업한 그가 나보다 육 년쯤 앞서 근처 뉴어크의 학교를 다녔다는 것도 몰랐다. 콜먼이 굳이 나와 알고 지내려고 노력한 적도 없었고, 나 또한 새로운 사람을 만나거나 새로운 지역공동체의 일원이 되고자 뉴욕을 떠나 버크셔 산골의 시골길 옆 들판에 자리한 방 두 칸짜리 오두막으로 이사한 게 아니었다. 1993년에 이곳으로 이사하고 처음 몇 달 동안 나는 모든 초대를 정중하게 거절했다. 저녁식사를 같이 하자거나 차를 마시자거나 칵테일파티에 참석해달라거나 골짜기 아래의 대학에 와서 공개강좌를 하거나 그게 내키지 않으면 문학 수업에서 비공식으로 강의를 해달라거나 하는 초대였다. 그다음부터는 이웃이고 대학이고 더는 날 귀찮게 하지 않았고, 난 내 나름의 생활을 해나가면서 집필 작업을 계속했다.

그런데 이 년 전 그날 오후, 아이리스의 장례식 절차를 협의한 뒤 곧바로 차를 몰고 우리 집에 들이닥친 콜먼은 옆문을 두드려대며 들어가도 되느냐고 물었다. 급하게 청할 일이 있다고 했으면서도 콜먼은 무슨 일인지 설명하는 동안 삼십 초도 진득하게 앉아 있지 못했다. 계속 일어섰다 앉았다를 반복했고 작업실 안을 빙빙 돌았다. 큰 소리로 다급하게 이야기하면서, 스스로 강조할 필요가 있다고 믿는 부분에서는―딱히 그럴 필요가 없는데도―위협적으로 주먹을 흔들어대기도 했다. 그는 내가 그를 위해 글을 써야 한다고 했다. 거의 명령조였다.

그가 그 터무니없는 사건에 대해 쓴다면, 전혀 보태거나 빼지 않고 그대로 쓰더라도 아무도 믿지 않을 것이고 진지하게 받아들이지 않을 것이다. 사람들은 얼토당토않은 거짓말이라고, 그에게 유리하게 쓴 허풍이라고 말할 것이다. 또 콜먼이 그런 처지로 전락한 데에는 강의실에서 "spooks"라고 말한 것 외에 다른 뭔가가 있다고 떠들어댈 것이다. 하지만 만약 내가 그걸 쓴다면, 만약 전업작가가 그걸 쓴다면……

콜먼은 모든 자제력을 잃은 상태였다. 그의 모습을 지켜보며 그의 이야기를 듣고 있자니 마치 고속도로에서 발생한 끔찍한 교통사고나 화재 혹은 무서운 폭발사고를, 너무도 터무니없고 있을 법하지 않아 넋을 잃게 만드는 참사를 대면하고 있는 기분이었다. 그는 내가 잘 알지 못하는 사람이지만 분명 뭔가를 성취해낸 중요한 인물인데 지금은 완전히 이성을 잃은 상태였다. 동동거리며 작업실 안을 불안하게 휘젓고 다니는 모습이 꼭 머리가 잘린 뒤에도 한동안 계속 뛰어다니는 닭 같았다. 콜먼의 머리, 한때는 누구도 감히 공격할 수 없었던 학장이자 고전학 교수였던 그의 교양 있는 두뇌를 담은 머리는 잘려나간 것이나 마찬가지였고, 내가 목격하고 있는 광경은 머리를 잃은 몸통이 중심을 잃고 허우적대는 꼴이었다.

그때껏 콜먼은 한 번도 우리 집에 들어와본 적 없었고 내 목소리도 제대로 들어본 적 없었지만, 나는 하던 일이 무엇이었건 당장 한옆으로 치우고 어쩌다 아테나 대학에서 콜먼의 적들이 그를 치려고 덤벼들다 그의 아내를 쓰러뜨렸는지 경위서를 작성해야 했다. 콜먼에 대한 거짓 이미지를 날조하고 그에게 전혀 해당되지도 않고 결코 해당될 수도 없는 온갖 혐의를 들이댄 그의 적들은, 콜먼이 최대한의 진지함과 헌신적 태도로 쌓아온 전문적인 경력에 먹칠만 한 것이 아니었다. 콜먼이 사십 년 넘게 함께해온 아내까지 살해한 것이었다. 그들은 심장을 겨냥해 총알을 발사하듯 콜먼의 아내를 살해했다. 나는 이런 "터무니없음"에 대해 그리고 저런 "터무니없음"에 대해 써야 했다. 당시 콜먼이 대학에서 겪고 있던 괴로움을 전혀 몰랐고, 지난 오 개월간 콜먼과 고인이 된 아이리스 실크를 잠식해온 악몽의 연대기조차 제대로 이해하지 못했던 내가. 처벌처럼 몰아치던 회의, 신문訊問, 면담, 대학 관계자와 교수위원회와 두 학생을 대리하여 무료 법률상담을 맡은 흑인 변호사에게 제출해야 했던 서류와 서한…… 고소와 혐의 부인과 맞고소, 둔감함과 무지함과 냉소, 야비하고 고의적인 오독, 힘겹게 반복되는 해명, 고소인 측의 심문. 그리고 항구적이고 항시적으로 만연한 비현실성. "아이리스는 살해당한 거요!" 내 책상 위로 상체를 푹 숙인 채 주먹으로 책상을 쾅쾅 내리치며 콜먼이 외쳤다. "그자들이 아이리스를 살해했다고!"

콜먼이 내게 보여준 얼굴, 내 얼굴에서 채 1피트도 떨어져 있지 않았던 그 얼굴은 움폭 패고 균형이 맞지 않았다. 언제나 단정하고 나이에 비해 젊어 보였던 말쑥한 노인의 얼굴이 그때는 이상할 정도로 혐오감을 주었다. 콜먼의 마음속을 온통 휘저어놓는 온갖 감정이 악영향을 끼쳐 얼굴을 일그러뜨린 탓인 듯했다. 그토록 가까이에서 본 얼굴은 시장 좌판에서 땅바닥으로 떨어져 행인들의 발길에 차여 굴러다니는 과일처럼 흠집이 나고 망가진 형상이었다.

겉보기엔 무력하거나 연약해 보이지 않는 사람이 정신적 고통을 받으면 어떻게 되는지 보는 것은 꽤 흥미로운 일이다. 정신적 고통은 육체적 질병보다 한층 더 위험하다. 모르핀 점적주사나 척수 마취 혹은 근치수술 같은 것으로 고통을 완화시킬 수 없기 때문이다. 일단 마음의 병에 붙들리면, 벗어날 방법이라곤 죽음밖에는 없는 것처럼 보인다. 그 병의 생생한 현실성은 그 어떤 것과도 비교할 수 없다.

살해당한 것이다. 콜먼의 입장에선 아내가 그토록 갑작스럽게 세상을 뜬 이유를 설명할 길이라고는 그것뿐이었다. 아이리스는 위풍당당한 풍채에 매우 건강하고 예순넷의 나이에도 여전히 활기 넘치는 여자였다. 또 지역 미술전을 휩쓸고 독재자처럼 지역 화가협회를 지배했던 추상화가였고 지역신문에 시를 발표하기도 한 시인이었다. 한창때인 대학생 시절에는 방사능 낙진 대피용 방공호 건설 반대, 스트론튬 90[*] 사용 반대 운동을 주도하다 결국에는 베트남전 반대 운동에까지 뛰어들어 정치적 영향력을 발휘했다. 자기주장이 강하고, 단호하고, 무모한 여자, 잔뜩 뒤엉킨 뻣뻣한 흰 머리칼이 꼭 거대한 화관 같아서 100야드 거리에서도 알아볼 수 있었던 오만하고 회오리바람 같던 여자. 그녀가 어찌나 강한 사람이었던지, 누구든 우격다짐으로 밀어붙일 수 있다는 악평이 자자하던 학장이자 대학에서는 불가능하다고 여겨지던 일을 해내 아테나 대학을 구원한 학장으로 결코 녹록지 않은 콜먼조차 테니스 시합 말고는 무엇에서도 아내를 능가할 수 없었다.

하지만 새로 취임한 학장뿐 아니라 대학 내의 소규모 흑인학생단체 그리고 피츠필드에서 온 흑인인권운동단체까지 가세해 인종차별 혐의에 대한 조사를 지지하고 나서면서 콜먼이 공격당하는 입장이 되자,

---

* 스트론튬의 인공 방사성 동위원소의 한 가지로 인체에 유해함.

실크 부부는 그 공격의 노골적인 광기에 맞서느라 결혼생활의 온갖 어려움을 말끔히 잊었다. 아이리스는 지난 사십 년 동안 타협을 모르는 콜먼의 독단과 늘 충돌하며 두 사람의 인생에서 끊임없는 불화의 원인이었던 그 한결같은 오만함을 동원하여 기꺼이 남편의 정당함을 입증하기 위해 나섰다. 두 사람은 벌써 몇 년째 각방을 써왔고 서로의 이야기나 서로의 친구들을 견딜 수 없어했지만, 그들이 서로를 가장 견딜 수 없어했을 때에 서로에게 느꼈던 증오심보다 훨씬 깊은 증오심을 불러일으킨 자들의 얼굴에 주먹을 흔들어 보이며 두 사람은 다시 한번 하나로 뭉쳤다. 사십 년 전 두 사람이 그리니치빌리지에서 동지이자 연인으로 지내던 시절—콜먼은 뉴욕 대학에서 박사과정을 마무리하는 중이었고, 아이리스는 퍼세익 시_市*에 살고 있던 극단적인 무정부주의자 부모에게서 갓 도망쳐 뉴욕 아트스튜던츠리그의 인물데생 수업에서 모델을 했었다. 이미 당시에도 그녀는 눈에 확 띄는 덤불 같은 머리칼과 오만해 보이는 이목구비에 도발적인 몸매, 토속적인 장신구를 휘감아 과장되어 보이는 여대사제 같은, 유태교 회당이 생겨나기 이전 시대 성경에나 등장함직한 여대사제 같은 외모로 무장하고 있었다—그들이 공동으로 지녔던 모든 것(에로틱한 열정은 제외하고)이 다시 한번 격렬하게 표출되었다…… 아이리스가 지독한 두통을 호소하며 한쪽 팔에 감각을 느끼지 못한 채 깨어난 아침까지. 콜먼은 서둘러 아내를 병원으로 데려갔지만, 다음날 아내는 세상을 뜨고 말았다.

"그자들은 날 죽일 작정이었는데 아이리스를 죽이고 만 거요." 그

---

* 미국 뉴저지 주에 있는 도시. 뉴어크 시와 가깝다.

날 예고도 없이 찾아와 우리 집에 있는 동안 콜먼은 이 말을 여러 차례 반복했고, 다음날 오후 장례식에 참석한 모든 사람들을 일일이 붙들고 또 되풀이했다. 콜먼은 여전히 그렇게 믿었다. 다른 어떠한 설명도 받아들이지 못했다. 아내가 죽은 후에, 그리고 자신이 겪은 시련을 내가 소설 주제로 삼을 마음이 없다는 사실을 알고 그날로 내 책상에 쌓아놓았던 모든 증거서류를 순순히 되가져간 후에 콜먼은 왜 자신이 아테나 대학 교수직에서 물러나야 했는지를 밝히기 위해 'Spooks'라는 제목으로 직접 논픽션을 집필했다.

스프링필드에는 조그마한 FM 라디오방송국이 있다. 매주 토요일 밤에는 오후 여섯시부터 자정까지 정규 방송으로 편성된 클래식 음악 프로그램 대신 초저녁 몇 시간은 빅밴드의 음악을, 이후 자정까지는 재즈 음악을 내보낸다. 내가 사는 곳에서는 주파수를 맞춰봤자 지지직거리는 잡음밖에 들리지 않지만 콜먼이 사는 비탈은 수신 상태가 매우 좋았다. 그래서 이따금 콜먼이 토요일 저녁에 자기 집에서 한잔하자고 초대할 때면, 콜먼의 집에서 흘러나오는 꿀처럼 감미로운 온갖 댄스 음악 선율을 그 집 진입로에 차를 대고 내려서는 순간부터 들을 수 있었다. 우리 세대가 젊은이였던 1940년대에 라디오만 틀어놓으면 계속 들을 수 있었고 주크박스로도 죽어라 틀어댔던 노래들. 콜먼은 거실에 있는 스테레오 수신기뿐 아니라 침대 옆에 있는 라디오, 샤워실 옆에 있는 라디오, 그리고 주방의 빵 상자 옆에 있는 라디오까지 같은 주파수에 맞춰놓고 볼륨을 최대한으로 높였다. 토요일 밤이면 콜먼은 집 안에서 무얼 하고 있든 한순간도 라디오 소리에서 벗어나지 않았다.

방송국에서 매주 올리는 의식처럼 삼십 분 동안 베니 굿먼의 연주를 틀어준 후 이어서 방송 종료 시그널을 내보낼 때까지.

콜먼은 묘하게도 성인이 된 후 즐겨 들었던 진지한 장르의 어떤 음악에서도 이 흘러간 스윙음악을 들으며 지금 느끼는 것만큼의 감동을 받지 못한다고 말했다. "내 내면을 옥죄고 있던 금욕적인 면이 모두 느슨하게 풀리고, 죽고 싶지 않다는, 절대로 죽고 싶지 않다는 바람이 견딜 수 없이 커진다네. 그런데 이 모든 게," 콜먼이 설명했다. "본 먼로 노래를 들으면 나타나는 현상이라네." 어떤 밤이면 모든 노래의 가사 한 줄 한 줄에 배어 있는 의미심장함이 정말 기이할 정도로 절절히 느껴져서 결국 콜먼은 혼자 폭스트롯을 추게 되곤 했다. 발을 끌면서 슬금슬금 움직이는 똑같은 동작을 반복해야 하는 지루한 춤이긴 하지만 분위기 잡는 데는 최고였다. 한때는 바지 속에서 잔뜩 부푼 성기를 댄스 파트너인 이스트오렌지 고등학교 여학생들에게 비벼대며 그 춤을 추곤 했었다. 그에게는 최초의 의미 있는 발기이기도 했다. 콜먼은 그렇게 춤을 추는 동안 자신이 느끼는 감정을 어떤 식으로도 가장하지 않는다고 했다. (소멸에 대한) 공포로도, ("당신이 한숨을 쉬면 노래가 시작되지. 당신이 말을 하면 내게는 바이올린 소리가 들리지"*에 대한) 환희로도. 콜먼은 너무도 자연스럽게 눈물이 흘러내린다고 말했다. 헬렌 오코넬과 밥 에벌리가 한 소절씩 번갈아가며 부르는 〈녹색 눈동자〉를 들을 때도 예전과 달리 저항감을 거의 느끼지 않는 것에 놀라긴 했지만, 또 지미와 토미 도시 형제**가 자신을 전혀 예상치도 못한 무방비

---

* 1948년 제작된 마이클 커티스 감독의 영화 〈해상의 로맨스〉에서 도리스 데이가 부른 〈그건 마법이에요〉의 첫 소절.

한 늙은이로 변모시킬 수 있는 것이 생각할수록 신기하긴 했지만. "누구든 1926년에 태어난 사람에게," 콜먼은 말하곤 했다. "1998년의 어느 토요일 밤에 혼자 집에 있으면서 딕 헤임스의 〈악의 없는 사소한 거짓말들〉을 한번 들어보라고 해보게. 그냥 그렇게 해보라고. 그런 다음 비극이 카타르시스를 준다는 그 유명한 학설을 마침내 이해했는지 여부를 나중에 이야기해달라고 하는 거지."

내가 그 집 측면의 방충문을 열고 주방으로 들어섰을 때 콜먼은 저녁 식사 설거지를 하던 중이었다. 그는 내가 들어가는 소리를 듣지 못했다. 수돗물을 틀어놓은 채 개수대 앞에 서서 볼륨을 잔뜩 높인 라디오에서 흘러나오는 젊은 프랭크 시나트라의 〈내겐 온갖 일이 일어나지〉를 흥얼거리듯 따라 부르고 있었기 때문이다. 한낮의 열기가 아직 남아 더운 밤이었다. 콜먼이 몸에 걸친 거라곤 청반바지와 운동화가 전부였다. 뒤에서 보니 이 일흔한 살 먹은 남자는 채 마흔도 안 되어 보였다. 그것도 날씬하고 건강미 넘치는 마흔 살 말이다. 콜먼의 키는 기껏해야 5피트 8인치를 약간 넘었고, 근육이 울툭불툭한 체격은 아니었다. 하지만 몸 안에 엄청난 힘이 있었고, 고교 운동선수 같은 활력과 기민함, 생기라고 불리기도 하는 적극적인 행동력도 여전히 있었다. 콜먼의 짧게 깎은 촘촘한 곱슬머리는 귀리죽 같은 색깔로 세었다. 그래서 정면에서 보면 넓적하고 낮은 들창코가 앳되어 보이는데도 머리카락이 검었을 때만큼 젊어 보이지는 않았다. 게다가 양 입가에는 주름이 깊이 패었고, 살짝 초록빛이 도는 암갈색 눈동자는 아이리스가

** 미국의 스윙음악 연주자 형제.

32

죽고 대학에서 사직한 이후 겪었던 형언할 수 없는 피로감과 영혼의 고갈을 보여주었다. 콜먼의 잘생긴 얼굴은 왠지 부자연스럽고 꼭두각시 같은 느낌까지 주었는데, 그것은 눈부신 아역 배우로 스크린을 주름잡고 세월이 지나서도 청춘 스타 시절의 흔적이 고스란히 남아 있는 배우의 늙어가는 얼굴을 대면했을 때의 느낌 같은 것이었다.

전반적으로 콜먼은 나이에 비해 말쑥하고 매력적인 외양을 유지하고 있는 편이었다. 유태인치고는 코가 작은 편이라 턱 쪽에 무게감이 실리는 얼굴이었고, 사람들이 백인으로 착각하는 피부색이 옅은 흑인에게서 느낄 수 있는 살짝 모호한 분위기의 누르스름한 피부에 머리가 곱슬인 유태인이었다. 2차대전이 끝날 무렵 멀리 버지니아 주 노퍽 해군기지에서 수병생활을 했던 콜먼 실크는 이름에서 유태인 티가 나지 않아 사창가에 들어가려다 검둥이 주제에 어딜 들어오느냐며 쫓겨난 적도 있었다. 콜먼 실크라는 이름은 흑인 이름으로 오해받기 십상이었다. "노퍽 창녀촌에서는 검둥이라고 쫓겨나고 아테나 대학에서는 흰둥이라고 쫓겨났다네." 나는 지난 이 년 동안 이런 이야기를 심심찮게 들었다. 콜먼은 틀림없이 자신의 책에도 흑인의 반유태주의에 대한 이야기, 그리고 변절자에 겁쟁이인 자신의 동료 교수들에 대한 이야기를 미친 듯이 직설적으로 쏟아놓았을 것이다.

"아테나 대학에서 쫓겨난 건," 콜먼이 말했다. "내가 그 무식한 놈들이 적으로 치부하는 흰둥이 유태인이라서네. 그놈들의 미국을 비참하게 만든 게 유태인이지. 그놈들을 낙원에서 내몬 것도 유태인이고. 오랜 세월 동안 그놈들이 성공하지 못하게 발목을 잡은 것도 바로 유태인이라네. 이 세상에서 흑인이 받는 고통의 가장 큰 근원이 뭘까? 그자들은 누가 가르쳐주지 않아도 답을 알고 있네. 책을 펴볼 필요도 없지. 책 같은 거 안 읽어도 아니까. 생각 같은 거 안 해봐도 답을 아는 문제라네. 그렇다면 누구한테 책임이 있을까? 독일인을 고통으로 몰아넣었던 바로 그 사악한 구약이라는 괴물일세.

그자들이 내 아내를 죽였네, 네이선. 아이리스가 그 정도도 견뎌내지 못할 거라고 누가 생각이나 했겠나? 하지만 아무리 강하고, 아무리 당당했어도 아이리스는 견뎌내지 못했네. 그자들만이 보여줄 수 있는 그 단순무식함에는 내 아내처럼 거대한 사람도 당해낼 재간이 없었던 거야. 'Spooks'라니. 여기서 누가 날 변호하려 들겠나? 허브 키블? 내가 학장으로 있을 때 허브 키블을 대학으로 불러들였지. 취임하고 나서 몇 달도 안 지났을 때야. 그 친구는 사회과학대 최초의 흑인 교수였을 뿐 아니라 관리직을 제외하면 모든 단과대를 통틀어 최초의 흑인 교수였네. 하지만 허브도 나 같은 유태인의 인종차별주의 때문에 급진주의자로 변해버리더군. '콜먼, 저는 이 사안에 대해서는 당신 편을 들 수 없습니다. 저 사람들 편에 서야만 합니다.' 내 편이 되어달라고 찾아갔을 때 그 친구가 한 말이네. 그것도 내 면전에서. 저는 저 사람들 편에 서야만 합니다. 저 사람들이라니!

아이리스 장례식에 나타났던 허브 꼴을 자네도 봤어야 했는데. 당혹과 충격 그 자체였지. 누가 죽었다고? 나 허버트는 누구도 죽게 만들 의도는 전혀 없었는데. 이 허튼짓거리는 권력을 쥐려고 책략을 쓴 것뿐이었는데. 대학 운영 방식에 대한 발언권을 좀더 얻으려던 것뿐이었는데. 유용한 상황을 단지 이용해먹었을 뿐인데. 그렇게라도 하지 않으면 헤인스 총장과 대학 운영진이 절대 해줄 리 없는 일들을 실현하기 위한 방편이었을 뿐인데. 대학 내 흑인 비율을 더 높이자고. 흑인 학생도 더 뽑고 흑인 교수도 더 임용하자고. 흑인도 자기 목소리를 낼 수 있게 하자, 중요한 건 그거였는데. 그게 유일한 문제였다고. 아무도 누가 죽기를 의도하지 않았다는 건 신께서도 아시겠지. 사직 문제도 마찬가지고. 그것 또한 허버트의 허를 찔렀지. 왜 콜먼 실크가 사직해야 했을까? 콜먼을 해직시키려 한 사람은 아무도 없었는데. 그에게 감히 사직을 종용할 사람은 아무도 없었는데. 그자들이 그런 행동을 한 건 그냥 그렇게 할 수 있었기 때문일 뿐이었네. 그자들의 의도는 조금이라도 오래 나에게 압력을 가하려는 것일 뿐이었는데, 왜 난 좀더 진득하게 가만있지 못했던 걸까? 다음 학기에 그 일을 기억하는 사람이 과연 있었을까? 그 우연한 사건—정말 우연한 사건!—은 아테나 대학처럼 인종 문제에서 시대에 뒤떨어진 곳에 필요한 일종의 '조직적인 논쟁거리'를 제공했을 뿐인데. 내가 왜 그만뒀지? 내가 그만둘 즈음 이 문제는 사실상 종결된 것이나 마찬가지였는데. 빌어먹을, 도대체 왜 내가 그만뒀던 거냐고?"

바로 요전번에 찾아갔을 때도 콜먼은 내가 문을 들어서자마자 내 코 앞에 대고 뭔가를 흔들어댔다. 'Spooks'라는 딱지가 붙은 문서함에 정리된 수백 가지 문서에서 뽑아낸 것 중 하나였다. "자, 이걸 보게. 머리가 좀 돌아간다는 내 동료 교수 중 하나가 쓴 걸세. 날 고발한 두 학생 가운데 한 명에 대해 쓴 글이지. 단 한 번도 내 강의에 출석하지 않았고, 수강 신청을 한 다른 강의도 한 과목 빼고 모두 낙제했지. 그 강의들에도 거의 출석하지 않았거든. 난 그 여학생이 수업 내용을 소화하기는커녕 제대로 대면할 능력조차 없어 낙제했다고 생각하네. 그런데 백인 교수들이 내뿜는 인종차별주의 때문에 겁을 먹어 강의에 출석할 용기가 나지 않아 낙제했다는군. 내가 수업 시간에 분명하게 표현했다는 바로 그런 인종차별 때문이라는 거지. 한번은 회의인지 신문인지를 하는 와중에 그 인간들이 내게 묻더군. '어떤 요인이 이 학생의 학업 실패로 이어졌다고 판단하십니까?' 나는 말했네. '요인이라니? 무관심. 오만. 냉담. 개인적 고민. 뭔지 누가 알겠소?' 그자들이 물었지. '그러면 그런 요인들에 비추어 이 학생에게 어떤 긍정적 충고를 해주셨나요?' '충고 같은 걸 할 수 없었소. 한 번도 그 학생을 본 적이 없으니까. 만약 그 학생을 만날 기회가 있었다면 학업을 포기하라고 충고했을 거요.' '왜죠?' 그자들이 물었네. '학교에 다닐 자세가 안 되어 있으니까.'

이 문서를 읽어주겠네. 한번 들어보게. 내 동료 교수 하나가 접수한 서류인데 트레이시 커밍스라는 그 학생을 너무 가혹하게 대하거나 성급하게 판단해서는 안 되며, 분명 우리가 외면하거나 거부해서는 안 되는 부류의 사람이라고 옹호하는 내용이네. 우리는 트레이시를 교육시켜야 하고 트레이시를 이해해야 한다는 거야. 이 학자 양반 왈, 우리는 '트레이시의 입장'을 헤아려야 한다는군. 마지막 문장을 읽어줄 테니 들어보게. '트레이시는 상당히 어려운 환경 출신으로 10학년 때 이미 직계가족과 헤어져 친척 집에 얹혀살았다. 그 결과 트레이시는 특히 눈앞의 현실에 대처하는 능력이 떨어지게 되었다. 이러한 결점은 나도 인정하는 바이다. 하지만 트레이시는 인생에 대한 자신의 접근 방식을 언제든 기꺼이 변화시킬 능력이 있다. 지난 몇 주 동안 나는 그 여학생이 자신의 현실도피적 성향의 심각성을 자각하기 시작했음을 확인했다.' 어문학과 학과장으로 프랑스 고전주의 문학을 담당하는 델핀 루라는 인간이 쓴 글이라네. 자신의 현실도피적 성향의 심각성을 자각하기 시작했다니. 아, 정말 지긋지긋하네. 지긋지긋하다고. 구역질나는 상황이야. 정말 너무 구역질나네."

이것이 내가 토요일 밤에 콜먼의 동무가 되어주러 갔다 자주 목격했던 장면이다. 아직도 충분히 생기 넘치는 인간의 내면을 계속 갉아먹는 굴욕적인 불명예. 한때는 자부심에 넘쳤지만 이제는 보잘것없는 신세로 전락해버린 남자는 여전히 실패자로서의 치욕을 곱씹었다. 그건 뭐랄까, 샌클러멘티에 웅크리고 있는 닉슨을 찾아갔을 때, 목수가 되는 것으로 자신의 패배에 대한 속죄를 시작하기 전에 조지아에 있던 지미 카터를 찾아갔을 때 볼 법한 상황이었다. 몹시 서글픈 모습이었다. 그러나 콜먼이 겪은 시련에, 그가 부당하게 잃은 모든 것에, 그리고 콜먼이 자신의 비통함에서 벗어나기란 거의 불가능하리라는 점에 동정심을 느꼈음에도 불구하고, 그가 내놓은 브랜디를 몇 방울 홀짝이고 나면 쏟아지는 졸음을 쫓기 위해 마법이라도 동원해야 할 것 같은 저녁들도 있었다.

하지만 내가 지금 이야기하는 그날 저녁, 여름이면 콜먼이 서재로 사용하는 건물 측면의 방충망을 둘러친 서늘한 포치로 어슬렁거리며 나와 앉았을 때 콜먼은 더할 나위 없이 세상에 애정을 가진 사람이었다. 콜먼은 주방 냉장고에서 맥주를 두 병 꺼내왔고, 포치에서 우리는 작업용 책상으로 쓰는 긴 트레슬테이블을 사이에 두고 마주 앉았다. 테이블에는 이삼십 권쯤 되어 보이는 작문 노트 세 무더기가 쌓여 있었다.

"그래, 저거라네." 이제 아주 침착하고, 한 번도 부당한 일을 당하지

않은 듯 완전히 딴사람이 된 콜먼이 말했다. "저게 그걸세. 'Spooks'
말이야. 어제 초고를 끝내고 오늘 하루종일 쭉 읽어봤는데, 한 쪽 한
쪽 읽을 때마다 구역질이 나서 견딜 수 없었네. 분에 못 이겨 휘갈겨쓴
필체만 봐도 경멸이 일 정도였네. 이 년은 고사하고 단 십오 분도 아
까운 이런 글에 시간을 허비했다니…… 그자들 때문에 아이리스가 죽
었다고? 그런 말을 누가 믿겠나? 나조차 이젠 안 믿는데. 이 주절주
절 늘어놓은 불평을 제대로 된 책으로 내려면, 격한 비통함을 싹 지워
버리고 제정신인 인간이 쓴 것처럼 다듬으려면 최소한 이 년은 더 필
요할 것 같네. 그런데, 그러면 '그자들'을 생각하느라 또 이 년을 허비
하는 것 말고 내가 얻는 게 뭘까? 용서해보려고 노력했다는 뜻은 아닐
세. 오해는 말게. 나는 그 개자식들을 증오하네. 걸리버가 마인국馬人國
에 표류해서 말들하고 지낸 뒤 인간 종족 전체를 혐오하게 된 것만큼
이나 그 빌어먹을 개자식들을 증오하네. 나는 그자들에게 진정으로 생
물학적 혐오를 느끼네. 물론 그 말들에 대해서는 언제나 터무니없다고
생각하긴 하네만. 자네는 안 그런가? 처음 여기 자리를 잡았을 때 나는
이 지역을 좌지우지하는 와스프*들이 바로 그 말들이 아닌가 생각하곤
했네."

"기분이 아주 좋아 보이는데요, 콜먼. 예전처럼 잔뜩 화가 나 있지도
않고. 삼 주 전인가 한 달 전인가, 어쨌든, 마지막으로 봤을 때 당신은
자기가 흘린 피에 무릎까지 푹 빠져 있는 꼴이었어요."

"이 빌어먹을 것 때문이었네. 하지만 이걸 읽으면서 이거야말로 쓰

---

* 미국사회의 주류 계급으로 여겨지는 앵글로색슨계 백인 신교도.

레기라는 걸 알았으니 다 끝난 거지. 전문작가를 따라가지는 못하겠더군. 나 자신에 관한 글을 쓰다보니 창작을 위한 거리 두기가 잘되지 않았네. 원고를 읽어갈수록 미숙한 것투성이고. 자신을 합리화하는 회고록에 대한 패러디 같다고나 할까. 설명할 길이 안 보인다네." 미소를 지으며 콜먼이 말을 이었다. "키신저라면 한 해 걸러 한 번씩 이런 글을 천사백 쪽쯤 쏟아낼 수 있겠지만, 난 좌절감만 느꼈다네. 비록 내가 자기도취의 거품에 갇혀 터무니없이 확고한 듯 보일지는 몰라도, 키신저 같은 인간을 당해낼 재간은 없네. 그래서 집어치웠어."

이 년 동안 죽어라 작업한 원고, 일 년 혹은 단지 반년 동안이라도 죽어라 작업한 원고를 다시 읽어보고 작품 전체가 어떻게 손써볼 수 없을 정도로 방향이 빗나간 것을 알고 어쩔 수 없이 호된 비판의 칼날을 내리찍어야 하는 상황이 되면 보통, 답보 상태의 작가는 제정신을 차리기 시작하는 데만도 몇 달씩 걸리는, 자살 충동을 느낄 정도의 절망 상태에 빠져 약해지게 마련이다. 그러나 콜먼은 자신이 끝낸 초고만큼이나 형편없는 그 책에 대한 계획 자체를 미련 없이 포기해버림으로써, 그 책이라는 난파선에서뿐 아니라 자신의 인생이라는 난파선에서도 헤엄쳐 벗어날 수 있었다. 그 책을 내던져버린 지금 그는 그 사건을 제대로 기록하려는 열망 또한 버린 것 같았다. 오명을 씻고 자신의 적들에게 살인자라고 유죄를 선고하고자 하는 열정에서 벗어난 그는 더 이상 불의不義에 대한 생각에 사로잡힌 미라가 아니었다. 감옥에서 마지막으로 먹은 끔찍한 관식官食이 채 소화되기도 전에 감옥 문을 나서면서도 자신을 그곳에 가둔 자들을 용서한다고 말한 넬슨 만델라를 텔레비전에서 봤을 때를 제외하면, 박해받던 인간이 마음을 바꿈으로써 신속하게 변화하는 모습을 보기는 그때가 처음이었다. 잘 이해할 수 없었던 나는 처음에는 그 사실을 믿지 못했다.

"'좌절감만 느꼈다'고 유쾌하게 말하면서 그냥 이 지긋지긋한 모든 일에서 도망치려는 것 같은데요. 음, 분통 터지는 공허감은 어떻게 채우려고 그러세요?"

"그럴 생각 없네." 콜먼은 카드와 점수를 계산할 메모장을 챙겼고, 우리는 트레슬테이블에서 노트가 쌓여 있지 않은 쪽으로 의자를 옮겼다. 콜먼은 카드를 섞어 내밀었고 내가 카드를 떼자 패를 돌렸다. 그리고는 그 이상하고 평온한 만족감 속에서 그는 더할 나위 없이 행복했던, 타고난 섬세함의 상당 부분을 쾌락을 손에 넣어 소중히 다루는 데 써버렸던 멋진 지난날들에 대해 이야기하는 데 열을 올리기 시작했다. 고의적으로 잘못인 줄 알면서도 그릇된 판단을 내리고 그를 학대하고 그의 명예를 손상시킨 아테나 대학의 모든 사람, 그를 이 년 동안이나 스위프트에 맞먹는 인간 혐오 속에 빠트린 자들에 대한 혐오감에서 해방된 듯 보였다.

콜먼은 이제 더이상 증오심에 사로잡혀 있지 않았다. 우리는 여자 이야기도 나누게 되었다. 콜먼의 새로운 모습이었다. 아니 어쩌면 늙은 콜먼, 가장 연륜 있는 모습의 콜먼이자 어느 때보다도 만족한 상태의 콜먼이었는지도 모르겠다. 'Spooks' 사태가 벌어지기 전, 인종차별주의자라는 비방을 당하기 전의 콜먼이 아니라 오직 욕망에만 물든 콜먼이었다.

"해군에서 제대한 뒤 그리니치빌리지에 자리를 잡았었네." 자신의 패를 모아쥐면서 콜먼이 이야기를 시작했다. "난 그저 지하철역으로 걸어내려가기만 하면 됐다네. 지하철역에서 낚시질을 하는 거나 마찬가지였지. 지하철역으로 내려가서 여자를 낚아 올라왔다네." 콜먼은 내가 버린 패를 집느라 잠시 말을 멈췄다. "그런 다음 갑자기 한꺼번에 학위를 받고, 결혼을 하고, 직장을 얻고, 애들이 생겨났지. 그걸로 낚시질은 끝이었네."

"다신 낚시질을 안 했다고요."

"거의 안 했지. 정말일세. 사실상 단 한 번도 안 했어. 전혀 안 한 거나 마찬가지네. 지금 저 노래 들리나?" 집 안에서 라디오 네 대가 한꺼번에 왕왕거렸기 때문에 한참 떨어진 도로에서도 그 노래가 들렸을 것이다. "전쟁이 끝난 직후에 한창 날리던 노래지." 콜먼이 말했다. "한 사오 년을 노래와 여자만 쫓아다니며 보냈는데 내가 꿈꾸던 걸 다 가졌었지. 오늘 편지 한 통을 발견했네. 'Spooks' 문서 나부랭이를 치우다 그 여자들 중 하나가 보낸 편지가 나온 거야. 그 여자였네. 내가 롱아일랜드 애들피 대학에 처음 임용되고 나서 아이리스가 제프를 임신하고 있을 때 이 편지를 받았지. 키가 거의 6피트나 되는 여자였네. 물론 아이리스 키도 만만치 않았지. 하지만 스티나와는 다른 식으로 컸지. 아이리스는 덩치가 있고 탄탄한 축이었지. 스티나는 뭔가 달랐네. 1954년에 스티나가 보낸 편지인데, 오늘 파일들을 밖에 내다 버리다 우연히 발견한 걸세."

콜먼은 반바지 뒷주머니에서 스티나의 편지가 든 봉투를 끄집어냈다. 그는 여전히 티셔츠를 입지 않았는데, 주방에서 포치로 자리를 옮기고 보니 더욱 눈에 띄었다. 훈훈한 7월의 밤이기는 했지만 그 정도로 더운 건 아니었으니까. 콜먼이 자신의 신체에 대해서도 자만심이 넘치는 사람으로 느껴진 적은 없었다. 하지만 지금 콜먼이 햇볕에 잘 그을린 피부를 이런 식으로 내게 과시하는 데는 단순한 편안함 이상의 뭔가가 있는 것 같았다. 아담하지만 여전히 균형 잡히고 매력적인 몸을 가진 사내의 어깨와 두 팔과 가슴 그리고 탄탄하진 않지만 심각하게 늘어진 것도 아닌 복부가 내 눈앞에 있었다. 전체적으로 그의 체격은 스포츠 경기에서 상대를 압도하기보다는 교활하고 약삭빠른 경쟁자로 보일 법한 체격이었다. 이 모든 모습을 이전엔 전혀 보지 못했는데, 콜먼이 늘 셔츠를 입고 있었기 때문이기도 했지만 분노에 너무도 철저히 소모되어 있었기 때문이기도 했다.

이전에 보지 못한 또 한 가지는 그의 오른팔 윗부분, 어깨 관절로 이어지는 부분에 새겨진 뽀빠이 팔뚝에 있는 것 같은 조그맣고 푸른 문신이었다. 어렴풋이 흔적이 남은 작은 닻 모양 문신으로, 양 닻혀 사이의 '미해군'이라는 단어가 삼각근의 빗변을 따라 새겨져 있었다. 그것은 작은 상징이었다. 혹 그런 게 필요할 경우라면 말이지만. 타인의 삶이 처한 수만 가지 상황에 대한 상징, 혼란으로 점철된 한 인간의 내력을 구성하는 수많은 세부적 요소에 대한 상징. 그 작은 상징이 나에게 상기시켜주었다. 어째서 타인에 대한 이해는 아무리 잘해도 늘 약간은 빗나갈 수밖에 없는가를.

"그걸 간직하고 있었어요? 그 편지를? 아직도?" 내가 말했다. "대단한 편지였나보군요."

"치명적인 편지였지. 이 편지를 받기 전까지는 이해하지 못했던 뭔가가 내게 일어났으니까. 난 결혼했고, 책임감을 가지고 근무해야 할 직장도 있었고, 곧 아이도 태어날 예정이었네. 그럼에도 나는 스티나와의 관계가 끝나버렸다는 사실을 이해 못하고 있었던 거야. 편지를 받고 나서야 정말 진지한 일이, 진지한 일에 바쳐야 할 진지한 인생이 진짜로 시작되었다는 것을 깨달았지. 우리 아버진 이스트오렌지의 그 로브 스트리트 외곽에서 술집을 운영하셨었네. 자네는 위퀘이크 출신이니 이스트오렌지는 잘 모를 거야. 시내 끄트머리에 있는 빈민가였지. 아버지는 뉴저지 어디에나 있는 유태인 술집 주인 중 하나였고. 당연히 그런 사람들은 모두 라인펠츠 패거리나 마피아와 연결되어 있었지. 마피아한테서 살아남으려면 관계를 맺어야만 했으니까. 아버지는 난폭한 사람은 아니었지만 꽤 거친 사내였고, 자식인 내가 나은 인생을 살기를 바라셨어. 아버지는 내가 고등학교를 졸업하던 해에 급작스럽게 세상을 떠나셨네. 자식이라곤 나뿐이었지. 그러니 애지중지하셨을 수밖에. 내가 그 동네의 독특한 점에 재미를 붙이기 시작했을 때도 아버지는 내가 당신 가게에서 일을 돕지 못하게 하셨네. 그 술집을 포함해서, 아니 그 술집부터 시작해서 인생의 모든 것이 언제나 내게 진지한 학생이 되라고 강요했네. 그 시절, 여전히 구식 교과과정의 일부였던 고교 라틴어를 공부하고, 고급 라틴어 수업과 그리스어 수업까지 들었으니 술집 주인의 자식이 그보다 더 진지하기도 어려웠지."

우리는 게임을 꽤 빠르게 진행했다. 콜먼이 자신의 이긴 패를 보여주기 위해 카드를 바닥에 죽 늘어놓았다. 내가 패를 돌리기 시작하자 콜먼은 하던 이야기를 계속했다. 전에는 한 번도 들어본 적 없는 이야기였다. 그동안 내가 들은 이야기라곤 어떻게 해서 콜먼이 대학 당국에 증오심을 갖게 되었는지에 대한 것이 전부였으니까.

"그러니까," 콜먼이 말했다. "일단 대단히 존경받는 교수가 되는 것으로 아버지의 꿈을 이룬 뒤 나는 그 진지한 삶이 절대 끝나지 않을 거라는 생각을 했네. 아버지도 그렇게 생각하셨었지. 일단 자격을 얻고 나면 절대 그런 삶이 끝날 리 없다고. 하지만 그 삶은 이렇게 끝나고 말았네, 네이선. '아니면 그 학생들은 유령인가요?'라는 말 한마디로 온갖 수모를 당하고 쫓겨난 걸세. 로버츠는 아테나 대학 총장이었을 때 내가 학장으로 큰 성공을 거둔 것은 술집에서 예의범절을 익힌 덕분이라고 사람들에게 즐겨 이야기했지. 상류층 출신인 로버츠 총장은 술집에서 싸움질하며 자란 학장을 복도 맞은편에 앉혀두고 있다는 게 마음에 들었던 거야. 특히 보수적인 인물들 앞에서 로버츠는 내 성장 배경 때문에 나를 좋아하는 척했네. 하지만 우리가 알고 있듯 기독교도는 사실 유태인이나 빈민가에서 성장한 유태인의 출세담에 대한 이야기를 아주 싫어하잖나. 그래, 피어스 로버츠한테서도 날 조롱하는 느낌을 어느 정도 받았지. 당시에 이미, 그래, 그러고 보면 그때 이미 시작되었던 거야……" 여기까지 이야기하고 콜먼은 자제하는 눈치였다. 더이상 그 이야기를 하려 들지 않았다. 콜먼은 왕좌에서 쫓겨난 제왕의 혼란스러움을 떨쳐버렸다. 결코 사그라질 것 같지 않던 불만이 이로써 완전히 소멸했다.

다시 스티나 이야기로 돌아간다. 스티나를 추억하는 것이 엄청난 도움이 된다.

"스티나를 만난 건 1948년이었지." 콜먼이 말했다. "난 스물두 살이었는데 해군 복무 경력 덕분에 제대군인원호법 적용을 받아 뉴욕대에 재학중이었네. 스티나는 열여덟 살로 뉴욕에 온 지 겨우 몇 개월밖에 되지 않았었지. 뉴욕에서 일자리를 구했고, 야간이긴 하지만 대학에도 다닐 생각이었어. 아주 자립심이 강한 미네소타 출신 아가씨였네. 자신감 넘치는, 혹은 적어도 그렇게 보이는 아가씨였지. 부모 중 한쪽은 덴마크계였고, 한쪽은 아이슬란드계였네. 눈치도 빠르고 머리도 좋고 예쁘고 키도 컸다네. 정말 놀라울 정도로 컸지. 조각상이 누워 있는 것 같았다네. 그 모습은 절대 잊을 수 없지. 그녀와 이 년을 사귀었네. 난 그녀를 볼룹타스라고 부르곤 했지. 프시케의 딸, 로마인의 관능적 쾌락의 신 말일세."

콜먼은 자기 패를 내려놓더니 버린 패 무더기 옆에 던져두었던 봉투를 집어들고 편지를 끄집어냈다. 타자기로 친 두어 장 분량의 편지였다. "우린 우연히 다시 만났어. 나는 그날 애들피 대학에서 시내로 나왔는데, 거기서 스티나를 만난 거야. 그 무렵 스티나는 스물넷인가 다섯이었지. 우리는 길가에 서서 이야기를 나눴다네. 난 아내가 임신했다는 이야기를 했고, 스티나는 자기가 하는 일에 대해 이야기했지. 그런 다음 우리는 작별 키스를 하고 헤어졌어. 그게 다라네. 그리고 일주일쯤 뒤에 이 편지가 대학 주소로 도착했지. 날짜도 적혀 있네. 스티나가 날짜까지 적었지. 여기 보게. '1954년 8월 18일' '콜먼에게', 이렇게 썼다네. '뉴욕에서 당신을 보게 되어 정말 기뻤어요. 비록 잠시였지만, 당신을 본 뒤 나는 가을날의 슬픔을 느꼈어요. 아마도 우리가 처음 만난 육 년 전 그때로부터 내 삶에서 얼마나 많은 날이 지나가버렸는지 가슴 아리게 분명해졌기 때문이겠지요. 당신은 정말 좋아 보이더군요. 당신이 행복하다니 나도 기뻐요. 당신은 또 아주 신사다워졌더군요. 와락 덤벼들지 않았죠. 그게 내가 당신을 처음 만났을 때, 당신이 설리번 스트리트의 지하방을 세내어 살던 시절 당신의 특기(아니면 특기처럼 보인 것)였는데. 당신이 어떻게 행동했는지 기억나요? 정말 놀라울 정도로 능숙하게 와락 덤벼들었잖아요. 마치 육지나 바다 위를 날다 움직이는 것, 뭔가 생명력이 넘치는 것을 발견하고 급강하하거나 그것을 정확히 겨냥해 낚아채는 새처럼. 우리가 만났을 때 나는 당신의 펄펄 날아다니는 듯한 에너지에 놀라고 말았어요. 당신 방에 처음 갔을 때가 기억나요. 나는 의자에 앉았고, 당신은 방 안을 이리저리 돌아다니다 이따금 스툴이나 소파에 걸터앉았지요. 구세군에서 얻은 다 해진 소파였어요. 나중에 우리가 돈을 합쳐 새 매트리스를 장만하기 전까지 당신은 거기서 잤죠. 당신은 내게 마실 것을 권하고 그걸 건네주면서 믿을 수 없다는 경이로움과 호기심 어린 눈으로 나를 찬찬히 뜯어보았어요. 마치 내가 손이 있고 잔을 쥘 수 있다는 사실이, 혹은 그 잔에 담긴 것을 마실 수 있는 입이 있다는 사실이, 혹은 우리가 지하철역에서 만난 지 하루 만에 내가 당신의 방에 앉아 있다는 사실이 기적이라도 되는 것처럼. 당신은 굉장히 진지하면서도 들뜬 태도로 내게 말을 걸고 이런저런 질문을 하고 이따금 내가 묻는 말에 대답을 했어요. 나 또한 뭔가 이야기를 해보려고 엄청 노력했지만 당신처럼 편하게 술술 나오지 않았죠. 그래서 난 내가 이해하리라 예상했던 것보다 훨씬 더 많은 것을 받아들이고 이해하면서 그 자리에 앉아 당신을 멍하니 바라보고 있었어요. 당신이 내게 매력을 느끼는 것 같고 나도 당신에게 끌린다는 사실로 인해 생겨난 공간을 채울 어떤 말도 나는 생각해낼 수가 없었어요. 계속 이런 생각만 곱씹었죠. 난 준비가 안 되었어. 이 도시에 막 도착했는걸. 아직은 아니야. 하지만 시간이 조금만 더 지나면, 상대의 생각을 알 수 있을 정도로 조금만 더 이야기를 나누면, 내가 말하고 싶은 것을 생각해낼 수 있다면 준비가 될 거야. (무엇에 대한 준비였는지는 나도 모르겠어요. 그저 섹스를 할 준비는 아니었던 것 같고, 자연스럽게 있기 위한 준비였다고 해두죠.) 그런 와중에 콜먼 당신이 거의 방을 절반쯤 가로질러 내가 앉아 있는 곳으로 다가와 와락 덤벼들었고, 나는 소스라치게 놀랐지만 기쁘기도 했어요. 너무 이르다 싶었지만 한편으론 그렇지 않기도 했던 거죠.'"

콜먼은 라디오에서 시나트라가 부르는 〈사랑에 빠지고, 번민하고, 당혹스럽고〉의 첫 소절이 흘러나오자 편지 읽기를 멈췄다. "난 춤을 춰야겠네." 콜먼이 말했다. "같이 추겠나?"

난 웃었다. 이런, 이 사람은 인생에서 소외당하고 그로 인해 제정신을 잃을 정도로 격노해 'Spooks' 원고를 쓰던 분노와 비통함에 빠진 전투적인 복수의 화신이 아니었다. 그렇다고 다른 사람도 아니었다. 이건 다른 영혼이었다. 그것도 천진한 소년의 영혼. 그 순간 나는 스티나의 편지와 웃통을 벗은 채 그걸 읽고 있는 콜먼을 통해 한때 콜먼 실크가 어떤 사람이었는지 확실하게 그려볼 수 있었다. 대학의 체질을 혁명적으로 개선한 학장이 되기 전, 진지한 고전학 교수가 되기 전, 그리고 아테나 대학에서 버림받은 인물로 전락하기 훨씬 전의 콜먼은 단순히 학구적이었을 뿐만 아니라 매력적이고 여자에게 호감을 주는 사내였던 것이다. 활발하고. 장난기도 많고. 심지어 약간은 악마적 매력까지 지닌 넓적코에 염소 발인 판 신처럼. 한때는, 심각한 사건들이 그를 완전히 집어삼키기 전까지는.

"편지 내용을 마저 듣고 나서요." 춤을 추자는 권유에 내가 대답했다. "스티나의 편지를 마저 읽어줘요."

"우리가 만난 건 스티나가 미네소타를 떠난 지 삼 개월이 된 때였지. 그냥 지하철역으로 내려가 그녀를 데리고 올라왔다네." 콜먼이 말했다. "1948년이었으니까." 그러고는 다시 스티나의 편지를 읽기 시작했다. "'나는 당신에게 완전히 반했었어요. 하지만 나를 너무 어리다고, 그저 시시한 중서부 출신의 재미없는 여자애라고 생각할까봐 걱정도 됐고, 게다가 당신에겐 이미 데이트하는 똑똑하고 상냥하고 사랑스러운 사람이 있었죠. 비록 당신이 장난기 어린 미소를 지으며 그 여자와 결혼까지 갈 것 같지는 않아라고 덧붙이긴 했지만. 왜 결혼까지 못 간다는 거죠? 내가 물었었죠. 점점 따분해지는 것 같아서. 당신은 그렇게 대답하면서 내가 당신에게 따분한 인간이 되는 위험을 피하기 위해서는, 필요하다면 아예 연락을 끊어버리는 것을 포함해 생각해낼 수 있는 모든 방법을 동원해 당신이 따분함을 느끼지 못하도록 해야 할 거라는 걸 확실히 해두려 했죠. 음, 이제 할말을 다 했네요. 이만하면 충분해요. 괜한 편지로 당신을 귀찮게 했네요. 앞으로 두 번 다시 당신을 귀찮게 하는 일은 없을 거라고 약속해요. 몸조심해요. 몸조심해요. 몸조심해요. 애정을 담아, 스티나가.'"

"그렇네요." 내가 말했다. "1948년스러운 이야기네요."

"오게, 한판 추세."

"하지만 내 귀에 대고 노래 부르면 안 됩니다."

"어서. 일어서라니까."

될 대로 되라, 나는 생각했다. 어차피 우린 얼마 안 가 죽을 목숨 아닌가. 그래서 나는 자리에서 일어섰고, 콜먼 실크와 포치에서 폭스트롯을 추기 시작했다. 콜먼이 춤을 리드했고 나는 최선을 다해 따라갔다. 콜먼이 아이리스의 장례 절차를 협의한 다음 슬픔과 분노로 거의 제정신이 아닌 채 갑자기 내 작업실로 쳐들어와 아내의 죽음으로 정점을 이룬 사건의 도저히 믿어지지 않는 불합리함에 대해 전부 내가 책으로 써야 한다고 이야기했던 날이 떠올랐다. 다들 이 사내가 두 번 다시 인생의 우스꽝스러운 짓들을 즐기지 못할 거라고, 그의 내면에서 장난기와 쾌활함은 이력, 명성 그리고 강인했던 아내를 잃으면서 사라져버렸을 거라고 생각했을 것이다. 그냥 웃으며, 원한다면 콜먼 혼자 포치를 빙빙 놀며 춤을 추라고 놔두고 그를 바라보며 즐기면 된다는 생각조차 떠오르지 않았던 이유, 콜먼이 한 팔로 내 등을 감싸안고 꿈이라도 꾸듯 청석이 깔린 낡은 포치 바닥을 휘저으며 나를 밀고 다니도록 그에게 내 손을 맡겼던 이유는 아마도 아이리스의 시신이 채 식기도 전인 그날 내가 그 자리에서 콜먼이 어땠는지 다 보았기 때문일지도 모른다.

"의용소방대원이 이 앞으로 차를 몰고 지나가는 일만은 없으면 좋겠네요."

"그래." 콜먼이 말했다. "누가 우리 어깨를 툭 치면서 '같이 춰도 될까요?'라고 하는 건 원치 않으니까."

우리는 계속 춤을 췄다. 춤에 딱히 성적이라 할 만한 요소는 없었지만 콜먼이 달랑 청반바지만 걸친데다, 나는 그의 뜨끈한 등짝이 마치 개나 말의 엉덩짝이라도 되는 듯 손을 편안하게 걸친 상태라 아주 장난스럽기만 한 분위기도 아니었다. 돌바닥 위에서 이리저리 나를 리드하며 움직이는 콜먼의 동작에는 다소 진지함까지 느껴지는 진심이 담겨 있었다. 그리고 생의 이유는 모르지만 우발적이고 익살맞게 그저 살아 있다는 사실에 대한 단순한 기쁨, 어린 시절 처음으로 빗과 화장지 한 장을 가지고 연주하는 법을 배웠을 때 느꼈던 것과 같은 기쁨도 있었다.

콜먼이 그 여자 이야기를 꺼낸 것은 우리가 춤을 다 추고 자리에 앉았을 때였다. "나 연애한다네, 네이선. 서른넷 먹은 여자랑 정분이 났네. 그 관계가 내게 어떤 영향을 미쳤는지는 말로 표현할 수 없을 정도라네."

"방금 춤까지 췄잖아요. 굳이 말로 표현할 필요 없어요."

"난 무엇이든 더는 받아들일 수 없을 거라고 생각했네. 하지만 다 늙은 마당에 이런 일이 다시 닥쳤네. 그것도 갑자기, 전혀 예상도 못했는데, 심지어 원치도 않는데 다시 닥쳤어. 그런데 이제는 스물두 개의 전선에서 적과 싸울 일도 없고, 날마다 혼란에 빠질 일도 없으니 이걸 희석시켜줄 거라곤 아무것도 없네…… 그저 바로 이것뿐이니……"

"게다가 그 여자는 서른넷이고요."

"게다가 인화 물질이지. 쉽게 불붙는 여자란 말일세. 그 여자 때문에 섹스가 다시 죄악으로 변해버렸네."

"무자비한 미녀가 당신을 노예로 삼았군요."*

"그런 것 같네. 난 말하지. '일흔한 살 먹은 사람하고 만나는 게 자네에겐 어떤 거지?' 그러면 그 여자가 말해. '일흔한 살 먹은 사람이 어때서요. 이제 굳을 대로 굳어 변할 일이라곤 없어 좋은데. 어떤 사람인지 알 수 있잖아요. 놀랄 일도 없고.'"

---

* 존 키츠의 시 〈무자비한 미녀〉의 한 구절.

"그 여자는 어쩌다 그렇게 현명해졌답니까?"

"놀랄 일을 많이 당해서겠지. 삼십사 년 동안 무자비할 정도로 놀랄 일만 당하다보니 그런 지혜가 생겼을 거야. 하지만 그건 편협하고 반사회적인 지혜에 지나지 않아. 야만적이기도 하고. 다른 사람한테 아무것도 기대하지 않는 사람의 지혜지. 그게 그녀의 지혜고 긍지이기도 하지만, 소극적인 지혜인데다 방향을 잃지 않고 하루하루 살아가게 해주는 그런 지혜는 못 된다네. 이 여자는 거의 살아 있는 내내 자신을 짓밟으려 드는 삶과 대면해왔어. 이 여자가 터득한 건 전부 그런 삶에서 얻은 걸세."

난 생각했다, 콜먼이 드디어 말벗을 찾았구나…… 그런 다음 또 생각했다, 그건 나도 마찬가지지. 남자가 섹스에 대해 이야기하는 순간, 그는 자신과 이야기를 들어주는 사람 사이의 관계에 대해 이야기하는 거나 다름없다. 90퍼센트는 이런 일이 일어나지 않는데, 그편이 다행스러운지도 모른다. 섹스에 대해 어느 정도 이상 솔직하게 털어놓을 수 없어 대신 섹스에 관심 없는 것처럼 행동하는 쪽을 택한다면 그 두 남자의 우정은 불완전할 수밖에 없지만. 대부분의 남자는 절대 그런 친구를 사귀지 못한다. 그런 우정은 흔한 일이 아니다. 하지만 그런 일이 일어난다면, 두 남자가 진정한 남자가 되는 데 있어 중요한 이 부분에 대해, 누군가에게 비판받거나 수모당하거나 질투를 사거나 추월당할 거라는 두려움 없이, 그리고 비밀이 새어나가지 않을 거라는 확신을 가지고 서로의 의견이 일치한다는 것을 확인하는 순간, 두 남자의 결합은 더할 나위 없이 강해지고 그 결과 예상치 않았던 친밀함이 생겨난다. 아마 콜먼에게 흔한 일은 아닐 것이다, 나는 생각했다. 하지만 최악의 순간에, 몇 개월 동안 나도 익히 봐왔던 그 증오심으로 가득한 상태에서 나를 찾아왔었기 때문에 지금 그는 끔찍한 투병생활 내내 병상 옆에서 자신을 돌봐준 사람과 함께 있다는 것에 자유로움을 느끼고 있는 것이다. 콜먼은 과시하고 싶은 충동을 느끼는 게 아니다. 당혹스러울 정도로 새로 태어난 것 같은 자신의 모습을 온전히 혼자 품고 있지 않아도 된다는 사실에 무한한 안도감을 느끼는 것이다.

"어디서 처음 만났어요?" 내가 물었다.

"저녁때가 다 되어 우편물을 찾으러 갔는데, 바닥에 대걸레질을 하고 있더군. 바싹 마른 몸매에 금발이야. 이따금 우체국 청소를 해주지. 아테나 대학에서 정규직 청소부로 일하지만. 내가 한때 학장을 했던 데서 정규직 청소부로 일하는 여자라네. 그 여잔 가진 게 아무것도 없어. 포니아 팔리. 그녀의 이름이지. 포니아는 정말 아무것도 가진 게 없는 여자야."

"왜 가진 게 아무것도 없죠?"

"남편이 있었지. 포니아는 그 작자의 매질에 혼수상태에 빠진 적도 있었다는군. 두 사람은 낙농장을 소유했었다네. 남편이 어찌나 엉망으로 운영했던지 결국 말아먹고 말았지. 자식도 둘 있었네. 이동식 실내 난로가 넘어지면서 불이 나는 바람에 두 아이 모두 연기에 질식사했지. 양철통에 담아 침대 밑에 보관하고 있는 두 아이의 골분 말고는 그녀에게 가치 있는 것이라곤 1983년형 셰비밖에 없네. '아이들 골분을 어떻게 해야 할지 모르겠어요.' 포니아가 내 앞에서 울음을 터뜨릴 뻔했던 건 이 말을 했을 때뿐이었네. 시골에서 살며 험한 꼴을 많이 당한 탓인지 포니아는 눈물마저 말라버렸어. 어렸을 적에는 부잣집에서 아쉬운 것 없이 살았지. 보스턴 남부의 어마어마한 대저택에서 자랐다네. 다섯 개나 되는 침실마다 벽난로가 딸려 있고, 최고급 고가구에 대대로 전해내려온 도자기 등, 가문도 그렇고 모든 게 전통 있고 최상품인 집안이었지. 하려고만 든다면 포니아는 놀랄 만큼 세련된 말투로 이야기할 수 있는 여자라네. 하지만 그토록 높았던 사회적 지위에서 너무도 까마득한 나락으로 추락한 터여서 지금은 말투가 민망할 정도로 잡탕이 되어버렸지. 포니아는 당연히 누렸어야 할 권리를 잃고 추방당한 거야. 사회적 지위가 강등된 거지. 포니아가 겪은 고통에야말로 진정한 민주화가 존재한다네."

"어쩌다 그렇게 된 거죠?"

"계부한테 짓밟혔지. 상류 부르주아 계급의 해악이 그녀를 짓밟은 거야. 포니아가 다섯 살 때 부모가 이혼했네. 엄청난 부자였던 포니아의 아버지가 미인이었던 어머니의 불륜 현장을 잡았던 거야. 어머니는 돈을 밝히는 여자여서 결국 돈을 보고 재혼했는데, 돈 많은 계부가 포니아를 그냥 놔두려 들지 않았네. 도착한 그날부터 그녀에게 추근댔지. 한시도 그녀 곁을 떠나지 않았어. 금발의 천사와도 같은 아이를 예쁘다고 품고 더듬어대면서. 그러다 그자가 강간하려 들자 포니아는 도망쳤다네. 열네 살 때였지. 포니아의 어머니는 딸의 말을 믿어주지 않았어. 계부와 어머니는 포니아를 정신과 의사에게 데려갔지. 포니아는 의사에게 무슨 일이 있었는지 다 털어놓았고, 십여 차례 상담 치료를 받고 나자 정신과 의사까지 계부 편을 들었다더군. '자기한테 진료비를 지불할 사람 편을 든 거죠.' 포니아가 그러더군. '다른 사람들하고 똑같이.' 포니아의 어머니는 나중에 그 정신과 의사와 바람을 피웠지. 포니아 말로는 이것이 혼자 힘으로 모든 것을 헤쳐나가야 하는 힘든 삶을 살 게 된 내력이라네. 집에서, 고등학교에서 도망쳐 남쪽으로 내려가 일을 했고, 다시 이곳 북쪽까지 흘러와 뭐든 닥치는 대로 일을 했지. 스무 살 때 자기보다 나이가 한참 많은 베트남전 참전군인인 낙농업자와 결혼했다네. 남자가 좀 미련스럽긴 해도 같이 열심히 일하면 아이들을 기르고 농장을 잘 운영해 안정되고 평범한 삶을 살 수 있을 거라 생각했던 거지. 특히 그 남자가 좀 미련하다는 점이 마음에 들었다는군. 자신이 대장 노릇을 하는 편이 신세가 덜 고단할 거라고 머리를 굴렸던 거지. 그게 유리할 거라고 생각했어. 하지만 그 생각은 틀렸네. 두 사람이 함께 산다는 것 자체가 문제였던 거야. 농장은 망하고 말았지. 포니아가 그러더군. '그 멍청이는 트랙터 사들이는 데 미쳐 있었어요.' 게다가 잊을 만하면 포니아를 두들겨팼다네. 그것도 온몸에 시퍼런 멍이 들 정도로. 포니아가 결혼생활에서 가장 좋았던 순간으로 꼽는 게 뭔 줄 아나? 그녀는 그 사건을 '뜨끈한 똥덩이 대싸움'이라고 부르네. 하루는 저녁에 부부가 외양간에서 젖을 짠 뒤 뭔가를 놓고 입씨름을 벌이는데, 포니아 옆에 있던 암소가 똥 한 무더기를 철퍼덕 쌌다더군. 포니아는 그걸 한 움큼 쥐어 남편 레스터의 낯짝에 정통으로 맞혔어. 레스터도 질세라 똥을 던졌고, 그렇게 싸움이 시작된 거지. 포니아가 그러더군. '뜨끈한 똥덩이 싸움은 그 사람하고 같이 사는 동안 겪은 일 중에 가장 즐거운 사건인 것 같아요.' 싸움이 끝났을 땐 두 사람 다 온통 쇠똥을 뒤집어쓴 채 외양간이 떠나가라 깔깔거렸고, 외양간에 있는 수도 호스로 몸을 씻고 곧장 집 안으로 들어가 섹스를 했다네. 하지만 안 하느니만 못했지. 남편과의 섹스는 똥 싸움에 비하면 재미가 백분의 일에도 미치지 못했던 거야. 레스터와 한 섹스가 즐거웠던 적은 한 번도 없었다더군. 포니아 말대로라면 그는 섹스를 어떻게 하는지도 몰랐다네. '섹스조차 제대로 못할 만큼 멍청하죠.' 포니아가 내게 완벽한 남자라고 말했을 때 나는 그런 남편과 지낸 끝에 내게 왔으니 그렇게 여길 만도 하다고 말해줬다네."

"그러면 열네 살 이후로 레스터 같은 자와 뜨끈한 쇠똥을 던지면서 싸우는 것 같은 인생을 보내고 서른넷이 된 지금," 내가 물었다. "그녀는 무자비하게 지혜로워진 것 말고 또 어떻게 변했나요? 강인해졌나요? 영리해졌나요? 울화를 터뜨리진 않나요? 미쳐버렸나요?"

"그렇게 싸우면서 보낸 인생은 포니아를 강인하게, 분명 성적으로 강인하게 만들긴 했지만, 미치진 않았네. 내 생각에 적어도 아직까지는 아니야. 울화를 터뜨리냐고? 설사 그렇다고 해도―왜 안 그렇겠나?―남몰래 분통을 터뜨리는 거지. 성이 나도 내색하지 않는 거야. 게다가 도대체 운이라곤 따르지 않는 인생을 살아온 듯한 사람치고는 한탄 같은 걸 전혀 안 한다네. 어쨌거나 내 앞에서는 단 한 번도 그런 적 없었네. 하지만 영리해졌느냐 하면, 전혀 아닐세. 어쩌다 영리해 보이는 이야기를 하기도 하네만. 한번은 이러더군. '당신은 나를 당신보다 훨씬 젊어 보이는 동년배의 동반자로 생각해야 할지도 몰라요. 정신적으로는 큰 차이가 없는 것 같으니까요.' 내가 물었지. '나에게 뭘 원하나?' 그랬더니 이러더군. '동료애 조금. 어쩌면 지식도 조금. 섹스. 즐거움. 신경쓰지 마요. 그게 전부니까.' 언젠가 내가 포니아에게 젊은 나이에 어울리지 않게 지혜롭다고 말했더니 이러더군. '난 아직도 나잇값을 못한다싶게 멍청한걸요.' 포니아가 레스터보다 훨씬 더 똑똑한 건 분명하네. 하지만 영리하냐고? 그렇지 않네. 포니아는 내면에 영원히 변하지 않는 열네 살 소녀 같은 면을 지니고 있으니 영리한 것과는 거리가 멀어. 포니아는 자신을 고용한 상사와 그렇고 그런 사이였네. 스모키 홀렌벡이란 자야. 그자를 고용한 건 바로 나고. 그는 대학의 시설관리 책임자라네. 원래 그 대학에 다닐 때 미식축구 선수로 이름을 날렸지. 나는 그 친구가 학생이던 1970년대부터 알고 있었어. 지금 그는 토목기사지. 그가 포니아를 시설관리부 직원으로 채용했는데, 포니아는 그가 자기를 채용하려 할 때부터 이미 그의 생각을 알았다고 하더군. 포니아에게 끌렸던 거지. 그는 아주 따분한 결혼생활에 묶여 있었는데 포니아에게 그런 문제로 화풀이를 하지는 않았다네. 스모키는 왜 한 남자에게 정착하지 못하고, 아직도 이리저리 떠돌며 창녀처럼 아무하고나 자고 다니느냐는 투의 멸시하는 시선으로 포니아를 보지 않았네. 스모키에게는 부르주아적 우월감 같은 게 전혀 없었거든. 스모키는 맡은 일을 제대로, 그것도 아주 훌륭하게 해내고 있지. 아내와 아이들, 그것도 다섯이나 되는 아이들을 잘 건사하는 제대로 된 가장이라네. 대학 안팎에서는 여전히 스포츠 영웅이고 지역사회에서는 여전히 인기 있고 사람들의 찬탄을 받는 인물이지. 그런데 그에게는 한 가지 재주가 있네. 그 모든 울타리에서 한 발짝 슬쩍 벗어날 수 있는 재주. 자네가 그 친구와 이야기를 해본다면 아마 내 말을 믿지 않을 걸세. 사람들의 예상에서 한 치도 벗어나지 않고 자신이 해야 하는 일을 수행하는 아테나 대학의 미스터 정직 중의 정직이니까. 자신에 대한 평판에 백 퍼센트 충실한 사람처럼 보이지. 자네라면 그 친구가 이렇게 생각하리라고 예상할 걸세. 이거 완전히 신세 망친 멍청한 계집

아냐? 내 사무실엔 발도 못 들여놓게 해야지. 하지만 그는 그러지 않았네. 아테나 대학의 다른 인간들과 달리 스모키는, 그래, 이 여자야말로 내가 꼭 섹스를 해보고 싶은 진짜 상대야 하는 생각을 품어보지도 못할 정도로 자신을 따라다니는 전설에 구속당하지 않았네. 그 생각을 실행에 옮길 때에도 마찬가지로 구속받지 않았고. 스모키는 포니아와 섹스를 했네, 네이선. 포니아를 침대로 끌어들였는데, 시설관리부의 다른 여직원 하나와 함께였지. 셋이서 같이 말야. 그런 관계가 육 개월 동안 지속되었지. 그러다 부동산 중개업을 하는 갓 이혼한 여자가 이 지방에 흘러들어왔는데, 그 여자도 거기에 합류했네. 스모키의 서커스단이었던 셈이지. 곡예 세 개가 동시에 진행되는 스모키의 비밀스러운 서커스. 그런데 육 개월 뒤에 스모키가 포니아를 그 관계에서 빼버렸네. 포니아를 제외시키고 버린 거지. 포니아가 이야기하기 전까지 나는 아무것도 몰랐네. 어느 날 밤 침대에서 나와 섹스하는 도중에 눈동자가 이마 속으로 넘어갈 정도로 허옇게 뒤집힌 순간 나를 스모키라고 부른 바람에 그 이야기를 하게 된 거지. 내게 이렇게 속삭이지 않겠나. '스모키.' 예전처럼 스모키의 배 위에 올라탄 줄 착각한 거야. 포니아가 스모키의 섹스 상대 가운데 하나였다는 사실이 내가 어떤 여자를 상대하는지 좀더 잘 알 수 있게 해줬네. 덕분에 부담감이 더 커졌지. 사실 충격이긴 했네. 이거 완전히 선수 아닌가 해서. 어떻게 스모키는 그 많은 여자를 끌어들일 수 있는 거냐고 물었더니 포니아가 그러더군. '물건의 힘이 장난 아니거든요.' '설명해봐.' 그랬더니 이렇게 대답했네. '진짜로 끝내주는 섹스 상대가 방 안으로 걸어들어오면 남자는 바로 알아본다죠? 음, 여자도 마찬가지거든요. 어떤 사람들은 아무리 가장을 해도 뭘 하러 온 건지 당장 알아볼 수 있어요.' 여러모로 포니아가 영리하다고 느껴지는 유일한 장소는 바로 잠자리라네, 네이선. 침대에서는 자연스럽게 나타나는 육체적 영리함이 주연을 맡지. 조연은 관습 따위 깡그리 위반해버리는 대담함이고. 침대에서 포니아는 어떤 것도 놓치는 법이 없네. 살에도 눈이 있는 것 같지. 살갗으로 모든 걸 보는 것 같다네. 침대에서 그녀는 한계를 넘어서는 데서 쾌감을 느끼는, 강력하고 응축되고 통일된 존재가 되거든. 침대에서 그 여자는 그야말로 깊이를 알 수 없는 비범한 인물이라네. 어쩌면 그동안 받아온 성적 학대로 인해 체득된 재능일지도 모르겠네. 둘이 아래층 주방으로 내려와 나란히 앉아서 내가 요리한 스크램블드에그를 먹을 때면 포니아는 다시 어린애가 된다네. 그런 면도 어쩌면 그동안 받아온 성적 학대로 인해 체득된 재능일지 모르지. 나는 멍한 눈길에 주의가 산만하고 종잡을 수 없는 어린애와 함께 앉아 있는 거나 마찬가지라네. 다른 때는 절대 그러지 않는데, 우리가 뭔가를 먹을 때면 늘 그런 모습이 된다네. 내가 아빠고 그녀가 내 딸인 것처럼. 그녀의 내면에 딸 같은 면만 남은 것처럼. 의자에 똑바로 앉아 있지도 못하고, 앞뒤가 맞게 두 문장을 제대로 이어 말할 줄도 모른다네. 섹스나 불행 같은 것에 태연하던 모습은 전부 사라져버린 듯하지. 나는 거기 앉아서 그런 그녀한테 이렇게 말하고 싶은 충동을 느낀다네. '식탁에 바싹 당겨 앉고, 내 잠옷 소매 좀 접시에 빠뜨리지 말고, 내가 무슨 말을 하면 귀담아듣고, 빌어먹을, 나한테 이야기할 때는 내 눈을 똑바로 쳐다봐.'"

"진짜 그렇게 말해요?"

"그러면 안 되겠지. 아닐세, 그렇게 말하지는 않네. 지금의 긴장을 그대로 유지하고 싶으니 그러진 않아. 포니아가 자기 침대 밑에 두고 어떻게 하면 좋을지 모르겠다고 한 골분이 담긴 양철통을 생각하면 이렇게 말하고 싶어진다네. '이 년이나 지났어. 이제 그애들을 묻어줄 때야. 두 아이를 땅속에 묻을 수 없으면 다리 위에서 강물에 털어버려. 아이들이 강물을 따라 흘러가도록. 애들을 보내줘. 내가 같이 가줄게. 같이 그애들을 보내주자고.' 하지만 나는 이 딸 같은 여자의 아버지가 아니네. 그건 내가 맡은 배역이 아니야. 그녀를 가르치는 교수도 아니지. 그 누구의 교수도 아니야. 사람들을 가르치고, 사람들의 잘못을 지적하고, 사람들에게 충고하고 시험을 내고 깨우쳐주는 일에서 은퇴했지. 나는 서른네 살 된 정부를 둔 일흔한 살의 늙은이일세. 매사추세츠라는 주에서 이런 사람은 다른 사람에게 깨우침을 줄 자격을 가질 수 없지. 네이선, 나 비아그라를 복용하네. 그야말로 '무자비한 미녀'지. 이 모든 격정과 만족스러움은 다 비아그라 덕분이야. 비아그라가 없었다면 이런 일은 아예 일어나지도 않았겠지. 비아그라가 없었다면 난 내 나이에 맞는 세계상을 갖고 전혀 다른 목표를 추구했을 걸세. 비아그라가 없었다면 성욕으로부터 자유로워져 남의 손가락질을 받을 행동은 하지 않는 점잖은 노신사로서의 품위를 지켰을 거고. 뭐든 이치에 닿지 않는 짓은 하지 않았을 걸세. 뭐든 꼴사납고, 경솔하고, 분별없고, 관련된 모든 사람에게 재앙이 될 만한 짓은 하지 않았을 걸세. 비아그라가 없었다면, 난 오래전에 인생에서 관능적 즐거움을 포기한 경험 많고 교양 있고 명예롭게 사직한 인간으로, 얼마 남지 않은 여생을 폭넓고 객관적인 시각을 갖추려고 계속 노력하며 살 수 있었을 거야. 난 성적 도취라는 영구적인 응급 상황으로 스스로를 다시 밀어넣는 대신, 심원한 철학적 결론을 이끌어내고 젊은이들에게 확고한 도덕적 감화를 주는 일을 계속할 수도 있었을 거네. 비아그라 덕분에 나는 애정 행각을 위해 온갖 변신을 감행했던 제우스를 이해하게 되었네. 비아그라에 그 이름을 붙였어야 했네. 제우스라고 불렀어야 마땅해."

이 모든 것을 내게 털어놓는 자신에게 그도 놀라지 않았을까? 그랬을 거라는 생각이 든다. 하지만 콜먼은 이 모든 것에 잔뜩 신이 나 이야기를 멈출 수 없는 것이다. 나와 춤을 추게 만들었던 그 충동. 그렇군, 나는 생각했다. 더는 'Spooks'의 집필이 자신이 받은 모욕에 대한 도전적 반발이 아니군. 포니아와의 섹스가 그것이군. 하지만 콜먼을 밀어붙이는 그 이상의 뭔가가 있다. 야수성을 표출시키고자 하는, 그 힘을 표출시키고자 하는 바람이 있다. 삼십 분이든 두 시간이든 얼마간 그 본능을 해방시키고자 하는 바람. 콜먼은 오랜 세월 결혼생활을 유지했다. 자식도 있다. 대학의 학장도 역임했다. 사십 년간 콜먼은 해야 하는 일들만 해왔다. 그는 바빴고, 야수성이라는 본능은 상자 속에 치워뒀다. 그런데 이제 그 상자가 열렸다. 학장 노릇, 아버지 노릇, 남편 노릇, 학자와 선생 노릇은 끝났다. 책을 읽고 강의를 하고 논문을 집필하고 학점을 매기는 일도 다 끝났다. 일흔한 살쯤 되면 당연히 스물여섯일 때처럼 기운찬 호색한인 야수일 수 없다. 하지만 그 야수성의 잔재, 그 본능의 잔재는 남는다. 콜먼은 지금 그 잔재와 다시 접촉하고 있는 것이다. 그 결과 콜먼은 행복하고, 그 잔재와 접촉할 수 있게 된 것에 감사한다. 콜먼은 행복함 이상을 느낀다. 스릴을 느끼고 그 스릴 때문에 이미 그 여자에게 묶여버렸다, 아주 단단히 묶여버렸다. 콜먼을 묶은 끈은 가족이 아니다. 생물학은 더이상 그에게 소용없다.

그를 묶은 끈은 가족도 아니요, 책임감도 아니요, 의무감도 아니며, 돈도 아니다. 철학의 공유나 문학에 대한 애정도 아니고, 위대한 사상을 놓고 벌이는 거창한 토론도 아니다. 그런 것들이 아니다. 콜먼을 그녀에게 묶어놓는 것은 바로 스릴이다. 내일 그는 암에 걸려 끝장날 수도 있다. 하지만 오늘 그는 스릴을 느낀다.

콜먼은 왜 내게 이야기하는 것일까? 그런 관계에 거리낌 없이 자신을 내던질 수 있기 위해서는 누군가에게 그 사실을 털어놓아야 하기 때문이다. 콜먼은 더 잃을 것이 없기 때문에 자유롭게 자신을 내던질 수 있는 거라고 나는 생각했다. 미래가 없으니까. 콜먼은 일흔한 살이고 그 여자는 서른네 살이니까. 콜먼이 그런 관계에 뛰어든 것은 뭔가를 배우거나 계획하기 위해서가 아니라 모험을 하기 위해서다. 콜먼이 그런 관계에 뛰어든 것은 포니아와 마찬가지로 즐기기 위해서인 것이다. 서른일곱이라는 나이 차이가 콜먼에게 엄청난 자유를 주었다. 다 늙은 노인의 마지막 성적 흥분. 이보다 더 감동적인 것이 있을까?

"물론 궁금하긴 했지." 콜먼이 말했다. "왜 나하고 이런 관계를 갖는지. 정말로 무슨 생각인 걸까? 자기 할아버지뻘 되는 늙은이와 그짓을 하는 걸 흥미진진한 새로운 경험쯤으로 생각하나?"

"그런 취향을 가진 여자도 있을 수 있지요." 내가 말했다. "그런 여성에게는 흥미로운 경험일 테고요. 세상엔 온갖 유형의 인간이 있는데, 그런 유형이라고 없으란 법 있나요? 보세요, 콜먼, 어디엔가 분명 그런 부서가 있을 거예요. 노인 문제를 전담하는 연방 정부 기관 같은. 그녀는 그 기관에서 파견된 겁니다."

"젊었을 때," 콜먼이 말했다. "나는 못생긴 여자하곤 아예 상종을 안 했네. 하지만 해군에 복무할 때 파리엘로라는 친구가 있었는데, 그 친군 못생긴 여자 전문이었어. 노퍽에서 군대생활을 하던 시절, 교회에서 열리는 댄스파티나 밤에 군대위문협회에 가면, 파리엘로는 가장 못생긴 여자한테 직행했지. 내가 그 모습을 보고 웃었더니 이 친구 하는 말이 내가 뭘 놓치고 있는지 모른다는 거야. 그런 여자들은 좌절감을 느낀다고 그는 말했지. 그런 여자들은 나 같은 남자가 선택하는 여왕 같은 여자들만큼 아름답지 않기 때문에 자신을 선택해준 남자가 뭘 원하건 다 해준다고. 대부분 사내들은 이런 사실을 모르기 때문에 멍청하다고. 가장 못생긴 여자에게 그저 접근만 하면 그 여자가 가장 특별한 존재가 되어줄 거라는 사실을 모른다고. 그 여자의 마음을 열 수만 있다면 말이지. 하지만 정말 성공한다면? 여자의 마음을 여는 데 성공하면, 남자가 처음에 뭘 어떻게 해야 할지 모른다 해도, 여자는 무척 설레어하지. 전부 여자가 못생겼기 때문이라네. 그런 여자는 한 번도 남자에게 선택받아본 적이 없으니까. 다른 여자들이 모두 춤을 출 때 자신은 구석에 박혀 있어야 했으니까. 그런데 말야 늙은이도 마찬가지야. 못생긴 여자와 같은 신세인 거지. 춤판에서 혼자 구석을 지켜야 한다네."

"그러니까 포니아는 당신의 파리엘로군요."

콜먼은 미소를 지었다. "아니라고 할 순 없지."

"음, 무슨 일이 생길지 어떨지 모르지만," 내가 말했다. "일단 비아그라 덕분에 더이상 그 책을 쓰느라 고생하지는 않아도 되게 됐네요."

"나도 그렇게 생각하네." 콜먼이 말했다. "맞는 말이야. 그 짜증나는 책. 그런데 내가 포니아가 글을 읽을 줄 모른다고 말했던가? 하루는 저녁식사를 하려고 밤에 버몬트까지 차를 몰고 간 적이 있는데, 거기서 그 사실을 알았다네. 메뉴판을 못 읽더군. 들여다보지도 않고 한쪽으로 툭 던져버리는 거야. 포니아는 적당히 남을 얕보는 것처럼 보이고 싶을 때면 윗입술의 딱 절반을 위로 살짝 올려 입을 아주 약간만 벌린다네. 그러고는 입술 사이로 자기 생각을 말하지. 포니아는 적당히 얕보는 듯한 그 태도로 웨이트리스에게 말하더군. '무조건 저 사람하고 같은 걸로.'"

"열네 살까지 학교에 다녔잖아요. 어째서 못 읽는 거죠?"

"글 읽기를 배웠던 어린 시절을 벗어나면서 글 읽는 능력도 같이 사라져버린 것 같더군. 나도 포니아한테 어떻게 그런 일이 일어날 수 있느냐고 물은 적이 있는데 그저 깔깔거리더군. '신경 끄시죠.' 이러더군. 아테나 대학의 마음씨 좋은 자유주의자 친구들이 포니아에게 문맹인 성인을 위한 교육 프로그램에 참여하라고 계속 권하고 있지만 요지부동이야. 그날 밤 내게 이러더군. '그리고 당신도 나한테 글을 가르치려 들지 마요. 나한테 뭐든, 뭐든 다 시켜도 좋지만, 그 빌어먹을 건 강요하지 마요. 사람들이 떠들어대는 소리를 듣는 것만으로도 충분히 끔찍해요. 나한테 글을 가르치기 시작하고, 강제로 그런 데 밀어넣어 글을 읽으라고 몰아대면 당신은 나를 미치게 만든 장본인이 될 거예요.' 버몬트에서 돌아오는 내내 나는 침묵을 지켰고, 포니아도 입을 열지 않았네. 집에 도착하고 나서야 우리는 겨우 한두 마디 나누었어. '당신 같은 사람이 글도 읽을 줄 모르는 여자랑 그짓을 한다는 게 감당이 안 되는 모양이군요.' 포니아가 그러더군. '내가 글을 읽을 줄 아는 적당한 사람이 아니라서 당신에게 어울리는 사람이 아니라서 나를 차려는 거죠. 나한테 이렇게 말할 작정이겠죠. 글 읽는 걸 배우든지 아니면 내게서 떠나.' 그래서 내가 말했지. '아니. 자네가 글을 읽을 줄 모르기 때문에 난 더 열심히 자네하고 그짓을 할 생각이야.' 포니아가 말했네. '그럼 됐어요. 우린 서로 생각이 통하는군요. 난 유식한 여자처럼 섹스를 하지도 않고 유식한 여자한테 할 때처럼 해주길 원치도 않아요.' '난 있는 그대로의 자네 모습 때문에 자네와 섹스를 하는 거야.' '바로 그거예요.' 포니아가 말했지. 그제야 우리는 함께 웃음을 터뜨렸지. 포니아는 주정꾼이 난동을 부릴 경우에 대비해 손 닿는 데 야구방망이를 준비해둔 술집 여급처럼 웃는다네. 그러니까 이렇게 웃는 거지, 볼 것 다 봤다는 식으로 피식피식. 있잖은가, 과거가 있는 여자들의 그 거칠면서도 가벼운 웃음. 그리고 그 순간 포니아가 내 바지 지퍼를 내렸지. 그런데 말일세, 내가 자기를 차버리기로 마음먹었을 거라는 포니아의 말은 사실 정곡을 찌른 것이었네. 버몬트에서 돌아오는 동안 내가 생각한 것은 정확히 포니아가 내가 생각하고 있을 거라고 말한 그것이었으니까. 하지만 난 그러지 않을 생각이네. 내가 가진 훌륭한 가치들을 포니아에게 강요할 생각은 없으니까. 나 자신에게도 마찬가지고. 그건 다 지난 일이야. 이런 일에는 반드시 대가가 따른다는 걸 아네. 이런 일에는 보험도 들어둘 수 없다는 것도 알고. 활력을 되찾게 해준 계기가 오히려 날 죽일 수도 있다는 걸 안다네. 인간이 저지를 수 있는 온갖 실수에는 대개 섹스라는 가속페달이 달려 있다는 것도 알지. 하지만 지금 나는 그런 것에 전혀 개의치 않네. 아침에 잠에서 깨면 바닥에 수건이 떨어져 있고, 침대 옆 탁자에 베이비오일이 놓여 있네. 저게 왜 저기에 있지? 그러다 기억해내지. 내가 다시 하루를 살 수 있기 때문에 저것들이 저기 있는 거구나. 내가 다시 토네이도 속으로 들어왔기 때문에 저기 있는 거구나. 이것이 가장 기본적인 존재의 모습이기 때문이구나. 나는 포니아를 버리지 않을 걸세, 네이선. 난 포니아를 볼룹타스라고 부르기 시작했네."

몇 해 전 나는 전립선 절제 수술을 받았다. 암 수술로 결과는 좋았지만, 신경 손상과 내부 반흔瘢痕으로 인한 후유증은 피할 수 없었다. 결국 나는 소변을 가리지 못하게 되었고, 따라서 콜먼의 집에서 돌아오자마자 롤빵 사이에 끼워진 소시지처럼 속옷 가랑이 안쪽에 밤낮으로 차고 있는 흡수력 좋은 면패드를 처리해야 했다. 그날 저녁은 날씨도 더웠고, 공공장소나 사교 모임에 나갈 일도 없었기 때문에, 방수팬티 대신 면 팬티만 패드 밖에 입고 그럭저럭 견뎌보려 했다. 그런데 그만 소변이 카키 바지까지 적실 정도로 배어나오고 말았다. 집에 돌아온 뒤에야 바지 앞쪽의 색이 변했고 지린내까지 약간 난다는 걸 알아차렸다. 방취 처리된 패드인데도 이번엔 냄새가 났다. 콜먼과 그의 이야기에 푹 빠져 내 상태를 미처 살피지 못했던 것이다. 맥주를 마시고 콜먼과 춤을 추고, 그가 인생의 새로운 국면을 최대한 침착하게 받아들이기 위해 뻔한 합리성과 명료한 서술로 풀어놓는 명쾌한 이야기에 귀를 기울이는 동안, 평소 깨어 있는 시간에 그러듯 잠깐 자리를 떠서 상태를 점검하는 걸 잊었다. 그 바람에 요즘 가끔 있는 일이 그날 밤에도 일어났던 것이다.

하지만 이런 불상사가 수술을 받고 처음 몇 개월 동안 이 문제에 대처할 방법을 찾기 위해 이런저런 실험을 해보던 시절만큼 당혹스럽지는 않았다. 그리고 당연히, 육십여 년 넘게 일상생활에서 속옷 상태를 걱정할 필요가 없었던 시절, 신체의 기본적 기능으로 성인이라면 누구에게나 있는 제어 능력을 지닌 성인으로 자유롭고 편안하고 보송보송하고 악취도 없이 살아가는 데 익숙했던 시절에 그랬던 것만큼 당혹스럽지도 않았다. 하지만 삶의 일부가 되어버린 일상적인 불편함보다 좀 더 지저분한 이런 일이 생기면 어쨌든 심적으로 고통받았다. 그리고 사실상 유아기 상태나 다름없는 이 뜻밖의 사태가 결코 호전될 수 없다는 사실에 여전히 절망감을 느꼈다.

그 수술로 인해 나는 또한 발기부전이 되었다. 1998년 여름에 실용화된 신약으로 단시간에 시장을 석권하고 콜먼처럼 발기 문제를 제외하면 건강하다고 할 수 있는 나이 지긋한 남자들의 성교 기능을 복구해주는 기적의 영약으로 입증된 그 약물도 내게는 소용이 없었다. 수술로 인한 광범위한 신경 손상 때문이었다. 나 같은 사람에게 비아그라는 무용지물이었고, 설사 효과가 입증되었다 할지라도 내가 비아그라를 복용했을 것 같지는 않다.

내가 이렇게 세상과 담을 쌓고 살게 된 것이 발기부전 때문은 아니라는 점은 분명하게 밝히고 싶다. 오히려 그 반대다. 수술 전에 이미 나는 이곳 버크셔의 방 두 개짜리 오두막에서 십팔 개월 가까이 글을 쓰며 지내고 있었다. 그런데 정기 건강검진에서 전립선암일 수도 있다는 예비 진단을 받는 바람에 추가 검사를 받고 한 달 뒤에 전립선 절제 수술을 받기 위해 보스턴으로 갔던 것이다. 내 말의 요지는 이곳으로 이사함으로써 발정난 고양이처럼 섹스를 갈망하게 만드는 모든 관계를 의도적으로 끊었다는 것이다. 간곡한 권고가 있어서도 아니었고,

또는 점점 발기 능력이 떨어졌기 때문도 아니었다. 그저 극성을 떨어대는 성욕을 더는 감당할 수 없었기 때문이었다. 더는 섹스에 수반되는 갖은 오해와 모순된 의미들을 해결하기 위해 재치, 기운, 인내심, 환상, 아이러니, 열정, 에고이즘, 회복력—또는 끈기나 영리함이나 허위나 가식이나 이중성이나 전문가적 성적 기량—을 끌어모을 수 없었기 때문이었다. 그 결과, 나는 수술로 인해 발생한 모든 문제가 이미 자발적으로 감수하기로 한 금욕생활을 보다 확실하게 고수하도록 만들었다는 사실을 잊지 않음으로써, 수술 후 영원히 발기부전인 채로 살 수도 있다는 예상으로 인한 충격을 조금이나마 줄일 수 있었다. 그 수술은 내가 자발적으로 품은 결심을 단호하게 강제하는 것 이상의 역할은 하지 못했다. 복잡한 관계들을 맺어온 평생의 경험이 심적 압박이 되긴 했지만, 그야말로 원기 왕성하고 정력이 넘쳐나던 한창때, 그러한 행위를 반복하고자 하는—반복하고 반복하고 또 반복하려는—무모한 남성적 광기가 생리적 문제로 방해받지 않던 때에 내린 결론이었다.

하지만 콜먼에게 그와 그의 볼룹타스에 대한 이야기를 들은 뒤부터, 지혜로운 체념을 통해 얻은 평온에서 느끼던 자기위안이라는 환상이 사라져버렸다. 나는 완전히 마음의 평정을 잃고 말았다. 나는 다음날 아침까지 한숨도 못 자고 정신병자처럼 생각을 제어하지 못한 채 무력하게 누워 있었다. 두 남녀의 관계에 매혹된 채 기력이라곤 찾아볼 수 없는 나 자신과 그들을 비교하면서. 콜먼이 단념하려 들지 않았던 '관습을 거스르는 대담함'이라는 말을 마음속에서 재구성해보고 있는 자신을 막으려는 노력조차 않고 뜬눈으로 밤을 새웠다. 게다가 여전히 활력이 넘치고 정력이 동반된 격정적 관계를 맺고 있는 사람과 거세된 무력한 남자인 내가 함께 춤을 추었다는 사실이 스스로에 대한 재미있는 빈정거림처럼 느껴졌다.

섹스는 언제나 삶의 일부인데 "아니, 삶의 일부라고 할 수 없어"라고 어떻게 말할 수 있겠는가? 섹스라는 오염물은 인류를 이상으로부터 분리하고 우리의 물질성을 끊임없이 상기시켜 우리를 구원하는 타락인 것을.

그다음 주 중반쯤 콜먼은 익명의 편지를 한 통 받았다. 주어와 술어와 신랄한 수식어들로 이루어진 긴 문장 하나가 흰색 타이프 용지 한가운데에 꾹꾹 눌러 쓴 커다랗고 굵은 글씨체로 적혀 있었다. 위에서 아래까지 종이를 꽉 채운 문장은 비난하려는 의도가 역력했다.

모두가 알고 있다,
당신이 당신 나이의 절반밖에 안 되는
학대받고 문맹인 여자를
성적으로 이용하고 있다는 것을.

겉봉이나 편지의 글자 모두 붉은색 볼펜으로 쓰여 있었다. 봉투에 뉴욕 시의 우체국 소인이 찍혀 있었지만 콜먼은 그 글씨체가 자신이 학장에서 물러나 다시 강의를 맡았을 당시 학과장이었던 젊은 프랑스인 여교수의 것임을 바로 알아보았다. 그녀는 나중에는 콜먼을 인종차별주의자로 부각시키고 싶어 가장 안달을 떨었던 사람 가운데 한 명으로,

콜먼이 강의실에 나타나지 않은 흑인 학생들을 모욕했다며 비난했다.

콜먼은 'Spooks' 파일에서 자신의 사건과 관련해 작성된 서류들 가운데 익명의 편지 작성자가 어문학과의 델핀 루 교수라는 자신의 감정을 확증해줄 글씨체 견본을 찾아냈다. 처음 두어 단어를 필기체가 아닌 인쇄체로 쓴 것을 제외한다면, 그 여교수는 누가 쓴 것인지 알아볼 수 없게 필체를 위조하려는 노력을 전혀 기울이지 않았음을 알 수 있었다. 처음에는 필체를 위조할 작정이었지만 곧 단념했거나 아니면 "모두가 알고 있다" 다음부터는 그래야 한다는 것을 잊어버린 듯했다. 프랑스 태생의 이 여교수는 겉봉에 콜먼이 사는 거리 주소와 우편번호를 쓸 때 아라비아숫자 7에 필체의 주인이 유럽 태생이라는 것을 말해주는 가로획까지 그었다. 자신의 정체를 드러내는 흔적을 감추는 데 이렇게 치밀하지 못하고 무신경했던 이유는—그것도 익명의 편지에서—굳이 설명하자면 아마도 편지를 발송하기 전에 자신이 무슨 짓을 하고 있는지 따져볼 겨를도 없을 만큼 극단적인 감정에 사로잡혀 있었기 때문일 것이다. 우편 소인으로 보아 편지를 현지에서—그것도 서둘러—발송하지 않고 남쪽으로 140마일 정도 가지고 내려가 발송했다는 사실을 제외한다면 말이다. 어쩌면 자신의 필체가 콜먼이 학장일 때 본 기억만으로 알아챌 수 있을 정도로 독특하거나 별나지 않다고 여겼는지도 모른다. 그녀는 자신의 서명이 들어간 최종 보고서와 함께 교수들로 구성된 조사위원회에 넘겼던 콜먼 사건 관련 문서들, 트레이시 커밍스와의 두 차례 인터뷰 기록문에 대해 잊어버렸을 수도 있다. 그녀가 조사위원회에 제출했던 기록문과 콜먼에 대해 제기된 불만과 관련된 모든 자료를 콜먼이 요청하자 위원회가 복사해 넘겨줬다는 사실을 몰랐을 수도 있다. 혹은 콜먼이 비밀을 폭로한 인간이 누구라고 단정하건 상관없었는지도 모른다. 어쩌면 익명의 비난이라는 위협 공격으로 콜먼을 조롱하면서 동시에, 지금 권력을 쥐고 있는 누군가에게 비난 편지를 받았다는 사실이 은연중에 드러나기를 바랐던 것일 수도 있다.

그날 오후, 콜먼은 내게 전화를 걸어 그 익명의 편지를 보러 오라고 했다. 도착해보니 'Spooks' 파일 가운데 델핀 루의 필체를 확인할 수 있는 모든 문서와 콜먼이 진작 만들어둔 복사본 들이 깔끔하게 주방 식탁에 죽 펼쳐져 있었다. 익명의 편지 속의 자획과 동일한 자획들에는 붉은 펜으로 동그라미가 쳐져 있었다. 주로 외따로 떨어져 있는 글자들에 표시가 있었다. y, s, x, 그리고 낱말 끝에 오는 머리 부분이 넓은 e, d와 바짝 붙으면 거의 i처럼 보이지만 r 앞에서는 일반적 형태의 e와 더 흡사한 e에. 편지와 'Spooks' 관련 서류의 필체가 유사하다는 점도 주목할 만하긴 했으나, 콜먼이 편지 겉봉에 적힌 그의 이름과 루 교수가 작성한 트레이시 커밍스와의 인터뷰 기록문에 적힌 그의 이름의 필체를 보여주고 나서야 콜먼이 자신의 비밀을 들춰내려고 달려든 범인이라고 지목한 인물이 내 눈에도 명백해 보였다.

모두가 알고 있다,
당신이 당신 나이의 절반밖에 안 되는
학대받고 문맹인 여자를
성적으로 이용하고 있다는 것을.

　내가 최대한 조심스럽게 편지를 손에 든 채—콜먼도 내가 편지를 조심해서 다뤄줬으면 했다—델핀 루가 아니라 에밀리 디킨슨이 쓴 문장이라도 되는 것처럼 단어의 선택이나 행의 배열을 꼼꼼히 살펴보는 동안 콜먼은 내게 설명했다. 델핀 루가 어떻게 눈치챘는지 모르겠지만 폭로하겠다고 협박하다시피 하는 그 비밀을 두 사람 모두 꼭 지켜야 한다고 강요한 것은 자신이 아니라 예의 그 야만적 지혜를 동원한 포니아였다고. "다른 사람이 내 인생에 참견하는 건 싫어요. 내가 원하는 거라곤 산전수전 다 겪어 이제는 담담해진 남자랑 남몰래 일주일에 한 번 부담 없이 섹스나 하는 게 전부예요. 이건 빌어먹을, 어떤 인간도 상관할 일이 아니죠."

　포니아가 말한 '어떤 인간'은 결국 그녀의 전남편인 레스터 팔리를 가리키는 것으로 밝혀졌다. 포니아가 이날 이때까지 그 전남편한테만 당하고 산 것은 아니지만 말이다. "열네 살 때부터 계속 혼자 힘으로 살아왔는데 어떻게 한 남자만 만났겠어요?" 한 예로 포니아가 플로리다에서 웨이트리스로 일했던 열일곱 살 때, 당시 애인은 포니아를 늘 두들겨팼을 뿐 아니라 아파트를 난장판으로 만들고 심지어 포니아의 바이브레이터를 훔치기까지 했다. "정말 아픈 기억이에요." 포니아가 말했다. 그런 폭력과 파괴를 촉발시킨 원인은 언제나 질투심이었다. 포니아가 다른 남자를 바라본 게 잘못이고, 다른 남자가 자신을 바라보게 만든 것이 잘못이었다. 또 포니아가 삼십 분 동안 자리를 비운 이유를 설득력 있게 해명하지 못한 게 잘못이고, 포니아가 생각하기에는 전혀 얼토당토 않은 이유지만, 상황에 맞지 않는 어조로 엉뚱한 말을 해서 양다리나 걸치는 믿지 못할 화냥년처럼 군 것이 잘못이었다.

이유가 무엇이든, 또 남자가 누구든 포니아에게 주먹을 휘두르고 구둣발로 걷어찼으며, 포니아는 살려달라고 비명을 질러야 했다.

　레스터 팔리는 이혼하기 전 해에 포니아가 두 번이나 병원에 실려갔을 정도로 주먹을 휘둘러댔다. 그는 여전히 그 산허리 어딘가에 살았고, 파산한 이후로 도로공사 인부로 일하고 있었다. 그가 여전히 정신병자라는 사실에는 의심의 여지가 없는 터라, 포니아는 콜먼과의 관계를 전남편이 알게 되는 날이면 자신은 물론이고 콜먼까지 해를 입을까봐 두려워했다. 포니아는 스모키가 그토록 갑작스럽게 자신을 차버린 게 레스 팔리와 모종의 싸움이나 충돌이 있었기 때문이 아닐까 의심했다. 레스는 주기적으로 전부인의 뒤를 밟는 스토커였기 때문에 포니아와 그녀 상사와의 관계를 눈치챘을 수도 있었다. 비록 스모키의 밀회 장소들이 대학 시설관리 책임자가 아니면 그런 곳이 존재한다는 것을 알 수도 없고 드나들 수도 없는 낡은 건물 후미진 구석의 놀라울 정도로 잘 은폐된 곳이었지만 말이다. 스모키가 자신이 책임자로 있는 시설관리부의 여직원들을 정부로 삼아 캠퍼스 내에서 밀회를 즐긴 것은 분별없는 행동처럼 보일 수도 있지만, 다른 측면에서 보면 그는 그러한 모험적 인생을 학교에서 자신의 직무를 수행할 때만큼이나 신중하게 관리했다. 눈보라가 몰아쳐 대학 내 도로에 잔뜩 쌓인 눈을 단 몇 시간 만에 깨끗하게 치우는 전문가다운 일처리 솜씨로 스모키는 필요하다면 자기 정부 가운데 하나를 똑같이 신속하게 치워버릴 수 있었다.

　"그러니 내가 뭘 어떻게 하면 되겠나?" 콜먼이 물었다. "나는 그 폭력적인 전남편에 대한 이야기를 듣기 훨씬 전부터 이 문제를 비밀로 하는 것에 반대하지 않았네. 이런 일이 닥칠 줄 알았거든. 포니아가 화장실 청소를 하는 대학에서 내가 한때 학장을 지냈다는 사실 따윈 잊어버리게. 나는 일흔하나, 그 여자는 서른넷일세. 나는 이 한 가지만으로도 우리 관계를 비밀로 하는 데 충분하다고 확신하네. 그래서 포니아가 그 누구도 상관할 일이 아니라고 말했을 때 생각했네. 덕분에 내가 나서지 않아도 되겠구나. 이 문제를 내가 끄집어낼 필요조차 없겠구나. 불륜이라도 저지르는 것처럼 행동하라고? 난 좋네. 둘이 같이 저녁 한 끼 먹자고 버몬트까지 갔던 것도 그래서지. 우체국에서 마주쳐도 인사조차 건네지 않는 것도 그래서고."

"아마도 누가 두 사람을 버몬트에서 봤을지도 몰라요. 당신 차를 둘이 같이 타고 가는 걸 봤을 수도 있고요."

"맞네. 그랬겠지. 이런 일이 생길 가능성은 그것밖에 없어. 팔리 그 작자가 직접 목격했는지도 모르지. 빌어먹을, 네이션, 난 거의 오십 년 동안 데이트를 못 해봤네. 기껏 생각해낸 게 레스토랑이라니…… 난 정말 바보야."

"아뇨, 그건 바보 같은 짓이 아니에요. 전혀 안 그래요. 그냥 답답한 데서 벗어나고 싶었던 거죠. 보세요." 내가 말했다. "델핀 루라는 여자가 당신이 은퇴한 후에 누구랑 섹스를 하는지에 왜 그렇게 집요하게 관심을 보이는지 이해하는 척할 생각은 없어요. 사람들이 인습을 따르지 않는 사람과는 어울리려 하지 않는다는 걸 아니까 이 여자도 그런 사람 가운데 하나라고 해두죠. 하지만 당신은 그렇지 않아요. 자유로운 사람이죠. 자유롭고 독립적인 사람. 자유롭고 독립적인 노인. 학교를 그만두면서 많은 걸 잃었지만 얻은 것도 있지 않아요? 누군가를 깨우쳐주는 건 더이상 당신의 일이 아니에요. 직접 그렇게 말한 적도 있잖아요. 또한 이 일은 당신이 사회적 금기를 마지막 하나까지 벗어던 질 수 있는지 아닌지 알아보기 위한 시험도 아니에요. 비록 지금은 은퇴했지만 당신은 거의 평생을 지역 대학사회의 테두리 안에서 보낸 사람이에요. 당신에 대한 내 판단이 맞다면, 이번 일은 당신에게 완전히 낯선 상황이겠죠. 어쩌면 당신은 포니아와 그런 관계가 되는 걸 전혀 바라지 않았을 수도 있어요. 어쩌면 그런 걸 바라면 안 된다고 생각했을 수도 있고요. 하지만 제아무리 강력한 방어라도 약점투성이인 법이니 예기치 못한 일이 빈틈을 비집고 들어온 거죠. 일흔한 살에 포니아라는 여자를 만났고, 1998년에 비아그라가 등장했고, 그래서 거의 잊고 지내던 생활이 다시 한번 시작된 거죠. 그 엄청난 위안. 그 원초적인 힘. 의식을 마비시키는 그 강렬함. 콜먼 실크가 마지막으로 한번 질펀하게 벌이는 연애가 갑자기 시작된 겁니다. 우리 둘 다 아는 것처럼 생애 마지막이 될 화끈한 연애가요. 평범하지 않은 포니아 팔리의 인생이 당신 인생하고 전혀 어울리지 않는 대비를 이루는 건 사실이죠. 두 사람의 관계는 당신 정도의 나이와 위치에 있는 남자가 어떤 여자와 잠자리를 해야 하는지에 대한 체면 위주의 터무니없는 청사진하고도 안 맞죠. 하기야 누구와 잠자리를 한들 달갑게 보겠어요? 당신이 'spooks'라는 단어를 언급한 결과로 생겨난 일들은 그 청사진에 들어맞던가요? 아이리스가 뇌졸중으로 세상을 뜬 것이 그 청사진에 들어맞던가요? 생각 없는 멍청이가 보낸 편지 따위는 무시해요. 왜 그런 편지 때문에 단념해야 하는 거죠?"

"생각 없는 멍청이가 보낸 익명의 편지지." 콜먼이 말했다. "누가 나한테 익명의 편지를 보낸 적이 있었던가? 이성적 사고 능력이 있는 인간이 어떻게 익명의 편지를 보낼 생각을 하지?"

"어쩌면 프랑스인들은 그러는지도 모르죠." 내가 말했다. "발자크 소설에 많이 나오지 않나요? 스탕달 소설에도?『적과 흑』에도 익명의 편지가 나오지 않아요?"

"기억 안 나는데."

"보세요, 무슨 이유에선지 분명 당신이 하는 일은 전부 무자비한 처사로 설명되고, 델핀 루가 하는 일은 전부 미덕으로 설명돼요. 신화에는 거인이나 괴물이나 거대한 뱀이 잔뜩 등장하잖아요? 콜먼 당신을 괴물로 규정함으로써 그 여자는 자신을 영웅으로 규정하는 거죠. 이건 그 여자가 괴물을 물리치려는 행위라고 볼 수 있어요. 무력한 존재들을 잡아먹은 당신에 대한 영웅의 복수죠. 이 여자는 이 상황 전체에 마치 신화 같은 지위를 부여하고 있어요."

콜먼이 응석이라도 받아주는 듯한 미소를 짓는 것을 보고, 비록 농담처럼 말한 것이긴 했지만 익명의 비난 편지를 호메로스 이전 방식으로 해석한 것이 별 소용 없었다는 걸 알 수 있었다. "신화에서는," 콜먼이 말했다. "그 여자의 심리 작용에 대한 설명을 찾아볼 수 없네. 그녀는 신화를 만들어내는 데 필요한 상상력이라는 자원을 갖고 있지 못하네. 그녀의 전문 분야는 가난한 농부들이 자신의 비참함을 설명하기 위해 늘어놓는 온갖 이야기야. 저주의 눈. 마법 걸기. 난 포니아에게 마법을 건 셈이지. 그 여자의 전문 분야는 마녀나 마법사 천지인 민담일세."

우리는 이제 그 상황을 즐기고 있었고, 나는 새로운 사실을 깨달았다. 콜먼에게 자신의 쾌락을 가장 중요하게 생각해야 한다고 우겨대며 그가 편지로 인한 불쾌함에 길길이 날뛰지 않도록 주의를 돌리려고 노력하는 동안, 나에 대한 그의 감정이 더 좋아지고 나 또한 그에 대한 호감을 드러냈다는 걸. 난 지나치게 떠들어대고 있었고, 그건 나도 알았다. 나는 그렇게 누군가를 만족시키기 위해 열심인 나 자신에게 놀랐다. 너무 많이 말하고, 너무 많이 설명하고, 지나치게 개입하고, 지나치게 흥분했다고 느꼈다. 어릴 적에 새로 이사 온 소년을 보자마자 단짝을 발견했다는 걸 깨닫고, 그애의 관심을 끌고 싶다는 열망에 이끌려 평소와는 다르게 행동하며 스스로 원하는 것 이상으로 자신을 열어 보이는 것과 같았다. 하지만 아이리스가 죽은 다음날 그가 내 집 문을 두드려대며 내게 'Spooks'라는 책을 쓰라고 제안했던 이후로, 나는 콜먼 실크와 전혀 예상한 적 없고 계획한 적 없는 진지한 우정을 나누는 사이가 되어버렸다. 나는 단지 정신 수련 차원에서 콜먼이 처한 곤경에 이토록 신경을 쓰는 것이 아니었다. 콜먼이 겪는 어려움이 내 일처럼 중요하게 여겨졌던 것이다. 내게 남은 시간이 얼마가 되었건, 매일같이 해야 할 일이 있으니 다른 데서 재미난 일을 찾을 생각 말고 꼭 해야만 하는 일에 전념하자고 스스로 단단히 결심했음에도 불구하고, 다른 사람의 인생은 고사하고 내 인생조차 제대로 챙기지 못했음에도 불구하고.

그런데 나의 이 모든 깨달음은 얼마간의 실망감과 함께 찾아왔다. 사교 모임 자제, 오락 절제, 전문 분야에 대한 성취욕과 사회적 미망과 문화적 독소와 유혹적인 친밀감을 모조리 자발적으로 멀리하는 것, 종교적으로 독실한 사람들이 동굴이나 독방 혹은 외진 숲속의 오두막에 틀어박혀 세상과 연을 끊는 것과 같은 엄격한 은둔생활은 나보다 훨씬 더 독한 사람들이나 지속할 수 있다. 나는 고작 오 년을 혼자 치냈다. 매더마스카 산 속으로 몇 마일 올라간 데 있는 쾌적한 방 두 칸짜리 오두막에서 독서하고 집필하면서 보낸 오 년. 오두막 뒤쪽엔 작은 연못이 있고 앞쪽에는 비포장도로를 건너 관목숲을 지나면 10에이커 정도 되는 습지대가 있었다. 그 습지는 이동중인 캐나다 기러기들이 저녁마다 들러 하룻밤 쉬어 가거나 참을성이라면 누구에게도 지지 않는 푸른해오라기 한 마리가 찾아와 여름 내내 고독하게 물고기 사냥을 하는 곳이었다. 고통을 최소화하며 세상의 번잡함 속에서 살아가는 비결은 가능한 한 많은 사람이 당신의 미망을 믿게 만드는 것이다. 마음을 동요케 만드는 복잡한 관계들, 유혹, 기대 같은 온갖 것으로부터 떠나, 특히 스스로 만든 긴장감에서 벗어나 이 산골에서 혼자 살아가는 요령은 고요함을 체계화하는 것, 산꼭대기에 충만한 고요함을 자본으로 여기는 것, 고요함을 기하급수적으로 늘어나는 재산으로 받아들이는 것이다. 나를 둘러싼 고요함을 내가 선택한 유리함의 근원으로, 나의 유일한 친한 친구로 여기는 것이다. 그 요령은 (다시 한번 호손의 신세를 지기로 하자) "고독한 마음이 자신과 나누는 소통" 속에서 생명을 이어갈 양식을 찾는 것이다. 생명을 이어갈 양식을 호손같이 이미 세상을 떠났지만 재기가 뛰어났던 인물들의 지혜에서 찾는 것이다.

이 선택에 따른 갖가지 어려움을 제압하기까지 시간이 걸렸고, 사라져버린 모든 것에 대한 열망을 억누르는 데도 오랜 시간과 해오라기 같은 참을성이 필요했다. 하지만 오 년을 그렇게 보내고 난 지금 나는 하루하루의 시간을 그야말로 정확하게 나누어 사용하는 데 능숙해져 내가 기꺼이 받아들인 평온한 삶에서 중요하지 않은 시간은 단 한 시간도 없을 정도가 되었다. 모든 시간이 필수불가결했고, 심지어 흥미롭기까지 했다. 나는 무언가 다른 것을 바라는 해로운 소망에 더이상 탐닉하지 않았다. 다른 누군가와의 지속적인 교제는 두 번 다시 참아낼 수 없을 것 같았다. 내가 저녁식사를 마치고 듣는 음악은 고요함에서 잠시 벗어나기 위한 것이 아닌 고요함을 실체화하기 위한 것이었다. 매일 저녁 한두 시간 음악을 듣는 것이 내가 누리는 고요함을 빼앗아가지는 않았다. 음악이야말로 고요함을 실현시키는 것이다. 여름이면 나는 매일 아침 맨 먼저 연못에서 삼십 분 정도 수영을 한다. 나머지 계절에는 아침에 글을 쓴 뒤, 눈이 많이 쌓인 날이 아니면 매일 오후 즈음 밖으로 나와 두어 시간 산길을 산책한다. 내 전립선을 앗아간 암은 재발하지 않았다. 예순다섯의 나이에 건강하고 별다른 병도 없이 일도 열심히 한다. 그리고 나는 이 상황의 실상을 안다. 알아야만 한다.

그렇다면 왜, 이 극단적인 은둔 실험이 고독하지만 모자람 없는 충만한 생활로 바뀐 지금, 왜 갑작스럽게 내가 외로움을 느껴야 하는가? 무엇에 대한 외로움인가? 사라진 것은 사라진 것이다. 엄격한 생활 태도를 누그러뜨릴 일도 없을 것이고 금욕을 해제할 일도 없을 것이다. 정확히 무엇에 대한 외로움인가? 간단하다. 내가 점점 혐오하게 되었던 것에 대한 외로움이다. 내가 등돌렸던 것에 대한 외로움이다. 삶에 대한 외로움이다. 삶의 번잡함에 대한 외로움인 것이다.

이것이 콜먼과 친구가 된 연유이자 내가 홀로 외딴집에서 암이 준 타격을 다스리며 꿋꿋하게 버티던 생활 밖으로 나온 연유이다. 콜먼은 춤을 통해 나를 삶 속으로 이끈 셈이다. 처음은 아테나 대학이었고, 그 다음은 나였다. 콜먼은 한다면 하는 사람이었다. 사실 우리의 우정을 공고히 해준 그 춤은 콜먼의 재난까지도 나의 문제로 만들어놓았다. 그의 위장도 나의 문제로 만들어놓았다. 또한 그의 비밀을 적절한 방식으로 설명해내는 것도 내가 풀어야 할 숙제로 만들어놓았다. 이것이 내가 애써 피해온 동요와 긴장감에서 벗어난 삶을 더는 계속할 수 없게 된 연유이다. 난 그저 친구 한 명을 사귀었을 뿐인데 이 세상 모든 악의가 내 인생으로 함께 밀려들어와버렸다.

그날 오후, 콜먼은 포니아를 소개시켜주겠다며 그의 집에서 6마일 정도 떨어진 조그만 낙농장으로 데려갔다. 포니아가 집세 대신 가끔 우유 짜는 일을 거들어주며 지내는 곳이었다. 생긴 지 몇 년 되지 않은 이 낙농장은 대학을 나온 환경보호주의자인 이혼녀 둘이 시작한 것이었다. 둘 다 뉴잉글랜드에서 농장을 경영하는 집안 출신으로, 창업 자본을 공동으로 출자해 무살균 우유 판매로 생계를 유지한다는 거의 불가능해 보이는 일을 해나가고 있었다. 아이 여섯 명이 그곳에서 함께 지냈는데, 낙농장 여주인들이 고객에게 즐겨 말하듯 그 아이들은 〈세서미 스트리트〉*에 의존하지 않고도 우유가 어디서 나오는지 배울 수 있었다. 낙농장은 독특하게 운영되었는데, 대규모 낙농장이 돌아가는 방식과 전혀 달랐다. 비인간적이지도 않고 공장 같은 느낌도 전혀 들지 않아 요즘 사람들에게는 낙농장으로 보이지 않을 그런 곳이었다. 이름은 '유기농 가축 목장'이었고 생우유를 병에 담아 지역의 몇몇 잡화점과 인근 지역 대형 슈퍼마켓에 납품했다. 또 낙농장에서 직접 일

---

* TV 유아교육 프로그램.

주일에 3갤런 혹은 그 이상을 지속적으로 사가는 단골 고객도 있었다.

낙농장에는 순혈 저지종 암소가 열한 마리 있었고 모두 귀표에 적힌 숫자 대신 구식 이름들로 불렸다. 이 젖소들의 우유는 각종 화학약품 주사를 맞는 대규모로 사육되는 젖소의 우유와 섞지 않았고, 저온 살균 방식도 채택하지 않았으며, 균질유를 만들기 위해 지방구를 파괴하지도 않았다. 그래서 계절에 따라 먹는 사료, 제초제나 살충제 혹은 화학비료를 사용하지 않고 재배한 사료의 맛과 심지어 그 향까지 배어 있었다. 또 여러 목장에서 채유해 혼합한 우유보다 영양분이 풍부했기 때문에 가족 식단으로 가공식품보다 자연식품을 선호하는 인근 주민들의 호평을 받았다. 특히 대도시의 오염과 좌절감 그리고 타락을 피해 이곳 산골로 찾아든 은퇴자들과 그들이 건사하는 가족들이 열렬한 고객이 되었다. 지역 주간지의 독자란에는 이 한적한 시골길을 끼고 살아가는 삶이 훨씬 질이 높다는 것을 최근에 알게 된 사람들의 편지가 정기적으로 실렸다. 그들은 숭배하는 어조로 유기농 가축 목장에서 생산하는 우유는 단순히 맛이 훌륭한 음료가 아니라 도시생활로 너덜너덜해진 자신들의 이상주의에 필요한 상쾌하고 달콤한 시골의 순수함을 구현해준 것이라고 썼다. "훌륭한 점"이니 "영혼"이니 하는 단어가 이 잡지의 독자란에 빠지지 않고 등장했는데, 마치 유기농 가축 목장에서 생산한 우유 한 잔을 마시는 것을 영양 면에서의 축복 못지않게 구원을 위한 종교의식으로까지 여기는 것 같았다. "우리가 유기농 가축 목장의 우유를 마실 때면 우리의 몸과 영혼 그리고 정신까지 완전히 영양분을 얻습니다. 우리 몸의 각 기관은 이 완전함을 흡수하고, 우리가 감지하지 못하는 어떠한 방식으로 그것에 감사합니다." 뉴욕이나 하트퍼드 혹은 보스턴을 떠나게 만든 괴로운 일에서 해방된 사람들, 다른 때는 분별력 있는 성인들이 책상에 앉아 마치 일곱 살짜리 아이라도 된 것처럼 편지에 그런 문장들을 쓰면서 유쾌한 시간을 보내곤 했다.

콜먼이 하루에 소비하는 우유의 양은 고작 아침식사로 먹는 시리얼에 붓는 반 컵이 전부였겠지만, 그럼에도 그는 유기농 가축 목장에서 매주 우유를 3갤런씩 받겠다는 계약을 했다. 그래서 갓 짜낸 신선한 우유를 목장에서 바로 받아올 수 있었다. 차를 몰고 차도에서 트랙터용 좁은 길로 들어서 외양간에 닿을 때까지 한참 내려간 뒤 차에서 내려 외양간으로 들어가 냉장고에 넣어둔 차가운 우유를 받아오는 것이다. 콜먼은 매주 3갤런을 사가는 고객에게 제공하는 할인 혜택을 받으려고 한 것이 아니었다. 오후 다섯시가 되면(콜먼이 그곳에 가는 시간이었다) 대학에서 청소부 일을 끝내고 곧장 그곳으로 돌아온 포니아가 일주일에 몇 차례 젖 짜는 작업을 하는 외양간의 진입로 바로 안쪽, 하루에 두 차례 암소를 한 마리씩 끌고 들어가 젖을 짜는 칸막이에서 겨우 15피트 떨어진 곳에 우유 보관 냉장고가 있기 때문이었다.

콜먼이 그곳에 가서 하는 일이라곤 그저 포니아가 일하는 모습을 지켜보는 게 전부였다. 그 시간에 다른 사람이 주변에 있는 경우는 좀처럼 없었지만 콜먼은 포니아가 그와 이야기를 나눠야 할 것 같은 부담을 느끼지 않도록 칸막이 바깥에서 안을 들여다보며 그녀가 일을 계속하도록 놔두었다. 대개 두 사람은 서로 말 한마디 걸지 않았다. 아무런 말도 하지 않는 것이 더 큰 즐거움을 주기 때문이었다. 포니아는 콜먼이 자신을 지켜본다는 것을 알았고, 그녀가 안다는 걸 콜먼도 알았기에 한층 더 열심히 그녀를 지켜보았다. 두 사람이 흙바닥에서 뒹굴며 섹스를 할 수 없다는 사실은 티끌만큼도 문제 되지 않았다. 콜먼의 침대가 아닌 다른 장소에서 단둘이 있을 수 있다는 것만으로 충분했다. 넘을 수 없는 사회적 장벽이 두 사람을 갈라놓고 있다는 사실을 순순히 인정하는 것으로, 즉 한 명은 목장 노동자로 다른 한 명은 은퇴한 대학교수로 맡은 배역에 충실한 것으로 충분했다. 포니아는 아침에 착유하느라 어질러진 축사를 지금 막 쇠스랑으로 깔끔하게 치운 서른네 살의 강인하고 군살 하나 없는 노동자이자 말 없는 문맹에 소박한 시골 사람 같은 근육과 뼈대를 가진 여성 역할을 완벽하게 해내고, 콜먼은 고전에 조예가 깊은 학자이자 두 가지 고전어의 어휘로 가득찬 두뇌의 소유자인 일흔한 살의 사려 깊은 노인 역할을 완벽하게 해내는 것으로 충분했다. 서로 어떤 공통점도 없는 것처럼 처신하면서, 모든 권력의 근원인 인간 간의 격차로부터, 서로 화해할 수 없는 그 모든 것으로부터 어떻게 자신들이 오르가슴의 정수를 뽑아낼 수 있었는지 기억하는 것으로 충분했다. 이중생활이 주는 짜릿함을 느끼는 것만으로 충분했다.

내가 그날 오후 암소 사이에서 본 여자, 콜먼이 자신의 볼룹타스라고 명명한 여자는 반바지와 티셔츠에 고무장화를 신고 있었다. 그녀는 얼핏 보기에도 비쩍 마르고 키는 볼품없이 크고 온몸에 쇠똥과 흙탕물이 잔뜩 튀어, 누구라도 강렬한 성욕을 느낄 가망성은 그다지 없어 보였다. 오히려 공간을 가득 채우는 몸집에 엉덩이는 제멋대로 움직이는 거대한 들보 같은 크림빛 암소들이 육욕을 불러일으키는 데에는 일가견이 있는 것 같았다. 배럴통처럼 불룩한 배, 비례가 맞지 않게 그려진 만화 캐릭터처럼 거대하게 부풀어오른 젖통, 전혀 동요하지 않고 느릿 느릿 움직이는 갈등을 모르는 암소들, 하나하나가 그 자체로 자족적인 1500파운드 무게의 공장인 커다란 눈망울의 짐승들은 한 개나 두 개, 세 개도 아닌 네 개가 한 벌을 이루어 요동치며 젖을 쫙쫙 빨아대는 지 칠 줄 모르는 기계 주둥이를 젖꼭지에 달고 사료가 가득한 구유에 머 리를 처박은 채 우적우적 먹어대고 있었다. 소들의 입과 젖꼭지에 동 시에 가해지는 감각적 자극은 그들의 도발적 몸매가 당연히 누려야 할 권리였다. 영혼의 깊이가 없어 더없이 행복한 짐승으로서의 삶에 깊 이 빠져 있는 암소들은 각자 젖을 뿜고 우적우적 먹고 똥을 싸고 오줌 을 쏟고 풀을 뜯고 잠을 잤다. 그게 이 암소들이 존재하는 이유의 전부 였다. 이따금(콜먼이 내게 설명해주었다) 인간들은 기다란 비닐장갑 을 낀 팔을 소의 직장으로 밀어넣어 똥을 긁어낸 다음, 장갑 낀 손으로 직장 벽을 죽 만져 가늠하면서 다른 팔로 주사기처럼 생긴 인공수정 용 정액 주입기를 자궁경관에 삽입해 정액을 주입하기도 했다. 따라서 암소는 날뛰는 수소를 참아낼 필요 없이 번식할 수 있었고, 새끼를 가 진 순간부터 과보호에 가까운 보살핌을 받고 출산할 때도 눈보라가 몰 아치는 밤 영하의 날씨 속에서조차 해산구완을 받았다. 포니아의 말에 따르면 그 출산 과정은 거기에 관여한 모든 사람에게 감동적이라고 했 다. 걸쭉한 섬유질을 한입 가득 물고 질질 흘리며 느긋하게 되새김질 하는 것을 포함해 녀석들은 육체적인 모든 것에서 최상의 만족을 누렸 다. 필부匹婦는 말할 것도 없고 고급 매춘부조차 그런 삶을 누리는 경우 는 거의 없었다.

삶을 만끽하는 짐승들 사이에서, 그리고 암컷의 풍요로움과 조화를 이루는 그들의 충만한 기운 속에서 도리어 포니아가 짐 나르는 마소처럼 일하고 있었다. 암소들에 둘러싸인 그녀는 보다 애처롭고 작고 가볍게 진화한 동물처럼 보였다. 그녀는 건초와 쇠똥 범벅인 바닥에 편안하게 널브러져 있는 소들을 개방우사에서 끌어내기 위해 이름을 일일이 부르고—"나가자 데이지, 날 좀 힘들게 하지 마. 자, 어서 매기, 그래 착하지. 그놈의 엉덩이 좀 움직이란 말야, 플로시, 이 늙은 심술쟁이 할망구 같으니"—목줄을 움켜쥔 채 몰아대고 어르면서 진흙 뜰을 지난 다음 계단 하나를 올라 착유실 콘크리트 바닥으로 올라서게 해 움직이기 싫어하는 매기와 데이지 들이 계류 장치 안으로 확실하게 들어갈 때까지 구유 쪽으로 떼밀었다. 그리고 각 소가 먹어야 할 비타민제와 사료 양을 정확하게 재어 구유에 쏟아주고 젖꼭지를 소독하고 깨끗하게 닦아준 뒤 손으로 몇 차례 짜서 우유가 나오게 만든 다음 착유기 끝에 연결된 착유컵을 멸균된 젖꼭지에 연결하는 등 쉴새없이 움직였다. 그녀는 전혀 동요하지 않고 착유의 매 단계에 집중했다. 우유가 투명한 채유 호스를 따라 반짝이는 스테인리스통으로 흘러들어갈 때까지 꿀벌처럼 기민하게 움직이는 그녀의 모습은 소들의 고집스러울 정도로 유순한 모습과 극명하게 대비되었다. 마지막으로 그녀는 모든 것이 제대로 잘 돌아가는지, 착유중인 소가 얌전히 서 있는지 조용히 서서 지켜보았다. 얼마 후 포니아는 다시 움직이기 시작했다. 소의 젖이 다 나왔는지 젖통을 마사지해보고 착유컵을 빼내고 소를 계류 장치에서 풀어 내보냈다. 그러고는 다음 차례로 젖을 짤 소가 먹을 사료를 구유에 쏟아넣고, 그다음 암소를 위해 옆 칸의 계류 장치 앞에 사료를 준비해두었다. 그녀는 그 좁은 공간 안에서 용케도 암소의 목줄을 잡고 어깨로 덩치 큰 암소를 밀어 뒤로 물러서도록 교묘하게 몰아댔다. 그러고는 대장이라도 되는 듯 "나가, 여기서 당장 나가라니까, 얼른……" 하고 소를 재촉해 다시 진창을 지나 우사로 몰고 갔다.

포니아 팔리. 가는 다리, 가는 팔목, 가는 팔, 윤곽이 뚜렷하게 보이는 갈비뼈, 불거진 견갑골. 그럼에도 몸을 팽팽하게 긴장시키면 사지가 탄탄해 보였다. 뭔가를 잡으려고 팔을 뻗거나 몸을 늘이면 놀라울 정도로 가슴이 크고 단단하다는 걸 알 수 있었다. 그리고 여름이 가까워져 소떼 주위를 앵앵거리는 파리와 각다귀 때문에 자신의 목과 등을 철썩철썩 때릴 때면, 성실하기만 한 사람처럼 보이는 그녀가 실은 쾌활한 면도 있다는 걸 알 수 있었다. 그녀의 몸매는 효율적이다 싶을 정도로 마르고 수수해 보였다. 두 뺨과 턱에서 보이는 뉴잉글랜드 사람 특유의 날카로운 윤곽과 여성임을 숨길 수 없는 긴 목이 아직 나이의 영향을 받지 않은 덕분에 한 줌쯤 되는 흰 머리칼이 오히려 매력적으로 보이는, 성숙했지만 아직 노화에 접어들진 않은 한창때 중의 한창때인 여자, 아슬아슬하게 균형을 유지하고 있는 탄탄한 체구의 여자였다.

"이쪽은 내 이웃일세." 구부린 팔꿈치께로 얼굴의 땀을 닦느라 포니아가 잠시 일손을 멈추고 우리 쪽을 바라보자 콜먼이 말했다. "네이선이야."

이런 침착함은 내가 예상치 못한 것이었다. 나는 좀더 노골적으로 화가 나 있는 누군가를 예상했었다. 포니아는 인사 대신 턱을 까딱했는데, 아주 효과적이었다. 포니아는 그 턱을 아주 효과적으로 활용했다. 마치 버릇인 것처럼 턱을 쳐들고 있는 포니아에게선 남성성까지 느껴졌다. 그녀의 반응도 마찬가지였다. 변화가 거의 없는 표정이 좀 남사스러울 뿐만 아니라 어딘가 남성적이고 가차없을 듯한 느낌을 주었던 것이다. 그것은 섹스와 배반을 빵만큼 예사로 여기는 사람의 표정이었다. 가출 소녀의 표정이자 한결같은 불행에 진력이 난 표정. 변색을 피할 수 없는 쓰라린 첫 단계에 접어든 진한 금발은 뒤로 그러모아 고무줄로 묶었는데, 고무줄에서 빠진 머리카락이 일하는 동안 계속 눈썹 쪽으로 흘러내렸다. 그녀가 말없이 우리 쪽을 바라보며 한 손으로 머리카락을 쓸어넘길 때, 나는 처음으로 그 얼굴에서 작은 특징을 발견했다. 어쩌면 내가 뭔가를 찾으려 했기 때문에 그렇게 보인 것일 수도 있지만 확실히 눈에 띄긴 했다. 눈썹의 융기된 부분과 윗눈꺼풀 사이에 좁은 아치형 살이 볼록 솟아 있었던 것이다. 오똑한 코와 맑고 푸른 눈, 가지런한 치아, 돌출한 턱에 얇은 입술을 가진 여자였다. 눈썹 바로 밑에 도도록하게 솟은 살이 그녀에게서 유일하게 찾아볼 수 있는 이국적 특징이자 성적 매력과 부풀어오른 욕망의 표상이었다. 또한 그녀의 냉정하고 단호한 시선에서 느껴지는, 사람을 불편하게 만드는 모호함을 상당 부분 설명해주기도 했다.

전체적으로 볼 때 포니아는 상대의 숨을 턱 멎게 할 정도로 유혹적인 요부는 아니었지만, 어렸을 때는 정말 예뻤겠다는 생각이 드는 반듯한 이목구비를 지닌 여자였다. 실제로 그랬기도 했다. 콜먼의 이야기에 따르면, 포니아는 어렸을 때 그녀를 잠시도 가만두려 하지 않은 부자 계부와 그녀를 전혀 보호해주려 하지 않았던 몹쓸 엄마를 둔 예쁜 금발 소녀였으니까.

우리는 거기 서서 암소 열한 마리―데이지, 매기, 플로시, 베시, 돌리, 메이든, 스위트하트, 스투피드, 에마, 프렌들리 그리고 질—의 젖을 하나하나 짜는 그녀를 봤다. 그녀는 암소 각각에게 틀에 박힌 과정을 똑같이 되풀이했고, 그게 끝나자 착유실 옆의 커다란 개수대와 호스 그리고 살균시설이 갖춰진 하얗게 칠해진 방으로 건너갔다. 우리는 그 방의 열린 문을 통해 그녀가 알칼리 용액과 세척제를 섞고 도관에서 진공 흡입 호스를, 착유기에서 착유컵을, 우유통 두 개를 뚜껑에서 분리한 후, 다시 말해 그 방으로 가지고 간 착유 기구 전체를 분해한 후 개수대에 몇 번이고 깨끗한 물을 가득가득 받아가며 갖가지 솔로 모든 호스, 밸브, 개스킷, 플러그, 플레이트, 라이너, 캡, 디스크, 피스톤의 표면을 얼룩 하나 없이 박박 문질러 닦고 소독하는 것을 지켜보았다. 그곳을 떠나기 위해 우유를 챙겨 차로 돌아갈 때까지 콜먼과 나는 거의 한 시간 반 동안이나 냉장고 옆에 함께 서 있었다. 콜먼이 그녀에게 나를 소개하기 위해 몇 마디 한 것을 제외하면, 누구도 더이상 입을 열지 않았다. 들리는 소리라곤 그저 우리 뒤쪽에 있는 외양간에 둥지를 튼 제비가 서까래 사이를 푸르르 날아가며 내는 소리, 포니아가 사료통을 흔들어 시멘트 구유에 들이붓는 소리, 포니아가 암소를 밀고 당기며 방향을 틀어 계류 장치에 자리를 잡게 하는 동안 소들이 착유실 바닥에 굽을 끌며 걷는 소리, 그런 다음 들려오는 흡입관의 소음, 착유 펌프가 내는 깊고 부드러운 숨소리가 전부였다.

넉 달 뒤 두 사람이 각각 땅에 묻히고 난 후, 나는 생각하곤 했다. 그날 소젖을 짜던 그 광경이 꼭 내가 엑스트라를 맡은 연극 같다고. 실제로 지금의 나는 엑스트라나 마찬가지다. 밤이면 밤마다 나는 잠을 이룰 수 없었다. 두 주연배우와 암소 합창단이 완벽히 조화를 이루며 연기하는 무대 위로 올라가, 사랑에 빠진 노인이 자신의 숨겨둔 정부인 청소부이자 목장 노동자인 여자의 일하는 모습을 지켜보는 장면을 구경하는 걸 멈출 수 없었으니까. 여주인공이 암소와 함께 펼치는 모든 연기, 그녀가 소들을 다루고 만지고 돌보고 말을 거는 방식, 그 모습을 남주인공이 홀린 듯 탐욕스러운 눈길로 바라보는 장면에는 페이소스와 최면과 성적 복속이 있었다. 거의 사라져버린 거나 다름없이 매우 오랫동안 그의 내면에 억압되어 있다 내 눈앞에서 드러난 힘, 온몸을 마비시키는 듯한 그 힘에 사로잡힌 남자가 있는 장면. 그것은 꼭 아셴바흐가 타치오*를 열렬한 눈길로 바라보는 장면—죽음이 임박했다는 고통스러운 사실로 인해 아셴바흐의 내면에서 섹스에 대한 갈망이 끓어오른다—같았다. 비록 우리가 베네치아 리도 해변의 고급 호텔에 있는 것도 아니었고, 독일어 소설의 등장인물도 아니었으며, 또한 당시에는 영어 소설의 주인공조차 아니었지만. 때는 한여름이었고 우리는 북동부의 외양간에, 대통령의 탄핵이 이루어지던 해의 미국에 있었으며, 그 암소들이 신화나 박제가 되지 않은 것처럼 우리 또한 그때까지는 소설 속 인물이 아니었다. 그날의 따가운 햇볕과 열기(축복이기도 했다), 다른 암소들의 삶과 아주 유사한 암소 각각의 변화 없는 조용한 삶, 효율적이고 활기차게 움직이는 여인의 유연함을 눈여겨보는 사랑에 빠진 노인, 그의 내면에서 일어나는 과한 찬탄, 그보다 더 감동적인 장면은 한 번도 본 적 없다고 말하는 듯한 그의 표정, 그리고 나의 기꺼운 기다림, 인간 유형들 간에 나타나는 광범위한 불균형에 대

---

* 토마스 만이 1912년 발표한 단편 「베네치아에서의 죽음」의 두 남자 주인공.

한 나의 매혹, 성관계 방식이 지닌 비획일성과 가변성과 넘치는 불규칙성에 대한 나의 매혹. 인간과 소라는 대단히 구별되면서도 거의 구별되지 않는 우리에게 살아 있으라고, 그것이야말로 난제이자 삶이 지닌 무의미한 의미심장함이니, 단순히 견디는 것이 아니라 살아 있으라고, 계속해서 받고 주고 먹이고 젖을 짜고 진심으로 인정하라고 하는 명령에 대한 나의 매혹. 이 모든 것이 수만 개의 세세한 인상으로 현실처럼 기록되었다. 감각의 충만함, 풍성함, 삶의 풍부한 혹은 과다한 세부, 그것은 곧 삶의 광시곡이기도 하다. 그리고 이제는 이 세상 사람이 아닌 콜먼과 포니아는 예측 불허의 흐름 깊은 곳에서 날마다, 매 순간 스스로 그 풍성한 세부가 되고 있다.

영원한 것은 없지만 소멸하는 것 또한 없다. 그리고 영원한 것이 없기 때문에 소멸하는 것도 없는 것이다.

레스 팔리가 문제를 일으키기 시작한 건 그날 밤부터였다. 포니아와 저녁으로 스파게티를 먹은 직후 집 바깥의 덤불에서 뭔가 움직이는 소리를 들은 콜먼은 사슴이나 너구리가 아닌 것 같아 주방 식탁에서 일어났다. 그리고 주방문을 통해 한 남자가 여름날 저녁의 어스름 속에서 집 뒤쪽 들판을 가로질러 숲으로 뛰어가는 것을 목격했던 것이다. "이봐! 거기! 거기 서!" 콜먼이 외쳤지만 남자는 멈추거나 돌아보지도 않고 순식간에 나무 사이로 자취를 감추었다. 최근 몇 달 사이 콜먼이 누군가 집 가까이에서 자신을 감시하는 것 같다고 느낀 게 이번이 처음은 아니었다. 하지만 지난번엔 밤늦은 시간이라 너무 어두워 그의 경계심을 불러일으킨 움직임이 그를 훔쳐보는 자의 것인지 아니면 그저 동물의 것인지 알 수 없었다. 게다가 이전에는 늘 콜먼 혼자일 때 벌어진 일이었다. 그러나 이번에는 포니아와 함께 있었고, 포니아는 들판을 가로질러 도망간 남자의 실루엣을 보지 않고도 침입자가 자신의 전남편이라고 확인해주었다.

이혼한 후 팔리가 늘 그녀를 감시하긴 했지만, 두 아이가 죽은 뒤 포니아의 부주의로 아이들이 죽었다고 비난하면서부터는 그 감시가 무서울 정도의 집착으로 변했다고 포니아는 말했다. 팔리는 두 번이나 느닷없이 나타나―한 번은 슈퍼마켓 주차장에서, 또 한 번은 주유소에서―그의 픽업트럭 창문을 내리고 고함을 질러대기도 했다. "살인자 화냥년! 살인자 암캐! 네년이 내 아이들을 죽였어, 살인자 암캐 같으니!" 아침에 대학으로 출근할 때 뒤쪽에 따라붙은 전남편의 픽업트럭이 백미러로 보인 적도 여러 번이었는데, 앞유리창 너머에서 그는 입술만 움직여 "네년이 내 아이들을 죽였어"라고 말하곤 했다. 한번은 대학에서 퇴근할 때 따라온 적도 있었다. 당시 포니아는 난로가 쓰러져 발생한 화재로 아이들이 질식사한, 차고 위층에 방을 들인 그 집의 불타지 않은 공간에서 지내고 있었다. 하지만 팔리가 두려워 실리폴스로 이사했고 그곳에서 자살을 기도했다 실패한 뒤 낙농장으로 거처를 옮겼다. 두 여주인과 그들의 어린 자식들이 거의 언제나 북적거리고 있어 팔리가 접근할 위험이 적었기 때문이다. 이곳으로 이사한 다음부터 팔리의 픽업트럭이 포니아의 백미러에 등장하는 횟수가 줄었고, 이후 몇 달이나 모습이 보이지 않자 포니아는 그 인간이 아주 단념했기를 바랐다. 하지만 지금 포니아는 확신했다. 팔리가 용케도 콜먼의 존재를 알아냈고, 언제나 화를 내던 그녀의 모든 면에 대해 또다시 화를 내고 있으며, 그녀가 뭘 하는지 알아내려고 콜먼의 집 바깥에 숨어 그 미친 감시를 다시 시작했다고. 이 안에서 두 사람이 무슨 짓을 하는지 알아내려고 말이다.

그날 밤, 포니아가 그녀의 차에 타자—콜먼이 남의 눈에 띄지 않도록 헛간에 주차하는 것을 선호한 낡은 셰비—콜먼은 외양간을 지나 본채로 이어지는 낙농장의 비포장도로로 그녀가 안전하게 들어설 때까지 6마일 정도 되는 거리를 자기 차로 바짝 붙어 뒤따르기로 작정했다. 그런 다음 집으로 되돌아오는 내내 누가 그의 뒤를 미행하는지 조심스럽게 살폈다. 집에 도착하고 나서는 차고에서 집까지 걸어가는 내내 타이어 레버를 한 손에 쥐고 사방으로 휘둘렀다. 누가 어둠 속에 숨어 있다 할지라도 함부로 덤벼들 생각을 못하도록.

침대에 누워 근심과 씨름하며 여덟 시간을 보내고 난 다음날 아침, 콜먼은 주 경찰에 고소하지 않는 것이 낫겠다는 결론을 내렸다. 그자가 확실히 팔리인지 확인이 어렵기 때문에 경찰이 조치를 취할 만한 근거가 없기도 했고, 혹시라도 자신이 그런 일로 경찰에 연락했다는 사실이 새어나가기라도 하면 이미 돌고 있는 전직 학장과 아테나 대학 청소부의 관계에 대한 뒷말이 더욱 악화될 우려도 있었기 때문이다. 그러나 뜬눈으로 밤을 새우고 나서 콜먼이 그 모든 일에 체념하고 아무런 조치도 취하지 않기로 한 것은 아니었다. 아침식사를 한 뒤 콜먼은 자신의 변호사 넬슨 프라이머스에게 전화를 걸었고, 그날 오후 아테나로 나가 익명의 편지에 대해 그와 상담했다. 프라이머스는 그냥 덮어두라고 했지만, 콜먼은 그를 설득해 델핀 루에게 이런 편지를 쓰게 했다. "루 씨에게. 저는 콜먼 실크 씨의 대리인입니다. 며칠 전 귀하께서는 익명으로 저의 의뢰인인 실크 씨에게 대단히 모욕적이고 고통스러운, 명예를 훼손하는 내용의 편지를 보냈습니다. 귀하가 보낸 편지의 내용은 이렇습니다. '모두가 알고 있다, 당신이 당신 나이의 절반밖에 안 되는 학대받고 문맹인 여자를 성적으로 이용하고 있다는 것을.' 유감스럽게도 귀하는 자신과는 무관한 일에 개입하여 참견하셨습니다. 그런 행동으로 실크 씨의 정당한 권리를 침해했으며 그로 인해 소송을 당할 수도 있음을 알려드립니다."

그로부터 며칠 후, 프라이머스는 델핀 루의 변호사로부터 세 문장짜리 짧은 편지를 받았다. 콜먼은 익명의 편지를 쓴 사람은 델핀 루가 아니라고 단호하게 부인하는 두번째 문장에 빨간 펜으로 밑줄을 쳐놓았다. "귀하가 편지에서 주장하는 어떤 내용도 사실과 부합하지 않으며, 그런 주장이야말로 명예훼손에 해당합니다." 여교수의 변호사가 프라이머스에게 보낸 편지의 내용이었다.

그 즉시 콜먼은 프라이머스로부터 여러 민간 기업과 연방 정부 및 주정부 기관에서 필적 분석가로 과학수사에 참여한 경력이 있는 보스턴의 공인 문서 감정사의 이름을 입수했고, 다음날로 보스턴까지 세 시간을 직접 운전해 가서 문서 감정사에게 델핀 루의 필적 표본 몇 가지와 익명의 편지, 그리고 편지 봉투를 전했다. 그다음 주에 콜먼은 감정 결과를 통보받았다. 보고서에는 이렇게 적혀 있었다. "귀하의 요청에 따라 저는 델핀 루의 것으로 알려진 필적 사본과 문제가 되는 익명의 편지와 콜먼 실크의 주소가 적힌 봉투를 비교 분석했습니다. 귀하는 문제의 편지와 봉투에 적힌 필적이 누구의 것인지 판단해달라고 요청하셨습니다. 저는 글자의 기울기, 띄어쓰기 간격, 글자의 구조, 선의 특성, 눌러쓰기의 정도, 글자의 비례, 글자 크기의 상관관계, 연결 부분과 머리글자 및 마지막 획의 형태 등과 같은 필적의 특징을 모두 조사합니다. 넘겨주신 문서들에 근거했을 때, 델핀 루의 필적의 준거로 알려주신 문서의 필적이 문제가 되는 익명의 편지와 편지가 담겨 있던 봉투의 필적과 일치한다는 것이 전문가로서 저의 견해임을 밝힙니다. 공인 문서 감정사 더글러스 고든." 콜먼이 넬슨 프라이머스에게 감정사의 보고서를 넘기며 델핀 루의 변호사에게 사본을 한 부 보내라고 지시하자, 프라이머스는 대학에서 그 사건이 벌어지는 동안 분노했던 것과 거의 맞먹을 정도로 격분하는 콜먼을 지켜보는 것이 괴롭기는 했지만 더이상 그에게 반대하지 않았다.

콜먼이 숲속으로 도망치는 팔리를 목격한 저녁으로부터 여드레가 흘렀고, 그동안 콜먼은 포니아를 멀리하며 전화로나 연락을 취하는 것이 최선이라고 판단했다. 그래서 어디에 숨어 있을지 모르는 감시의 눈길에 포착되지 않기 위해 콜먼은 목장으로 생우유를 가지러 가지도 않고 가능한 한 집 안에서만 지냈다. 그리고 특히 해가 진 뒤에는 기웃거리는 눈길이 없는지 확인하기 위해 주의깊게 감시하길 게을리하지 않았다. 한편 포니아에게는 목장의 거처를 누가 엿보지나 않는지, 그리고 운전할 때는 백미러로 미행자가 없는지 잘 살피라고 일러뒀다. "꼭 우리가 공공의 안전을 위협하는 존재라도 된 것 같네요." 포니아가 그녀 특유의 웃음을 지으며 콜먼에게 말했다. "아니, 공중 보건을 위협하는 존재지." 콜먼이 대답했다. "우리는 보건국 규정을 따르지 않는 셈이니까."

여드레째 날이 저물어갈 무렵, 비록 무단 침입자가 팔리라는 확증은 잡지 못했지만 최소한 익명의 편지를 쓴 인물이 델핀 루라는 확증을 잡자 콜먼은 이 모든 불쾌하고 분통 터지는 간섭에 맞서 자신을 변호하기 위해 힘닿는 한 모든 일을 했다고 판단을 내리기로 마음을 굳혔다. "이제 격리 기간이 끝난 건가요?" 그날 오후, 포니아가 점심시간에 전화를 걸어 이렇게 묻자 마침내 그만큼 걱정했으면 족하다며 홀가분해진, 혹은 그렇다고 판단을 내리기로 마음을 굳힌 콜먼은 해제경보를 내렸다.

그날 저녁 일곱시쯤 오기로 한 포니아를 기다리며 콜먼은 여섯시에 비아그라를 삼키고 포도주 한 잔을 들이켠 후, 정원 의자에 앉아 딸과 통화하려고 전화기를 가지고 밖으로 나갔다. 콜먼과 아이리스는 자식이 넷이었다. 사십 줄에 접어든 아들 둘은 이과계 대학교수로 결혼하여 자식도 두고 서부 해안에서 살고 있었고, 삼십대 후반인 쌍둥이 남매 리사와 마크는 아직 미혼으로 뉴욕에 살고 있었다. 한 명만 빼고 실크의 자식들은 매년 서너 차례 아버지를 보러 버크셔에 오고 매달 전화를 걸었다. 예외인 한 명은 바로 마크로 평생 콜먼과 사이가 나빴고 이따금 아예 연락을 끊어버리기도 했다.

콜먼이 리사에게 전화를 걸 생각을 한 것은 딸과 통화한 지 한 달이 지나 두 달 가까이 되었다는 사실을 깨달았기 때문이었다. 어쩌면 포니아가 오면 당장 사라질 일시적인 외로움을 달래보려 한 것일 수도 있지만, 동기야 어쨌든 전화하기 전까지는 어떤 일이 벌어질지 전혀 짐작하지 못했다. 자신의 행동을 반대하는 이가 늘어나는 것은 분명 콜먼이 가장 원치 않는 상황이었다. 특히 뉴욕의 이스트사이드 남부에서 십이 년 동안 힘들게 교사생활을 하면서도 여전히 목소리가 부드럽고 감미롭고 소녀 같은 리사에게 반대 의견을 듣고 싶지는 않았다. 리사는 그에게 기쁨을 주고, 마음을 진정시켜주고, 어떤 때는 그 이상의 위안을 주는 존재로 언제나 의지할 수 있고 자신을 꼼짝 못하게 만드는 딸이었다. 어쩌면 콜먼은, 나이가 들어가는 부모라면 이유 불문하고 누구나 그런 것처럼, 예전에 누렸던 부모로서의 권한을 잠시나마 다시 느껴볼 작정으로 장거리전화를 건 것인지도 모른다. 콜먼과 리사는 깨어질 리 없는 명백한 애정을 유지해온 사이였기 때문에 콜먼에게 리사는 대놓고 모욕적인 이야기를 할 리 없는 가장 가까운 사람이었다.

삼 년 전쯤, 그러니까 'Spooks' 사건이 터지기 전, 리사가 일반 교사를 그만두고 학습부진아를 위한 개별독서지도 프로그램 교사가 된 것이 엄청난 실수가 아닐까 고민하고 있었을 때, 콜먼은 딸아이가 얼마나 힘든 상황인지 보러 뉴욕까지 내려가 며칠을 함께 지낸 적이 있었다. 당시에는 아이리스가 살아 있었고, 그것도 아주 기운이 넘칠 때였는데, 리사가 원했던 것은 아이리스의 넘치는 에너지가 아니었다. 리사는 사람을 자신이 원하는 방향으로 움직이려 하는 아이리스의 방식에 좌지우지되길 원치 않았다. 그보다는 혼란스러운 상황을 차근차근 풀어나가는 전직 학장의 질서 정연하고 단호한 방식을 원했다. 아이리스라면 분명 리사에게 그대로 밀고나가라고 말할 것이었고, 리사는 완전히 압도되어 마치 덫에 걸린 듯한 기분을 느낄 것이었다. 하지만 콜먼이라면, 리사가 자신의 인내력으로는 더이상 감내할 수 없는 상황에 처했다면 리사에게 원한다면 손해를 감수하고 그만두라고 말할 것이었다. 그것이 반대로 리사에게 계속 밀고나갈 힘을 실어줄 것이었다.

리사의 집에 도착한 첫날 콜먼은 밤늦은 시간까지 거실에 앉아서 딸의 고민을 들어줬을 뿐만 아니라 다음날 학교까지 같이 가서 딸이 어떤 문제 때문에 속을 끓이는지 직접 살펴보기까지 했다. 문제가 한눈에 보였다. 리사는 아침에 학교에 도착해 먼저 1학년과 2학년에서 가장 학업 성취도가 낮은 예닐곱 살짜리 학생들과 삼십 분씩 쉬는 시간도 없이 개별 수업을 진행했다. 그런 뒤 나머지 시간 내내 개별 수업을 받은 아이들보다 읽기 능력이 별반 나을 게 없는데도 집중지도 프로그램을 맡아줄 훈련된 교사가 없어 방치된 학생들을 여덟 명씩 묶어 사십오 분씩 수업을 했다.

"정규 학급 학생 수가 너무 많아요." 리사가 콜먼에게 말했다. "그래서 교사들이 이렇게 뒤처지는 학생들을 별도로 봐줄 수가 없어요. 저는 일반 학급을 맡은 교사였잖아요. 수업을 따라오지 못하는 아이가 서른 명에 세 명꼴이에요. 세 명이나 네 명 정도. 그리 많은 건 아니에요. 교사는 다른 대부분의 학생에게 맞춰 수업 진도를 나가요. 진도를 늦추고 모자란 아이들에게 필요한 부분을 채워주는 대신 교사는 그 아이들이 꾸준히 따라온다고 생각하면서, 혹은 그렇다는 듯 가장한 채 그냥 그애들 문제를 대충 넘어가죠. 그애들은 그렇게 방치된 채 2학년으로, 3학년으로, 4학년으로 올라가고, 그런 다음에는 어떻게 손써볼 도리가 없는 낙제생으로 전락해요. 그런데 제가 맡은 학급엔 일정 수준에 이를 수도 없고 그럴 생각도 없는 아이들뿐인데, 저는 이 아이들에게, 그리고 이 아이들을 가르치는 일에 큰 애착을 갖고 있기 때문에 저 자신이라는 존재 전체, 그러니까 저의 세계 전체가 영향을 받아요. 게다가 학교와 학교 운영진도 문제예요. 아빠, 그들은 별로 우수하지 못해요. 교장은 자신이 원하는 바에 대한 비전도 없고, 오합지졸 교사들은 자기들이 최선이라고 생각하는 방식대로 행동하죠. 딱히 그게 최선인 것도 아니고요. 제가 십이 년 전에 처음 이 학교로 부임했을 때는 훌륭했어요. 교장이 정말 대단한 사람이었거든요. 그 여교장은 학교 전체를 훌륭하게 바꿔놓았어요. 하지만 지금은 사 년 동안 교사가 스물한 명이나 빠져나갔어요. 엄청난 수죠. 좋은 교사를 많이 잃었어요. 저는 이 년 전에 이 개별독서지도 프로그램 교사를 자원했는데, 교실에 있으면 속이 다 타버릴 것 같아서였어요. 그렇게 보낸 세월이 십 년이에요. 더는 못 참겠어요."

콜먼은 말을 아끼면서 리사가 하고 싶은 이야기를 실컷 하도록 내버려두었다. 딸이 이제 마흔을 바라보는 나이였기에 현실의 벽에 부딪혀 상처받은 딸을 두 팔로 안아주고 싶은 충동을 쉽사리 억누를 수 있었다. 리사도 글을 읽을 줄 모르는 여섯 살짜리 아이를 안아주고 싶은 충동을 잘 억누르리라 생각했으니까. 리사는 권위적인 면만 제외하면 아이리스의 격정을 모두 물려받았고, 자신의 삶이 오로지 남을 위해서만 존재한다고 생각했다. 그래서 교사로서 그녀는 끊임없이 고갈되었다. 리사의 치료 불가능한 이타심이야말로 그녀에게 내려진 저주였다. 게다가 그녀는 대개 요구가 많은 애인도 상냥하게 대하지 않고는 못 배겼고, 그에게 자신의 속까지 뒤집어 보여줄 것처럼 굴었다. 애인이라는 녀석들은 리사의 때 묻지 않은 윤리적 순결함을 엄청 고리타분하게 여길 게 뻔했다. 리사는 스스로도 잘 이해하지 못할 정도로 늘 도덕적이었지만, 뭔가를 필요로 하는 타인을 실망시킬 수 있는 매정함이나 자신의 도의심에 환멸을 느낄 용기 어느 쪽도 없었다. 이 때문에 리사가 결코 개별독서지도 프로그램을 그만두지 못하리라는 것을 콜먼은 알았다. 그래서 그가 아버지로서 딸에게 느끼는 자부심에는 걱정뿐 아니라 때로는 거의 경멸에 가까운 짜증이 섞이기도 했다.

"각자 수준이 다르고 경험도 다른 학생 서른 명을 가르쳐야 하는데, 전부 잘 따라오도록 만들어야 해요." 리사가 콜먼에게 말했다. "서로 다른 서른 가지 환경에서 자란 서로 다른 서른 명의 학생을 서로 다른 서른 가지 방식으로 가르쳐야 한다고요. 그러니 아이들 다루는 능력이 엄청나게 뛰어나야 하죠. 처리해야 하는 문서 업무도 장난이 아니에요. 엄청나게 많은 온갖 일을 해내야 해요. 하지만 그것은 지금 맡은 이 일에 비하면 아무것도 아니에요. 그래요, 지금 맡고 있는 이 일, 개별독서지도 프로그램에서조차 아주 훌륭하게 일을 해냈다고 생각하는 날도 있지만, 창문 밖으로 뛰어내리고 싶은 날이 대부분이에요. 저는 이 일이 저한테 맞는지 정말 많이 고민해요. 혹시 모르실까봐 하는 얘긴데, 전 대단히 열성적인 편이에요. 맡은 일을 제대로 해내고 싶은데 뭐가 제대로 하는 건지 모르겠어요. 애들 하나하나가 다 다르고, 애들 하나하나가 전부 가망이 없는데, 저는 거기 뛰어들어 모든 아이들이 제대로 따라오도록 만들어야 해요. 물론 모든 교사가 언제나 학습 능력이 떨어지는 학생들과 씨름을 해요. 글을 읽을 줄 모르는 아이를 어떻게 하죠? 생각해보세요. 글을 읽을 줄 모르는 아이라고요. 힘들어요, 아빠. 아시겠지만, 자부심을 조금 잃을 법도 하죠."

리사, 마음속에 그토록 숱한 걱정거리를 안고 있고, 그 어떤 양면가치도 인정하려 들지 않는 양심을 지녔으며, 남을 돕기 위해서만 존재하고 싶어하는 아이. 환멸을 느낄 줄 모르는 리사, 이루 말할 수 없을 정도로 이상주의자인 리사. 리사에게 전화를 걸자. 혼잣말을 한 콜먼은 고지식한 성자 같은 딸이 무정하고 불쾌한 어조로 자신의 전화를 받으리라고는 꿈에도 생각지 못했다.

"목소리가 평소와 다르구나."

"전 괜찮아요." 리사가 말했다.

"무슨 일 있니, 리사?"

"아무 일도 없어요."

"여름학교는 어떠냐? 가르치는 일은?"

"좋아요."

"그리고 조시는?" 조시는 최근에 리사가 사귀는 애인이었다.

"잘 있어요."

"학생들은 어떠냐? n자를 못 읽는 어린 친구는 어떻게 됐지? 10단계까지 올라갔니? 이름에 n자가 잔뜩 들어간 아이 에르난도 말이다."

"다 괜찮아요."

그런 다음 콜먼은 지나가듯 슬쩍 물었다. "이 아비가 어떻게 지내는지는 알고 싶지 않은 게냐?"

"어떻게 지내시는지 잘 알고 있어요."

"알고 있다고?"

대답이 없었다.

"무슨 걱정거리라도 있니, 얘야?"

"아무 일도 없어요." 두번째 "아무 일도 없어요"는 분명, 날 얘야라고 부르지 마세요라는 뜻이었다.

뭔가 이해하기 어려운 일이 일어나고 있었다. 누가 리사에게 말해준 걸까? 무슨 이야기를 해준 걸까? 고등학생 때, 그리고 2차대전이 끝난 후 대학에 다닐 때도 콜먼은 엄청난 노력이 요구되는 교과과정을 소화했었다. 아테나 대학 학장으로 재직하는 동안에도 부담이 큰 일을 맡아 해내면서 성공 가도를 달렸다. 'Spooks' 사건으로 비난받던 당시에도 자신이 당한 무고한 비난과 맞서 싸우면서 단 한 번도 움츠러들지 않았다. 교수직을 사직한 것도 조건부 항복이 아닌 분노의 저항이었고, 변함없는 경멸을 의도적으로 표출한 행동이었다. 하지만 과중함이건 좌절감이건 충격이건 무엇이건 간에 전부 혼자 감당해야 했던 세월 동안 콜먼은 단 한 번도, 심지어 아이리스가 죽었을 때도, 그때만큼 스스로를 변호할 수 있는 수단을 몽땅 빼앗겼다고 느낀 적은 없었다. 조롱거리가 될 정도로 친절함의 화신 같은 리사가 이제껏 살아오면서 그렇게 쏘아붙일 대상을 찾지 못했던 모진 감정을 "아무 일도 없어요"라는 말 한마디에 몽땅 담아 내뱉은 그때만큼.

리사의 "아무 일도 없어요"라는 말이 끔찍한 의미를 내뿜던 바로 그 때 콜먼은 픽업트럭 한 대가 집 바깥쪽의 포장도로를 따라 움직이는 것을 보았다. 느린 속도로 몇 야드 굴러가다 브레이크를 밟고, 다시 아주 천천히 굴러가다 또 브레이크를 밟고…… 콜먼은 벌떡 일어섰고, 누군지 보기 위해 목을 길게 뺀 채 깎아놓은 잔디밭을 주춤주춤 가로지르다 힘껏 달리면서 소리치기 시작했다. "거기 당신! 뭐 하는 거야! 이봐!" 하지만 픽업트럭은 재빨리 속도를 높이더니, 콜먼이 운전자나 트럭에 대해 쓸 만한 단서를 식별할 수 있을 정도로 충분히 다가가기도 전에 시야에서 사라져버렸다. 트럭이 어느 회사 제품인지도 알아볼 수 없었고, 그가 뛰어가다 멈춘 곳에서는 새것인지 오래된 것인지도 구분할 수 없었다. 겨우 알아낸 것이라곤 트럭 색깔이 애매한 회색이라는 것뿐이었다.

전화는 끊겨 있었다. 잔디밭을 가로질러 뛰어가면서 자신도 모르게 종료 버튼을 누른 모양이었다. 그게 아니라면, 리사가 일부러 전화를 끊은 것이리라. 콜먼이 다시 전화를 걸자 웬 남자가 받았다. "자네가 조시인가?" 콜먼이 물었다. "그렇습니다." 남자가 말했다. "난 콜먼 실크라고 하네. 리사의 아비일세." 잠시 침묵이 흘렀고, 남자가 다시 말했다. "리사가 통화하고 싶지 않답니다." 그러더니 전화가 끊겼다.

마크 짓이야. 그 녀석이 분명해. 그 녀석 말고 누가 이런 짓을 하겠어. 이 빌어먹을 조시일 리는 없어, 제가 뭐라고? 콜먼은 델핀 루나 다른 사람들이 포니아에 대해 어떻게 알아냈는지, 마크는 또 어떻게 알게 되었는지 납득이 가지 않았다. 하지만 지금은 그게 문제가 아니었다. 문제는 마크가 아버지의 죄상을 가지고 제 쌍둥이 누이를 괴롭혔을 거라는 사실이었다. 그 녀석이라면 그 일을 범죄로 여길 것이다. 겨우 말을 뗐을 무렵부터 마크는 아버지가 자신을 싫어한다는 생각을 버리지 못했다. 두 형은 나이도 더 먹었고, 학교에서도 돋보이는 존재였으며, 전혀 불평 없이 아버지의 지적 가식에 동화되었으니까. 리사는 막내딸인데다 두말할 것도 없이 아버지가 가장 응석을 많이 받아주는 아이였고. 그러나 마크는 쌍둥이 누이가 지닌 모든 장점, 사랑스럽고 부모를 잘 따르고 정숙하고 감동을 주고 뼛속까지 고결한 면이 전혀 없었고, 그렇게 하려 들지도 않았다.

어쩌면 마크는 콜먼이 이제까지 이해가 아니라—분개한 이유를 이해하기란 쉬웠으니까—해결하고자 애써야 했던 인물들 가운데 가장 꾀까다로운 유형인지도 모른다. 유치원에 들어가기도 전에 마크의 징징대고 삐치는 버릇이 나타났고, 얼마 후부터는 가족과 가족의 가치관에 대들기 시작했다. 아무리 달래려고 노력해도 그러한 습성은 해가 갈수록 녀석의 내면에 점점 더 단단하게 자리잡았다. 열네 살 때 마크는 닉슨의 탄핵 청문회가 진행되는 동안 식구들이 크게 떠들어대지는 않아도 대통령을 종신형에 처해야 한다는 쪽을 지지하는 것에 맞서듯 닉슨을 지지한다고 목청을 높였다. 열여섯 살 때는 성직자의 간섭에 반대하는 무신론적 성향의 부모를 본받아 겨우 명색만 유태교도였던 가족들과 달리 정통파 유태교도가 되었다. 스무 살 때는 졸업까지 고작 두 학기를 남긴 상황에서 브랜다이스 대학을 중퇴해 아버지를 화나게 만들었고, 이후 자신의 뛰어난 능력에 어울리지 않는다며 열두 번 가까이 온갖 직장을 전전하다, 사십이 가까운 지금에야 자신에게 맞는 직업은 서사시인임을 깨달았다.

아버지에 대한 확고부동한 증오심으로 인해 마크는 집안과 전혀 어울리지 않는, 안타깝지만 좀더 정확히 말하자면, 자기 자신과도 전혀 어울리지 않는 사람이 되어버렸다. 잘 돌아가는 머리에 신랄한 말투를 지닌 재치 있고 박식한 젊은이였지만 서른여덟의 나이에 성서를 주제로 한 시를 쓰는 시인이 되기 전까지 마크는 아버지 콜먼을 피해갈 길이 도무지 보이지 않았기 때문에 어떤 일에서도 성공하지 못한 사람들 특유의 오만함을 총동원해, 그가 현재와 같은 삶을 살아가도록 만든 그 반감을 품게 되었던 것이다. 유머 감각이라곤 없고 신경질적이고 종교적 계율을 지키는 데 엄격한 젊은 여성인 마크의 헌신적인 애인은 맨해튼에서 치과 기공사로 일하며 둘의 생활비를 벌었지만, 마크는 두 사람이 함께 사는 브루클린의 엘리베이터도 없는 집에 틀어박혀 성서에서 영감을 얻은 시들을 쓰고 있었다. 그래봤자 유태계 잡지조차 게재하려 들지 않는 지루하게 긴 작품뿐이었다. 다윗이 아들 압살롬에게 얼마나 큰 잘못을 저질렀는지, 이삭이 아들 에서에게 얼마나 잘못했는지, 유다가 형제인 요셉에게 얼마나 잘못했는지, 다윗이 밧세바와 함께 죄를 지은 후 예언자 나단에게 어떤 저주를 받았는지 등등. 그 시들은 이런저런 방식으로 서투르게 숭고함을 가장하기는 했으나 결국 모든 것을 걸었다 모든 것을 잃은 마크의 강박관념을 되살려낸 것일 뿐이었다.

어떻게 해서 리사가 녀석의 말에 귀를 기울이게 되었을까? 마크가 지금까지 어떻게 살아왔는지 잘 알면서 리사는 어떻게 녀석이 들이대는 비난을 진지하게 받아들일 수 있는 것일까? 그러나 마크에 대한 리사의 너그러움은 둘이 쌍둥이로 태어났다는 사실로 귀결되기 마련이었다. 마크를 일그러뜨린 적대감이 아무리 안 좋은 것일지라도. 자비로운 천성을 타고났기 때문에, 그리고 어린 학생이었을 때부터 자신이 편애를 받는 것에 늘 양심의 가책을 느꼈기 때문에 리사는 언제나 쌍둥이 형제의 불만을 상냥하게 받아줬고, 가족들 사이에서 말다툼이 벌어질 때도 마크의 위로자를 자처했다. 하지만 자신보다 덜 사랑받은 쌍둥이 형제를 향한 염려의 마음을 이 정신나간 비난에까지 발휘해야 했을까? 도대체 그 비난이 무엇이기에? 아버지가 무슨 해가 되는 짓을 저질렀기에? 쌍둥이 남매가 델핀 루나 레스터 팔리와 한패가 될 정도로 자식들에게 상처를 입힌 게 무엇이기에? 과학자인 다른 두 아들의 윤리관도 쌍둥이와 마찬가지일까? 두 아들에게 마지막으로 연락이 온

게 언제였지?

콜먼은 아이리스의 장례를 치른 뒤 집에서 겪었던 끔찍한 시간을 기억해냈다. 큰아들과 둘째아들이 억지로 마크를 전에 쓰던 방으로 데려가 그날 오후 내내 콜먼과 떼어놓기 전까지 마크가 퍼부었던 비난을 온전히 기억해냈다. 그러자 다시 한번 마음이 괴로워졌다. 자식들이 모두 한집에 머물러 있던 그후 며칠 동안 콜먼은 마크가 슬픔 때문에 그런 것이라고 기꺼이 이해하려 했지만, 그 비난을 완전히 잊지는 못했고, 결코 잊을 생각도 없었다. 마크는 장지에서 차를 몰아 돌아온 후 채 몇 분도 되지 않아 아버지에게 비난을 퍼부어대기 시작했다. "대학 탓이 아니에요. 흑인 학생들 탓도 아니고, 아버지의 적들 탓도 아니에요. 바로 아버지 탓이에요. 아버지가 엄마를 죽였어요. 다른 것들을 죽인 것과 똑같은 방식으로! 아버지는 늘 자기가 옳다고 생각하니까요! 절대 사과 같은 건 안 하고 매번 백 퍼센트 자기만 옳다고 생각하잖아요. 그래서 결국 엄마가 죽고 만 거라고요! 그 일은 너무도 쉽게 해결될 수 있는 문제였어요. 아버지가 평생에 단 한 번 사과를 하는 것으로 '검둥이라고 해서 미안하네'라고 했다면 스물네 시간 만에 해결될 문제였다고요. 그렇게만 했으면 됐을 텐데, 정말 잘나신 아버지, 그냥 학생들을 찾아가 미안하다고 사과만 했다면 엄마는 돌아가시지 않았을 거라고요!"

잔디밭에 나와 있던 콜먼은 마크의 감정이 폭발했던 그날 이후로, 사직서를 작성해 대학에 제출하기까지 고작 한 시간밖에 걸리지 않았던 그날 이후로 한 번도 느끼지 못했던 일종의 분노에 사로잡혔다. 자식에게 그런 감정을 갖는 것은 옳지 못하다는 걸 콜먼도 알고 있었다.

'Spooks' 사건을 통해 그 정도의 분노는 광기의 한 형태라는 것을, 자신도 그런 광기에 굴복할 수 있음을 깨달았다. 그런 분노가 문제를 정연하고 이성적으로 풀 수 없게 만든다는 것도 알았다. 콜먼은 교육자로서 어떻게 교육해야 하는지, 아버지로서 어떻게 아버지 노릇을 해야 하는지도 알았다. 그리고 일흔이 넘은 노인으로서 그 어떤 것도, 특히 화해해볼 도리가 없을 정도로 변할 생각을 않는 마크처럼 원한을 잔뜩 품은 아들이 있는 가족일지라도 대수롭지 않게 대해야 한다는 것도 알았다. 심하게 부당한 취급을 당한다고 느끼는 사람의 마음을 갉아먹는 것이 무엇이며, 엇나가게 하는 것이 무엇인지 콜먼이 알게 된 것은 비단 'Spooks' 사건을 통해서만은 아니었다. 아킬레우스의 분노, 필록테테스의 울화, 메데이아의 격렬한 비난, 아이아스의 광증, 엘렉트라의 절망 그리고 프로메테우스의 고통처럼 가장 높은 수준의 분노가 소기의 성과를 거두고 나서, 정의의 이름으로 엄한 징벌이 가해지고 앙갚음의 악순환이 시작되었을 때, 그에 뒤따랐던 수많은 참혹한 사건을 통해서도 알고 있었다.

콜먼이 이 모든 걸 익히 알고 있었던 것은 다행스러운 일이었다. 분노를 느끼자마자 바로 마크에게 전화해 네놈은 예나 지금이나 정말 불쾌한 녀석이라고 상기시켜주고 싶은 충동을 억제하는 데 효과 있었던 것이 더도 덜도 아닌 바로 그것이었으니까. 아티카*의 비극이나 그리스 서사시 전체에 등장하는 예방법.

---

* 고대 그리스의 한 지방으로 그 중심지가 바로 아테네.

콜먼이 레스터 팔리와 정면으로 맞닥뜨린 것은 그로부터 네 시간 정도 지난 후였다. 내가 재구성해본 바에 따르면, 콜먼은 포니아가 도착한 뒤 몇 시간 동안 누가 집 안을 엿보지 않는지 확인하기 위해 앞문과 뒷문 그리고 주방문을 예닐곱 번쯤 들락거리며 살폈다. 그날 밤 열시 무렵 두 사람은 헤어지기 전에 주방 방충문 안쪽에서 포옹했다. 그때 콜먼은 마음을 좀먹는 모든 분노를 극복하고 자신의 인생에서 진정으로 중대한 것—토마스 만이 아셴바흐에 대해 쓰면서 "감정의 느지막한 모험"이라고 일컬었던 것, 즉 마지막으로 마음 내키는 대로 행동하는 것—이 다시 자기주장을 펼치고 그를 지배하도록 허락할 수 있었다. 포니아가 막 떠나려고 할 때, 콜먼은 마침내 자신이 이 세상 그 무엇보다 이 여자를 갈망한다는 사실을 깨달았다. 딸도, 아들들도, 포니아의 전남편이나 델핀 루도 상관없었다. 이것은 단순히 삶이 아니라 삶의 마지막이 걸린 문제다, 콜먼은 생각했다. 정말 참을 수 없는 것은 자신과 포니아에게 쏟아지는 어이없는 온갖 반감이 아니었다. 정말 참을 수 없는 것은 바로 자신의 여생이 고작 양동이 하나 분량밖에 남지 않았다는 사실, 그것도 곧 바닥이 드러날 지경이라는 사실이었다. 지금이야말로 싸움을 그만두고 항변을 포기할 때였다. 생기 넘치는 아이 넷을 키우는 데, 전투와도 같았던 결혼생활을 지속하는 데, 고집불통인 동료 교수들을 움직이는 데, 그리고 이천오백 년쯤 묵은 문학작품을 매개로 그의 모든 능력을 동원해 아테나 대학의 평범하기 짝이 없는 학생들을 지도하는 데 무기가 되었던 성실함으로부터 자신을 풀어놓을 때였다. 이제 이 단순한 갈망을 지침으로 삼아 몸을 내맡겨야 할 때였다. 저들의 비난을 넘어서자. 저들의 고발을 넘어서자. 저들의 평가를 넘어서자. 죽기 전에 저들의 역겹고 멍청하고 분노에 찬 비난이 지배하는 구역 바깥에서 살아가는 법을 배우자. 콜먼은 스스로를 타일렀다.

팔리와의 조우. 파산할 생각은 없었지만 파산해버린 낙농업자, 자신에게 맡겨진 일이 아무리 비천하고 자존심을 멍들게 하는 것일지라도 자기 고장을 위해 온 힘을 쏟는 도로공사 인부, 한 번도 아니고 두 번이나 국가에 봉사했고, 두번째는 그 빌어먹을 임무를 마치기 위해 자원한 충성스러운 미국인 팔리. 첫 파병 임무를 마치고 고향으로 돌아왔을 때 모든 사람이 그가 달라졌다고, 알아볼 수 없을 정도라고 말하는데 자신이 봐도 그랬기 때문에, 사람들이 모두 자신을 두려워했기 때문에 재입대해 다시 전장으로 돌아간 인물. 정글에서 전투를 치르다 고향으로 돌아왔는데 사람들이 그의 공로를 인정하기는커녕 오히려 두려워하자 그는 차라리 그곳으로 돌아가는 게 낫겠다고 생각했다. 영웅 대접을 기대한 건 아니었지만, 다들 그런 시선으로 보지 않는가? 그래서 그는 두번째로 전장에 갔고, 이번엔 기대와 흥분으로 부풀었다. 화도 잔뜩 났다. 기합도 들어갔다. 대단히 공격적인 전사가 되었다. 첫 파병 때 그는 그 정도까지 용맹하지 못했다. 첫 파병 때 그는 무력감을 느낀다는 것이 무엇을 의미하는지 전혀 모르는 그저 태평한 레스였다. 첫 파병 때 그는 사람들을 몹시 신뢰하고, 목숨이 얼마나 하찮아질 수 있는지 전혀 모르는 버크서 출신의 젊은이였다. 약물치료가 뭔지도 모르고, 누구에게도 열등감을 갖지 않은 낙천적인 레스였다. 사회에 위협이 되지 않고 수많은 친구와 성능 좋은 자동차, 그런 모든 것에 익숙한 레스였다. 첫 파병 때 그는 죽인 적의 귀를 자르곤 했는데, 그저 그가 거기 있고 모두가 하는 짓이었기에 따라한 것이었다. 그는 일단 그런 무법천지에 있으면 무슨 짓이라도 저지르지 못해 안달인 부류, 심신이 온전치 못하거나 처음부터 대단히 공격적이어서 미쳐 날뛸 수 있는 사소한 기회라도 잡으려 드는 부류가 아니었다. 그와 같은 부대원 중에 동료들에게 '덩치'라고 불리던 자가 있었는데 그자는 배속된 지 하루인가 이틀이 채 지나기도 전에 작전에 나가 눈 하나 꿈쩍 않고 임신부의 배를 칼로 갈랐다. 팔리가 이런 짓에 겨우 익숙해지기 시작한 것은 첫 파병 임무가 거의 끝나갈 무렵이었다. 하지만 두번째 자원했을 때 배속된 부대에는 팔리와 마찬가지로 귀국했다 다시 자원해서 온 군인이 많았는데, 그들은 그저 시간을 때우기 위해서나 가욋돈을 좀더 벌어보려고 온 게 아니었다. 이 두번째 임무에서 그는 언제나 최전선에 배치되기를 원하는 자들, 공포가 무엇인지 알지만 그것이야말로 생애 최고의 순간이라고 여겨 미쳐 날뛰는 자들과 함께였다. 팔리 또한 미쳐 날뛰었다. 위험을 피해 달리며 총을 난사하는 총격전을 치르다보면 겁을 먹지 않을 수 없지만, 광포하게 날뛰면서 강한 쾌감을 맛볼 수 있기에 두번째 임무에서 팔리는 사납게 날뛴다. 그야말로 파괴의 화신처럼. 사지死地에서 느끼는 격렬함, 흥분과 두려움, 그것은 민간인의 삶에서는 결코 맛볼 수 없는 것이다. 무장 헬기에서의 기총소사. 미군 무장 헬기가 계속 격추당해 무장 헬기의 기관총수가 부족해지자 군 당국에서 기관총수를 차출한다. 팔리는 앞뒤 안 가리고 자원한다. 무장 헬기에 올라타 하늘에서 내려다보면 지상의 모든 것이 조그맣게 보이고 팔리는 죽어라 총질을 해댄다. 움직이는 것이면 뭐든. 죽음과 파괴, 그

거야말로 무장 헬기 기총소사의 전부다. 거기에 정글 속을 기어다닐 필요가 없다는 매력이 더해진다. 그러다 팔리는 고향으로 돌아오지만 상황은 첫 귀향 때보다 더 나쁘다. 2차대전에 참전했던 군인들의 경우와는 전혀 다르다. 당시 참전했던 군인들은 전함을 타고 돌아왔고, 느긋하게 긴장을 풀었으며, 보살펴주는 사람도 있었고, 어떻게 지내는지 안부를 물어주기도 했다. 과도기가 없었다. 베트남에서 그는 어느 날 폭발하는 헬기와 공중에서 폭사하는 동료들을 보며 무장 헬기 기관총수로 총질을 해대고, 까마득히 내려다보이는 저 아래에서 피어올라오는 인간의 피부가 타는 냄새를 맡고, 비명소리를 듣고, 마을 전체가 불길에 휩싸이는 것을 본다. 그리고 바로 다음날 버크셔로 돌아온다. 지금 그는 이곳에 제대로 속하지 못하고, 자신의 머릿속에서 벌어지는 일들이 두렵기만 하다. 그는 다른 사람들과 어울리길 꺼리고 농담을 하며 웃을 수도 없다. 자신은 더이상 그들 세계의 일부가 아니라고 느낀다. 그들에게 닿을 수도 없고 그들도 자신에게 닿을 수 없을 정도로 자신이 사람들의 상식에서 벗어난 일들을 보고 행했다고 느낀다. 군대에서 고향으로 돌아가도 된다고 했었지? 어떻게 고향으로 돌아갈 수 있단 거지? 고향에 가봐야 무장 헬기가 기다리고 있는 것도 아닌데. 그는 홀로 지내며 술로 나날을 보내고, 무슨 방도가 있는지 재향군인보훈국에 알아보러 가지만 그저 연금이나 받으러 온 것이냐는 말을 듣는다. 사실 그가 거기 간 것은 다른 도움이 필요해서인데. 그전에도 그는 정부의 도움을 받아보려 했지만 정부가 그에게 준 것이라곤 수면제 몇 알이 전부였다. 빌어먹을 정부. 그를 쓰레기 취급하다니. 자네는 젊네, 거기서 들은 말이다. 그러니 극복할 수 있을 걸세. 그래서 그는 극복해보려 애쓴다. 정부는 상대하고 싶지 않으니, 혼자 힘으로 해낼 수밖에. 두 차례나 참전하고 돌아와 아무런 도움 없이 혼자 후유증을 극복한다는 게 쉬운 일이 아니라는 게 문제지만. 그는 분노를 가라앉히지 못한다. 마음의 평정을 잃는다. 좌불안석이다. 술을 마신다. 그를 격노하게 만들기는 어렵지 않다. 이런 생각들이 그의 머릿속을 계속 맴돈다. 그는 여전히 극복해보려 노력한다. 그러다 마누라, 집, 아이들, 농장이 생긴다. 그는 혼자 있고 싶지만 마누라는 그와 함께 자리를 잡고 농장을 경영하고 싶어하기 때문에 자신도 자리 잡는 것을 원해보려 애쓴다. 베트남에 가기 십 년, 십오 년 전에 천하태평이었던 레스가 원했던 것들을 기억해내 다시 원해보려 애쓴다. 문제는 그가 가족에게 아무 감정도 느끼지 못한다는 것이다. 그는 주방에 앉아 가족들과 함께 식사를 하지만 아무런 감흥도 없다. 그곳에서 여기 이곳으로 돌아올 길이 없다. 그렇지만 그는 여전히 노력한다. 한밤중에 깨어나 마누라의 목을 조른 적도 두어 번 있지만, 그건 그의 잘못이 아니다. 정부의 잘못이다. 정부가 그 원인을 제공했으니까. 마누라를 빌어먹을 적으로 착각했던 것이다. 마누라는 그가 뭘 하려는 거라고 생각했을까? 마누라는 그가 그런 상태에서 빠져나오리라는 걸 알고 있었다. 그는 한 번도 마누라나 자식들에게 해를 끼친 적이 없었다. 그랬다는 건 모두 거짓말이다. 마누라는 언제나 자기 생각만 했다. 그런 여자가 아이들을 데려가게 놔둬서는 안 된다는 걸 진작 알았어야 했다. 마누라는 그가 재활원에 들어갈 때까지 기다렸다. 그게 바로 그 여자가 남편이 재활원에 들어가기를 원한 이유였다. 그 여자는 그에게 다시 가족이 모여 살 수 있도록 증세가 좋아지기를 바란다고 말했지만, 아이들을 그에게서 떼어놓기 위해 그에게 불리한 모든 상황을 이용했다. 암캐. 개쌍년. 마누라는 그를 가지고 놀았다. 그 여자가 아이들을 데리고 가게 놔둬서는 안 된다는 걸 알았어야 했는데. 술을 너무 많이 마셔대 사람들이 강제로 재활원에 집어넣을 수 있는 빌미를 제공했으니 그의 잘못도 일부 있지만, 그가 떠들어댄 것처럼 마누라나 애들을 전부 죽여 없애는 게 차라리 나았을지도 모른다. 마누라를 죽였어야 했다. 아이들도 죽였어야 했다. 재활원에 잡혀 있지 않았다면 그렇게 했을 텐데. 그리고 그 여자도 그가 그랬으리라는 것을, 그에게서 아이들을 떼어놓으려 들면 그가 그녀와 아이들을 죽였으리라는 것을 알았다. 그는 아이들의 아버지였다. 만약 누군가가 그의 아이들을 길러야 한다면 그건 그여야 했다. 만약 그가 아이들을 돌볼 수 없다면 차라리 아이들이 죽는 편이 나았다. 그 여자는 그의 아이들을 훔칠 권리가 없었다. 그럼에도 그 여자는 아이들을 훔쳤고, 그런 다음 아이들을 죽였다. 베트남에서 그가 저지른 일의 대가였다. 재활원의 모든 사람들이 그렇게 말했다. 이것의 대가 또 저것의 대가라고. 하지만 모든 사람이 그렇게 떠들어댄다고 달라지는 건 없었다. 그것은 대가였다, 모든 것이 대가였다. 아이들이 죽은 것도, 마누라가 목수랑 붙어먹은 것도 모두 대가를 치른 것이었다. 그는 왜 자신이 목수를 죽여버리지 않았는지 알 수 없었다. 처음에 그는 연기 냄새만 맡았다. 길 아래쪽 덤불에 숨어 목수의 픽업트럭 안에 있는 두 사람을 감시했다. 픽업트럭은 마누라의 집 진입로에 주차되어 있었다. 그 여자가 세낸 방은 차고 위에 방갈로처럼 지어진 곳이었다. 마누라가 아래층으로 내려와 픽업트럭에 올라탔다. 불빛이나 달빛이 없었지만 그는 그 안에서 무슨 일이 벌어지는지 다 알았다. 그러다 연기 냄새를 맡았던 것이다. 그가 베트남에서 목숨을 부지할 수 있었던 단 하나의 비결은 변화, 소음, 동물의 냄새나 정글에서의 모든 기척을 누구보다 먼저 감지해낸 것이었다. 정글에서 그는 그곳에서 태어난 사람처럼 기민하게 움직였다. 너무 어두워서 연기도 볼 수 없었고 불길도 볼 수 없었다. 아무것도 보이지 않았지만, 갑자기 연기 냄새가 풍겨왔고, 머리 위로 뭔가가 날아드는 것을 느낀 그는 뛰기 시작했다. 그가 달려오는 것을 본 두 사람은 그가 아이들을 몰래 데려가려는 것이라고 생각한다. 두 사람은 집에 불이 났다는 걸 모른다. 그저 그가 미쳐서 그러는 거라고 생각한다. 하지만 그는 연기 냄새를 맡았고 그 냄새가 2층에서 난다는 것도 알고 아이들이 그 안에 있다는 것도 안다. 멍청한 암캐에 개쌍년인 마누라가 픽업트럭 안에서 목수 놈의 좆을 빨아주느라 아이들을 구하러 달려가지 않으리라는 것을 안다. 그는 두 사람을 지나쳐 뛰어간다. 이제 자신이 어디에 있는지 모르고, 어디에 있는지 잊었다. 머릿속에는 그저 얼른 달려가 계단을 올라가야 한다는 생각뿐이다. 옆문을 때려부수고 불이 난 곳으로 뛰어올라가는데, 계단 맨 꼭대기에서 숨이 막혀 헉헉거리며 서로 끌어안고 있는 아이들이 눈에 들어온다. 그는 곧바로 아이들을 안아올린다. 아이들은 계단에 웅크리고 있었고 그는 아이들을 안아올려 문을 박차고 나온다. 그는 아직 아이들이 살아 있다고 확신한다. 아이들이 죽었을 리 없다고, 그저 겁을 먹었을 뿐이라고 생각한다. 그는 고개를 들어 문밖에 서서 자기들을 바라보는 목수를 본다. 그 순간 그는 완전히 돌아버린다. 자신이 무슨 짓을 하는지도 몰랐다. 목수의 목을 움켜쥐려 달려들었다. 그의 목을 조르기 시작하자, 그 암캐는 아이들에게 달려가는 대신 그에게

목이 졸리는 빌어먹을 애인놈만 걱정한다. 그 빌어먹을 암캐는 자신이 내지른 애새끼들을 걱정하는 대신 애인이 목 졸려 뒈질까봐 더 걱정한다. 서둘러 손을 썼더라면 아이들은 목숨을 건졌을지도 모른다. 애들은 그래서 죽은 것이다. 그 여자가 애들에게 개뿔도 신경을 안 썼기 때문에. 그 여자는 한 번도 그런 적이 없었다. 그가 안아들 때만 해도 아이들은 숨이 붙어 있었다. 몸이 따뜻했다. 그는 죽는다는 것이 어떤 건지 안다. 두 차례나 베트남에서 복무한 사람에게 죽음이 어떤 것인지 이야기해줄 필요 따윈 없다. 그는 필요하다면 죽음의 냄새도 맡을 수 있다. 죽음의 맛 또한 알 수 있다. 그는 죽음이 어떤 것인지 안다. 애들은—죽지—않았다. 뒈져야 할 놈은 바로 그 애인놈이었는데, 정부와 결탁한 경찰이 총을 들고 몰려와 그를 잡아 가둬버렸다. 그 암캐가 아이들을 죽였는데, 그년이 방치한 탓인데 경찰은 그를 잡아 가뒀다. 제기랄, 딱 일 분만 나를 제정신인 인간으로 취급해달라고! 저 암캐가 애들한테 신경을 안 쓴 거라니까! 저년은 절대로 애들한테 신경쓰지 않는다고. 적이 매복하고 있음을 육감으로 알아채는 것과 같다. 이유는 설명할 수 없지만 분명 함정에 빠졌다는 것을 그는 알았고, 아무도 믿어주지 않았지만 결국 그가 옳았다. 중대에 배속된 멍청한 신참 장교가 그의 말을 듣지 않으려 하는 바람에 부대원들을 잃고 말았다. 그래서 전우들이 지옥 같은 화염 속에서 불타 죽은 것이다! 멍청한 새끼들 탓에 가장 친한 전우 둘이 죽었다! 사람들은 그의 말을 듣지 않는다! 그를 믿지 않는다! 그는 살아 돌아왔다, 안 그런가? 그는 사지 멀쩡하게, 거시기도 멀쩡하게 살아 돌아왔다. 그게 무슨 의미인지 아는가? 하지만 마누라는 그의 말을 들으려 하지 않는다. 단 한 번도! 마누라는 그에게 등을 돌렸고 아이들에게도 등을 돌렸다. 그는 그저 베트남전에 참전했던 미친 재향군인일 뿐이다. 그럼에도 그는 뭐가 뭔지 안다, 빌어먹을. 그리고 마누라는 아무것도 모른다. 그런데 경찰이 그 멍청한 암캐를 잡아 가두던가? 오히려 그를 잡아 가둔다. 그들은 그에게 약을 주사한다. 이번에도 그를 포박하고 노샘프턴 재향군인보훈국 병원 밖으로 한 발짝도 나가지 못하게 한다. 하지만 그는 훈련받은 대로 했던 것뿐이다. 적이 보이면 즉시 죽이라는 훈련. 나라에서는 일 년 동안 군인들을 훈련시키고, 일 년 동안 군인들을 전장에 내보내 죽이려 들고, 군인들이 훈련받은 대로 하려 들면 이때다 하고 달려들어 가죽 포승으로 친친 묶고 약을 잔뜩 주사한다. 그는 나라에서 훈련받은 대로 했고, 그동안 그의 빌어먹을 마누라는 그의 자식들을 방치했다. 할 수 있을 때 그 인간들을 모조리 죽였어야 했다. 특히 그 놈팡이를. 그 애인이라는 놈을. 둘 다 머리통을 날려버렸어야 했다. 왜 그러지 않았는지 모르겠다. 빌어먹을 그놈은 그의 주변에서 얼쩡거리지 않는 게 신상에 이로울 것이다. 만약 그 애인이라는 놈이 어디 처박혀 있는지 알기만 하면 무엇으로 맞았는지 모를 정도로 순식간에 저세상으로 보내버릴 것이다. 사람들은 누구 짓인지 모를 것이다. 그는 적을 쥐도 새도 모르게 없애는 법을 안다. 바로 정부에서 그를 그렇게 훈련시켰다. 그는 미국 정부 덕분에 살인기계로 훈련되었다. 그는 자신의 임무를 수행했다. 하라는 대로 했을 뿐이다. 그런데 고작 이런 빌어먹을 대우나 받아야 한단 말인가? 경찰은 밖에서 문을 잠그는 병동에 그를 가둔다. 그 가운데서도 안이 훤히 들여다보이는 독방에, 빌어먹을 독방에! 그리고 연금조차 지급하지 않으려 한다. 이런 상황에서 그가 받는 금액은 받아

마땅한 액수의 겨우 20퍼센트다. 20퍼센트. 온 가족을 지옥이나 다름 없는 경험에 몰아넣은 대가가 겨우 20퍼센트다. 그나마도 받으려면 비굴하게 설설 기어야 한다. "그래, 무슨 일이 있었는지 한번 들어봅시다." 대학을 나왔다는 쥐뿔만도 못한 사회복지사들, 심리치료사들이 말한다. "베트남에서 사람을 죽여본 적이 있나요?" 베트남에서 그가 죽이지 않은 자가 있던가? 그를 베트남에 보낸 목적이 그거 아니었나? 빌어먹을, 낯짝 노란 인종을 죽이라고 말이다. 무슨 짓이든 다 하라고? 그래서 무슨 짓이든 다 했다. 그 모든 것은 "죽인다"는 말 한마디로 집약된다. 황인종을 죽여라! "사람을 죽여본 적이 있나요?"라는 질문도 불쾌하기 짝이 없는데, 그에게 재수 없는 중국놈같이 생긴 빌어먹을 황인종 심리치료사를 붙여준다. 그는 국가를 위해 봉사하다 이 꼴이 됐는데 빌어먹을, 영어를 제대로 하는 의사조차 만날 수 없다니. 노샘 프턴 전역에는 중국 식당이, 베트남 식당이, 한인 상점이 널려 있다. 하지만 그의 것은? 베트남인이라면, 중국인이라면, 큰돈을 벌고, 식당을 소유하고, 상점을 소유하고, 식료품점을 소유하고, 가족을 거느리고, 훌륭한 교육도 받을 것이다. 하지만 그를 위한 것은 아무것도 없다. 그들은 그가 뒈져버리기를 바라니까. 그가 돌아오지 않았기를 바라니까. 그는 그들에게 최악의 악몽 같은 존재이다. 그는 돌아오지 말았어야 했다. 그리고 이 대학교수라는 자는 어떤가. 정부가 아주 간단하게 우리를 그곳으로 보냈을 때 이 작자가 어디에 있었는지 알지 않는가? 그 빌어먹을 시위대를 이끌며 거리에 나가 있었다. 정부는 그들에게 대학으로 돌아가 가르치라고, 애들을 가르치라고, 베트남전 반대 시위 따윈 하지 말라고 보수를 지급한다. 우리에겐 빌어먹을 기회조차 주지 않았으면서. 그들은 우리가 전쟁에서 진 거라고 말한다. 전쟁에서 진 것은 우리가 아니라 바로 정부인데. 하지만 멋쟁이 교수님들은 기분이 내키면 강의실에서 수업하는 대신 언제고 밖으로 나와 반전 구호가 적힌 피켓을 흔들어댄다. 그게 그가 나라를 위해 봉사한 대가로 받는 감사 인사다. 날이면 날마다 개 같은 일들을 참아야 했던 것에 대한 감사 인사다. 그는 젠장, 밤에 잠도 잘 못 잔다. 빌어먹을 이십육 년 동안 잘 자본 적이 없다. 그것 때문에, 바로 그것 때문에 마누라가 쥐뿔만도 못한 유태인 교수에게 달라붙어 그놈의 거시기나 빨게 된 걸까? 그의 기억으로는 베트남 파병군에는 유태인 병사가 거의 없었다. 유태인은 대학에서 학위를 받느라 너무 바빴던 것이다. 유태인 개자식들. 유태인 개자식들에게는 뭔가 문제가 있다. 그놈들은 세상을 똑바로 보지 못한다. 마누라가 그런 자식을 빨아준다고? 제기랄. 역겹다. 이 모든 게 무엇 때문인데? 그 여자는 그게 어떤 건지 모른다. 살면서 한 번도 힘든 일을 겪은 적이 없으니까. 그는 한 번도 마누라를 해코지하거나 아이들을 해코지한 적이 없다. "정말이지, 계부는 나를 아주 못살게 굴었어." 계부는 기회만 생기면 마누라를 주물러댔다고 했다. 그냥 덮쳤어야 했는데. 그랬다면 그 여자도 정신을 차렸을 텐데. 그랬다면 아이들도 여전히 살아 있겠지. 그의 빌어먹을 아이들이 지금까지도 잘 살아 있었을 거라고! 그랬다면 그도 저 바깥에 돌아다니는 사람들처럼, 가족과 멋진 차가 있는 삶을 살 수 있었을 것이다. 이 빌어먹을 재향군인보훈국 수용시설에 갇혀 지내는 대신. 토라진*이 그가 받은 감사

---

* 정신분열증 치료제.

인사였다. 그는 토라진에 취해 비틀거리는 걸음걸이로 감사 인사에 대한 감사 인사를 했다. 다시 베트남으로 돌아왔다고 생각했으니까.

덤불에서 으르렁거리며 튀어나온 레스터 팔리는 이런 사람이었다. 콜먼과 포니아가 주방문 바로 안쪽에 서 있을 때, 집 옆의 컴컴한 덤불에서 으르렁거리며 두 사람을 향해 달려든 남자는 이런 사람이었다. 그리고 이 모든 상념은, 그 여자가 그것을 하는 걸 두 눈으로 확인하기 위해 그해 봄부터 초여름의 그날까지 밤이면 밤마다 몇 시간씩 다리에 쥐가 나도록 꼼짝 않고 만감에 사로잡힌 채 거기 숨어 있던 동안 그의 머릿속을 스쳐간 생각의 일부에 지나지 않았다. 그 여자는 자기 자식들이 연기에 질식해 죽어가던 동안 했던 짓을 또 하고 있었다. 이번 상대는 자기 또래도 아니었다. 팔리 연배도 아니었다. 이번 상대는 그 여자의 상사인 위대한 모범 국민 홀렌벡도 아니었다. 홀렌벡이라면 최소한 섹스의 대가로 그 여자에게 뭔가를 줄 수라도 있을 것이다. 홀렌벡의 상대인 그 여자는 존경스럽기도 했다. 그런데 이제 하다하다 아무런 대가 없이 아무하고나 그것을 하는 지경에 이르렀다. 이번 상대는 반백에 가죽과 뼈만 남은 늙다리에 거만하기 짝이 없는 유태인 교수였다. 그 유태인 교수의 누르스름한 낯바닥은 쾌감으로 일그러졌고, 떨리는 주름투성이 손은 그 여자의 머리통을 움켜쥐고 있었다. 늙어빠진 유태인놈의 거시기나 빨아주는 마누라를 둔 사람이 또 있을까? 또 있느냐고! 바람둥이에 살인자이며, 신음을 내지르는 암캐는 구역질나는 늙은 유태인놈의 멀건 정액을 음탕한 주둥이로 받아내고 있고, 롤리와 레스 주니어는 이 세상 사람이 아니다.

대가. 거기엔 끝이란 없었다.

마치 비행하는 것 같은, 베트남에 돌아간 것 같은, 확 미쳐버린 것 같은 기분이었다. 마누라가 아이들을 죽였기 때문이 아니라 유태인놈의 거시기를 빨아준다는 사실 때문에 갑자기 눈이 확 뒤집혀버린 팔리는 괴성을 지르며 몸을 날렸고, 유태인 교수도 맞받아 괴성을 질렀다. 유태인 교수가 타이어 레버를 치켜들었고, 팔리는 무장을 하지 않은 탓에 두 사람의 머리통을 날려버리지 못했다. 그의 지하실에 총이 쌓여 있었지만 그날 밤 소방 훈련에서 막 돌아온 참이라 단 한 자루도 몸에 지니지 않았던 것이다. 어째서 교수 손에서 타이어 레버를 낚아채 그 길로 끝장내버리지 않았는지 팔리는 도무지 알 수 없었다. 그 타이어 레버만으로도 정말 멋지게 해낼 수 있었을 텐데. "그거 내려놔! 그걸로 네 대가릴 쪼개버릴 테니까! 쌍, 그거 내려놓으라니까!" 그러자 교수는 그걸 내려놓았다. 현명하게도 그 유태인놈은 그걸 내려놓았다.

그날 밤 집으로 돌아온(어떻게 돌아왔는지 모를 일이었다) 뒤부터 동이 부옇게 틀 때까지, 새벽에 소방서에서 나온 자신의 동료 대원 다섯 명이 달려들어 그를 간신히 제압한 다음 노샘프턴까지 차로 데려갈 때까지 레스터는 모든 것을 보았다. 갑자기 그 모든 것을. 다름 아닌 자신의 집에서 푹푹 찌는 열기를 견디며, 쏟아지는 비를 견디며 보았다. 진흙탕을, 주방 식탁 바로 옆 리놀륨 바닥의 거대한 개미들과 살인벌들을, 설사와 두통으로 힘이 쭉 빠지고 식량과 물이 떨어져 괴로워하고 탄약도 떨어져 오늘밤에야말로 최후를 맞으리라 확신하며 그 일이 일어나기를 기다리는 자신을, 부비트랩을 밟는 포스터를, 익사하는 퀼렌을, 거의 익사 직전인 자신을, 환각 상태에서 사방으로 수류탄을 던지며 "죽고 싶지 않아"라고 소리치는 자신을, 피아를 착각해 아군인 자신들에게 기총소사를 퍼붓는 전투기들을, 드라고의 다리와 팔과 코가 날아가버리는 것을, 화염에 익어버린 콘리티의 살점이 자신의 손에 쩍쩍 달라붙는 것을, 헬기가 착륙하지 못한 채 우리가 공격받는 상황이라 착륙할 수 없다고 떠들어대는 것을, 머리 꼭대기까지 화가 난 자신이 죽으리라는 걸 알고 아군 헬기를 향해 총을 쏴 격추시키려 하는 것을. 지금껏 그가 목격한 것 가운데 가장 비인간적인 밤이었고, 그 밤이 지금 쓰레기 더미 같은 그의 집에서 재현되고 있었다. 가장 긴 밤이었다. 그가 이 세상에서 맞이했던 가장 긴 밤이자 그의 모든 움직임이 겁에 질려 얼어붙었던 밤. 군인들은 괴성을 지르고 쇼크를 일으키고 울부짖었다. 그는 그런 울부짖음을 들을 준비가 되어 있지 않았다. 얼굴에 총을 맞은 군인들이 죽어갔다. 마지막 숨을 삼키고 죽어갔다. 콘리티의 살점이 그의 손에 온통 달라붙었다. 드라고가 사방에 피를 뿌렸다. 그는 죽어 나자빠진 누군가를 흔들어 깨우려 애쓰면서 "난 죽고 싶지 않아"라고 끊임없이 악을 썼다. 죽음에는 타임아웃이 없다. 휴식 시간도 없다. 도망칠 수도 없다. 멈춤도 없다. 아침이 될 때까지 쉬지 않고 죽음과 맞서, 온갖 극한과 맞서 싸운다. 극한의 두려움, 극한의 분노, 착륙을 꺼리는 헬기와 그의 빌어먹을 집구석에 진동하는 드라고의 끔찍한 피 냄새. 그는 피 냄새가 얼마나 끔찍할 수 있는지 미처 몰랐다. 모든 극한과 멀리 고향을 떠나온 모든 사람과 격심한 격심한 격심한 격심한 분노!

노샘프턴까지 가는 동안 거의 내내, 그들이 팔리의 발광을 더이상

참지 못하고 재갈을 물릴 때까지, 팔리는 밤늦게까지 땅을 파다 아침에 구더기가 바글거리는 누군가의 무덤 속에서 깨어나는 망상에 시달린다. "제발!" 팔리가 악을 썼다. "이런 건 제발 그만! 그만!" 그래서 그들은 그를 닥치게 만들 수밖에 없었다.

오직 완력으로만 그를 데려갈 수 있는 곳, 도저히 이길 수 없는 정부가 운영하는 곳이라 수년 동안, 아니 평생 동안 도망다닌 재향군인보훈국 병원에서 그들은 그를 밖에서 문을 잠그는 병동에 수용했다. 그러고는 침상에 묶어놓은 채 탈수증을 치료하고, 안정시키고, 알코올 의존증을 치료하고, 술에 손대지 못하게 하고, 손상된 간장을 치료했다. 이후 육 주 동안 그는 아침마다 집단 심리치료에 들어가 롤리와 레스 주니어가 어떻게 죽었는지 상세히 이야기했다. 사람들에게 무슨 일이 있었는지 전부 이야기했고, 어린 두 자식의 질식한 얼굴을 보고 죽은 게 확실하다는 사실을 알았을 때 어떤 조치도 취하지 못한 걸 매일같이 이야기했다.

"마비된 것 같았죠." 그가 말했다. "빌어먹게도 마비된 것 같았습니다. 아무런 감정도 못 느꼈으니까요. 내 자식들의 죽음에 무감각했다 이 말입니다. 아들은 두 눈이 완전히 뒤집혔고 맥박도 없어요. 심장도 뛰지 않아요. 내 아들이 빌어먹을, 숨을 안 쉰단 말입니다. 내 아들. 귀여운 레스. 다시는 가져볼 수 없을 내 유일한 아들이. 하지만 난 아무것도 못 느꼈죠. 나는 그애가 생판 모르는 남인 것처럼 행동했어요. 롤리도 마찬가지였죠. 남처럼 느껴졌습니다. 내 어린 딸. 빌어먹을 베트남, 다 베트남 때문입니다! 그 전쟁이 끝나고 이렇게 몇 년이 지났는데도 내게 이런 일이 생기게 만든 겁니다! 내 감정은 전부 완전히 망가져버리고 말았어요. 아무 일도 일어나지 않을 때도 나는 머리 옆쪽을 가로 2인치 세로 4인치짜리 각목으로 한 대 얻어맞은 것 같습니다. 그러다 무슨 일이 벌어졌는데, 그것도 아주 빌어먹게 엄청난 일이 벌어졌는데, 나는 빌어먹을, 아무것도 못 느낍니다. 감정이 완전히 마비된 거죠. 내 자식들이 죽었는데 내 몸은 마비되고 머릿속도 완전히 백지상태입니다. 베트남. 베트남 때문입니다! 난 자식들을 위해 눈물 한 방울 흘리지 않았어요. 아들 녀석은 다섯 살이었고, 딸아이는 여덟 살이었죠. 난 혼잣말을 했어요. '왜 아무 느낌이 없지? 왜 내가 그애들을 구하지 않았지? 왜 구하지 못했지?' 대가. 대가입니다! 베트남 생각이 머릿속에서 떠나질 않았죠. 내가 죽었다고 생각한 그 숱한 시간들 생각이. 그러다 내가 죽을 수 없다는 걸 알기 시작했죠. 왜냐하면 나는 이미 죽었으니까요. 왜냐하면 나는 이미 베트남에서 죽었으니까요. 왜냐하면 나는 빌어먹을, 이미 죽은 인간이니까요."

집단 치료 참가자들은 두 명을 제외하고 모두 팔리처럼 베트남전쟁에 참전했던 사람들이었다. 나머지 둘은 걸프전에 참전해 나흘간의 지상전에서 눈에 모래가 좀 들어갔다고 우는소리를 하는 겁쟁이들이었다. 걸프전은 끽해야 백 시간짜리 전쟁 아닌가. 그것도 대부분의 시간을 사막에서 적이 나타나길 기다리며 보낸 전쟁. 베트남전에 참전했던 사람들의 전쟁 이후 삶은 그야말로 최악이었다. 이혼, 음주, 마약, 범죄, 경찰서, 감옥, 인간을 진정 피폐하게 만드는 극도의 우울증, 걷잡을 수 없는 울음, 비명을 질러대고 싶은 욕구, 뭔가를 깨부수고 싶은 욕망, 수전증에 걸린 것처럼 떨어대는 손, 여기저기 씰룩거리는 몸뚱이, 자꾸만 켕기는 얼굴 근육, 날아다니는 금속 파편과 폭발의 섬광과 잘려나간 팔다리가 떠올라, 포로와 가족과 노파와 아이 들의 학살이 떠올라 머리부터 발끝까지 흠뻑 흐르는 땀. 그렇기에 그들은 롤리와 레스 주니어의 이야기에 고개를 끄덕였고, 아이들이 눈이 뒤집힌 채 죽은 것을 보고도 이미 죽은 사람이라서 아무것도 느낄 수 없었다는 팔리의 말을 이해했다. 그럼에도 심신이 망가질 대로 망가진 집단 치료 참가자들은 (그들 자신들 외에도 거리를 방황하다 갑자기 폭발해 하늘에 대고 "왜?" 하고 고함을 지를 태세가 되어 있는 다른 누군가에 대해, 당연히 받아 마땅한 존중을 받지 못하는 다른 누군가에 대해, 그저 죽어 땅에 묻혀 잊히기 전까지는 행복해질 수 없는 다른 누군가에 대해 이야기할 수 있는 그 드문 순간에) 팔리가 그런 생각은 지나간 일로 묻어버리고 인생과 화해하는 게 좋겠다고 이구동성으로 말했다.

인생과의 화해. 그는 그것이 순 개소리라는 걸 알았지만, 그게 그가 할 수 있는 전부였다. 인생과 화해한다 이거지. 좋아.

그렇게 해보기로 결심한 그는 8월 하순에 병원에서 퇴원해도 좋다는 허락을 받았다. 그리고 자신이 가입한 조력 모임의 도움으로, 특히 걸을 때 지팡이에 의지해야 하는 루이 보레로라는 남자의 도움으로 적어도 반쯤은 성공을 거두었다. 힘들긴 했지만 루이의 도움으로 그럭저럭 살며 그는 11월까지 거의 삼 개월 동안 술 한 방울 입에 대지 않았다. 하지만 그런 다음에도 모든 게 지나간 일로 묻히지 않았다. 오히려 그의 앞에 있었다. 그것은 누가 그에게 무슨 말을 했기 때문이거나 TV에서 뭔가를 보았기 때문이거나 또다시 가족 없이 맞아야 할 추수감사절이 다가왔기 때문이 아니었다. 팔리에게는 전혀 대안이 없었고, 다시 살아나 점점 강해지는, 점점 더 강해지면서 그에게 행동하라고 아우성

치며 터무니없는 대답을 요구해대는 과거를 막을 길이 없었다.

다시 한번, 과거가 그의 인생이 되었다.

2
펀치 피하기

다음날 콜먼이 아테나로 나가 팔리가 자신의 사유지를 침범하지 못하게 하려면 어떤 조치를 취해야 하느냐고 묻자 그의 변호사인 넬슨 프라이머스는 콜먼이 듣고 싶어하지 않았던 이야기를 꺼냈다. 그 여자와의 애정 행각을 끝내는 걸 고려해보라는 것이었다. 콜먼은 'Spooks' 사건이 벌어졌을 때 가장 먼저 프라이머스와 상담했는데, 그때 프라이머스가 적절한 조언을 해줬기 때문에 델핀 루의 편지도 그에게 상담했던 것이었다. 이 젊은 변호사의 태도에는 건방지다싶을 정도로 직설적인 구석이 있는데 그것이 또 프라이머스 나이 무렵의 자신을 떠올리게 하기도 했다. 게다가 프라이머스는 불필요한 감상주의에 대한 혐오감을 그 도시의 다른 변호사들처럼 붙임성 좋은 인간인 척 가장해 숨기려 들지 않았다.

삼십대 초반인 프라이머스는 젊은 박사학위 소지자—사 년 전쯤 콜
먼이 임용한 철학과 교수—의 남편이자 어린 두 아이의 아버지였다.
대부분의 전문직 종사자가 L. L. 빈 같은 데서 직장용 옷을 구입해 입
는 아테나 같은 뉴잉글랜드의 한 대학가에서, 매끈하게 잘생긴 외모에
검은 머리칼, 훤칠한 키, 군살 한 점 없는 몸매, 운동선수처럼 유연한
거동의 이 젊은 변호사는 매일 아침 빳빳한 테일러드슈트, 반짝반짝
광을 낸 검은색 구두 그리고 신중하게 이름의 머리글자를 수놓은 빳빳
하게 풀 먹인 흰색 셔츠 차림으로 출근했다. 그것은 그의 철저한 자신
감과 자존감을 대변할 뿐 아니라 무엇이건 단정치 못한 것은 극도로
혐오한다는 걸 보여주었다. 또한 넬슨 프라이머스가 잔디밭 건너편 탤
벗 숍 위층에 있는 사무실 이상의 어떤 것을 갈망하고 있음을 암시하
기도 했다. 아내가 이 도시에서 교수생활을 하기 때문에 프라이머스도
여기서 변호사 일을 하는 것이었다. 하지만 그 생활을 오래 할 생각은
아니었다. 그는 커프스단추와 핀스트라이프 슈트를 빼입은 젊은 표범,
당장이라도 달려들 태세의 표범이었다.

"팔리가 사이코패스라는 데는 의심의 여지가 없군요." 단어 하나하
나에 끊음표라도 있는 듯 또박또박 발음하면서 프라이머스는 콜먼을
날카롭게 쳐다봤다. "만약 그런 자가 제 뒤를 밟는다면 걱정이 될 것
같네요. 그자의 전처와 교제하기 전에는 그자에게 뒤를 밟힌 적 없으
시잖아요? 그자는 선생님이 누군지도 몰랐습니다. 이건 델핀 루의 편
지 건과는 완전히 다른 문제입니다. 선생님은 편지를 써서 그 여자에
게 보내라고 하셨습니다. 제 의견은 달랐지만 그래도 저는 그렇게 했
습니다. 선생님은 전문가에게 필적 분석을 맡기라고 하셨습니다. 제

생각은 달랐지만 그래도 저는 필적 분석을 맡겼습니다. 선생님은 필적 분석 결과를 델핀 루의 변호사에게 보내라고 하셨습니다. 제 생각은 달랐지만 그래도 저는 그 결과를 보냈습니다. 저는 선생님께서 사소한 불법 행위들을 있는 그대로 취급하길 바랐지만 그래도 모든 일을 선생님이 지시한 대로 처리했습니다. 하지만 레스터 팔리의 경우는 결코 사소한 불법방해 정도로 볼 수 없습니다. 델핀 루는 팔리에게 감히 명함도 못 내밀 겁니다. 사이코패스라서, 연적이어서 그렇다는 게 아닙니다. 팔리는 포니아가 가까스로 살아서 빠져나온 세계이자, 선생님 댁 문으로 들어설 때 함께 끌고 들어가지 않을 수 없는 세계입니다. 레스터 팔리가 도로공사 인부로 일한다고 하셨죠? 팔리에게 접근 금지 명령이 떨어지도록 조치하면 선생님의 비밀은 그 조용하고 작은 산골 마을 전체에 파다하게 퍼질 겁니다. 곧 이 도시에까지, 그 대학에까지 퍼지겠죠. 그러면 지난번 린치는 앞으로 선생님께 타르를 칠하고 새털을 붙이려 달려들 저 악의적인 청교도주의에 비하면 아무것도 아닐 겁니다. 저는 지역 만화 주간지가 선생님에 대한 그 어처구니없는 고발과 선생님의 사직이 지닌 의미를 정확히 파악하지 못했던 일을 기억합니다. '전직 학장 인종차별 혐의로 대학을 떠나다.' 선생님 사진 밑에 있던 설명도 기억합니다. '명예훼손의 소지가 있는 모멸적 표현을 수업중에 사용한 실크 교수, 은퇴하지 않을 수 없게 되다.' 저는 당시 선생님께서 어떤 상황이셨는지 기억합니다. 그리고 현재 어떤 상황이신지도 안다고 생각합니다. 또 카운티 사람들 전부가 인종차별 의혹으로 대학을 떠난 남자의 성적 일탈에 대한 이야기를 들었을 때 어떤 상황에 놓이시게 될지도 안다고 생각합니다. 선생님 댁 침실문 안쪽에서 벌어지는 일이 제삼자가 관여할 수 있는 일이라는 이야기는 아닙니다. 저도 일이 이런 식으로 돌아가서는 안 된다는 걸 압니다. 지금은 1998년입니다. 재니스 조플린과 노먼 O. 브라운이 세상을 더 낫게 바꾸어놓은 후로도 숱한 세월이 흘렀습니다. 하지만 여기 버크셔 사람들은 촌사람이나 대학교수나 할 것 없이, 이런 혁명적인 성생활에 의미를 부여하고 점잖게 굴복하려 들 사람들이 절대 아닙니다. 속 좁은 교회 신자들, 까다롭게 예의범절을 따지는 사람들, 시대에 역행하는 온갖 부류의 사람들이 선생님 같은 사람을 웃음거리로 만들고 벌하지 못해 안달입니다. 그런 사람들이 선생님 일을 과열된 분위기로 몰아갈 수도 있습니다. 그건 선생님께서 복용하는 그 비아그라 식 흥분과는 다르겠지요."

영리한 녀석, 내가 말해준 적도 없는데 비아그라를 들먹이다니, 콜먼은 생각했다. 잘난 척 좀 해보겠다는 것이겠지. 하지만 전에도 도움이 된 적이 있으니 녀석이 다 아는 것처럼 구는 게 아무리 짜증스럽더라도 말을 자르지 말자. 반박하지 말자. 저 녀석의 갑옷에는 동정심이 비집고 나올 틈 하나 없지 않은가? 그편이 나로서도 좋다. 어쨌거나 조언을 구하러 온 것이니 이야기를 끝까지 들어보자. 뭘 주의해야 할지 몰라서 실수를 저지르고 싶지는 않으니까.

"접근 금지 명령은 분명 받아낼 수 있습니다." 프라이머스가 콜먼에게 말했다. "하지만 그게 팔리에게 통할까요? 금지 명령은 오히려 그자를 더 자극할 겁니다. 저는 필적 감정 전문가를 소개시켜드렸고, 금지 명령도 받아드릴 수 있고, 방탄조끼까지 구해드릴 수 있습니다. 하지만 선생님께서 그 여성과의 관계를 지속하는 한은 절대 알 수 없는 것, 추문이 따라다니지 않고 감시도 없고 팔리 같은 자가 주변에서 얼쩡대지도 않는 삶까지 제공해드릴 수는 없습니다. 몰래 뒤를 밟히거나 하지 않는 데서 얻는 마음의 평화 말입니다. 혹은 시사만화에 등장하지 않는 데서, 혹은 타인한테 냉대받지 않는 데서, 혹은 오해를 사지 않는 데서 얻는 마음의 평화. 그건 그렇고, 그 여자 에이즈는 아니죠? 콜먼 선생님, 검사를 받아보게 하셨어요? 콘돔은 사용하시죠, 선생님?"

스스로 세상 물정에 밝다고 생각하면서도, 나 같은 노인네의 섹스는 영 받아들일 수 없나보지, 그렇지? 아주 예외적인 경우로 보는 것 같군. 하기야 일흔한 살이 되어도 달라지는 건 없다는 걸 서른두 살짜리가 이해할 수 있겠어? 이 녀석은 늙은이가 어떻게 왜 이런 짓을 하는 걸까 생각하는군. 내 노망난 정력과 그게 일으키는 문제에 대해서 말이지. 서른둘이라면, 콜먼은 생각했다, 나 역시 이해하지 못했겠지. 하지만 그렇다 하더라도 이 녀석은 마치 십 년이나 이십 년은 더 산 사람처럼 세상 돌아가는 이치를 다 안다는 식으로 떠들어대는군. 제깟 게 경험을 했으면 얼마나 했다고, 인생의 어려움을 겪었으면 또 얼마나 겪어봤다고 저보다 나이가 배는 많은 늙은이한테 이처럼 건방을 떤단 말인가? 전무하다고는 할 수 없겠지만 고생이라곤 거의, 거의 안 해봤을 녀석이.

"콜먼 선생님, 선생님께서 그걸 사용하지 않는다면," 프라이머스가 계속 말했다. "그 여자가 다른 피임법을 쓰는 건가요? 그리고 설사 그 여자가 피임을 하고 있다고 해도 그 말을 믿을 수 있나요? 아무리 영락한 청소부라고 해도 가끔 진실을 감추는 법이고, 때로는 이제까지 당한 더러운 꼴을 전부 보상받으려 들 수도 있으니까요. 포니아 팔리가 임신이라도 하면 어쩌실 겁니까? 짐 모리슨과 도어스가 사생아를 낳는 건 비난받을 일이 아니라고 사람들의 생각을 바꿔놓은 이래로 많은 여자들이 하게 된 생각을 그 여자도 하고 있을지 모릅니다. 그럴 리 없다고 선생님께서 아무리 진득하게 저를 설득하신다 해도 포니아는 하루속히 은퇴한 명사인 교수님의 아이 엄마가 되기를 원할 수도 있다는 말입니다. 은퇴하긴 했지만 여전히 유명인사인 교수의 아이 엄마가 된다는 건 미치광이에 완전히 실패한 남자의 자식들의 엄마였던 것에 비하면 신분이 상승하는 거니까요. 그리고 일단 그 여자가 임신을 하고 더는 그런 천한 일을 하지 않겠다고 결정하는 날에는, 즉 그 여자가 두 번 다시 일이라면 아무것도 하지 않겠다고 결정하는 날에는, 진보적인 재판부라면 조금도 주저 않고 선생님께 그 아이는 물론 미혼모인 그 여자까지 부양하라고 명령할 겁니다. 자, 저는 친자 확인 소송에서 선생님의 변호인이 될 수 있고, 만약에, 그리고 그럴 일이 생긴다면 선생님께서 져야 할 책임이 현재 받는 연금의 절반을 넘지 않도록 법정에서 싸울 겁니다. 저는 선생님께서 팔십대가 되었을 때 은행 계좌가 텅 비지 않도록 제 힘이 닿는 데까지 모든 수단을 동원할 겁니다. 콜먼 선생님, 제 말을 들으세요. 이건 손해보는 결정입니다. 모든 면에서 손해보는 결정이란 말입니다. 만약 선생님께서 쾌락주의자인 변호사에게 가서 상담을 한다면 완전히 다른 이야기를 들으실 수도 있겠지만, 저는 선생님의 법률 자문 변호사로서 최악의 결정이라고 말씀드리겠습니다. 제가 선생님이라면, 스스로 레스터 팔리의 광기 어린 불만의 궤도 안으로 들어서는 짓 따위 하지 않을 겁니다. 제가 선생님이라면, 포니아라는 계약서를 쫙 찢어버리고 그 궤도에서 벗어날 겁니다."

프라이머스는 할말을 모조리 쏟아놓은 다음 책상에서 일어났다. 책상은 커다랗고 반짝반짝 윤이 났는데, 서류나 파일은 모두 깔끔하게 치워져 있었다. 젊은 교수인 아내와 두 아이의 사진 액자를 제외하면 아무것도 놓여 있지 않은 것이 특히 눈에 띄었다. 책상의 표면은 오점이라곤 찾아볼 수 없는 그의 깨끗한 경력을 상징적으로 보여주었다. 콜먼은 이 구변 좋은 젊은 변호사의 앞길을 가로막는 것은 아무것도 없다는 결론을 내렸다. 성격상의 약점도, 극단적 견해도, 성급한 충동도, 심지어 그 자신도 모르게 실수를 저지를 가능성도 없었다. 어설프게 감춰져 있건 교묘하게 감춰져 있건 갑자기 불거져나와 이 변호사가 온갖 직업적 보상과 부르주아적 성공을 손에 넣지 못하게 막을 수 있는 것은 아무것도 없었다. 넬슨 프라이머스의 인생에는 'Spooks' 사건도 없고, 포니아 팔리나 레스터 팔리도 없으며, 그를 멸시하는 마크 같은 아들도, 그를 버린 리사 같은 딸도 없었다. 프라이머스는 선을 그어놓고 자신을 유죄로 만들 수 있는 불순한 요소가 침범하는 것을 결코 허용하지 않았다. 하지만 나 또한 선을 긋지 않았던가, 그것도 이 녀석 못지않게 엄격하게? 정당한 목표와 존경할 만하고 안정된 삶을 추구하는 데 누구 못지않게 신중을 기하지 않았던가? 나 자신의 확고한 도덕관념을 지키며 자신감 넘치는 인생길을 걸어오지 않았던가? 누구 못지않게 오만하지 않았던가? 이거야말로 내가 로버츠의 신임을 받는 실력자로서 취임한 후 처음 백여 일 동안 수구파 교수들과 맞서며 썼던 바로 그 방식 아닌가? 이거야말로 내가 그들을 미칠 지경이 되도록 몰아붙이고 그만두도록 내몬 바로 그 방식 아닌가? 누구 못지않게 무자비할 정도로 스스로를 확신했던 인간이 아니었던가? 그런데 단어 하나가 나를 박살내버렸다. 영어라는 언어에서 가장 선동적인 것도, 가장 가증스러운 것도, 가장 소름끼치는 것도 아닌 단어, 그렇지만 내가 누구이며 어떤 사람인지에 대한 진실을 원하는 사람이면 누구나 보고 판단하고 알아내고 폭로하기에는 충분한 단어가.

단 하나의 단어도 에둘러 표현하는 법이 없는 변호사, 사실상 그가 입에 올린 단어 하나하나에는 노골적인 훈계나 다름없는 교훈조의 빈정거림이 담겨 있었고, 위엄 있고 나이 지긋한 의뢰인에게 단 한 번도 자신의 의도를 완곡한 표현으로 숨기려 들지 않았다. 변호사는 사무실을 나서는 콜먼을 배웅하기 위해 책상을 빙 돌아 나왔다. 문간에 이르자 그는 콜먼과 같이 계단을 내려와 햇볕이 쏟아지는 거리까지 따라나섰다. 프라이머스는 콜먼에게 자신이 해줄 수 있는 모든 이야기를 능력이 닿는 한 효과적으로 꼭 해주고 싶었다. 설사 몰인정하게 보일지라도 말이다. 한때는 대학에 몸담았던 이 유명인사가 더이상 창피를 당하지 않도록 막고 싶었기 때문이다. 대부분은 아내 베스를 대신해 하는 말이기도 했다. 'Spooks' 사건으로—배우자의 갑작스러운 죽음과 동시에 겪었던—실크 학장은 심한 정신적 혼란에 빠져 성급하게 (그에게 불리하게 돌아가던 사건이 거의 자연스럽게 흐지부지되어가던 딱 그 시점에) 사직을 해버렸는데, 그때로부터 만 이 년이 되어가는 지금도 무엇이 자신에게 장기적으로 득이 되는지 제대로 판단하지 못했다. 프라이머스가 보기에 콜먼 실크는 부당한 명예훼손을 충분히 당하지 않았다는 듯이, 신의 분노를 돋우려고 작정한 사람처럼 운이 다한 자 특유의 교활한 둔감함으로 자신이 당한 권리 침해를 영구적으로 정당화할 결정적 부정행위, 사악하고 체면 따위 아랑곳하지 않는 결정적 공격을 퍼부을 방법을 미친 듯이 찾고 있는 듯이 보였다. 한때는 자신의 작은 세계에서 엄청난 권력을 누렸던 이 사내는 이제 자신의 권리를 침해하는 델핀 루나 레스터 팔리와 맞서 자신을 지켜낼 능력도 없어 보였다. 뿐만 아니라 나이든 남자가 기운차고 정력이 강한 남성성을 잃은 것에 대해 보상받고자 하는 처량한 유혹에 맞서 자신을 보호할 능력도 없는 것처럼 보였는데, 이는 안 그래도 궁지에 몰린 그의 이미지에 마찬가지로 타격을 입히는 것이었다. 프라이머스는 콜먼의 표정을 보고 비아그라에 대해 자신이 넘겨짚은 것이 맞았다는 걸 알 수 있었다. 또다른 약물의 위협이군, 젊은 변호사는 생각했다. 이 노인네가 비아그라에서 얻는 게 이런 것이라면 차라리 코카인을 피우는 게 나을지도 모르겠는데.

거리로 나온 두 사람은 악수를 나누었다. "콜먼 선생님." 프라이머스가 말했다. 그날 아침 아내에게 실크 학장을 만날 예정이라고 하자 아내는 실크가 아테나 대학을 떠난 것에 유감을 표하면서 'Spooks' 사건 이후 경멸하게 된 델핀 루에 대해 멸시하는 투로 이야기했었다. "콜먼 선생님," 프라이머스가 다시 말했다. "포니아 팔리는 선생님과 같은 세계 사람이 아니에요. 그 여자를 현재의 모습으로 만들어놓았고 그 여자를 억압했던 세계, 저 못지않게 선생님도 잘 아시는 이유들 때문에 그 여자가 절대 도망쳐나올 수 없는 그 세계가 어떤 곳인지 어젯밤에 똑똑히 보셨잖아요. 이런 상황이라면 어젯밤보다 더 안 좋은 일, 훨씬 안 좋은 일도 일어날 수 있습니다. 지금 선생님은 선생님 자리에 자신의 측근을 앉히려고 선생님을 망가뜨리고 쫓아내려 드는 사람들이 속한 세계에서 싸우고 있는 게 아닙니다. 자신의 야심을 고결한 이상 뒤에 숨기고 있는 엘리트 의식에 사로잡힌 점잖은 평등주의자 패거리와 싸우고 있는 게 아닙니다. 선생님은 지금, 자신들의 무자비함을 인도주의적 미사여구로 포장하는 수고 따위는 하지 않는 사람들의 세계에서 싸우고 있는 겁니다. 그 사람들이 삶에 대해 갖는 근본적인 정서는 살아오는 내내 부당하게 이용당해왔다는 것입니다. 대학이 선생님의 사건을 너무 어처구니없는 방식으로 다루는 바람에 선생님께서 겪었던 고통이 바로 그 사람들이 인생의 매 순간마다 느끼는……"

그때쯤 콜먼의 시선에서 너무도 분명하게 이제 그만 좀 하지, 라는 말을 읽어낼 수 있었기 때문에 프라이머스도 입을 닫아야 할 때임을 깨달았다. 면담 내내 콜먼은 감정을 억누르고 마음을 열고 상대의 이야기를 경청했다. 프라이머스가 거의 사십 년 연상인 지적인 노교수에게 분별력의 미덕에 대해 현란한 강의를 늘어놓으며 얼마나 즐거워하는지 애써 무시한 채. 콜먼은 스스로의 마음을 달래볼 심산으로, 자신에게 화를 내면 사람들이 기분이 좋아지는 게 분명하다고 생각해보기도 했다. 다들 내가 잘못했다고 말하면서 해방감을 느끼는 거야. 하지만 두 사람이 거리로 나와 섰을 때는, 말에서 논점을 가려내는 것이 더는 불가능했다. 혹은 책임자였던 자신의 예전 모습, 책임자였고 존경을 받던 예전 모습과 자기 자신을 분리하는 것이 불가능해졌거나. 프라이머스는 의뢰인에게 단도직입적으로 요점을 이야기하면서 이렇게까지 비꼬는 투의 수사를 동원할 필요는 없었다. 만약 변호사답게 설득력 있는 충고를 하려는 것이었다면, 조롱하는 말은 아주 조금만 사용하는 것이 더 효과적이었을 것이다. 콜먼은 생각했다. 프라이머스는 자신이 매우 총명하고 장차 위대한 업적을 쌓을 운명이라고 생각하는 거지. 그래서 꼴불견인 늙은 멍청이가 한 알에 십 달러나 하는 제약회사의 약물로 정력을 되찾은 것이 아니냐고 끝없이 조롱을 하는 것이고.

"넬슨, 자네는 비범한 다변가에 잔소리의 달인이군. 아주 통찰력이 넘쳐. 아주 유창하고. 한도 끝도 없이 자신을 과시하기 위해 지나치게 공들인 문장을 떠들어대는 데 달인이야. 게다가 자네는 한 번도 맞닥뜨린 적 없을, 인간이면 누구나 겪는 온갖 문제를 경멸하는 재주도 뛰어나고." 변호사의 멱살을 움켜쥐고, 이 무례한 개자식을 탤벗 숍 유리창에 패대기치고 싶은 충동이 거세게 밀려왔다. 하지만 그 대신 한발 물러서서, 자신을 억제하며 전략적으로 가능한 한 부드럽게, 하지만 원하는 만큼 침착하진 못한 채로 콜먼이 말했다. "다시는 자네의 자화자찬하는 소리를 듣거나, 거드름을 피우는 백합처럼 새하얀 낯바닥을 보는 일이 없었으면 싶네."

"'백합처럼 새하얗다'고?" 그날 저녁 프라이머스는 아내에게 말했다. "왜 '백합처럼 새하얗다'고 했을까? 자신이 이용당하고 체면이 깎였다고 생각했을 때 사람들이 폭언을 퍼붓는 거야 막을 방법이 없지. 하지만 내가 진심으로 공격하는 것처럼 보였던 걸까? 당연히 그건 아닌데. 상황이 너무 안 좋아. 노인네가 잘못된 길로 가려 하길래 그냥 돕고 싶었던 거거든. 노인네가 실수를 넘어 파국으로 치닫는 상황이라서 막고 싶었는데. 그 양반은 자신에 대한 공격이라고 여겼지만 사실은 사태를 심각하게 받아들이게 하고 이해시키려는 노력이었는데, 그만 방향이 엇나가버렸어. 내가 실수했어, 베스, 완전히 그르쳤어. 지레 겁먹었기 때문인지도 몰라. 아무리 체격이 호리호리하고 평범하게 행동해도 존재 자체로 상대를 위압하는 사람이야. 난 거물 학장이었던 시절의 그 노인을 몰라. 그저 골치 아픈 문제를 가진 사람으로만 알지. 하지만 그 노인의 존재감은 엄청나더군. 왜 사람들이 그 노인 앞에 서면 겁을 먹는지 알겠어. 그 노인이 저기 앉아 있으면 절대 무시할 수가 없어. 있잖아, 난 그게 뭔지 모르겠어. 사람을 여섯 번 정도 만나고 어떤 인간인지 파악하기란 쉬운 일이 아니니까. 어쩌면 내가 어리석어서 이렇게 됐을지도 모르지. 이유야 어떻든, 난 초보자나 저지를 법한 온갖 실수를 다 저질렀어. 정신병리학, 비아그라, 도어스, 노먼 O. 브라운, 피임, 에이즈. 뭐든 다 아는 척했거든. 특히 내가 태어나기 전의 일들, 이미 알려져 있다고 여겨지는 건 다 아는 척했지. 간결하게 사무적으로 객관적으로 했어야 했는데, 그러기는커녕 화만 잔뜩 돋워놓고 말았어. 도움이 되고 싶었는데, 오히려 모욕만 주고 상황을 더욱 악화시켜놓기만 했어. 정말로 난 그 노인이 그런 식으로 내게 화낸 걸 탓하고 싶지 않아. 하지만 여보, 그래도 한 가지 궁금한 게 있어. 도대체 왜 새하얗다고 했을까?"

콜먼은 지난 이 년간 아테나 대학 캠퍼스 안에 발을 들여놓지 않았다. 최근에는 어쩔 수 없는 경우가 아니면 아예 시내에도 나가지 않았다. 그는 아테나 대학 교수 개개인을 더는 증오하지 않았고, 그저 그들과 아무런 상관 없이 지낼 수 있길 바랄 뿐이었다. 혹 그들과 마주쳐 이야기라도 나누게 된다면, 설사 그것이 한담일지라도, 자신의 고통을 숨길 수 없거나 고통을 숨긴다는 사실을 숨길 수 없을까봐 두려웠기 때문이다. 그 자리에서 부글부글 끓어오르는 속을 내보일까봐, 혹은 더 심할 경우, 정신적으로 무너져버려 부당한 취급을 받은 남자의 울적한 소회를 지나치게 조리 있게 늘어놓을까봐 두려웠기 때문이다. 사직하고 며칠 뒤, 콜먼은 블랙웰에 있는 은행과 슈퍼마켓에 새 계좌를 개설했다. 블랙웰은 강을 끼고 발달했지만 이제는 쇠퇴한 공장 도시로 아테나에서 18마일 정도 떨어져 있었다. 또한 두 번 다시 아테나 대학 도서관의 서가 사이를 어슬렁거리기 싫어서, 장서 규모가 빈약함에도 블랙웰의 지역 도서관을 이용하려고 도서 대출카드를 만들었다. 콜먼은 블랙웰의 YMCA에도 회원 등록을 했다. 삼십 년 가까이 저녁마다 아테나 대학 수영장에서 수영을 하거나 하루 일과를 마치고 아테나 대학 체육관 매트 위에서 운동을 해왔지만, 이제는 썩 훌륭하지는 않아도 블랙웰의 YMCA 수영장에서 한 주에 두어 차례 늘 하던 거리만큼 수영을 했다. 심지어 수영장 위층에 있는 다 허물어져가는 체육관에 올라가, 대학원 시절 이후 처음으로 스피드백*으로 연습을 하고 무거운 펀치백을 때리기 시작했다. 1940년대보다 훨씬 느린 속도이긴 했지만. 북쪽인 블랙웰로 가려면 산 아래쪽 아테나로 운전해 가는 것보다 시간이 두 배는 더 걸렸지만, 블랙웰에서는 옛 동료 교수들을 마주칠 일이 없었다. 설사 마주치더라도 세월의 흔적이 보이는 아테나 거리에서 보다는 나았다. 그저 무뚝뚝하게 고개를 끄덕이고는 각자의 길을 가더라도 자신에게 쏟아지는 동정의 시선을 덜 의식할 수 있었으니까. 블랙웰에는 거리의 이정표나 벤치, 가로수, 잔디밭에 세워진 기념비 같

---

* 권투선수가 빠른 펀치 훈련을 위해 사용하는 작은 펀치백.

은 것이 없어서 그가 대학 내 인종차별주의자로 낙인찍히기 전, 모든 것이 지금과는 달랐던 시절을 떠올리게 되지 않았다. 잔디밭 건너편에 줄지어 늘어선 상점은 콜먼이 학장으로 취임해 온갖 부류의 사람들을 교직원으로, 학생으로, 학부모로 아테나에 끌어들이기 전까지는 존재하지도 않았다. 그러니까 결국 콜먼은 대학을 온통 뒤흔들어놓았던 것만큼이나 지역사회도 크게 변화시켜놓았던 것이다. 개점휴업 상태의 골동품 가게, 형편없는 식당, 호구지책 수준의 식료품점, 조야한 주류 판매점, 전형적인 촌동네 이발소, 19세기풍 양품점, 책이 거의 없는 서점, 잔뜩 점잔을 떠는 분위기의 찻집, 컴컴한 약국, 침울한 선술집, 신문 없는 신문 판매대, 텅 빈 정체 모를 미술용품 판매점. 이런 것이 다 사라지고 대신 그 자리에 제대로 된 식사를 할 수 있는 식당, 맛있는 커피 한 잔을 마실 수 있는 카페, 처방전에 따라 약을 지을 수 있는 약국, 훌륭한 와인을 살 수 있는 주류 판매점, 버크서 지역에 관한 책 외에 다른 책도 살 수 있는 서점, 겨울에 몸을 따뜻하게 해줄 긴 내복 외에 다른 옷들도 살 수 있는 양품점이 들어섰다. 콜먼이 한때 아테나 대학 교수진과 교과과정을 압박해 그 공로를 인정받았던 "품질 혁명"이 아테나 거리에서도 일어났던 것이다. 비록 콜먼 자신은 의식하지 못하고 한 일이긴 했지만 말이다. 하지만 이런 사실도 그곳에서 그가 따돌림당하는 인물이라는 고통과 놀라움만 더해줄 뿐이었다.

이 년이라는 세월이 흐른 지금 콜먼은 동료 교수들—델핀 루를 제외하면 아테나 대학에서 누가 콜먼 실크와 'Spooks' 사건에 더이상 신경이나 쓰겠는가?—때문이 아니라, 가까스로 가라앉혀도 걸핏하면 되살아나는 비통함 때문에 괴로웠다. 아테나 거리에 있으면 이제 그는

(우선) 무관심이나 비겁함 혹은 야망 때문에 그 대신 나서서 조금이라
도 항의하지 못했던 사람들한테보다 오히려 자기 자신에게 더 큰 혐오
를 느꼈다. 박사학위까지 소지한 교육받은 사람들, 이성적이고 독자적
으로 사고할 수 있을 거라 믿고 콜먼이 직접 고용했던 사람들이 알고
보니, 그에게 불리한 터무니없는 증거를 신중히 검토해 타당한 결론을
내릴 의향이 전혀 없었던 것이다. 인종차별주의자. 이 말은 하룻밤 사
이에 아테나 대학에서 가장 감정적인 격론을 불러일으키는 욕설이 되
었다. 그의 동료 교수들은 모두 그 주정주의主情主義에(그리고 자신들의
인사 기록과 장래의 승진에 누가 될지 모른다는 두려움에) 굴복해버리
고 말았다. 공식적인 어조의 "인종차별주의자"라는 말만 나오면 그나
마 콜먼을 지지할 것 같던 마지막 한 사람까지도 허둥지둥 숨을 곳을
찾아 사라졌으니까.

캠퍼스에 한번 들어가볼까? 한여름이었다. 학교는 방학중이었다.
아테나에서 거의 사십 년을 보냈는데, 모든 것이 망가지고 사라졌는
데, 이 지경에 이르도록 그 모든 일을 겪었는데 안 될 게 뭐 있나? 처
음에는 "spooks"더니, 이제는 "백합처럼 새하얗다"로군. 누가 알겠는
가? 그다지 자주 쓰이지 않는 또다른 표현, 깜찍할 정도로 구식인 또다
른 관용구가 그의 입에서 튀어나와 또 어떤 그의 불쾌한 결함을 드러
낼지. 완벽한 단어를 썼는데도 이렇게 폭로당하고 엉망이 될 줄이야.
위장이나 가리개, 은폐를 태워 없애버리는 게 뭐냐고? 바로 이것, 생각
할 필요도 없이 자연스럽게 튀어나오는 적확한 단어이다.

"이런 이야기를 천 번쯤 한 것 같군요. 나는 spooks라는 단어를 일차
적 의미로 사용했을 뿐입니다. 내 아버지는 술집 주인이었지만 늘 내

게 말을 정확하게 해야 한다고 역설했고, 나는 아버지의 그런 신념을 충실히 지키며 살아왔습니다. 단어는 여러 의미를 지니고 있지요. 7학년까지밖에 다니지 못한 내 아버지도 그 정도는 알았습니다. 아버지는 단골손님들 사이에서 벌어지곤 하던 논쟁을 해결하는 데 도움이 되는 물건 두 개를 늘 바 뒤편에 놔두었죠. 가죽 곤봉과 사전이었습니다. 아버지는 늘 내게 당신의 가장 친한 친구는 사전이라고 했습니다. 오늘 이 자리에 나온 내게도 사전만큼 든든한 친구는 없습니다. 바로 이런 이유에서죠. 만약 우리가 사전에서 'spooks'라는 단어를 찾아본다면 첫번째 의미로 뭐가 나올까요? 일차적 의미는 이것입니다. '1. 〈구어〉 유령이나 귀신.'""하지만 실크 학장님, 그 말은 그 뜻으로 받아들여지지 않았습니다. 사전에 두번째로 나와 있는 의미를 읽어드리지요. '2. 〈경멸조〉 검둥이.' 그 단어는 이 의미로 받아들여졌습니다. 학장님도 논리적으로 그게 가능하다는 걸 아시잖아요. 그 학생들을 아는 사람 있나요, 아니면 그 학생들은 여러분이 모르는 흑인인가요?""만약 내가 그런 뜻으로 말할 작정이었다면 이렇게 말했을 겁니다. '그 학생들을 아는 사람 있나요, 아니면 그 학생들이 흑인이라서 여러분은 그들을 모르는 건가요?' '그 학생들을 아는 사람 있나요, 아니면 아무도 그 학생들을 모르는 것은 혹시 그들이 흑인이기 때문인가요?' '그 학생들을 아는 사람 있나요, 아니면 그 학생들은 아무도 아는 사람이 없는 흑인인가요?' 만약 내가 그런 의미로 말하려는 거였다면 바로 이런 식으로 말했을 거란 말입니다. 하지만 나는 출석부에서 이름을 본 것 말고는 그 학생들을 한 번도 본 적이 없고 그들에 대해 아는 바도 전혀 없는데, 그 학생들이 흑인인지 백인인지 어떻게 알 수 있었겠습니까? 논란의 여지 없이 내가 알고 있었던 것은 그들이 보이지 않는 학생들이었다는 겁니다. 그리고 보이지 않는 것, 유령, 귀신을 뜻하는 단어가 내가 일차적 의미로 사용한 spook입니다. 사전에서 spook 다음에 나오는 형용사 spooky를 찾아보세요. spooky. 우리 모두가 어렸을 적부터 익혀 기억하는 단어죠. 무슨 뜻일까요? 완본 대사전을 찾아보면 이렇습니다. '〈구어〉 1. 유령이나 귀신 같은 혹은 그에 상당한; 유령을 연상시키는. 2. 섬뜩한; 무서운. 3. (특히 말이) 겁이 많은; 잘 놀라는.' 특히 말한테 쓰인다는군요. 자, 여러분 중에 내가 그 두 학생을 말로 여겼다고 주장하고 싶으신 분 있나요? 없나요? 왜 없죠? 내가 그 학생들을 검둥이라고 불렀다고 주장하면서 왜 말 취급했다고 주장하지는 않죠?"

아테나 대학을 마지막으로 한 번 둘러보는 것으로 내 치욕을 완성시키는 것이다.

실키. 실키 실크. 오십 년 넘게 듣지 못한 이름. 콜먼은 누가 "이봐, 실키!" 하고 부르는 소리가 들릴 것만 같았다. 사직 이후 처음으로 아테나의 타운 스트리트를 건너 캠퍼스로 가는 언덕을 걸어 오르기 시작한 것이 아니라, 마치 이스트오렌지로 되돌아가 학교가 파한 뒤 센트럴 애비뉴를 걷고 있는 것처럼. 그것도 어머니가 근무하는 뉴어크 병원의 유명한 유태인 외과 의사인 닥터 펜스터먼이 전날 저녁 콜먼의 부모를 방문했을 때 엿들은 말도 안 되는 이야기를 조잘거리는 여동생 어니스틴과 함께. 콜먼이 체육관에서 육상부 연습을 하는 동안 어니스틴은 집에 돌아와 주방 식탁에서 숙제를 하다, 엄마 아빠와 함께 거실에 있던 닥터 펜스터먼이 하는 이야기를 들었던 것이다. 의사 선생은 자신의 아들인 버트럼이 수석 졸업생으로 고별사를 하는 것이 자신과 자기 아내에게 얼마나 중요한 의미인지 설명하고 있었다. 실크 부부가 알다시피 지금 그 학년 수석은 콜먼이었고, 비록 평점 1점 차이지만 버트는 차석이었다. 지난 학기 버트가 받은 성적표에 B학점이 하나 있었다. 당연히 A학점을 받았어야 마땅한 물리 과목에서 받은 그 B학점 때문에 최고 실력을 자랑하는 두 학생이 고교 마지막 학년에서 1, 2등으로 갈리게 되었던 것이다. 펜스터먼 박사는 버트가 의과대학에 진학해 자신의 뒤를 잇기를 원한다고, 그러기 위해서는 완벽한 성적이 필수인데, 대학에서만이 아니라 유치원에서부터 그래야 한다고 실크 부부에게 설명했다. 의과대학들이 유태인이 의대에 들어오는 것을 제한하기 위해 입학 정원에 차별을 두고 있다는 사실을 실크 부부가 모를지도 모르겠다며. 만일 입학 기회만 주어진다면 버트가 영재 중의 영재로 떠오를 수 있을 거라고 펜스터먼 부부가 확신하는 하버드와 예일의 의과대학이 특히 그랬다. 대부분의 의과대학이 유태인에게 할당하는 입학 정원이 정말 적었기 때문에, 닥터 펜스터먼도 의대에 들어가기 위해 앨라배마까지 내려가야 했고, 그곳에서 유색인종이 맞서 싸워야 하는 온갖 역경을 직접 눈으로 봤던 터였다. 닥터 펜스터먼은 고등교육기관의 유색인 학생에 대한 편견이 유태인에 대한 편견보다 훨씬 심하다는 것을 알았다. 그는 실크 부부가 모범적인 흑인 가정이라는 명성을 얻기까지 극복해야 했던 온갖 장애물이 어떤 것인지 알았다. 대공황기에 안경점이 부도난 뒤 실크 씨가 견뎌내야 했던 고난이 어떤 것인지도 알았다. 자신과 마찬가지로 실크 씨도 대학 졸업자라는 것을 알았고, 철도회사에서 승무원으로 일한다는 것도 알았다. "의사 선생님은 웨이터를 그렇게 부르더라, 콜먼 오빠. '승무원'이라고 말이야." 실크 씨는 전공과 전혀 어울리지 않는 직종에서 일하고 있었다. 실크 부인은 같은 병원에 있기 때문에 당연히 잘 알았다. 닥터 펜스터먼의 평가에 따르면, 병원에서 실크 부인보다 뛰어난 간호사는 없었다. 실크 부인보다 총명하고 박식하고 믿음직한 혹은 유능한 간호사는 없었다. 간호부장까지도 포함해서 말이다. 그의 평가에 따르면, 글래디스 실크는 오래전에 내과―외과 층의 수간호사로 임명되었어야 했다. 닥터 펜스터먼이 실크 부부에게 약속하고 싶어한 것 중 하나가, 현재 내과―외과의 수간호사인 누낸 부인이 은퇴하면 실크 부인이 바로 그 자리를 차지할 수 있도록 관리 책임자를 구워삶기 위해 자신이 할 수 있는 모든 방법을 기꺼이 동원하겠다는 것이었다. 게다가 콜먼이 멀리 있는 대학에 진학하면 실크 가족이 부대비용을 부담해야 할 테니 무이자에 상환할 필요가 없는 '대부금' 삼천 달러를 일시불로 지원할 용의도 있다고 했다. 그 대가로 그가 요구하는 것은 실크 부부가 생각하는 것만큼 대단한 것이 아니었다. 콜먼이 차석 졸업생으로 졸업식장에서 내빈에 대한 환영사를 하더라도 콜먼은 여전히 1944년 졸업생 중에서 최고 성적을 받은 유색인 학생일 것이고, 말할 것도 없이 이스트오렌지 고등학교 졸업생 가운데서도 가장 뛰어난 유색인 학생일 것이다. 콜먼은 카운티 전체에서, 심지어 주 전체에서도 최고 성적의 유색인 학생이 될 가능성이 매우 높으며, 수석이 아닌 차석으로 고등학교를 졸업한다 해도 하워드 대학에 무리 없이 입학할 수 있을 것이다. 그 정도 등수면 아주 사소한 불편을 겪는 것쯤은 별로 대수롭지 않을 것이다. 콜먼은 잃는 것이 전혀 없을 것이고, 실크 부부는 자식들의 대학 교육비에 보탤 수 있는 삼천 달러를 손에 넣게 될 것이다. 거기에 더해, 닥터 펜스터먼의 후원과 지지를 받게 될 글래디스 실크는 아주 순조롭게 승진할 수 있을 것이고, 불과 몇 년 안에 뉴어크라는 도시의 어떤 병원, 어떤 층에서도 유례를 찾아볼 수 없는 최초의 유색인 수간호사가 될 것이다. 콜먼은 그저 가장 취약한 과목 두 개를 택해 기말시험에서 A 대신 B를 받기만 하면 된다. 그러고 나면 전 과목에서 A를 받는 것은 버트의 몫이며, 그래야 이 협의에 대한 버트의 역할을 다하는 것이다. 그리고 만약 버트가 전 과목에서 A를 받을 만큼 충분히 공부하지 않아 모든 사람을 실망시키더라도, 그래서 두 아이가 동점으로 졸업하거나 콜먼이 수석 졸업생으로 고별사를 하더라도 닥터 펜스터먼은 변함없이 약속을 이행할 것이다. 두말할 필요 없이 이 협의에 대해서는 관련자 모두 비밀을 지켜야 한다.

이야기를 듣고 어찌나 기뻤던지 콜먼은 잡고 있던 어니스틴의 손을 놓고 갑자기 앞으로 내달렸다. 주체할 수 없는 기쁨에 에버그린 플레이스까지 센트럴 애비뉴를 뛰어갔다 되돌아오며 큰 소리로 외쳤다. "내가 제일 취약한 두 과목, 그게 뭘까?" 콜먼에게 취약한 과목이 있다고 여기다니 닥터 펜스터먼의 말이 엄청 우스운 농담 같았다. "그래서 뭐라고 하셨어, 언? 아빠가 뭐라고 하셨어?" "안 들렸어. 아주 작게 이야기했거든." "엄마는 뭐라고 하셨는데?" "몰라. 엄마 목소리도 안 들렸어. 하지만 의사 선생님이 가고 나서 엄마 아빠가 한 이야기는 들었어." "말해봐! 뭐라고 하셨어?" "아빠가 그랬어. '저 인간 죽여버리고 싶군.'" "정말?" "응, 정말이라니까." "그리고 엄마는?" "'난 하고 싶은 말을 꾹 참았어.' 엄마는 이렇게 말했어. '난 하고 싶은 말을 꾹 참았어.'" "하지만 엄마 아빠가 의사 선생님한테 한 이야기는 못 들었지?" "응." "어쨌든 내가 한 가지만 말해줄게. 난 그렇게 안 할 거야." "당연하지." 어니스틴이 말했다. "하지만 아빠가 내가 그렇게 할 거라고 의사 선생님한테 말했다면?" "미쳤어, 오빠?" "어니, 삼천 달러면 아빠가 일 년 동안 버는 것보다 많은 돈이야. 어니, 삼천 달러라고." 닥터 펜스터먼이 돈을 꽉꽉 채운 커다란 종이봉투를 아버지에게 건네는 장면이 떠오른 콜먼은 우스꽝스럽게 가공의 저장애물(콜먼은 지금까지 수년 연속 에섹스카운티 고등부 대회에서 저장애물경주 챔피언 자리를 지켰고, 100야드 경주에서는 2등을 했다)을 넘는 시늉을 하면서 다시 한번 에버그린 플레이스까지 달려갔다 돌아왔다. 또하나의 승리. 그것이 콜먼이 생각하는 것이었다. 위대하고 천하무적에 유일무이한 존재 실키 실크가 또 한 차례 기록을 깨고 승리하다! 콜먼은 육상경기의 스타 선수였을 뿐 아니라 틀림없는 학년 전체 수석 졸업생이었다. 하지만 겨우 열일곱 살에 지나지 않았기 때문에 닥터 펜스터먼의 제안은 그에게 자신이 모든 사람에게 얼마나 중요한 존재인지를 보여주는 사례 이상은 아니었다. 아직 보다 큰 상황을 읽는 눈이 없었던 것이다.

이스트오렌지 주민은 대부분 백인이었는데, 오렌지 시와 접한 북쪽이나 뉴어크의 퍼스트워드 근처인 남쪽에 사는 가난한 이탈리아계도 있고, 업살러나 사우스해리슨 주변의 큰 주택에 사는 부유한 성공회 교도도 있었다. 유태인은 흑인보다 수가 적었지만, 그즈음 콜먼의 과외 활동에서 누구보다 중요해진 존재가 유태인과 그 자녀들이었다. 우선 그 전해에 콜먼이 권투교실의 야간반에 들어갔을 때 양아들처럼 잘해준 닥 치즈너가 있었고, 자기 아들 버트가 1등을 차지할 수 있도록 2등을 하는 조건으로 콜먼에게 삼천 달러를 제안한 닥터 펜스터먼도 있었다. 닥 치즈너는 권투에 미친 치과 의사였다. 기회만 있으면 권투 시합을 관전하러 갔다. 뉴저지에 있는 로렐가든과 메도브룩볼에서 뉴욕의 매디슨스퀘어가든과 세인트니콜라스아레나까지. 사람들은 말하곤 했다. "닥 옆에 앉아 경기를 관전하기 전까지는 권투에 대해 뭘 좀 안다고 생각하지. 하지만 닥 치즈너 옆에 앉으면 전혀 다른 경기를 보고 있다는 걸 깨닫게 돼." 닥은 뉴어크의 골든글러브 대회를 위시하여 에섹스카운티 전역에서 열리는 아마추어 시합의 심판을 맡아보았다. 그가 지역에서 운영하는 권투교실은 오렌지 전역과 메이플우드, 어빙턴, 심지어 뉴어크 남서쪽 귀퉁이에 있는 위퀘이크 구역처럼 멀리 떨어진 곳에서도 유태인 부모들이 제 한몸 지켜낼 기술을 배우라고 아들들을 보내는 곳이었다. 콜먼이 닥 치즈너의 문하생이 된 것은 권투 기술을 몰라서가 아니었다. 콜먼이 고등학교 2학년 때부터 육상 연습이 끝나면 몰래 뉴어크 보이스클럽에 드나들었다는 사실을, 그것도 누가 시켜서가 아니라 자발적으로, 어떤 때는 한 주에 세 번이나 드나들었다는 사실을 아버지가 알아챘기 때문이었다. 하이 스트리트 남쪽으로 내려가 뉴어크 빈민가의 모턴 스트리트로 숨어들어 남몰래 권투선수가 되기 위한 훈련을 했던 것이다. 권투를 처음 시작했을 때 콜먼은 열네 살이었고 체중은 111파운드였다. 그는 그 클럽에서 하루 두 시간씩 운동했다. 도착하면 일단 몸을 풀고, 3라운드 스파링을 하고, 무거운 펀치백을 치고, 스피드백을 치고, 줄넘기를 하고, 마무리 연습을 좀 한 다음 숙제를 하기 위해 집으로 향했다. 콜먼은 심지어 보스턴에서 열린 전미선

수권 전년도 우승자 쿠퍼 풀햄의 스파링 상대를 두 번이나 하기도 했다. 어머니는 병원에서 1.5교대, 심지어 2교대로까지 근무했고, 아버지는 열차에서 승객들 식사 시중을 드느라 잠을 자러 올 때 말고는 거의 집에 없었다. 형인 월터는 처음에는 대학에 다니느라, 그후에는 군 복무 때문에 집을 떠나 있었다. 그래서 콜먼은 여동생 어니스틴에게 비밀을 지키도록 다짐을 받고, 모턴 스트리트에서 권투 연습을 한다는 것을 아무도 모르게 하기 위해 성적이 떨어지지 않도록 학교 자습실에서, 잠자리에 들어서, 뉴어크까지 두 차례 갈아타는 왕복 버스 안에서 평소보다 더 열심히 학교 공부를 했다.

뉴어크에서 아마추어 권투선수가 되고 싶은 이들이 찾는 곳이 바로 뉴어크 보이스클럽이었다. 나이가 열셋에서 열여덟 사이로 괜찮은 기량을 보인다면 패터슨, 저지시티, 버틀러, 아이언바운드펠 같은 곳의 보이스클럽 선수들과 시합할 수 있었다. 보이스클럽에 다니는 아이들은 아주 많았는데, 어떤 아이들은 라웨이, 린든, 엘리자베스 출신이었고, 두어 명은 모리스타운처럼 멀리서 온 아이들이었다. 벨빌 출신으로 사람들이 더미라고 부르는 농아도 있었다. 하지만 대다수는 뉴어크 출신이었다. 그리고 비록 클럽을 운영하는 두 사람은 백인이었지만, 아이들은 모두 유색인이었다. 클럽 운영자 가운데 한 명인 맥 매크론은 웨스트사이드파크의 경찰로 권총을 소지하고 있었는데, 콜먼에게 로드워크를 열심히 하지 않으면 쏴버릴 거라고 장난삼아 으름장을 놓기도 했다. 맥은 빠른 움직임의 중요성을 아는 사람이었고, 그가 콜먼을 인정하는 것도 그래서였다. 콜먼의 속도와 발놀림과 카운터펀치 때문에. 맥은 콜먼에게 어떤 자세를 유지해야 하는지, 어떻게 몸을 움직여야 하는지, 어떻게 주먹을 날려야 하는지 가르치고 난 후, 콜먼이 얼마나 빨리 배우는지, 얼마나 영리하게 경기 운영을 하는지, 반사신경이 얼마나 빠른지 지켜보았다. 그런 다음 콜먼에게 보다 섬세한 기술을 가르치기 시작했다. 머리를 움직이는 방법. 상대의 펀치를 피하는 방법. 상대의 펀치를 막는 방법. 상대에게 카운터를 먹이는 방법. 콜먼에게 잽을 날리는 방법을 가르치면서는 이런 말을 반복했다. "잽은 코에 붙은 벼룩을 털어내는 것하고 같아. 상대의 코에서 벼룩을 털어내는 거야." 맥은 콜먼에게 잽만으로 시합에서 이길 수 있는 방법을 가르쳤다. 잽을 던지고, 상대의 펀치를 쳐내고, 카운터펀치를 먹인다. 잽이 날아오면 슬쩍 피하면서 오른쪽 카운터펀치로 응수한다. 또는 날아오는 잽을 안쪽으로 흘려보내면서 훅으로 응수한다. 또는 그저 고개를 숙이며 오른손으로는 상대의 가슴을, 왼손으로는 상대의 복부를 가격한다. 호리호리한 체격인데도 콜먼은 이따금 잽을 날리는 상대의 주먹을 순식간에 두 손으로 움켜쥐고 상대를 자기 쪽으로 끌어당겨 복부에 펀치를 날리고 상체를 펴면서 상대의 머리에 훅을 날리곤 했다. "펀치를 무력하게 만들어. 그러고는 카운터를 날리는 거야. 실키, 넌 카운터 전문이야. 그게 바로 너고, 그게 너의 전부다." 그런 다음 둘은 패터슨으로 갔다. 콜먼의 첫 아마추어 토너먼트 시합이었다. 상대는 잽을 날리며 달려들었고, 콜먼은 상체를 뒤로 젖히며 피했다. 하지만 두 발은 바닥에 박아놓은 것처럼 그대로였기 때문에 곧바로 원위치로 돌아오면서 오른손으로 카운터를 날릴 수 있었다. 그는 시합 내내 그런 식으로 상대를 공략했다. 상대가 계속 똑같은 전법으로 나왔기 때문에 콜먼도 같은 전법을 고수해서 3라운드 모두 이길 수 있었다. 보이스클럽에서는 그 전법이 실키 실크 스타일이 되었다. 콜먼이 펀치를 날리는 이유는, 오직 왜 콜먼은 가만히 서서 아무 대항도 하지 않느냐는 사람들의 이야기를 듣지 않기 위해서였다. 대개의 경우 콜먼은 상대가 먼저 펀치를 날리기를 기다렸다 두세 번 카운터를 날려 응수했고, 그런 다음에는 빠져나와 다시 기다리곤 했다. 콜먼은 자신이 경기를 리드하기보다는 상대가 리드하고 나오기를 기다리는 전법으로 적에게 주먹을 더 많이 먹일 수 있었다. 그 결과 열여섯이 되었을 때 콜먼은 에섹스와 허드슨카운티의 주 예비군본부와 피시어스 공제회에서 주최한 아마추어 경기, 재향군인병원에서 참전군인들을 위해 주최한 시범 경기에서 골든글러브를 차지한 전력이 있는 챔피언을 셋이나 무릎 꿇렸다. 콜먼이 계산한 바로는, 그 무렵의 콜먼이라면 112, 118, 126파운드 세 체급을 석권할 수도 있었지만…… 골든글러브 시합에 참가하면 신문에 실리고 가족에게 알려질 게 뻔했기 때문에 그러질 못했다. 그러다 결국은 가족에게 들통나고 말았다. 가족이 어떻게 알아냈는지 콜먼은 알지 못했다. 하지만 보나마나 뻔했다. 그의 가족은 누군가가 귀띔을 해줘 그 사실을 알게 되었다. 그토록 간단한 문제였다.

일요일 점심, 교회에 다녀온 후 온 가족이 식사를 하려고 식탁에 둘러앉았을 때 아버지가 물었다. "잘했니, 콜먼?"

"잘하다니, 뭘요?"

"어젯밤에 말이다. 피시어스 공제회에서. 잘했니?"

"피시어스 공제회라니요?" 콜먼이 물었다.

"이 녀석아, 넌 내가 눈도 없고 귀도 없는 줄 아니? 피시어스 공제회에서 어젯밤에 토너먼트가 열렸잖아. 시합은 몇 판이나 있었는데?"

"열다섯 판요."

"네 성적은?"

"이겼어요."

"이제까지 몇 판이나 이겼니? 토너먼트에서. 시범 경기에서. 시작한 뒤로 몇 번이나 이겼어?"

"열한 번요."

"그럼 패한 건?"

"아직 한 번도 없어요."

"그럼 손목시계로 얼마나 받았니?"

"무슨 손목시계요?"

"라이언스 재향군인병원에서 받은 시계. 시합에서 이겼다고 네게 준 시계 말이다. 멀베리 스트리트의 전당포에 잡힌 거. 뉴어크에서, 콜먼, 네가 지난주에 뉴어크에서 전당 잡힌 바로 그 시계 말이다."

아버지는 모든 걸 다 알고 있었다.

"얼마나 받았을 거 같은데요?" 콜먼은 감히 말대꾸를 했다. 비록 말하는 동안 아버지 눈을 똑바로 보지는 못했지만. 대신 일요일에만 식탁에 깔리는 고급 식탁보의 자수 디자인을 쳐다봤다.

"이 달러 받았다며, 콜먼. 언제 프로로 전향할 계획이냐?"

"돈 때문에 하는 거 아니에요." 여전히 눈을 들지 않은 채 콜먼이 대답했다. "돈은 상관없어요. 재밌어서 하는 거니까. 재밌지 않으면 할 수 없는 스포츠예요."

"그런데 말이다, 콜먼, 내가 네 아비가 맞다면 지금 내가 무슨 말을 할지 알겠지?"

"아빠는 제 아빠잖아요." 콜먼이 말했다.

"아, 그러냐?" 콜먼의 아버지가 말했다.

"저, 당연……"

"글쎄. 전혀 그런 것 같지 않아서 말이다. 내 생각에는, 어쩌면 그 뉴어크 보이스클럽의 맥 매크론이 네 아버지가 아닌가싶다."

"이러지 마세요, 아빠. 맥 아저씨는 트레이너일 뿐이에요."

"그렇구나. 그렇다면 누가 네 아비인지 물어봐도 되겠니?"

"당연한 거잖아요. 아빠죠. 아빠가 제 아빠예요."

"나라고? 그래?"

"아뇨!" 콜먼이 소리쳤다. "아뇨, 아빠는 제 아빠가 아녜요!" 그러고는 일요일 점심식사가 막 시작되려는 순간 자리에서 벌떡 일어나 집에서 뛰쳐나가 한 시간 가까이 로드워크를 했다. 센트럴 애비뉴를 따라 올라가 오렌지 시의 경계를 넘어 오렌지 시내를 가로질러 웨스트오렌지 시의 경계까지 달렸다. 그런 다음 워청 애비뉴에서 로즈데일 공동묘지 쪽으로 건너갔다 다시 남쪽으로 방향을 바꿔 워싱턴 스트리트를 따라 내려가 메인 스트리트까지 달렸다. 그는 펀치를 내뻗고 전력 질주를 하고 다시 달리다 또 전력 질주를 했다. 그런 다음 브릭처치 역까지 계속 새도복싱을 하면서 돌아왔고, 마지막으로 직선으로 뻗은 길에서 전력 질주를 하고, 집까지 다시 전력 질주로 돌아와 식구들이 디저트를 먹고 있는 곳, 자신이 다시 앉아야 할 자리가 있는 집 안으로 들어왔다. 그리고 집에서 뛰쳐나갈 때보다 훨씬 더 침착해진 상태로 아버지가 하다 만 이야기를 다시 시작하기를 기다렸다. 단 한 번도 울화를 터뜨린 적 없는 아버지. 자식을 꼼짝 못하게 만드는 다른 수단을 가진 아버지. 말. 웅변으로. 당신이 "초서, 셰익스피어 그리고 디킨스의 언어"라고 부르는 것으로. 누구도 빼앗아갈 수 없고, 실크 씨가 시저의 시신을 마주한 마크 안토니의 연설을 암송하듯 일상의 대화에서조차 늘 아주 풍부하고 명료한 웅변조로 말하는 영어로. 실크 씨는 자신이 가장 잘 외우는, 그리고 그의 견해에 따르면 영문학의 정점으로 반역에 관한 가장 교육적인 견본인 희곡의 등장인물들 이름을 세 아이의 중간 이름으로 붙였다. 장남은 월터 안토니 실크, 차남은 콜먼 브루터스 실크, 그리고 두 아이의 여동생은 어니스틴 캘퍼니아 실크인데, 캘퍼니아는 시저의 충실한 아내 이름이었다.

실크 씨 혼자서 꾸려가던 가게는 은행들이 문을 닫으면서 막다른 골목에 몰렸다. 그가 오렌지 시에 있던 안경점을 잃고 얻은 마음의 상처를 극복하기까지는 상당한 시간이 걸렸는데, 실제로 극복했는지는 모를 일이었다. 너희 아빠도 참 안됐지, 어머니는 늘 말했다. 늘 자기 사업을 해야 직성이 풀리는 사람이니 원. 아버지는 고향인 남부의 조지아 주—어머니는 뉴저지 주 출신이었다—에서 대학을 다닌 후 농사와 축산업을 시작했다. 하지만 그걸 때려치우고 북부인 트렌턴으로 올라와 안경사 양성학교에 다녔다. 그러다 육군에 징집되어 1차대전에 참전했고, 이후 어머니를 만나 함께 이스트오렌지로 이사해 가게를 내고 집도 샀다. 하지만 곧 대공황이 닥쳤고, 열차의 식당차에서 웨이터 일을 하게 된 것이다. 식당차에서는 그럴 수 없었다 해도, 아버지는 최소한 집에서는 신중함과 정확함, 분명함을 원칙으로 하는 언어 습관을 보여줄 수 있었고, 자식들을 말로 기죽일 수 있었다. 실크 씨는 자식들이 적절한 언어를 구사하도록 꽤 까다롭게 다그쳤다. 아이들은 자라면서 절대 이렇게 말할 수 없었다. "저 멍멍이 좀 봐." 이렇게 말해서도 안 되었다. "저 강아지 좀 봐." 이렇게 말해야 했다. "저 도베르만 좀 봐. 저 비글 좀 봐. 저 테리어 좀 봐." 아이들은 사물이 일정한 체계로 분류되어 있다는 것을 배웠다. 정확한 명칭을 사용하는 것의 위력에 대해서도 배웠다. 실크 씨는 늘 아이들에게 영어를 가르쳤다. 심지어 집에 놀러온 아이들, 자식의 친구들조차 틀린 영어를 사용하면 실크 씨의 지적을 받고 고쳐야 했다.

목사처럼 검정 슈트 위에 흰 가운을 걸치고 거의 정해진 시간 동안만 일하던 안경사 시절, 실크 씨는 저녁식사 후에 디저트를 먹고 나면 식탁에 남아 신문을 읽었다. 아이들 역시 신문을 읽어야 했다. 모든 아이들이, 심지어 막내 어니스틴까지 〈뉴어크 이브닝 뉴스〉를 돌아가며 읽어야 했는데, 만화는 예외였다. 콜먼의 할머니인 실크 씨의 모친은 여주인에게서 글 읽는 법을 배웠고, 노예해방이 이루어진 뒤에는 당시에 조지아 주립 흑인정규산업학교라고 불렸던 학교에 다녔다. 콜먼의 할아버지인 실크 씨의 부친은 감리교 목사였다. 실크 집안 사람들은 모두 고전을 읽었다. 실크 집안은 아이들을 프로 권투경기에 데려가지 않았고, 대신 옛날 갑옷을 구경할 수 있는 뉴욕 메트로폴리탄 미술관에 데려갔다. 또 아이들이 태양계에 대해 배울 수 있게 헤이든 천문관에도 데려갔다. 정기적으로 자연사박물관에도 갔다. 그러다 1937년 독립기념일에 실크 씨는 비용 부담이 만만치 않았음에도 뮤지컬 〈나는 올바른 길을 가련다〉에 출연하는 조지 M. 코핸을 보기 위해 아이들 모두를 데리고 브로드웨이의 뮤직박스시어터에 갔다. 콜먼은 아버지가 다음날 동생인 바비 삼촌에게 전화를 걸어 한 이야기를 아직도 기억했다. "조지 M. 코핸이 숱한 커튼콜에 다 답례하고 나서 막이 내려진 후에 어떻게 했는지 알아? 다시 무대 앞으로 나와 한 시간 동안이나 자기 노래를 불러줬어. 한 곡도 빠뜨리지 않고 말이야. 애들한테 무대 공연이 어떤 건지 처음으로 보여주는 데 이보다 더 좋은 게 어디 있겠어?"

"만약 내가 네 아비라면," 콜먼이 빈 접시를 앞에 둔 채 진지하게 앉아 있자 아버지가 중단된 이야기를 다시 시작했다. "지금 무슨 말을 할지 알겠지?"

"무슨 말을 하실 건데요?" 콜먼이 이번에는 부드럽게 대꾸했다. 장거리 로드워크로 숨이 차서가 아니라, 이제는 더이상 안경사가 아니라 식당차 웨이터이고 죽을 때까지 식당차 웨이터일 아버지한테 내 아버지가 아니라고 내뱉은 것에 가책을 느꼈기 때문이었다.

"나라면 이렇게 말할 것 같구나. '어젯밤 시합에서 이겼다고? 잘됐구나. 이제 무패의 전적으로 은퇴할 수 있어. 넌 은퇴한 거다.' 이게 내가 하려는 말이다, 콜먼."

숙제를 하느라 오후 시간을 보내고, 어머니가 나서서 아버지와 이야기를 나누고 설득을 한 뒤에 콜먼은 훨씬 편하게 아버지와 이야기를 나눌 수 있게 되었다. 온 가족이 그럭저럭 평온한 분위기에서 거실에 모여 앉아 콜먼의 이야기를 들었다. 콜먼이 권투에서 맛본 영예에 대해, 그리고 남을 능가하기 위해 필요한 모든 자질을 고려할 때 권투에서 승리하는 것이 육상경기에서 승리하는 것보다 얼마나 월등한 일인가에 대해.

이번엔 어머니가 질문을 던졌고, 그 질문에 대답하는 것은 전혀 어려울 게 없었다. 글래디스 실크에게 둘째 아들은 점점 나아지리라는 꿈으로 포장해놓은 선물 같은 존재였고, 아들이 더 잘생기고 더 똑똑해질수록 아들과 자신의 꿈을 분리하기가 힘들어졌다. 글래디스는 병원에서 환자에게 다감하고 친절하게 대할 수 있듯, 다른 간호사나 심지어 의사, 백인 의사에게까지도 자신에게 강제하는 것 못지않게 엄격한 행동 규범의 준수를 요구하며 엄하고 단호하게 대할 수 있는 사람이었다. 글래디스는 막내 어니스틴에게도 엄하게 대할 수 있었다. 하지만 콜먼에게만은 결코 그러지 못했다. 그녀는 환자를 대할 때와 같은 사려 깊은 친절과 애정으로 콜먼을 대했다. 콜먼은 원하는 것은 뭐든 손에 넣을 수 있었다. 아버지는 길을 인도하고, 어머니는 애정을 보탰다. 콜먼에게 익숙한 원투펀치 같은 거라고나 할까.

"알지도 못하는 사람한테 어떻게 화를 낼 수 있는지 알다가도 모르겠구나. 특히 네가 말이다." 어머니가 말했다. "너처럼 성격이 좋은 애가."

"화가 나서 싸우는 게 아니에요. 그냥 집중하는 것뿐이에요. 스포츠잖아요. 시합 전에 몸도 풀어요. 섀도복싱을 하고요. 어떤 상대하고든 붙을 대비를 하는 거죠."

"만약 상대가 전에 한 번도 만난 적이 없는 사람이면?" 빈정거림으로 들리지 않도록 자제력을 총동원해 아버지가 물었다.

"그러니까," 콜먼이 말했다. "굳이 화를 낼 필요가 없다니까요."

"그렇지만," 이번에는 어머니가 물었다. "상대 남자가 화가 나 있으면 어떻게 하니?"

"그건 중요하지 않아요. 시합에서 이기려면 머리를 써야지 화를 낸다고 되는 게 아니니까요. 실컷 화내라죠, 뭐. 누가 신경이나 쓰나요? 생각을 해야 해요. 체스 게임이랑 비슷해요. 술래잡기 같은 거예요. 상대한테 끌려다니지 않으면 되는 거예요. 어젯밤에 저랑 붙었던 상대는요, 열여덟이나 열아홉 살 정도로 보였는데 주먹이 좀 느린 친구였어요. 잽으로 제 머리 꼭대기를 치더라구요. 두번째 잽이 날아올 때 전 이미 준비된 상태였고, 크게 한 방 날렸죠. 오른손 카운터펀치를 크게 먹였는데, 아마 그 친구는 어느 쪽에서 주먹이 날아왔는지도 몰랐을 거예요. 그 친구의 케이오패였죠. 지금까지는 판정승으로 이겼었는데, 어젯밤에는 케이오로 이겼어요. 그럴 수 있었던 건 그 친구한테 똑같은 펀치로 저를 다시 맞힐 수 있을 거라고 생각하게 만들었기 때문이에요."

"콜먼," 어머니가 말했다. "듣기에 그다지 즐거운 이야기는 아니구나."

콜먼은 어머니에게 시범을 보이려고 자리에서 일어섰다. "보세요. 이게 느린 펀치예요. 보여요? 저는 상대의 잽이 느린데다 저를 맞힐 수도 없다는 걸 알아차렸어요. 엄마, 그런 펀치 맞아봐야 아프지도 않아요. 상대가 다시 그 펀치를 날리면 슬쩍 피한 다음 오른손 카운터펀치로 한 방 먹이겠다는 생각뿐이니까요. 그래서 그 잽이 다시 날아왔을 때, 정말 느려서 날아오는 게 다 보여서 카운터펀치를 제대로 먹일 수 있었던 거예요. 그 친구는 저한테 케이오를 당했지만, 엄마, 제가 화가 나서 이긴 게 아니에요. 제가 권투를 더 잘하기 때문이었죠."

"하지만 네가 시합을 하는 그 뉴어크 아이들 말이다. 그 아이들은 네 친구들이랑 전혀 다른 애들이야." 어머니는 애정이 담뿍 담긴 어조로 콜먼과 같은 학년인, 이스트오렌지 고등학교에서 가장 모범적이고 똑똑한 두 흑인 소년의 이름을 말했다. 콜먼이 학교에서 그애들과 점심을 먹거나 어울리는 건 사실이었다. "나도 길에서 그 뉴어크 아이들을 본단다. 걔들은 너무 거칠어." 어머니가 말했다. "육상이 권투보다 훨씬 고상한 종목이라 너한테 훨씬 잘 어울려, 콜먼. 애야, 네 달리기 실력은 정말 뛰어나잖니."

"뉴어크 애들이 얼마나 거친지, 자기들이 얼마나 거칠다고 생각하는지 그런 건 중요하지 않아요." 콜먼이 어머니에게 말했다. "거리에서 붙을 땐 그게 중요해요. 하지만 링에서는 아니에요. 길에서 그런 애들이랑 붙으면 기절할 정도로 얻어맞을 거예요. 하지만 링에서도 그럴까요? 시합 규칙이 있는데? 글러브를 꼈는데? 절대로, 절대로 그렇게는 안 돼요. 제 몸에 펀치 한 번 꽂지 못할걸요."

"하지만 걔들이 널 제대로 때리면 어떻게 하니? 틀림없이 다칠 거다. 충격이 엄청날 거야. 틀림없어. 게다가 너무 위험하잖니. 머리 말이야. 뇌를 다칠 수도 있어."

"슬쩍 피하기만 하면 돼요, 엄마. 클럽에서 가르쳐주는 게 머리를 슬쩍 움직여서 펀치를 피하는 방법이에요. 이렇게요, 아시겠죠? 이렇게 하면 충격을 줄일 수 있어요. 딱 한 번, 정말 딱 한 번, 제가 멍청해서, 저 스스로 멍청하게 실수해서 한 방 맞아 약간 어질어질했던 적이 있어요. 왼손잡이하고 싸우는 데 익숙하지 않았거든요. 하지만 그래봤자 벽에 머리를 부딪쳤을 때랑 별로 다를 게 없어요. 약간 어지럽고 휘청거린다고 느끼는 정도죠. 금방 정상으로 돌아와요. 그런 때는 상대를 꽉 끌어안거나 멀리 떨어져야 해요. 그러고 나면 머리가 맑아지죠. 어쩌다 코를 맞을 때도 있는데, 그러면 잠깐 코가 찡해지면서 눈에 눈물이 약간 고이지만, 그게 다예요. 제대로 싸우는 기술을 터득하면 권투는 전혀 위험할 게 없는 운동이에요."

그 말에 아버지가 더 참지 못하고 나섰다. "어디서 날아오는지도 모를 정도로 빠른 주먹에 맞고 나가떨어지는 사람을 숱하게 봐왔다. 그런 경우에는," 실크 씨가 말을 이었다. "그 사람들의 눈에 눈물이 좀 핑 도는 정도가 아니다. 그런 주먹에 맞으면 완전히 정신을 잃는다고. 네가 기억하는지 모르겠다만, 조 루이스조차 펀치를 맞고 완전히 정신을 잃은 적이 있었다. 안 그러냐? 내가 잘못 알고 있는 거냐? 만약 조 루이스가 펀치를 맞고 기절할 수 있다면, 콜먼, 너도 그렇게 될 수 있다."

"그래요, 하지만 아빠, 슈멜링*은 루이스와의 첫 시합에서 루이스의 약점을 간파했어요. 루이스의 약점은 잽을 날릴 때 드러나는데, 뻗었던 팔을 끌어와 얼굴을 방어하는 대신……" 아들은 다시 일어서서 부모에게 직접 시범을 보였다. "루이스는 왼손 잽을 날리고 나면 팔을 원위치로 끌어당기는 대신 그대로 늘어뜨렸어요. 아시겠죠? 슈멜링은 그 약점을 놓치지 않고 계속 파고들었고요. 아시겠죠? 그게 바로 슈멜링이 루이스를 케이오시킨 방법이었어요. 권투는 머리로 하는 거예요. 정말이라니까요. 아빠. 맹세코."

"그런 표현은 쓰지 말거라. 쓰면 안 돼. '맹세코'라니."

"안 쓸게요, 안 쓸게요. 하지만 보세요, 잽을 뻗고 나서 원래 자세로 돌아올 때 팔을 이렇게 올리지 않고, 대신 이렇게 이쯤에 늘어뜨리면 상대한테 오른손 펀치로 계속 공격할 틈을 주게 돼요. 그러다 결국 당

---

* 막시밀리안 아돌프 오토 지크프리트 슈멜링. 독일의 권투선수. 1930년대 후반에 조 루이스와 시합을 가졌는데 1차대전 당시 적대국이었던 미국과 독일 선수의 대결이라서 큰 관심을 모았다.

하는 거예요. 루이스의 첫 시합이 그런 상황이었어요. 딱 그런 상황이었죠."

실크 씨도 싸움 구경이라면 숱하게 해본 터였다. 군대 시절 밤이면 각 부대를 대표해 병사들 간에 벌어지는 격투 시합을 구경했다. 그 시합에서 선수들은 조 루이스처럼 정신만 잃는 게 아니라, 피가 멈추지 않을 정도로 심한 부상을 입기도 했다. 군대에서 그가 본 흑인 선수들은 주무기가 주먹이 아니라 머리였던 까닭에 차라리 글러브를 머리에 끼는 편이 어울릴 것 같을 정도였다. 그렇게 거친 거리의 싸움꾼들은 멍청하기 이를 데 없어서 계속 상대 선수의 얼굴을 머리로 받아대다 나중에는 아예 얼굴을 알아볼 수 없을 정도로 만들어놓곤 했다. 안 돼, 콜먼은 무패의 기록으로 은퇴할 것이다. 그리고 만일 그저 재미 삼아, 운동 삼아 권투를 계속하고 싶다면, 이 동네, 이스트오렌지의 닥 치즈너 권투교실에 다니면 된다. 실크 씨가 보기에 뉴어크 보이스클럽은 시궁창 아니면 감옥, 둘 중 하나에 처박힐 게 뻔한 빈민가 아이들, 무식한 아이들 아니면 건달들이나 다니는 곳이었다. 닥 치즈너가 전기노동조합의 치과 주치의였던 시절, 아직 문을 닫기 전이었던 실크 씨의 안경점은 그 조합 노조원들의 지정 안경점이었다. 여전히 개업 치과의인 닥 치즈너는 진료가 끝난 뒤 유태계 의사와 변호사와 사업가의 자제들에게 권투 기본기를 가르쳤고, 그의 권투교실에서 배우는 학생은 다치거나 평생을 불구로 지낼 일은 절대 없다고 장담할 수 있었다. 콜먼의 아버지에게 유태인이란 인디언 정찰병처럼 자기 패거리가 아닌 사람에게도 안으로 들어올 수 있는 길을 보여주고, 사회적 성공의 가능성을 보여주고, 지적인 흑인 가정이 어떻게 하면 사회적 성공을 이룰 수 있는지 보여주는 빈틈없이 영리한 족속이었다. 물론 닥터 펜스터먼처럼 철면피에 불쾌한 인간도 있기는 했지만.

그렇게 해서 콜먼은 닥 치즈너에게 가게 되었고, 특권층인 유태인 아이들 모두가 잘 아는 흑인 아이, 어쩌면 유일하게 아는 흑인 아이가 되었다. 얼마 안 가 콜먼은 닥 치즈너의 조수가 되어 유태인 아이들을 가르치게 되었다. 맥 매크론이 자신의 수제자에게 전수해준, 힘과 동작을 경제적으로 운용하는 세세한 기술이 아니라 기본기를 가르쳤다. 어쨌든 그곳 아이들이 원하는 건 그 정도였다. "내가 하나 하면 넌 잽을 날려. 하나-하나 하면 더블 잽을 날리고. 하나-둘 하면 왼손 잽, 오른손 크로스펀치야. 하나-둘-셋 하면 왼손 잽, 오른손 크로스, 왼손 훅이고." 다른 제자들이 모두 집에 가면—이따금 코피가 터져 그 자리에서 때려치우고 집으로 돌아간 후 두 번 다시 나타나지 않는 아이도 있었다—닥 치즈너는 콜먼과 단둘이 연습을 하곤 했다. 어떤 날은 끌고 당기고 때리는 인파이팅 위주로 지구력 증강 훈련을 하기도 했는데, 그것과 비교하면 그후의 스파링은 애들 장난 같았다. 또한 닥은 콜먼에게 로드워크와 섀도복싱을 하게 했는데, 아침 배달에 나선 우유 배달 마차가 동네에 도착하는 이른 시간이었다. 콜먼은 새벽 다섯시에 후드 달린 잿빛 운동복 차림으로 밖으로 나왔고, 춥건 눈이 오건 상관없이 첫 수업 시작을 알리는 종이 울리기 전까지 세 시간 반 동안 운동을 했다. 콜먼 말고는 그 시간에 돌아다니는 사람도, 러닝을 하는 사람도 없었다. 사람들이 러닝에 대해 알게 되기 훨씬 전이었기 때문이다. 3마일을 빠른 속도로 주파하면서, 달리는 내내 펀치 뻗는 연습을 하면서, 수도사처럼 후드 달린 옷으로 음침하게 몸을 감싼 모습 때문에 육중하게 움직이는 덩치 큰 늙은 갈색 짐승이 놀랄까봐 잠시 속도를 늦출 때를 제외하고는 내처 달렸다. 우유 배달 마차를 따라잡으면 전력 질주로 앞으로 튀어나갔다. 콜먼은 러닝이 지루해서 싫었지만 하루도 거르지 않았다.

닥터 펜스터먼이 콜먼의 부모에게 예의 그 제안을 하기 위해 찾아오기 넉 달 전쯤 어느 토요일, 콜먼은 웨스트포인트로 가는 닥 치즈너의 차에 동승했었다. 그곳에서 닥은 육군과 피츠버그 대학 소속 선수가 붙는 경기의 심판을 볼 예정이었다. 피츠버그 대학 코치와 아는 사이인 닥은 그 코치가 콜먼의 시합을 봤으면 했다. 닥은 콜먼의 성적이면 피츠버그 대학 4년 장학생으로 입학하도록 코치가 주선할 수 있을 거라고 확신했다. 그 혜택은 콜먼이 육상선수로 받을 수 있는 장학금보다 큰 것이었는데, 콜먼은 그저 피츠버그 대학 팀을 위해 권투만 하면 되었다.

그날 그곳으로 향하는 도중 닥이 콜먼에게 이른 말은 코치에게 백인이라고 말하라는 것이 아니었다. 그저 흑인이라고 굳이 밝히지 말라는 것뿐이었다.

"만약 그 이야기가 나오지 않으면," 닥이 말했다. "네가 먼저 꺼내진 말거라. 넌 이쪽도 저쪽도 아니니까. 넌 실키 실크일 뿐이다. 그걸로 충분해. 자, 거래 성사." 닥이 즐겨 쓰는 표현이었다. 자, 거래 성사. 콜먼의 아버지가 집 안에서 입에 올리는 것을 허락하지 않는 또 하나의 표현이었다.

"코치가 모를까요?" 콜먼이 물었다.

"무슨 수로? 그 친구가 무슨 수로 알겠니? 빌어먹을 무슨 수로 알아내겠냐고. 이스트오렌지고의 수석이 여기 있는데, 그것도 딱 치즈너하고 함께. 설사 그 친구가 무슨 생각을 한다손 치더라도, 무슨 생각을 할지야 너도 알잖니?"

"뭔데요?"

"네 외모는 지금 보이는 대로고, 넌 나하고 함께 왔어. 코치는 네가 이 치과 의사가 가르치는 애들 중 하나라고 생각할 거다. 네가 유태인이라고 생각할 거야."

콜먼은 단 한 번도 닥을 대단한 코미디언이라고 생각해본 적이 없었지만—뉴어크 경찰이었을 때의 무용담을 늘어놓던 맥 매크론과는 전혀 달랐다—이번에는 큰 소리로 웃어대며 닥에게 이렇게 일깨웠다. "전 하워드대에 진학할 거예요. 피츠버그대에 갈 수 없어요. 전 꼭 하워드에 진학해야 해요." 콜먼이 기억하는 한, 아버지는 세 자식 가운데 가장 총명한 콜먼을 역사적인 흑인 대학에, 전문직 종사자들인 흑인 엘리트 특권층의 자식들이 진학하는 대학에 보내기로 작심한 터였다.

"콜먼, 그 친구를 위해 싸워. 그것만 해. 거래 내용은 그게 다야. 그러고 나서 어떻게 되는지 보자."

교육을 목적으로 가족과 함께 뉴욕에 갔던 것을 제외하면 콜먼은 한 번도 뉴저지를 벗어나본 적이 없었다. 그래서 웨스트포인트에 입학할 예정으로 웨스트포인트에 온 척하면서 주변을 돌아다니며 멋진 하루를 보냈다. 그러고는 피츠버그 대학 코치를 위해 피시어스 공제회에서 붙었던 상대와 실력이 비슷한 선수와 시합을 했다. 느려터진 선수였는데, 어찌나 느린지 몇 초도 지나지 않아 콜먼은 알아챘다. 상대가 비록 스무 살이고 대학팀 선수지만 자신을 결코 이길 수 없다는 사실을. 1라운드가 끝났을 때 콜먼은 생각했다. 젠장, 평생 시합에서 이런 녀석만 만난다면 레이 로빈슨*보다 뛰어난 선수가 되겠군. 콜먼의 체중이 피시어스 공제회에서 아마추어 시합을 치렀을 때보다 7파운드 정도 늘었기 때문만은 아니었다. 하지만 스스로도 뭐라고 이름 붙여야 할지 알 수 없는 어떤 감정 때문에 콜먼은 그 어느 때보다 상대에게 큰 타격을 입히고 싶었고, 그날은 그저 단순히 승리를 거두는 것 이상의 뭔가를 원했다. 피츠버그대 코치가 콜먼이 흑인이라는 사실을 몰랐기 때문일까? 그의 진짜 모습이 전적으로 그만 아는 비밀이었기 때문일까? 콜먼은 비밀을 좋아했다. 자신이 무슨 생각을 하는지, 자신의 머릿속에 무슨 생각이 들었는지 아무도 모르는 비밀 말이다. 다른 아이들은 모두 언제나 자기 자신에 대해 나불거렸다. 하지만 그렇게 떠들어대는 것에서는 힘도 즐거움도 얻을 수 없다. 콜먼에게 힘과 즐거움은 그와 정반대의 것에서, 카운터펀치가 그의 특기이듯 자기 이야기를 일절 삼가는 것에서 얻는 것이었고, 콜먼은 누가 이야기해준 적도 없고 따로 생각해본 적도 없는데도 이미 그런 이치를 터득하고 있었다. 콜먼이 섀도복싱과 무거운 펀치백 훈련을 좋아했던 이유도 바로 그 안에 담긴 비밀 때문이었다. 육상을 좋아했던 것도 그래서였지만, 권투의 경우가 훨씬 좋았다. 어떤 친구들은 무거운 펀치백을 그저 죽어라 쳐대기만 했다. 콜먼은 달랐다. 콜먼은 생각을 했다. 학교 수업 시간에도 경주를 할 때도 생각을 했다. 다른 모든 것을 몰아내고 어떤 것도 개입하지 못하게 하고 그 일, 그 과목, 그 시합, 그 시험에 깊이 빠져드는 것이

___

* 슈거 레이 로빈슨. 세계 챔피언이었던 미국의 전설적인 권투선수.

다. 무언가를 숙달해야 할 때는 아예 그것이 되어버리면 된다. 콜먼은 생물학을 공부할 때도 그럴 수 있었고, 단거리경주를 할 때도 그럴 수 있었으며, 권투를 할 때도 그럴 수 있었다. 그리고 외적인 것뿐 아니라 내적인 것도 전혀 방해가 되지 않았다. 시합장에서 관객이 소리 높여 이런저런 주문을 외쳐댄다 해도 콜먼은 전혀 개의치 않을 수 있었고, 상대 선수가 자신의 절친한 친구라 해도 전혀 개의치 않을 수 있었다. 시합이 끝나고 나면 다시 친구로 돌아갈 시간은 충분하니까. 콜먼은 이런저런 감정, 공포든 불안이든, 심지어 우정까지도 무조건 무시하도록 스스로를 강제했다. 그런 감정이 들어도 자신과 분리시켰다. 예를 들면, 새도복싱을 할 때도 콜먼은 그저 몸을 푸는 데서 그치지 않았다. 상대 선수를 상상하며 머릿속에서 상상의 상대와 남몰래 일전을 치렀다. 그리고 링에서 실제로 상대 선수가 땀과 콧물 범벅인 채 악취를 풍기며 주먹을 휘두를 때도 상대 선수는 콜먼이 무슨 생각을 하는지 전혀 알지 못했다. 링 위에는 문제의 답을 물어볼 선생이 없다. 링 위에서 터득한 모든 답은 혼자서 간직하는 법이고, 비밀을 드러낼 순간이 오면 입을 제외한 다른 모든 것을 통해 드러내야 한다.

묘한 마력과 신화적 분위기를 풍기는 웨스트포인트, 그가 이제껏 보았던 그 어떤 성조기보다 깃발의 매 평방인치에 미국이라는 나라가 집약되어 있는 것처럼 보이는 곳, 불굴의 의지가 묻어나는 생도들의 강인한 얼굴이 강한 영웅의 의미에 대해 생각하게 하는 곳, 애국심의 중추, 조국의 꺾을 수 없는 기상의 정수인 곳, 이 장소에 대해 열여섯 살짜리 소년이 지닌 환상이 공식적 환상과 완벽하게 일치하는 곳. 마치 자연의 모든 것이 그의 삶의 현시라도 되는 듯—태양, 하늘, 산, 강,

나무 모든 게 콜먼 브루터스 "실키" 실크를 백만 배 확대해놓은 것인
양—눈에 보이는 모든 것이 그로 하여금 그 자신뿐 아니라 보이는 그
모든 것에 사랑의 열정을 느끼게 만드는 웨스트포인트, 이곳에도 그의
비밀을 아는 사람은 아무도 없었다. 그래서 그는 첫 라운드부터 맥 매
크론이 자랑하는 불패의 카운트펀치 전문 선수답지 않게 그의 모든 기
술을 동원해 상대에게 선제공격을 퍼붓기 시작했다. 상대 선수와 자신
의 실력이 동등하다면 두뇌를 사용하지만, 만만한 상대임이 일찌감치
보일 때면 콜먼은 보다 공격적인 선수가 되어 마구 공격을 퍼부었다.
웨스트포인트에서 벌어진 경기가 그랬다. 몸을 채 틀기도 전에 콜먼
은 상대의 눈가를 찢어놓았고, 상대 선수는 코피까지 흘렸으며, 콜먼
은 상대를 완전히 때려눕혔다. 그런 다음 일찍이 한 번도 없었던 일이
벌어졌다. 콜먼이 상대 선수 몸통의 사분의 삼을 푹 파고들어가는 것
처럼 보이는 훅을 날렸던 것이다. 어찌나 깊었던지 콜먼도 놀랐지만,
피츠버그대 코치만큼은 아니었다. 콜먼은 체중이 128파운드로 도저
히 다른 선수를 녹아웃시킬 수 있을 것처럼 보이지 않는 어린 선수였
다. 멋진 훅을 날리기 위해 두 발을 단단히 디디는 것은 콜먼의 스타일
이 아니었다. 그런데도 그의 펀치는 상대 선수의 몸에 깊숙이 꽂혔고,
스무 살에 대학생인 상대 선수는 몸이 앞으로 꺾였다. 콜먼은 딱 치즈
너가 "라본즈"*라고 부르는 데에 한 방을 더 먹였다. 라본즈를 정통으
로 맞은 상대는 몸이 완전히 앞으로 꺾였는데, 순간 콜먼은 상대가 토
하려는 거라고 생각했다. 그래서 상대가 토하거나 고꾸라지기 전에 오

---

* 이탈리아어에서 온 말로, 복부(腹部)를 뜻함.

164

른쪽 주먹으로 한번 더 갈기려는 자세를 취했는데, 그 백인 녀석이 쓰러지는 순간 콜먼의 눈에는 그 상대 선수가 자신이 죽도록 두들겨패고 싶어했던 누군가로 보일 뿐이었다. 갑자기 심판을 보던 피츠버그대 코치가 "그만, 실키!" 하고 외쳤고, 마지막 오른손 펀치를 날리려는 콜먼을 끌어안으며 경기를 중단시켰다.

"그런데 너랑 싸운 그 아이," 집으로 운전해 돌아오는 길에 닥 치즈너가 말했다. "그애도 정말 훌륭한 선수였어. 하지만 사람들에게 질질 끌려 자기 코너로 돌아가서도 경기가 끝난 줄 몰라 사람들이 얘기해줘야 했다는구나. 이미 자기 코너로 돌아왔으면서도 여전히 자기가 뭐에 맞고 그 지경이 되었는지 몰랐다는 거야."

갇혀 있다 터져나오면서 희생자 못지않게 콜먼까지 압도한 달콤한 분노의 물결과 마지막 펀치가 준 황홀감, 마법, 승리감에 푹 빠져 콜먼이 말했다―차 안에서 머릿속으로 경기를 재연하며 소리 내어 이야기하는 것이 아니라 꿈속에서 이야기하는 것처럼. "전 그 사람에 비해 너무 빨랐던 것 같아요, 닥."

"그렇고말고, 빨랐지. 당연히 빨랐지. 네가 빠르다는 건 나도 안다. 하지만 어디 그뿐이냐, 강하기도 하지. 그 훅은 이제까지 네가 날린 것 중에 최고였다, 실키. 애야, 넌 그 녀석이 감당하기엔 너무 강한 상대였다."

그런 걸까? 정말 강한 걸까?

어쨌거나 콜먼은 하워드 대학에 진학했다. 하워드에 진학하지 않았다면 그의 아버지는 오직 말로, 영어의 힘만으로 콜먼을 반쯤 죽여놓았을 것이다. 실크 씨는 마음속에 모든 그림을 그려놓았다. 콜먼이 하워드대에 진학해 의사가 되고, 그곳에서 괜찮은 흑인 가정의 피부색이 좀 옅은 여자를 만나 결혼해 정착한 뒤 아이들을 낳고, 그 아이들을 다시 하워드대에 진학시키는 그림. 학생 모두가 흑인인 하워드대에 진학하면 콜먼의 엄청난 이점인 지적 능력과 외모가 콜먼을 흑인사회의 최상층으로 진출시켜줄 것이고, 영원토록 사람들의 존경을 받도록 만들어줄 것이다. 그런데 하워드에 들어가 맞은 첫 토요일, 콜먼은 변호사의 아들로 뉴브런즈윅 출신인 룸메이트와 워싱턴 기념탑을 보러 들뜬 기분으로 외출을 했다. 그런데 핫도그를 사먹으려고 들어간 울워스*에서 검둥이라는 소리를 들었다. 처음 당하는 일이었다. 게다가 그곳에서는 두 사람에게 핫도그도 팔려고 하지 않았다. 워싱턴 번화가의 울워스에서 핫도그를 사먹으려다 거절당하고, 나오는 길에 검둥이 소리까지 듣자, 도저히 링에 올랐을 때처럼 손쉽게 자기 자신과 감정을 분리시킬 수 없었다. 이스트오렌지 고등학교를 수석으로 졸업한 그가 인종차별이 심한 남부에서는 단지 또 한 명의 검둥이에 불과했다. 인종차별이 심한 남부에서는 흑인에게 개별적인 정체성이란 존재하지 않았고, 콜먼과 룸메이트도 예외가 아니었다. 세세한 차이들은 인정되지 않았고, 그 충격은 그야말로 엄청났다. 검둥이. 그것이 그를 지칭하는 말이었다.

당연하게도 콜먼은 이스트오렌지에서도 자신의 가족과 소규모 흑인 공동체를 이스트오렌지의 나머지 공동체와 사회적으로 분리시키는 극

---

* 잡화를 팔던 체인점. 당시 울워스는 백인만 좌석식 식당에 들였는데, 1960년에 흑인인권운동 역사상 유명한 그린즈버러 연좌시위가 성공하면서 인종차별 규정을 없앴다.

166

히 미약한 형태의 배척에서 벗어날 수 없었다. 그 모든 것은 아버지의 말마따나 온 나라에 횡행하는 "흑인혐오증"에서 연원한 것이었다. 콜먼 또한 알고 있었다. 아버지가 펜실베이니아 철도회사 직원으로 식당차에서 일하며 온갖 모욕을 참아내야 한다는 것을. 노조원이든 비노조원이든 회사 측으로부터 아버지가 받는 편파적인 대우는, 이스트오렌지 고등학교에서 흑인치고는 피부색이 옅을 뿐 아니라 뛰어난 운동선수에다 전 과목 A학점을 받는 야심 차고 열정적이며 머리까지 좋은 학생이었던 콜먼 자신이 맛보았을 그 어떤 모욕보다 훨씬 심하리라는 것을. 콜먼은 아버지가 직장에서 안 좋은 일을 당하고 온 날, 집에서 화를 내지 않기 위해 무진 애를 쓰는 모습을 보곤 했다. 일을 계속하기 위해 아버지는 더러운 꼴을 당하면서도 그저 유순하게 "잘 알겠습니다"라고 말하는 수밖에 없었다. 피부색이 좀 옅은 흑인이 좀더 나은 대접을 받는다는 말이 늘 들어맞는 것은 아니었다. "백인이 너희를 대할 때는 항상," 아버지는 가족을 모아놓고 늘 말했다. "그 백인이 아무리 선의를 가진 사람이라 해도, 흑인은 지적으로 열등하다는 가정을 깔고 있기 마련이다. 말이나 표정, 말투, 조바심 같은 것으로, 심지어 정반대의 관대함으로, 자비심을 한껏 드러냄으로써 직접 표현하진 않더라도 말이다. 아무튼 백인은 늘 너희가 멍청이라고 생각하며 너희에게 이야기를 할 것이고, 그러다 너희가 멍청이가 아닌 것 같으면 놀랄 거다." "무슨 일 있었어요, 아빠?" 콜먼은 묻곤 했다. 혐오감도 혐오감이지만 그보다는 자긍심 때문에 아버지는 좀처럼 무슨 일이 있었는지 말해주지 않았다. 교육을 위해서는 그 정도로도 충분했다. "무슨 일이 있었는지 같은 건," 어머니가 대신 설명하곤 했다. "아버지가 굳이 되풀

이해서 이야기할 가치도 없어."

이스트오렌지 고등학교에서 콜먼은 교사들이 똑똑한 백인 학생에게는 용인이나 인정을 아낌없이 베푸는 데 비해 자신에게는 공평하지 않다는 걸 느꼈다. 하지만 그 불공평함은 콜먼의 앞길을 가로막을 정도는 아니었다. 그러한 무시나 방해가 무엇이건 콜먼은 저장애물경주 정도로 받아들였다. 무적인 척하기 위해서라도 콜먼은, 월터라면 그냥 지나치지 못하고 지나치지도 않을 일들을 아무것도 아닌 것처럼 무시해버렸다. 월터는 대학 미식축구 대표팀 선수에 성적도 좋고 피부색도 콜먼 못지않게 옅었다. 그럼에도 언제나 모든 것에 콜먼보다 좀더 화를 냈다. 예를 들면, 백인 친구의 집에 갔는데 친구가 안으로 들어오라고 하지 않고 밖에서 기다리게 했을 때, 멍청하게도 친구라고 생각했던 백인 팀 동료의 생일에 초대받지 못했을 때, 월터와 방을 같이 쓰던 콜먼은 몇 달씩 그 이야기를 들어줘야 했다. 월터는 삼각법에서 A학점을 받지 못하자 바로 선생을 찾아가 그 앞에 서서 그의 새하얀 면상에 대고 말했다. "실수를 하신 것 같습니다." 선생이 채점기록부를 죽 살펴보고 월터의 시험 성적을 다시 확인하더니 월터에게 돌아왔다. 그는 자신의 실수를 인정하면서도 뻔뻔스럽게 "자네 점수가 그 정도로 높다니 믿을 수가 없었네"라고 말했고, 그런 말로 속을 긁어놓고 나서야 겨우 B학점을 A로 고쳐줬다. 콜먼 같으면 선생을 찾아가 성적을 고쳐달라고 요구하는 일 따위 꿈도 꾸지 않았겠지만, 애초에 그럴 필요도 없었다. 어쩌면 월터처럼 뻣뻣한 반항아로 찍히지 않아서였을 수도 있고, 어쩌면 운이 좋아서였을 수도 있고, 어쩌면 남보다 더 똑똑하고 학업에서 뛰어나 월터만큼 노력을 기울이지 않아도 되었기 때문이었을 수도 있지만, 어쨌든 애초부터 콜먼은 A를 받았다. 그리고 7학년 때 어떤 백인 친구의 생일 파티에 초대받지 못한 적이 있었는데(한 블록 떨어진 길모퉁이 공동주택에 사는, 그 건물 관리인의 둘째아들로 유치원 때부터 콜먼과 등하교를 같이했던 친구였다), 콜먼은 그 일을 백인이 자신을 거부하는 것으로 받아들이지 않았다. 처음에는 어리둥절했지만 곧 디키 왓킨의 멍청한 엄마 아빠가 자신을 거부한 것이겠지 여기고 넘겨버렸다. 닥 치즈너의 권투교실에서 콜먼이 가르치는 아이들 중에도 그를 불쾌하게 여기고, 신체 접촉이나 그의 땀이 묻는 것을 싫어하는 아이가 있다는 것을, 이따금 권투교실을 그만두는 아이도 있다는 것을 콜먼은 알고 있었다. 아마도 권투든 뭐든 자식이 흑인 소년에게 배우는 것이 탐탁지 않은 부모 때문이었을 것이다. 하지만 모욕을 절대 잊지 않는 월터와 달리, 콜먼은 결국 잊어버리거나 무시해버리거나 혹은 그런 척 행동할 수 있었다. 한번은 육상팀의 백인 선수가 교통사고로 중상을 입어 팀 동료들이 몰려가 헌혈을 하겠다고 나선 일이 있었다. 콜먼도 그중 하나였는데, 그 가족이 콜먼의 피는 받으려 하지 않았다. 고맙지만 피가 충분하다며. 하지만 콜먼은 진짜 이유를 알았다. 그랬다, 현실이 어떤지 그가 모를 리 없었다. 그런 걸 모를 정도로 멍청하지 않았다. 그는 육상대회에서 숱한 뉴어크 백인 선수들과 경쟁했다. 배린저 고교의 이탈리아계, 이스트사이드 고교의 폴란드계, 센트럴 고교의 아일랜드계, 위퀘이크 고교의 유태계 등등. 콜먼은 보았고 들었다. 그들끼리 하는 말을 엿듣기도 했다. 콜먼은 현실이 어떤지 알았다. 하지만 또한 자신의 삶 한복판에서 벌어지는 일들은 현실과 다르다는 것도 알았다. 부모의 보호, 콜먼보다 나이도 많고 키도 6피트 2.5인치나 되는 형 월터의 보호, 콜먼 자신의 타고난 자신감, 그의 영리함이 발하는 매력, 뛰어난 육상 실력("오렌지에서 가장 빠른 아이"), 때때로 사람들이 그의 정체를 쉽게 알아채지 못하게 하는 피부색, 이 모든 것이 있었기에 콜먼은 월터라면 참지 못했을 모욕도 대수롭지 않게 넘길 수 있었다. 두 사람의 성격 차이도 있었다. 월터는 월터였다. 월터는 개성이 강했고, 콜먼은 그렇지 못했다. 아마도 두 사람의 반응이 다른 것에 대해 그보다 나은 설명은 없을 것이다.

하지만 "검둥이"라고? 그것도 그를 향해. 콜먼은 격노했다. 그렇지만 심각한 문제에 휘말리고 싶지 않다면 그 상점에서 그저 조용히 걸어나오는 수밖에 없었다. 그곳은 피시어스 공제회의 아마추어 권투 시합장이 아니었다. 워싱턴 DC의 울워스였다. 그의 주먹은 소용이 없었다. 풋워크도, 분노도 소용없었다. 월터에 대해선 잊어버리자. 아버지는 이런 개 같은 경우를 어떻게 참고 넘겼을까? 식당차에서는 하루도 빼놓지 않고 어떠한 형태로든 이런 개 같은 일을 수없이 당했을 텐데! 나이에 어울리지 않는 영리함에도 불구하고 콜먼은 이제껏 자기가 얼마나 보호받으며 살아왔는지 깨닫지 못했었다. 또한 아버지가 얼마나 의연한 사람이었는지, 혹은 아버지가 얼마나 강력한 힘이 되어줬는지—단순히 그의 아버지라는 사실 때문에 강력한 것이 아니었다—자각하지 못했었다. 마침내 콜먼은 아버지가 운명으로 받아들일 수밖에 없었던 모든 것을 이해했다. 또한 아버지가 방어할 수 없었던 모든 것도 이해했다. 천진한 아이에 불과했던 시절에 콜먼은 당당하고 엄격한, 때로는 못 견디게 싫었던 아버지의 처신 방식에 취약점 같은 것은 절대 없을 거라고 생각했었다. 하지만 뒤늦게 면전에서 검둥이라는 소리를 듣고 난 후 콜먼은 아버지가 저 거대한 미국의 위협으로부터 자신을 보호해준 엄청난 장벽이었음을 마침내 알아보았다.

하지만 그렇다고 하워드 생활이 나아진 건 아니었다. 갖가지 새 옷에 주머니엔 돈도 두둑하고 여름이면 푹푹 찌는 고향의 거리를 어정대는 대신 '캠프'—뉴저지 촌구석의 보이스카우트 캠프가 아니라 승마도 하고 테니스도 치고 연극 공연도 하는 멋진 곳들—에 가는 같은 기숙사의 다른 녀석들까지 콜먼을 어딘가 검둥이 같다고 여긴다는 생각이 들기 시작하면서 특히 그러했다. '코티용'*이 대체 뭔데? 하일랜드비치는 또 어디 붙어 있는 데고? 도대체 자기들끼리 뭐라고 떠드는 거지? 콜먼은 신입생 가운데서도 단연 피부색이 옅은 편이었고, 홍차 색깔 같은 룸메이트보다 옅었지만, 가장 새까맣고 가장 무식한 농장 일꾼으로 여겨질 수도 있었다. 그들은 아는데 그는 모르는 그 모든 것들 때문에. 도착한 첫날부터 콜먼은 하워드가 싫었고, 일주일도 채 되지 않아 워싱턴이 싫어졌다. 그래서 10월 초 아버지가 필라델피아의 서티스 스트리트 역을 출발해 윌밍턴으로 향하던 펜실베이니아철도 식당차에서 손님 시중을 들다 갑작스럽게 세상을 떴을 때 장례를 치르기 위해 고향으로 돌아와 어머니에게 말했다. 대학을 때려치웠다고. 어머니는 콜먼처럼 집안이 그리 넉넉하지 못한 학생이나 장학금을 받는 학생이 분명 있을 테니, 그런 아이들과 어울려 친구를 사귀어보라고, 다시 한번 생각해보라고 타일렀다. 하지만 어떤 설득도 그의 마음을 돌리지 못했다. 콜먼의 고집을 꺾을 수 있는 사람은 아버지와 형 월터밖에 없었는

---

* 2쌍 혹은 4쌍의 남녀가 한 조가 되어 추는 무도회용 춤. 혹은 정식 무도회를 가리킴.

데, 그들조차 콜먼의 뜻을 억지로 꺾어 주저앉히다시피 해야 했다. 하지만 월터는 미육군에 입대해 이탈리아 전선으로 파병된 상태였고, 기분이 상하지 않게 고분고분 따라야 했던 아버지는 쩌렁쩌렁한 목소리로 딱딱 명령을 내릴 수 없는 저세상 사람이 되어 있었다.

물론 콜먼도 장례식에서 눈물을 흘렸고, 예고도 없이 떠나버린 아버지가 얼마나 거대한 존재였는지 느꼈다. 목사가 성경 구절 나부랭이와 함께, 아버지가 아끼던 셰익스피어 희곡집—제본한 가죽이 축 늘어진 특대판 책으로 콜먼은 어렸을 때 그 책을 볼 때마다 코커스패니얼을 떠올렸다—가운데 「줄리어스 시저」에서 뽑아낸 구절을 읽어내려가자 아들은 아버지의 위엄을 더욱 사무치게 느꼈다. 아버지의 성공과 몰락이 지닌 장대함, 콜먼이 이스트오렌지라는 좁은 울타리에서 벗어나 한 달이 채 못 되는 기간 동안 대학 신입생으로 보내며 희미하게나마 알아차리기 시작한 그 장대함을.

겁쟁이는 생전에 여러 번 죽지만,

용감한 자는 마지막 한 번을 제외하면 결코 죽음을 맛보지 않지.

일찍이 내가 들었던 모든 신기한 일 가운데

가장 이상해 보이는 것은 사람들이 두려움을 느낀다는 거야.

죽음은 피할 수 없는 종말이기에,

올 때가 되면 오는 것인데.*

---

* 시저가 암살되던 날 아침, 뭔가 불길한 조짐을 감지한 아내 캘퍼니아가 그날은 집 밖으로 나가지 말라고 말리자 시저가 아내에게 하는 대사.

목사가 단조롭게 읊은 "용감한"이라는 말에 콜먼은 남자답게, 냉정하고 의연하게 자제력을 유지하려 노력하던 걸 놓아버렸고, 두 번 다시 볼 수 없는 아버지를 그리는 자식의 마음을 더는 감추지 못했다. 자신과 가장 가까운 사람이자 그야말로 거대한 존재였던 아버지, 그토록 수월하게 그토록 거침없이 이야기를 했지만 남몰래 속으로 고통을 감내했던 아버지, 당신도 모르게 말의 위력만으로 콜먼을 대단한 존재가 되고 싶어하게 가르친 아버지. 콜먼은 모든 감정 가운데서도 가장 근원적이고 엄청난 감정에 북받쳐 울었고, 한없는 무력감에 어떤 것도 견딜 수 없을 것만 같았다. 친구들에게 아버지에 대한 불평을 늘어놓던 사춘기 소년 시절, 콜먼은 자신이 느꼈던 것보다 혹은 느낄 수 있는 것보다 더 경멸하는 투로 아버지의 성격이 어떻다고 떠들어댔었다. 마치 친아버지를 아무 사심 없이 평가하는 것이 자신을 난공불락으로 만들어줄 또하나의 수단인 양 말이다. 하지만 그의 행동에 제약을 가하거나 행동의 범위를 한정해줄 아버지가 더이상 없다는 것은 어디를 봐도 모든 벽시계가, 모든 손목시계가 멈춰버려 도대체 몇시인지 알 도리가 없게 된 것과 같았다. 콜먼이 워싱턴에 도착해 하워드에 입학한 날까지, 싫건 좋건 콜먼을 위해 콜먼의 이력을 만들어왔던 사람은 바로 아버지였다. 하지만 이제 콜먼은 스스로 이력을 만들어나가야 했고, 생각만 해도 덜컥 겁이 났다. 그러다 얼마 후 겁이 나지 않게 되었다. 무섭고 끔찍한 사흘을 보내고, 끔찍한 한 주, 끔찍한 두 주를 보냈다. 그러고는 난데없이 기분이 유쾌해졌다.

"피할 수 있겠는가/ 그의 존재 목적을 전능하신 신들께서 결정해놓았는데?" 아버지가 「줄리어스 시저」에서 인용해 그에게 들려주곤 하던 대사였는데, 콜먼은 아버지를 땅에 묻고 나서야 비로소 그 말에 귀를 기울였다. 귀를 기울이자 당장 그 의미가 확대되었다. 이것은 전능하신 신들께서 결정해놓은 것! 실키의 자유. 있는 그대로의 나. 실키 실크로 존재하는 것의 온갖 절묘함.

하워드에서 그는 깨달았다. 자신이 단순히 워싱턴 DC에 온 검둥이이기만 한 게 아니라는 사실을. 그 충격만으로 충분치 못하기라도 한 듯, 하워드에서 그는 자신이 흑인이라는 사실 또한 알게 되었다. 그것도 '하워드의 흑인'. 있는 그대로의 나라는 존재는 하룻밤 사이에 우리라는 것에 내포된 모든 고압적인 견고함과 함께 우리의 일부가 되어 있었고, 그는 우리가 됐든 그에 따라온 그다음의 압제적인 우리가 됐든 전혀 얽히길 원치 않았다. 우리의 우르*를, 고향을 마침내 떠나왔는데, 고작 찾은 것이 또다른 우리란 말인가? 똑 닮은 다른 곳, 대신할 다른 곳 말인가? 이스트오렌지에서 성장할 때 그는 당연히 흑인이었고, 오천 명 남짓한 작은 공동체의 아주 많은 흑인 중 한 명이었다. 하지만 권투, 육상, 공부 할 것 없이 뭐든 집중해서 성공을 거두고, 혼자서 오렌지 곳곳을, 그리고 닥 치즈너와 함께 혹은 닥 치즈너 없이 뉴어크 너머까지 헤집고 돌아다니는 동안에는 자신이 흑인이라는 걸 의식할 필요가 없었고 뭐든지 될 수 있었다. 그는 콜먼이었다, 나라는 존재의 위대한 개척자 중에서도 가장 위대한 개척자인 콜먼.

그러다 워싱턴으로 갔고, 불과 한 달 만에 검둥이 외엔 아무것도 아닌 존재가 되었고, 흑인 외엔 아무것도 아닌 존재가 되었다. 싫어. 싫다

---

* 태고의 대륙 또는 오늘날의 이라크 남부 유프라테스 강 하구 근처에 해당하는 고대 수메르인의 도시.

고. 그는 자신을 기다리는 운명을 보았고, 받아들이지 않기로 했다. 그는 직관적으로 파악하고는 무의식적으로 뒷걸음쳤다. 작은 그들이 우리라는 이름 아래 자신들의 규범을 강요하게 둘 수 없듯 거대한 그들이 자신들의 편견을 강요하게 둘 수는 없다. 우리와 우리라는 담화가 자행하는 폭압을, 그 우리가 내 머리 위로 쌓아올리고자 하는 모든 것을 그냥 보고만 있을 수는 없지 않은가. 그를 삼켜버리지 못해 안달이 난 우리의 폭압, '여럿이 모여 하나'*라는 음흉한 의식과 더불어 강압적이고 모든 것을 아우르고 역사적이고 피할 수 없는 도덕률인 우리를 그는 절대적으로 거부한다. 울워스의 그들이든 하워드의 우리든 마찬가지다. 그 대신 아주 명민한 있는 그대로의 나가 있다. 자아의 발견, 그것이야말로 라본즈에 정통으로 꽂히는 펀치였다. 독자성. 독자성을 지키기 위한 열정적 투쟁. 유일무이한 동물. 그 무엇과 관계를 맺든 계속 변화하는 것. 고정되지 않고 변화하는 것. 자신에 대해 인식은 하지만 숨기는 것. 그만큼 강력한 게 또 있을까?

"3월 15일을 조심하라."** 개소리. 아무것도 조심하지 마라. 자유다. 두 개의 든든한 방벽이 모두 사라진 지금—형은 해외에 파병되었고 아버지는 돌아가셨다—콜먼은 다시 권력을 쥐었고, 뭐든 되고자 하는 대로 될 수 있고, 아무리 큰 목표라도 자유롭게 추구할 수 있고, 개별자로서의 나가 될 수 있다는 마음속 깊은 곳의 확신을 따를 수 있다. 그의 아버지라면 감히 상상도 할 수 없었을 크기의 자유. 아버지가 자유롭지 못했던 만큼 자유로운. 아버지로부터뿐만 아니라 아버지가 견뎌내

---

* E pluribus unum. 미합중국 국장에 새겨진 구호.
** 3월 15일은 시저가 암살될 거라고 예언된 날. 불길한 일에 대한 경고로 쓰이는 문구.

야 했던 모든 것으로부터의 자유. 강요. 굴종. 방해. 상처와 고통과 가식적인 태도와 수치심—실패와 패배로 인한 모든 심적 고통. 그런 것 대신 그는 큰 무대에서 자유를 누릴 것이다. 자유롭게 하고 싶은 것을 하고, 굉장한 존재가 될 수도 있다. 그가 직접 정의한 '우리' '그들' '나'라는 대명사를 가지고 무궁무진한 드라마를 연기할 수 있는 자유.

전쟁은 여전히 계속되고 있었고 하룻밤 사이에 끝나지 않는 한 그도 어쨌거나 징집될 수밖에 없었다. 월터 형이 이탈리아 전선에서 히틀러와 싸우고 있다면, 그도 그 자식하고 싸우지 못할 이유가 없지 않은가? 1944년 10월, 콜먼은 열여덟이 되려면 한 달이 모자랐지만 나이를 속여 넘기는 것쯤은 일도 아니었다. 생일을 11월 12일에서 10월 12일로 한 달만 당기면 되니 전혀 어려울 게 없었다. 그런데 슬퍼하는 어머니를, 대학을 때려치웠다는 데 충격받은 어머니를 달래느라 원하면 인종도 속일 수 있다는 생각은 하지 못했다. 그는 자신이 원하는 대로 그 피부색인 척할 수 있었고, 스스로 피부색을 선택할 수 있었다. 그렇지만 뉴어크의 연방 정부 청사에 앉아 해군 지원서를 앞에 펼쳐놓기 전까지는 미처 그 생각을 못했다. 지원서를 작성하기에 앞서, 고등학교에서 시험 공부를 하던 때와 마찬가지로—자신이 하고 있는 일이 무엇이건, 중요한 일이건 사소한 일이건, 아무리 긴 시간이어도 그것에 집중하는 동안만큼은 그것이 세상에서 가장 중요한 일이라는 양—조심스럽게 아주 꼼꼼하게 양식을 읽기 시작하기 전까지도. 심지어 읽어 내려가는 동안에도 머릿속에 그 생각이 떠오르지 않았다. 그러다 심장이 먼저 깨달았고 그 순간, 큰 범죄를 처음으로 저지르기 직전인 사람처럼 심장이 쿵쾅거리기 시작했다.

1946년, 콜먼이 제대했을 때 어니스틴은 몬트클레어 주립교육대 초등교육과정에 다니고 있었고, 월터는 몬트클레어 졸업반이었다. 두 사람은 혼자된 어머니와 함께 살며 집에서 통학했다. 하지만 혼자 힘으로 살아가기로 작심한 콜먼은 강 건너 뉴욕으로 가 뉴욕대에 등록했다. 뉴욕대에 진학하고 싶어서라기보다는 그리니치빌리지에서 살고 싶어서였고, 학위를 얻기 위해 공부하기보다는 시인이나 극작가가 되고 싶었다. 하지만 그의 생각으로는 먹고 살기 위해 일자리를 얻을 필요 없이 목표하는 바를 좇을 수 있는 최선의 방법은 제대군인원호법[*]을 이용하는 것이었다. 문제는 그가 강의를 수강했다 하면 결국 A학점을 받고 거기에 관심을 갖고 빠져드는 바람에, 2학년이 끝나갈 무렵에는 파이 베타 카파[**] 회원 자격과 고전학과의 최우등 자리를 넘보게 되었다는 것이다. 빠른 두뇌 회전과 놀라운 기억력 그리고 강의실에서 보여준 능변으로 그는 학교에서 늘 그랬던 것처럼 단연 두드러진 성적을 받았다. 그 결과 그가 뉴욕에 와서 제일 하고 싶어했던 것들은, 모든 사람들이 그가 당연히 그래야 한다고 생각하고 그렇게 하라고 격려하고 그렇게 뛰어난 결과를 낸 그에게 찬탄을 보냈던 학업에서의 성공에 밀려 뒷전이 되고 말았다. 과거가 반복되는 것처럼 보이기 시작했다. 뛰어난 학업 성적 때문에 다른 방향으로 끌려가고 있었던 것이다. 분명 그 상황을 받아들여 비인습적인 방식으로 인습에 따라 사는 기쁨

---

[*] 퇴역 군인의 교육, 주택, 의료 문제 등을 재정적으로 지원하기 위해 만든 법률.
[**] 1776년에 창설된 미국의 학생 친목단체로 성적이 우수한 재학생 및 졸업생에 회원 자격이 주어짐.

을 즐길 수도 있었지만, 그것은 그가 추구하는 것이 아니었다. 고등학교 시절 그는 라틴어와 그리스어에 도사였고 하워드에 장학금을 받고 진학했지만, 그가 원했던 것은 골든글러브 대회에 권투선수로 출전하는 것이었다. 지금도 그는 대학에서 훌륭한 학생이지만 교수들에게 보여준 자작시는 그들의 열광을 이끌어내지 못했다. 처음에 그는 그저 재미 삼아 로드워크와 권투 연습을 했는데, 어느 날 체육관에서 삼십오 달러를 줄 테니 세인트니콜라스아레나에서 벌어지는 4라운드짜리 시합에 대타로 나가보지 않겠느냐는 제안을 받았다. 그는 골든글러브 대회에 출전할 수 없었던 아쉬움을 달래볼 심산으로 그 제안을 받아들였고, 기쁘게도 슬그머니 프로 무대에 발을 들여놓게 되었다.

그렇게 해서 이제 콜먼의 세계는 학업, 시, 프로 권투 그리고 여자들로 채워지게 되었다. 맵시 있게 걷는 법, 맵시 있게 옷을 입는 법, 옷을 입고 매력적으로 움직이는 법을 아는 그 여자들은 그가 샌프란시스코의 소집해제본부를 나설 때부터 마음속에 그렸던 모든 기준에 들어맞았다. 그리니치빌리지의 거리들과 워싱턴 스퀘어의 십자형 교차 보도를 아주 유용하게 이용하는 여자들. 따스한 봄날 오후에, 고전의 세계에서는 말할 것도 없거니와 승전의 기쁨에 들뜬 전후의 미국에서도 그의 앞을 걸어가는 젊은 여자의 다리만큼 콜먼의 관심을 끄는 것은 없었다. 전장에서 돌아온 사람 가운데 콜먼만 이런 집착에 사로잡힌 것은 아니었다. 그 시절 그리니치빌리지의 퇴역 군인 출신 뉴욕대 학생들에게는 커피하우스나 카페에 모여 신문을 읽거나 체스를 두면서 그 앞을 지나다니는 여자들의 다리를 감상하고 평가하는 것보다 한가한 시간을 더 잘 보낼 수 있는 방법은 없어 보였다. 사회학적인 이유를 아는 사람은 아무도 없었지만, 어쨌든 그때가 위대한 미국의 역사상 가장 성욕을 일으키는 다리들의 시대였던 것만은 분명했다. 콜먼은 하루에 적어도 한두 차례는 한 쌍의 다리를 몇 블록이나 쫓아가곤 했다. 두 다리가 움직이는 방식과 그 모양을, 그리고 모퉁이의 신호등이 빨간불에서 파란불로 바뀌는 동안 멈춰 선 두 다리가 어떻게 보이는지를 놓치지 않고 지켜보면서. 그러다 바로 이때라는 판단이 들면—말을 걸 마음의 준비가 되고 미치도록 그 다리가 탐날 만큼 충분히 뒤따라다닌 다음—여자를 따라잡기 위해 걸음을 빨리했다. 그녀와 나란히 걸을 구실을 만들기 위해 말을 걸고 환심을 사고, 이름을 물어보고 농담을 던져 웃게 만들고, 마침내 데이트 신청을 했다. 그럴 때 그는 상대 여자가 눈치를 챘든 못 챘든, 사실상 그녀의 두 다리에게 데이트 신청을 하는 셈이었다.

여자들 쪽에서도 콜먼의 다리를 좋아했다. 열여덟 살에 미네소타 주에서 도망쳐온 스티나 팰슨이라는 여자는 콜먼의 다리를 언급한 시까지 썼다. 괘선 노트에 "S"라는 서명과 함께 손글씨로 쓴 그 시는 사등분으로 접혀 콜먼이 사는 지하방 위쪽, 타일을 깐 복도에 있는 그의 우편함에 꽂혀 있었다. 두 사람이 처음으로 지하철역에서 시시덕댄 지 이 주일이 지난 뒤였고, 둘이서 스물네 시간 꼬박 일요일을 함께 보낸 뒤의 월요일이었다. 콜먼이 아침 수업을 듣기 위해 서둘러 나선 뒤에도 스티나는 화장실에서 화장을 계속했다. 몇 분 뒤 스티나도 출근하기 위해 나섰는데, 그전에 그에게 보내는 자작시를 남겼다. 전날 두 사람이 그토록 진지하게 정력적으로 시간을 보냈음에도, 그에게 시를 직접 건네주기가 너무 부끄러웠던 것이다. 콜먼은 수업이 끝나면 도서관에 갔다가 늦은 저녁 차이나타운에 있는 다 허물어져가는 체육관에 가서 운동을 했다. 그래서 그날 밤 열한시 반쯤 설리번 스트리트로 돌아오고 나서야 편지함에 삐죽 꽂혀 있는 시를 발견했다.

그에게는 몸이 있네.
그에게는 아름다운 몸이 있네—
다리 뒤쪽에 그리고 목 뒤쪽에 붙은 근육.

그는 또한 똑똑하고 정력적이네.
네 살 연상이지만,
어떤 때는 나보다 어리게 느껴지네.

그렇지만 그는 다정하고 로맨틱하네,
비록 자신은 로맨틱과 거리가 멀다고 우기지만.

이 남자에게 있어 나는 거의 위험한 존재.

내가 그에게서 보는 것을
얼마나 알 수 있을까?
날 통째로 삼켜버린 후에
그가 어떻게 할까 궁금하네.

그는 복도의 희미한 불빛 아래에서 스티나가 쓴 글을 서둘러 읽다가 처음에는 "목neck"을 "흑인negro"으로 잘못 보았다. 흑인 뒤쪽에……
흑인이 어쨌다고? 그때까지 그는 일이 그토록 쉽게 풀리는 것에 놀랐
었다. 어렵거나 다소 부끄럽거나 뭔가 해가 되리라고 상상했었는데 너
무도 쉬울 뿐 아니라 감당해야 할 문제도, 치러야 할 대가도 전혀 없었
다. 하지만 지금은 온몸에 식은땀이 흘렀다. 처음보다 한층 빠르게 시
를 읽어 내려갔지만, 단어들 자체가 전혀 의미상으로 연결이 되지 않
았다. 흑인이 어쨌다고? 두 사람은 하루 밤낮을 꼬박 벌거벗은 채로 함
께 보냈고, 그 시간 동안 두 사람의 몸이 몇 인치 이상 떨어진 적이 단
한 번도 없을 정도로 꼭 붙어 있었다. 갓난아기 때 이후로 다른 사람
이 그토록 오랜 시간 동안 그의 몸이 어떻게 생겼는지 살펴본 적은 없
었다. 그녀의 길고 새하얀 몸에서 그가 놓친 구석은 한 군데도 없었고,
그녀 역시 한 군데도 감추지 않았다. 이제 그가 화가와 같은 치밀함으
로, 흥분한 애인의 세심한 감식안으로 그려내지 못할 부분은 한 군데
도 없었다. 더구나 그는 자신의 심안에 새겨진 그녀의 벌어진 다리 못
지않게 자신의 콧구멍에 감도는 그녀의 체취에 흥분해 온종일을 보낸
터였다. 그러니 그녀 역시 그의 몸에서 현미경을 대고 들여다보듯 열
중하지 않은 부분은 한 군데도 없을 것이라고 볼 수 있었다. 그 스스로
도 소중히 여기는 진화론적 고유성이 각인된 그의 광대한 살갗에서 놓
친 부분이 있을 리 없었다. 남자로서 빼어난 그의 외형, 피부, 땀구멍,
콧수염, 치아, 손, 코, 귀, 입술, 혀, 발, 고환, 정맥, 성기, 겨드랑이, 엉
덩이, 뒤엉킨 거웃, 머리카락, 온몸을 뒤덮은 잔털에서 못 보고 넘어간
부분이 있을 리 없었다. 그가 깔깔거리고 잠들고 숨쉬고 움직이고 냄
새를 맡고 절정에서 경련하듯 떨며 사정하는 모습들에서 그녀의 마음

에 남지 않은 게 있을 리 없었다. 기억하지 못할 리도, 그리고 되새겨보지 않았을 리도 없었다.

그 행위 자체 때문일까? 단순히 타인의 몸속에 들어가는 것으로 그치지 않고 그녀가 나를 단단히 감쌌던 것, 그것이 절대적 친밀감을 주었기 때문일까? 아니면 육체적으로 벌거벗고 있었기 때문일까? 옷을 다 벗은 채 다른 누군가와 함께 침대에 누워 있다면 내가 감추고 있는 것이 무엇이건, 나의 특수한 사정이 무엇이건, 아무리 비밀에 싸여 있건 밝혀지게 마련이라서 다들 그리도 수줍어하고 모두가 두려워하는 것 아니겠는가. 그 무질서하고 비이성적인 공간에서 그녀는 얼마만큼 나를 보고 얼마만큼 나를 발견했을까? 이제 나는 당신이 어떤 사람인지 알아. 당신의 검은 등짝까지 훤하게 꿰뚫어보니까.

하지만 어떻게, 무엇을 보고? 대체 무엇 때문에 탄로난 걸까? 무엇을 보았는지 몰라도, 그녀가 금발의 아이슬란드계 덴마크인이어서 알 수 있는 걸까? 아이슬란드인과 덴마크인의 유구한 금발 혈통을 이어받고 스칸디나비아인의 방식으로 양육되었기 때문일까. 가정에서, 학교에서, 교회에서, 회사에서 평생 그런 사람들만…… 그러다 콜먼은 그 단어의 철자가 다섯 개가 아닌 네 개라는 것을 알아차렸다. 그녀가 쓴 단어는 "흑인"이 아니었다. "목"이었다. 아, 내 목 말이구나! 그냥 내 목을 말한 거구나! 다리 뒤쪽에 그리고 목 뒤쪽에 붙은 근육.

하지만 그렇다면 이건 또 무슨 뜻일까? "내가 그에게서 보는 것을/얼마나 알 수 있을까?" 그녀가 그에게서 본 것의 어떤 부분이 그토록 모호했던 것일까? 만약 그녀가 "보는 것을 알 수 있을까" 대신 "보는 것을 통해 알 수 있을까"라는 표현을 썼다면 그녀가 의도한 의미가 보다 명확해졌을까? 아니면 오히려 더 불명료해졌을까? 반복해 읽으면 읽을수록 그 연의 의미가 불명료해졌고, 시의 의미가 불명료해질수록 그는 그녀가 자신의 인생에서 콜먼이 문제가 될 수도 있음을 분명하게 감지한 거라고 확신했다. 만약 그녀가 "그에게서 보는 것을"이라는 표현을, 회의적인 사람이 사랑에 빠진 누군가에게 '그 사람에게서 무엇을 봤기에?'라고 묻는 일상적인 표현과 같은 의미로 사용한 것이 아니라면 말이다.

그리고 "알다"라는 말은 또 어떤가? 그녀가 누구를 얼마나 많이 알 수 있다는 것인가? 그녀는 이 말을 파악하다라는 뜻으로—'내가 얼마나 많이 파악할 수 있을까' 등의 의미로—혹은 폭로하다, 드러내다라는 뜻으로 쓴 것일까? 게다가 "이 남자에게 있어 나는 거의 위험한 존재"는 어떤가? "에게 있어 위험한"은 "에게 위험한"과 다른가? 둘 중 어느 걸 썼건, 위험하다는 건 또 뭔가?

그녀의 의중을 이해해보려 애썼지만, 손에 잡힐 듯하면서도 잡히지 않았다. 극도로 흥분한 채 복도에 그대로 서서 이 분여를 보낸 후, 그가 유일하게 확신할 수 있었던 것은 자신이 느끼는 두려움이었다. 그는 그 사실에 놀랐다. 그리고 언제나처럼 그의 감수성이 급습해오더니 그에게 수치심을 느끼게 만들면서 SOS를, 스스로를 다잡으라는 자기 경계 경보를 보냈다.

똑똑하고 승부욕도 있고 아름다운 스티나는 겨우 열여덟 살이었고, 미네소타 주 퍼거스폴스에서 뉴욕에 온 지 얼마 되지 않은 참이었다. 그럼에도 지금 콜먼에게는 링에서 맞섰던 그 어떤 상대보다 겁나는 상대였다. 그녀의 터무니없을 정도로 명쾌한 휘황찬란함도. 노픽의 매춘업소에 들어갔던 날 밤, 콜먼이 군복을 벗기 시작하자 침대에 앉아 그 모습을 지켜보던 여자—커다란 젖가슴에 비대하고 의심 많아 보이는 인상에 완전히 호박은 아니지만 딱히 미인도 아니었던 여자(그리고 어쩌면 그녀 자신도 삼십오분의 이 정도는 백인이 아닌 다른 피가 섞였을지도 모를 여자)—가 불쾌한 미소를 띠며 "어이 애송이, 자기 새까만 깜둥이 아냐?"라고 말한 다음 건장한 불량배 둘을 불러 그를 밖으로 내동댕이쳤을 때, 그때가 유일했다. 스티나의 시를 보았을 때만큼 무방비했던 적은.

날 통째로 삼켜버린 후에
그가 어떻게 할까 궁금하네.

이 구절 또한 콜먼은 이해되지 않았다. 자기 방 책상에 앉아 새벽까지 이 마지막 연을 붙잡고 씨름하면서, 거기 함축된 역설적인 의미를 찾아냈다 아니라고 버리고, 또 찾아냈다 아니라고 버리는 짓을 계속했다. 동이 훤하게 터올 무렵 콜먼이 확실하게 깨달은 것은 그가 그 자신에게서 뿌리째 뽑아버린 모든 것이 스티나, 매혹적인 스티나 앞에서는 결코 흔적도 없이 사라져버리지 않는다는 사실이었다.

그러나 완전히 틀린 생각이었다. 그녀의 시는 아무런 의미도 없었다. 그건 시라고 부를 수조차 없었다. 샤워를 하는 동안 그녀는 그녀 자신의 혼란스러움에 압박감을 느꼈다. 이런저런 단상과 다듬어지지 않은 생각이 머릿속으로 뒤죽박죽 밀려들어왔다. 그래서 그녀는 그의 노트 한 장을 찢어 그의 책상에 앉아 그나마 형태를 갖춰 머릿속에 떠오르는 말들을 아무렇게나 썼다. 그리고 출근하기 위해 서둘러 나가다 그의 편지함에 꽂아놓았던 것이다. 그 글줄은 그저 당혹스러울 정도로 격렬하고 신선한 느낌을 처리한 것에 불과했다. 시인이냐고? 말도 안 돼. 그녀가 깔깔거리며 말했다. 그저 어쩔 수 없이 불붙은 고리를 뛰어 통과한 것뿐이야.

두 사람은 독방에 갇힌 죄수가 매일 배식받는 빵과 물을 허겁지겁 삼켜대듯 서로를 탐하며 일 년이 넘게 매 주말 그의 방 침대에서 시간을 보냈다. 어느 토요일 밤, 그녀는 하프슬립 외에 아무것도 걸치지 않은 채 콜먼의 접이식 침대 발치에 선 채 춤을 춰 그를 놀라게 했고, 그녀 자신 또한 놀랐다. 그녀는 옷을 벗는 중이었고, 라디오가 켜져 있었는데—심포니 시드*의 프로그램이었다—그녀가 흔들흔들 춤을 출 분위기로 빠져들게 만든 첫번째 음악은 카운트 베이시와 한 무리의 재즈 연주자들이 즉흥연주를 하는 〈아가씨, 얌전히 굴어야죠〉의 떠들썩한 실황 녹음이었다. 그 곡에 이어 아티 쇼가 편곡한 거슈윈의 또다른 곡 〈내가 사랑하는 남자〉가 흘러나왔는데, 로이 엘드리지가 분위기를 흥분의 도가니로 몰아갔다. 두 사람이 자주 드나드는 포틴스 스트리트의 지하 식당에서 오 달러를 내고 키안티**와 스파게티, 카놀리***를 포식하고 돌아온 토요일 밤이면 늘 그랬듯, 그날도 콜먼은 침대에 누워 상체를 반쯤 일으킨 채 자신이 가장 좋아하는 광경을, 그녀가 옷을 벗는 모습을 감상하고 있었다. 콜먼이 먼저 부추긴 것도 아닌데 갑자기—

---

* 본명은 시드 토린. 미국의 재즈 전문 디스크자키.

** 이탈리아 토스카나 지방에서 생산된 포도주.

*** 바삭바삭한 과자 안에 치즈, 초콜릿 등을 채운 이탈리아 과자.

그냥 엘드리지의 트럼펫 연주에 자극을 받은 것 같았다—그녀가 춤을 추기 시작했다. 뉴욕에 온 지 일 년이 조금 지난 퍼거스폴스 출신 여자가 출 법한 춤 가운데 가장 끈적끈적한 춤이라고 콜먼이 묘사하곤 했던 춤. 그녀의 그 춤을 보았다면, 그리고 노래를 그런 식으로 부르는 것을 들었다면 아마도 거슈윈이 무덤에서 벌떡 일어났을지도 모를 일이었다. 흑인 토치송*처럼 연주하는 흑인 트럼펫 연주자에게 자극받은 그녀의 춤과 노래에서 그는 명백히 보았다. 백인이라는 사실이 갖는 위력을. 커다랗고 하얀 존재. "언젠가는 그가 내게로 올 거예요…… 내가 사랑하는 남자…… 그리고 그는 크고 강할 거예요…… 내가 사랑하는 남자." 순수한 초등학교 1학년 교과서에서 베낀 것처럼 표현은 평범했다. 하지만 노래가 끝나자 스티나는 두 손으로 얼굴을 가렸다. 부끄러움을 숨기려 한 것이었는데 반은 진심이었고, 반은 가장이었다. 하지만 그 몸짓은 조금도 그녀를 가려주지 못했고, 완전히 매료된 콜먼의 시선 앞에서는 더더욱 그랬다. 그 몸짓은 콜먼을 더 황홀하게 만들 뿐이었다. "내가 어떻게 자기를 찾아낸 거지, 볼룹타스?" 콜먼이 물었다. "내가 어떻게 자기를 찾아냈을까? 당신은 누구지?"

이렇게 황홀한 시간을 보내면서 콜먼은 차이나타운의 체육관에서 늘 하던 저녁 운동을 그만두었고, 새벽마다 5마일씩 달리던 걸 줄였고, 결국에는 프로로 전향하는 걸 어떤 식으로든 진지하게 받아들이려 한 생각을 접었다. 그는 프로 경기에서 도합 네 차례 싸워 모두 이겼는데, 4라운드 시합 세 번에 이어 마지막 시합은 6라운드로, 모두 세인트니

---

* 짝사랑이나 실연의 아픔을 주제로 하는 감상적인 노래.

콜라스아레나에서 열리는 월요일 밤 시합이었다. 콜먼은 스티나에게 절대 시합에 대해 말하지 않았고, 뉴욕대의 지인들에게도 한 번도 말한 적 없었으며, 가족에게도 철저히 입을 다물었다. 실키 실크라는 이름으로 시합에 나갔고 세인트니콜라스아레나의 시합 결과가 다음날 타블로이드판 신문들의 스포츠면 박스기사에 작은 활자로 실리곤 했음에도, 그는 대학에 입학하고 처음 몇 해 동안 그것을 또하나의 비밀로 삼았다. 처음으로 삼십오 달러가 걸린 4라운드 시합에 출전한 날, 그는 첫 라운드 첫 순간부터 아마추어 선수 시절과는 마음가짐이 전혀 다른 프로 선수로서 링에 올랐다. 아마추어 선수 시절에도 져도 상관없다는 생각을 한 적은 단 한 번도 없었다. 하지만 프로 선수로서 그는 두 배로 더 노력했는데, 원한다면 계속 그 위치를 지킬 수 있다는 것을 스스로에게 증명해 보이고 싶어서였다. 콜먼은 출전한 어떤 시합도 마지막 라운드까지 끌고 간 적이 없었는데, 백 달러를 벌어들인 마지막 6라운드 시합—상대는 출전 선수 명단 첫줄에 있는 보 잭이었다—에서는 상대를 단 이 분 몇 초 만에 쓰러뜨리고 지치기도 전에 경기를 끝내버렸다. 그 6라운드 시합에 나가기 위해 통로를 따라 걸어가다 콜먼은 프로모터인 솔리 타박이 앉아 있는 링사이드를 지나갔다. 솔리는 벌써부터 앞으로 십 년 동안 수입의 삼분의 일을 자기에게 넘기라는 계약서를 콜먼의 코앞에 흔들어 보였다. 솔리는 콜먼의 어깨를 툭 치며 영양가 있는 조언이라도 주는 것처럼 속삭였다. "첫 라운드는 저 검둥이 실력이 어느 정도인지 타진하는 정도로 해줘, 실크. 관중이 본전 생각 안하게 말이야." 콜먼은 타박을 향해 고개를 끄덕이고 미소를 지어 보였지만, 링으로 올라가며 생각했다. 놀고 있네. 내가 받을 돈이 백 달러인데 구경하는 인간들 본전 챙겨주자고 상대한테 맞아주라고? 열다섯 번째 줄에 앉은 누군지도 모를 재수 없는 새끼 기분까지 헤아리라고? 내가 139파운드에 5피트 8인치 반이고, 상대는 145파운드에 5피트 10인치나 되는데 밀리는 척하느라 머리에 네 번, 다섯 번, 열 번, 공매를 맞아주라고? 그런 쇼는 너나 해라, 자식아.

시합이 끝난 뒤 솔리는 콜먼의 행동에 불만을 표했다. 콜먼이 철부지처럼 느껴졌다는 것이었다. "자넨 그 검둥이를 첫 라운드가 아니라 4라운드쯤에서 때려눕혀 관중에게 만족스러운 경기를 선사할 수도 있었네. 하지만 자넨 그러지 않았어. 내가 자네한테 그렇게 부탁했는데도 내 말대로 하지 않았어. 대체 이유가 뭔가, 잘난 친구?"

"난 검둥이 뒷바라지나 하는 놈이 아니거든요." 뉴욕대에서 고전학을 전공하고, 고등학교 수석 졸업생이고, 안경사에 식당차 웨이터에 아마추어 언어학자 겸 문법학자 겸 규율가 겸 셰익스피어 학도였던 고故 클레런스 실크의 아들인 그가 대답했다. 이스트오렌지고 출신인 이 흑인 사내는 그토록 고집스러웠고, 그토록 속을 내보이지 않았으며, 무슨 일이든 한번 시작하면 진심으로 달려드는 인물이었다.

그는 스티나 때문에 권투를 그만두었다. 그녀의 시에 담긴 불길한 의미를 그가 얼마나 곡해했건 상관없었다. 섹스에 대한 두 사람의 열정을 식지 않게 해주는 신비스러운 힘—그 힘이 둘을 어찌나 거리낌 없는 연인으로 만들어주었던지 생전 처음 그런 경험을 하는 스티나는 스스로도 놀라 자조 섞인 어조로 중서부 출신답게 자신들을 "두 정신병자"라고 압축해 표현했다—이 언젠가는 자신의 이야기를 그녀에게 술술 털어놓게 만들 거라고 그는 확신했다. 그 일이 어떤 방식으로 일어날지는 그도 알 수 없었다. 그것을 미리 막을 방법 또한 알 도리가 없었다. 하지만 권투가 도움이 되지 않을 건 분명했다. 일단 스티나가 실키 실크라는 존재를 알게 되면 온갖 의문들이 생겨날 테고 결국 그의 비밀까지 알아버릴 게 뻔했다. 그녀는 콜먼에게 이스트오렌지에서 정규 간호사로 일하며 교회에 빠지지 않고 나가는 어머니와 애스베리 파크 시市에서 7학년과 8학년을 가르치기 시작한 형, 몬트클레어 주립 교육대에서 마지막 학기만 마치면 교사자격증을 받는 여동생이 있다는 것을 알고 있었다. 그리고 매달 한 번 일요일에 콜먼이 식사를 하러 이스트오렌지의 집에 가기 때문에 설리번 스트리트에 있는 그의 집 침대에서 함께 보내는 시간을 줄여야 한다는 것도 알고 있었다. 그녀는 콜먼의 아버지가 안경사였다는 것―안경사였다는 것까지만―을, 심지어 아버지의 고향이 조지아 주라는 것까지 알고 있었다. 콜먼은 자신이 들려주는 이야기의 진실을 그녀가 의심하지 않도록 세심한 주의를 기울였다. 일단 권투를 그만두자 그 일에 대해서는 거짓말을 할 필요가 없어졌다. 그는 스티나에게 어떠한 거짓말도 하지 않았다. 그저 닥 치즈너가 웨스트포인트로 차를 타고 가면서 해준 가르침을 그대로 따를 뿐이었다(그 가르침은 이미 해군 복무를 무사히 마칠 수 있게 해주기도 했다). 만약 그 이야기가 나오지 않는다면, 네가 먼저 꺼내진 말거라.

이스트오렌지에서 일요일에 가족과 함께하는 점심식사에 그녀를 초대하기로 결정한 것은 다른 모든 결정과 마찬가지로―세인트니콜라스아레나에서 상대 선수를 첫 라운드에 박살내버림으로써 아주 조용히 솔리 타박을 엿 먹인 결정이 그랬듯―다른 누구도 아닌 콜먼 자신의 생각이었다. 두 사람이 만난 지도 거의 이 년이 되어 스티나는 이제 스물, 콜먼은 스물넷이었다. 그는 더이상 그녀 없이 혼자 에이스 스트리트를 걷는 자신을, 그녀가 없는 삶을 살아가는 자신을 그릴 수 없었다. 주중에는 의욕이 넘치지 않고 인습적이고 주말에는 극단적으로 자유분방한―육체적인 격정과, 섬광전구에서 뿜어져나오는 것 같은 천진난만하고 미국인다운 광채에 온통 휩싸여, 위력으로 치자면 사실상 부두교 마법과 맞먹었다―그녀는 콜먼처럼 지독하게 독립적인 의지를 지닌 사람에게조차 놀라울 정도로 압도적인 영향력을 행사했다. 권투를 끊게 만들었고, 불패의 웰터급 프로 권투선수인 실키 실크의 존재로 요약되는 부모에 대한 사나운 반항아 기질을 버리게 만들었을 뿐 아니라 다른 여자에 대한 욕망으로부터도 자유롭게 해주었다.

그런데도 콜먼은 그녀에게 자신이 흑인이라는 사실을 밝힐 수 없었다. 그가 사용할 단어들은 입 밖으로 나오는 순간 상황을 실제보다 더 부정적으로 보이게 할 것이고, 그를 실제보다 더 나쁜 사람으로 생각하게 만들 것이었다. 게다가 그러고 나서 그의 가족에 대해 그녀가 마음대로 상상하도록 내버려둔다면, 그녀는 콜먼의 가족을 실제와 전혀 다른 모습으로 그릴 게 뻔했다. 그녀는 알고 지내는 흑인이 없기 때문에 영화에서 보거나 라디오방송에서 듣는, 또는 농담에 등장하는 모습의 흑인을 상상할 것이었다. 그는 그녀가 편견이 없는 사람이라는 것을 알고 있었다. 그리고 어니스틴과 월터와 어머니를 만나보기만 하면 그들이 얼마나 평범한지, 그녀가 기꺼이 퍼거스폴스에 두고 온 그 지긋지긋한 인습적 관습에 얼마나 충실한지 당장 깨달을 거라는 것을 알고 있었다. "내 말 오해하지 마. 퍼거스폴스는 멋진 도시야." 그녀는 다급하게 부연했었다. "아름다운 도시라니까. 보기 드문 곳이야, 퍼거스폴스는. 동쪽으로 오터테일 호수가 있고 우리 집에서 그리 멀지 않은 데에 오터테일 강이 흐르거든. 그리고 내 생각에 비슷한 규모의 근처 다른 도시들보다 조금 더 세련된 것 같아. 대학촌인 파고-무어헤드 남쪽에서 약간 동쪽으로 치우친 데 있거든." 그녀의 아버지는 철물 도매점과 작은 목재소를 운영했다. "덩치가 엄청 크고 정력적이고 굉장한 사람이야, 정말 거한이지. 두툼하게 썰어놓은 햄 같달까. 손닿는 데 술이 있으면 주종 불문하고 그날 밤 안에 바닥을 봐야 직성이 풀리는 사람이고. 어떻게 그럴 수 있는지 믿을 수가 없었다니까. 그건 지금도 그래. 아버지는 뭐든 그냥 참아. 한번은 기계를 다루다 종아리에 상처가 크게 난 적이 있었어. 그런데 그냥 놔두는 거야. 씻어내지도 않고 말이야. 매사 그런 식이야, 아이슬란드인들은. 불도저 같지. 흥미로운 건 아버지가 발산하는 기운이야. 정말 놀라워. 아버지는 대화할 때 방 안의 좌중을 완전히 압도해버려. 그런데 아버지만 그런 게 아니야. 팰슨가家 사람은 다 그래. 아버지의 아버지도 똑같아. 아버지의 어머니도 똑같고." "아이슬란드인이라. 난 네가 그분들을 아이슬란드인이라고 부른다는 것도 몰랐어. 아이슬란드인이 여기 건너와 살고 있는 줄도 몰랐고. 난 아이슬란드인에 대해선 아무것도 몰라. 그런데 그분들은," 콜먼이 물었다. "언제 미네소타로 이주한 거지?" 스티나는 어깨를 으쓱이고는 깔깔거렸다. "좋은 질문이야. 공룡들을 뒤따라 들어왔다고 해야겠다. 그랬던 것처럼 보이니까." "그럼 아버지한테서 도망친 거야?" "아마도. 그 정도로 기운이 넘치는 아버지의 딸 노릇을 하기란 쉽지 않거든. 아버지 존재감에 묻혀버리니까." "그럼 어머니는? 어머니도 묻히셔?" "외가는 덴마크 쪽이야. 라스무센 집안이지. 아버지도 엄마는 그렇게 못해. 엄마는 그런 식으로 존재감이 묻히기엔 너무도 현실적이거든. 외가 사람들의 특징은 이런저런 물건에 관심이 정말 많다는 거야—그런데 외가만 특히 그런 것 같진 않아. 덴마크인은 다 그렇고, 노르웨이인도 별로 다르지 않은 것 같거든. 물건. 식탁보. 접시. 화병 같은 거. 만나기만 하면 그런 물건들 가격을 일일이 늘어놓으면서 끝도 없이 떠들어대거든. 엄마의 아버지인 라스무센 외할아버지도 그래. 엄마 친정 식구들은 다 그래. 외가 친척들은 마음속에 꿈 같은 걸 전혀 품지 않아. 비현실적인 면은 털끝만큼도 없지. 물건이랑 물건 가격이 얼마인지랑 물건을 얼마에 살 수 있는지가 세상 전부야. 엄마는 다른 집에 가면 그 집에 있는 모든 물건을 일일이 들여다보는데, 그 가운데 절반 정도는 어디서 샀는지 알고, 어디서 더 싸게 살 수 있는지 그 집 사람들한테 말해줄 정도야. 옷도 그래. 옷가지 하나하나에 대해서도. 똑같아. 실용성. 그 집안 사람들 전부가 군더더기 하나 없는 실용성을 지녔지. 절약 정신. 무서울 정도로 절약해. 청결. 무서울 정도로 청결해. 내가 수업이 끝나 집에 돌아가면 엄마는 만년필에 잉크를 채우다 손톱 밑에 묻은 잉크 얼룩 하나까지도 단박에 알아차렸어. 토요일 저녁에 손님이 올 예정이면 엄마는 금요일 저녁 다섯시쯤 식탁을 다 꾸며놔. 유리잔, 은그릇 뭐 하나 빠진 것 없이 미리 다 제자리에 놓여 있어. 그런 다음 먼지 한 점 앉지 못하게 아주 가볍고 얇은 천으로 싹 덮어놓지. 모든 게 완벽하게 준비되어 있는 거야. 그리고 만약 손님 중에 양념이나 소금, 후추 같은 걸 싫어하는 사람이 있다면 그 사람이 환상적이라고 감탄할 요리를 만들어내. 아니, 아무 맛도 나지 않는 요리라고 해야 하나? 우리 부모님은 그런 분들이야. 난 특히 엄마를 이해할 수 없어. 뭐든. 겉모습만 중시하지. 엄마는 늘 정리 정돈을 하느라 안달이고 아버지는 엉망으로 어지럽혀놓는 데 선수였어. 그래서 난 열여덟 살이 되어 고등학교를 졸업하자마자 여기로 와버렸어. 만약 내가 무어헤드나 노스다코타 주에 있는 대학으로 진학했다면 계속 집에서 지내야 했을 거야. 그래서 대학 같은 건 지옥에나 떨어지라고 하곤 뉴욕으로 와버렸지. 이렇게 해서 내가 여기 이렇게 있는 거야. 이 스티나가."

자기가 누구인지, 고향은 어디이고 왜 고향을 등졌는지에 대해 그녀는 이렇게 설명했다. 하지만 콜먼에게는 그 일이 그렇게 단순하지 않았다. 나중에, 그는 생각했다. 나중에. 아직은 자신에 대해 설명하면서, 인종과 같이 임의적인 분류 따위로 자신의 장래가 부당하게 제약받는 것을 용납할 수 없다고, 이해해달라고 말할 수 없었다. 그녀가 침착하게 이야기를 끝까지 들어줄 수 있을 때가 되면 그녀를 이해시킬 수 있을 거라고 그는 확신했다. 편견에 사로잡힌 사회, 노예해방이 선언된 지 팔십 년이 지났지만 콜먼이 적응할 수 없을 정도로 편협한 인간들이 좌지우지하는 사회가 그의 운명을 마음대로 결정하게 두지 않고 왜 그가 직접 자신의 장래를 개척해나가는 쪽을 택했는지를. 또한 백인 행세를 하기로 한 자신의 결정은 결코 틀리지 않았다고, 오히려 자신과 같은 세계관과 기질과 피부색을 지닌 사람이라면 당연히 내릴 만한 아주 자연스러운 결정이었다고 그녀를 이해시킬 것이었다. 어린 시절부터 죽 그가 원했던 것은 자유로운 인간으로 사는 것이었다. 흑인으로도, 심지어 백인으로도 아니었다. 그저 나 자신으로 자유롭게. 그는 자신의 선택으로 누구에게도 모욕을 줄 생각이 없었고, 자기보다 우월하다고 생각되는 누군가를 모방하려는 것도 아니었으며, 그가 속한 인종과 그녀가 속한 인종에 맞서 항의할 생각도 없었다. 모든 것을 일종의 기성품으로, 절대 변화 불가능한 것으로 여기는 인습적인 사람들에게는 자신의 행동이 결코 옳게 보일 리 없다는 것을 그도 인정했다. 하지만 그의 목표가 겨우 옳은 삶을 사는 것에 그쳤던 적은 한 번도 없었다. 그의 목표는 무지하고 증오로 가득한 적대적인 세상이 의도하는 대로가 아니라, 인력으로 어느 정도 가능할지는 몰라도 자신의 결심에 따라 자신의 운명을 결정하는 것이었다. 왜 그러지 않고 다른 식의 인생을 받아들여야 하는가?

이것이 그가 그녀에게 하려는 이야기였다. 그런데 그녀에게는 온통 헛소리로 들리지는 않을까? 물건을 팔기 위해 그럴듯하게 늘어놓는 거짓말처럼. 우선 그녀가 그의 가족을 만나보지 않고는, 그가 그의 가족과 마찬가지로 흑인이라는 사실을, 그리고 콜먼처럼 그의 가족들도 그녀가 상상하는 흑인과는 다르다는 사실을 정면으로 대면하지 않고는 무슨 말을 하고 무얼 하든 그녀에게는 또다른 형태의 은폐로밖에 보이지 않을 것이었다. 그녀가 어니스틴, 월터 그리고 어머니와 함께 식탁에 앉아 식사를 하고, 하루를 어떻게 보냈는지 번갈아 이야기하면서 서로를 격려하는 진부한 말들을 나누기 전까지는, 그가 어떻게 설명하든 그녀에게는 단지 모양내기, 자화자찬, 자기합리화를 위한 헛소리, 과장되고 건방 떠는 이야기로 들릴 것이었다. 그리고 거기에 담길 거짓으로 인해 콜먼은 그 자신의 눈에도 그리고 그녀의 눈에도 수치스러운 존재로 비칠 게 분명했다. 아니, 역시 그런 쓰레기 같은 이야기는 늘어놓을 수 없다. 그건 그의 격에 걸맞지 않았다. 만약 그가 이 여자를 영원히 그의 사람으로 만들기를 원한다면, 지금 필요한 것은 대담함이지 클레런스 실크 식의 웅변술을 동원한 감언이설이 아니었다.

그녀와 함께 집을 방문하기 일주일 전, 가족들에게는 따로 대비를 시키지 않았지만, 그 자신은 시합 전에 늘 그랬던 것처럼 마음을 가다듬는 데 전념했다. 일요일이 되어 그녀와 함께 브릭처치 역에 도착해 기차에서 내릴 때는 시합 시작 공이 울리기 몇 초 전에 비교秘敎의 주문처럼 외우곤 했던 말까지 떠올렸다. "해야 할 일, 오로지 해야 할 일만 생각해. 해야 할 일과 하나가 되는 거야. 다른 건 절대 못 끼어들게." 그리고 공이 울리자마자 자기 코너에서 튀어나가면서, 다시 말해 현관 계단을 올라가면서 평범한 사람들의 전투 구호를 덧붙였다. "작전 개시."

실크 일가는 콜먼이 태어나기 바로 전해인 1925년부터 그 단독주택에 살았다. 실크 가족이 이사 왔을 때 그 거리의 다른 주민은 모두 백인이었는데, 그 작은 목조주택을 그들에게 판 부부는 자신들을 화나게 만든 이웃집을 괴롭히기 위해 흑인에게 집을 팔았던 것이었다. 하지만 개인 주택에 사는 사람 중 실크 가족이 이사 왔다고 해서 도망친 사람은 아무도 없었다. 심지어 실크 가족이 이웃과 사귀려 든 적이 한 번도 없었음에도, 성공회 목사 사택과 교회로 이어지는 곧게 뻗은 거리에 사는 사람들 모두가 사근사근했다. 실크네보다 몇 년 먼저 그곳에 부임한 목사는 교구를 둘러보다 바하 반도와 바베이도스 섬* 출신들과 마주쳤다. 영국 성공회 신도인 그들은 대다수가 이스트오렌지 백인 부

---

* 바하 반도는 멕시코의 서해안에, 바베이도스 섬은 남아메리카 대륙 위의 카리브 해에 있다.

잣집에서 집안일을 하는 일꾼으로, 자신들의 위치를 잘 알고 교회에서도 뒷자리에 얌전히 앉았는데, 자신들이 그 사회에 받아들여졌다고 생각했다. 그런데 목사는 부임 첫 일요일에 설교에 앞서 설교단에서 몸을 잔뜩 앞으로 내민 채 이렇게 말했다. "여기 유색인 가족이 꽤 많이 산다는 것을 압니다. 우리는 이 문제에 대해 뭔가 조치를 취해야 합니다." 뉴욕의 신학교와 상의한 끝에 목사는 유색인을 위한 예배들과 주일학교는 기본적인 교회 율법 밖의 일이라며 유색인 신도의 집에서만 열게 했다. 나중에 고등학교의 수영장을 교장이 폐쇄한 일이 있었는데, 백인 아이들이 유색인 아이들과 같은 물에서 수영하는 것을 막기 위해서였다. 수년 동안 이어져온 체육 교과과정의 일부였던 수영 강습에 사용되고 학교 수영 대표팀의 연습장으로 사용되던 커다란 수영장이었는데, 하녀나 잡역부, 운전기사, 정원사, 날품팔이꾼 등으로 일하는 흑인 부모들의 고용주이기도 한 백인 부모들 가운데 일부가 반대하고 나서는 바람에 수영장에서 물을 빼고 덮어버린 것이다.

인구 칠만이 채 안 되는, 뉴저지 주의 한 도시의 파리똥 얼룩만한 4평방마일의 주거지 안에서도, 콜먼이 어렸을 때 전국적으로 그랬던 것처럼 교회가 인가하고 학교가 정당화하는 이러한 계급 간, 인종 간의 엄격한 구분이 존재했다. 그렇지만 실크 가족이 사는, 가로수가 양쪽으로 늘어선 수수한 거리의 보통 사람들은, 수영장을 포함해 그들의 공동체가 불순함으로 오염되지 않도록 유지하는 것을 소명으로 여기는 사람들과 달리, 신이나 국가에 딱히 책임을 느끼지 않았다. 그래서 실크가의 이웃들은 대단히 점잖고 피부색도 옅은 실크 가족—흑인임에 틀림없지만, 콜먼의 유치원 친구의 마음씨 좋은 어머니의 말에 따르면

"피부색이 보기 좋을 정도로 옅은, 달걀술 색깔에 가까운 사람들"—과 친하게 지냈다. 심지어 연장이나 사다리를 빌리기도 하고 자동차의 시동이 걸리지 않으면 함께 머리를 맞대고 원인을 찾아 해결해줄 정도였다. 길모퉁이의 커다란 공동주택에는 전후에도 백인만 살았다. 그러다 1945년이 저물어갈 무렵, 그 거리가 오렌지 시의 경계와 만나는 지점에 흑인들—주로 교사, 의사, 치과 의사처럼 전문직 종사자 가족이었다—이 이사를 오기 시작하면서 공동주택 밖에는 매일같이 이삿짐 트럭이 서 있었고, 채 몇 달이 지나지 않아 백인 입주자 절반 정도가 그곳에서 모습을 감춰버렸다. 하지만 금세 상황은 안정을 되찾다. 건물 주가 건물을 유지하기 위해 흑인에게 세를 주기 시작하긴 했지만, 흑인 가정과 바로 이웃하게 된 백인들은 흑인 혐오증 외에 그곳을 떠나야 할 다른 이유가 생길 때까지 그곳에 눌러살았다.

작전 개시. 콜먼은 초인종을 누르고 현관문을 밀며 소리쳤다. "저희 왔어요."

그날 월터 형은 일요일 식사를 위해 애스베리파크에서 집으로 올 수 없었지만, 어머니와 어니스틴은 주방에서 나와 그들을 맞았다. 그리고 그들의 집에 콜먼의 여자가 왔다. 그녀는 그들이 예상했던 것과 일치했을 수도, 그렇지 않았을 수도 있다. 어머니는 콜먼에게 물은 적이 없었다. 콜먼이 백인으로 해군에 입대하겠다고 일방적으로 결정을 내린 이후 어머니는 어떤 것도 묻지 않았는데, 콜먼의 입에서 무슨 소리가 나올지 두려웠기 때문이었다. 이제 어머니는 병원—뉴어크의 병원들 중에서는 최초로 어머니가 층 전체를 담당하는 흑인 수간호사가 된 곳, 그것도 펜스터먼 박사의 도움 없이도—밖에서만큼은 당신은 물론 집안과 관계된 모든 일을 월터에게 다 맡기려 했다. 그랬다, 어머니는 콜먼이 사귀는 여자에 대해 아무것도 묻지 않았고, 알기를 완곡하게 거부했다. 어니스틴에게도 묻지 말라고 일렀다. 마찬가지로 콜먼 역시 누구에게도 이야기하지 않았다. 그렇게 해서 희디흰 살결에, 젊고 활기 찬 1950년대의 여느 숙녀들만큼이나 티끌 한 점 없이 단정하고 예의 바른, 아이슬란드와 덴마크계 미국인의 자손이며 혈통이 카뉴트 왕*과 그 이전으로까지 거슬러올라가는 스티나 팰슨이 거기 그 자리에 있게 된 것이다. 푸른색으로 색깔을 맞춘 핸드백과 펌프스, 꽃무늬 면 셔트 웨이스트 드레스**에 조그만 흰색 장갑, 테 없는 납작한 모자 차림으로.

그는 자기 고집대로 일을 저질러버렸고, 누구 하나 움찔하지 않았다. 인간이라는 종의 적응력이란 바로 그런 걸 이르는 것이다. 할말을 찾으려 애쓰는 사람도, 입을 굳게 다물어버린 사람도, 허둥지둥 떠들어대는 사람도 없었다. 뻔한 이야기와 함께 감상적이고 진부한 이야기가 오갔다. 일반론, 고리타분한 말, 상투어의 난무. 스티나가 오터테일 강가에서 자랐다는 사실이 진가를 발휘했다. 진부한 이야기라면 그녀도 절대 뒤지지 않았다. 설사 콜먼이 세 여자를 서로에게 소개하기 전에 모두의 눈을 가리고 그날 하루 내내 그러고 있도록 했다 해도 세 사람의 대화는, 미소 띤 얼굴로 서로 시선을 맞추며 나눈 대화보다 조금도 더 무거워지지 않았을 것이다. 또한 일반적인 의도 이상의 다른 의도도 담기지 않았을 것이다. 당신이 내 기분을 상하게 할 이야기를 하지 않는다면 나도 당신의 기분을 상하게 할 만한 이야기는 하지 않겠

---

* 11세기 초 잉글랜드와 덴마크, 노르웨이의 왕을 겸했던 왕.
** 앞이 셔츠 모양으로 트인 드레스.

다. 어떠한 대가를 치르더라도 품위를 지키자. 그 점에 있어서만큼은 팰슨 가문과 실크 가문의 생각이 일치했다.

정말 이상하게도, 세 사람은 스티나의 키에 대한 이야기를 나누다 혼란에 빠져버렸다. 물론 스티나가 5피트 11인치의 장신으로 콜먼보다 3인치나 크고, 콜먼의 누이나 어머니보다 무려 6인치나 크기는 했지만, 콜먼의 아버지는 6피트 1인치였고, 월터는 아버지보다 1인치 반이나 컸기 때문에 큰 키라는 주제, 그 주제 자체는 실크 가족에게 전혀 새로울 게 없었다. 설사 스티나와 콜먼처럼 여자가 남자보다 키가 더 크다 하더라도 말이다. 그런데도 스티나의 그 3인치, 그녀의 머리카락이 시작되는 선부터 눈썹까지의 거리를 두고 오간 신체상의 이례적인 특징에 대한 위태로운 대화가 거의 재앙 수준으로 치닫고 말았다. 콜먼이 뭔가 매캐한 냄새를 맡고 여자들—세 여자 모두—이 비스킷이 타버리기 전에 꺼내기 위해 황급히 주방으로 뛰어가기 전까지 약 십오 분 동안 오간 대화가 말이다.

그러고는 식사를 하는 내내, 그리고 그 젊은 한 쌍이 뉴욕으로 돌아갈 시간이 될 때까지, 표면적으로 그 일요일은 화목한 가정이라면 누구나 꿈꾸는 더할 나위 없이 행복한 일요일 같았고, 끝까지 성실하고 도덕적이었다. 그 결과, 분위기는 자리에 있던 넷 가운데 가장 어린 사람까지도 경험으로 체득한 인생살이의 진리, 즉 삶으로부터는 고정불변의 본질도 뽑아낼 수 없을뿐더러 고작 삼십 초 동안만이라도 그 안에 내재된 불안전성을 제거하기란 불가능하다는 사실과 확연히 대조되는 방향으로 흘러갔다.

그날 초저녁에 콜먼과 스티나가 탄 열차가 뉴욕으로 돌아와 펜실베이니아 역에 진입하자 스티나는 울음을 터뜨렸다.

콜먼이 아는 한, 그때까지 그녀는 뉴저지부터 내내 콜먼의 어깨에 머리를 기댄 채 곤히 잠들어 있었다. 두 사람이 브릭처치 역에서 열차에 오른 순간부터 그녀는 오후 내내 잘하려고 노력한 탓에 쌓인 피로를 잠으로 풀었다.

"스티나. 왜 그래?"

"난 못하겠어!" 그녀가 소리쳤다. 그러고는 아무런 설명도 없이 숨만 몰아쉬다 격하게 울음을 터뜨렸다. 그녀는 핸드백을 가슴에 꼭 껴안은 채, 그리고 그녀가 잠든 동안 콜먼이 그의 무릎 위에 두었던 모자를 챙기는 것도 잊은 채 누구한테 쫓기기라도 하는 것처럼 혼자 열차에서 쏜살같이 내달아 사라졌다. 그러고 나선 그에게 전화도 하지 않았고, 두 번 다시 만나려고도 하지 않았다.

그로부터 사 년이 지난 1954년, 그랜드센트럴 역 밖에서 부딪칠 뻔한 두 사람은 멈춰 서서 서로의 손을 잡고 그들이 스물둘과 열여덟 살이었을 때 서로에게 느꼈던 최초의 경이감을 다시 떠올리기에 모자르지 않을 정도로만 이야기를 나누고는 헤어졌다. 통계학적으로 그 우연한 만남과 같은 기적은 두 번 다시 일어나지 않을 거라는 생각에 낙담하면서. 그 무렵 콜먼은 이미 결혼한 몸이었고 곧 아기가 태어날 예정이었으며, 애들피 대학에서 전임강사로 고전을 가르치고 있었다. 그날은 볼일이 있어 뉴욕에 왔던 것이었다. 스티나는 렉싱턴 애비뉴에 있는 광고대행사에서 일했는데, 여전히 독신이고 예뻤지만, 전보다 훨씬 더 여성스러웠고, 뉴요커답게 옷차림이 무척 세련되었다. 이제 그녀는 콜먼이 이스트오렌지에 좀더 늦게 데려갔더라면 결말이 전혀 달라졌을지 모를, 그런 사람이 되어 있었다.

결말이 달랐을지도 모른다는 생각—현실이 단호하게 반대표를 던졌던 것과 다른 결말—이 그의 머릿속을 떠나지 않았다. 자신이 그녀를 잊지 못했다는 사실에, 그리고 그녀도 자신을 잊지 못했다는 사실에 망연해진 콜먼은, 그리스 고전극을 읽을 때 외엔 한 번도 이해할 필요를 못 느꼈던 사실, 인생이 얼마나 쉽게 전혀 다른 것이 되어버릴 수 있는지, 운명이 얼마나 우연에 좌우되는지……한편으로는 그렇게 될 수밖에 없었음에도 운명이란 때로 얼마나 우연적인 것처럼 보이는지 이해하며 걸음을 옮겼다. 말하자면, 그는 아무것도 이해하지 못한 채, 자신이 아무것도 이해할 수 없다는 사실을 깨달은 채 그 자리를 떠났던 것이다. 다만 뭐든 자기 뜻대로 하겠다는 자신의 고집스러운 결심에 대해서 뭔가 아주 중요한 것을 형이상학적으로 이해할 수 있었을지도 모른다는 환상을 품은 채로…… 그것이 이해 가능한 것이기만 하다면 말이지만.

그다음 주에 그녀는 그의 대학 주소로 매혹적인 두 장짜리 편지를 보냈다. 두 사람이 설리번 스트리트에 있던 콜먼의 방에 처음 들어갔을 때 그가 "와락 덤벼"드는 데 얼마나 놀라울 정도로 능숙했는지에 대한 내용이었다. "마치 육지나 바다 위를 날다 움직이는 것, 뭔가 생명력이 넘치는 것을 발견하고 급강하하거나……낚아채는 새처럼." 편지는 이렇게 시작했다. "콜먼에게. 뉴욕에서 당신을 보게 되어 정말 기뻤어요. 비록 잠시였지만, 당신을 본 뒤 나는 가을날의 슬픔을 느꼈어요. 아마도 우리가 처음 만난 육 년 전 그때로부터 내 삶에서 얼마나 많은 날이 지나가버렸는지 가슴 아리게 분명해졌기 때문이겠지요. 당신은 정말 좋아 보이더군요. 당신이 행복하다니 나도 기뻐요……" 그리고 느릿느릿 부유하는 듯한 마지막 일곱 문장이 이어졌다. 아쉬움이 가득한 그 결구를 콜먼은 수없이 읽고 또 읽었다. 그는 그것이 상실에 대한 안타까움의 표시, 그녀가 후회하고 있음에 대한 은근한 시인, 비가청 주파수로 그에게 보내는 애절한 사과라고 생각했다. "음, 이제 할말을 다 했네요. 이만하면 충분해요. 괜한 편지로 당신을 귀찮게 했네요. 앞으로 두 번 다시 당신을 귀찮게 하는 일은 없을 거라고 약속해요. 몸조심해요. 몸조심해요. 몸조심해요. 애정을 담아, 스티나가."

그는 편지를 버리지 않았고, 서류철에서 우연히 편지를 발견하면, 일을 하던 도중이라도 잠시 동안 다시 훑어보면서—그렇게 우연히 발견하는 경우가 아니라면 한 오륙 년은 편지에 대해 잊고 지내기 때문에—스티나의 볼에 가볍게 키스하며 영원히 작별한 그날 그 거리에서 자신이 했던 생각을 떠올렸다. 그가 바랐던 대로 그녀가 자신과 결혼해주었다면, 그가 바랐던 대로 그녀는 모든 것을 알게 되었을 것이다. 그랬다면 그의 가족이나 그녀의 가족이 겪었을 일들, 그리고 그들이 자식을 낳고 키우면서 겪었을 일들은 아이리스와 결혼하고 나서 겪은 일들과는 전혀 달랐을지도 모른다. 어머니나 월터와의 사이에 일어났던 일들도 일어나지 않았을지 모른다. 만약 스티나가 자신과의 결혼을 선선히 승낙했다면 그는 지금 다른 인생을 살고 있을 것이었다.

난 못하겠어. 그 말에는 지혜가, 스무 살짜리 보통 여자애들의 지혜와는 종류가 다른, 어린 여자애의 입에서 나온 것치고는 아주 많은 지혜가 담겨 있었다. 하지만 그게 바로 그가 그녀에게 반한 이유가 아니었던가. 상식에 따라 자기 힘으로 생각해낸 단단한 지혜가 있는 여자였으니까. 만약 그녀가 그런 여자가 아니었다면…… 하긴 그녀가 그런 여자가 아니었다면, 그녀는 스티나일 수 없었을 것이고, 그는 그녀를 아내로 원하지도 않았을 것이다.

그는 쓸데없는 똑같은 생각에 계속 매달렸다. 소포클레스에게는 그렇지 않았겠지만 자신같이 위대한 재능을 갖지 못한 인간에게는 전혀 무용지물인 생각에. 운명이란 얼마나 우연의 산물인가…… 혹은 그 운명을 피할 수 없을 때 그것은 얼마나 우연처럼 보이는가.

아이리스 기틀먼이 처음에 콜먼에게 자신이 어떤 사람인지, 출신은 어떤지에 대해 이야기한 대로라면 그녀는 퍼세익 시의 한 가정에서 고집 세고 영리하고 겉으로 표 안 나게 반항적인—2학년 때부터 어떻게 하면 그 억압적인 환경에서 도망칠 수 있을지 몰래 계획을 세우고 있었던—아이로 자라났다. 그녀의 집안은 모든 형태의 사회적 억압, 특히 랍비의 권위와 그들의 해로운 거짓말에 대한 증오 때문에 조용할 날이 없었다. 그녀의 묘사에 따르면, 이디시어*를 사용하는 그녀의 아버지는 철저하게 이단적인 무정부주의자로 아이리스의 두 남자 형제에게 할례도 시키지 않았고, 혼인증명서를 받거나 행정적인 결혼식도 올리지 않았다. 그래도 그녀의 부모는 자신들을 부부로 여겼고, 미국인이라고 주장했다. 그들은 교육을 전혀 받지 못한 무신론자 이민자였는데, 랍비가 지나가면 재수 없다고 땅바닥에 침을 뱉으면서도 스스로를 유태인이라고 칭했다. 그녀의 아버지가 모든 자연적이고 선한 것을

---

* 중부 및 동부 유럽 유태인이 주로 사용하는 언어로 히브리어와 고지독일어 등이 혼합된 언어.

억압하는 위선적인 적들이라고 경멸하듯 이야기하는 대상, 예컨대 불법적으로 권력을 행사하는 관료 집단 같은 데에 허락을 구하거나 인정받으려 들지 않고 자유롭게 자신들을 스스로가 원하는 존재로 정한 것이었다. 이 가족이 머틀 애비뉴에서 운영하는 과자점—그녀는 온갖 것을 잔뜩 늘어놓은 정말 작고 비좁은 곳이라면서 "사람 다섯을 나란히 매장할 수도 없을" 공간이라고 말했다—은 소다수 판매기 위쪽 벽에 금이 가고 때가 덕지덕지 꼈는데 거기 액자 두 개가 걸려 있었다. 하나는 사코, 다른 하나는 반제티*의 사진으로 신문의 사진 면에서 찢어낸 것이었다. 매년 8월 22일이 되면—1927년에 매사추세츠 주 당국이 두 사람을 살인죄로 처형한 날인데, 아이리스와 그녀의 남자 형제들은 두 사람 중 누구도 실제로 살인을 저지르지 않았다고 배웠다—가족 모두가 가게 문을 닫고 하루 동안 단식을 하기 위해 가게 위층에 있는 작고 어둠침침한 방에 틀어박혔다. 미친 듯이 어질러놓기로는 과자점보다 훨씬 심한 방이었다. 그 의식은 아이리스의 아버지가 컬트 교주처럼 직접 생각해낸 것으로, 엉뚱하게도 유태인의 속죄일을 본뜬 것이었다. 그녀의 아버지는 자신이 사상이라고 생각하는 것들에 대한 진정한 사상을 가지고 있지 못했다. 그의 내면에 깊이 뿌리내린 것은 자포자기한 무지, 강탈당한 데서 오는 쓰디쓴 절망감, 무력한 혁명적 증오심이었다. 무슨 말이건 입 밖에 낼 때는 부르쥔 주먹과 함께였고, 내뱉는 모든 말은 열띤 장광설이었다. 그는 크로폿킨이나 바쿠닌의 이름은 알았지만 그들의 저작에 관해서는 전혀 아는 바가 없었고, 그가 집

---

* 페르디난도 니콜라 사코와 바르톨로메오 반제티. 두 사람 모두 이탈리아 태생의 무정부주의자로 무장 강도와 살인 누명을 쓰고 전기의자에서 처형됨.

안에서 늘 끼고 다니는, 이디시어로 발행되는 무정부주의 성향의 주간 지 〈자유노동자의 목소리〉도 잠에 곯아떨어지기 전에 몇 글자 들여다 보는 게 고작이었다. 그녀가 콜먼에게 설명한 대로라면—워싱턴 스퀘 어에서 그를 처음 만난 지 몇 분도 지나지 않아 블리커 스트리트의 카 페에서 그녀는 그 모든 이야기를 연극적으로, 창피할 만큼 연극적으로 쏟아냈다—그녀의 부모는 분명하게 설명할 수도, 이성적으로 변호할 수도 없는 공상에 사로잡혀 사는 단순한 사람들이었다. 그들은 자신들 의 공상을 위해서라면 열광적으로 나서서 친구, 친척, 사업, 이웃의 호 의, 심지어 자신들의 온전한 정신, 자식들의 온전한 정신마저도 기꺼이 희생하려 들었다. 그들은 자신들과는 아무 상관 없는 것들에 대해서만 잘 알았고, 아이리스는 나이가 들어갈수록 그것들이 세상만사를 다 아 우르는 것처럼 보였다. 현재 구성 상태 그대로의—끊임없이 움직이는 그 안의 힘들, 한계까지 뻗어 있는 이해관계의 복잡한 하위 조직, 계속 되는 이권 다툼, 지속되는 종속, 파벌들 간의 결탁과 충돌, 그럴듯한 말들로 영악하게 무장한 도덕률, 인습이라는 친절한 전제군주, 안정에 대한 불안정한 환상—사회, 현재 만들어져 있는 그대로의 사회, 언제 나 그래왔고 그렇게 만들어질 수밖에 없는 그 사회가 아이리스의 부모 에게는 코네티컷 양키가 본 아서 왕의 왕궁처럼* 낯선 것이었다. 그것은 그들이 어딘가 다른 시공간에 강하게 매여 있거나 완전히 낯선 세계에 강제로 옮겨졌기 때문이 아니었다. 그들은 인간의 추악함이 어떻게 움 직이고 지배되는지 배우는 중간 단계를 거치지 못하고 유아에서 곧장

---

* 문학에서 최초로 시간 여행을 다룬 마크 트웨인의 1889년 작품 『아서 왕의 왕궁에 간 코네티컷 양키』를 빗댄 표현.

성인으로 건너뛴 사람들에 더 가까웠다. 아이리스는 어렸을 때부터 자신을 양육하는 사람들이 미치광이인지 아니면 선지자인지, 자신이 공유하지 않으면 안 되는 격렬한 증오가 끔찍한 진실을 폭로하는 것인지 아니면 완전히 터무니없는데다 어쩌면 미친 짓이 아닌지 갈피를 잡을 수 없었다.

그날 오후 내내 아이리스는 콜먼에게 민담처럼 매혹적인 이야기들을 들려주었다. 그녀의 부모 모리스 기틀먼과 에설 기틀먼처럼 너무나도 분명하게 무지몽매한 개인주의자들의 딸로 태어나 패서익의 과자점 위층에서 성장해 살아남았다는 이야기는 러시아 문학보다는 러시아 신문의 만화란에서 볼 법한 잔혹한 모험담을 연상케 했다. 기틀먼 부부가 일요판 신문의 「카라마조프가의 아이들」이라는 연재만화에 등장하는 미친 이웃이라도 되는 것처럼. 그것은 자유로워지고 싶다는 생각 외에는 달리 되고 싶은 것도 없이 겨우 열아홉 살에 허드슨 강을 건너 뉴저지에서 도망쳐온—콜먼이 그리니치빌리지에서 만난 사람들 가운데 도망쳐오지 않은 사람이 한 명이라도 있던가? 설사 애머릴로만큼이나 먼 곳이라 하더라도—소녀치고는 강렬하고 훌륭한 연기였다. 이목구비도 시원시원해서 극적인 인상을 주는, 활기에 넘치는 검은 머리 소녀. 정서적으로는 역동적인 힘이 넘쳤고, 당시의 어법에 따르자면 "육체파"였으며, 인물데생 수업에서 모델을 해 번 돈으로 학비를 보태던 뉴욕 아트스튜던츠리그 학생. 아무것도 감추지 않는 성격에 공공장소에서 소동을 일으키는 것을 벨리 댄서만큼이나 두려워하지 않는, 뉴욕 에이스 스트리트라는 무대에 등장한 아주 색다른 빈털터리. 그녀의 머리를 뒤덮은 머리칼은 정말 대단했는데, 미로처럼 엉켰고,

소용돌이치듯 곱슬곱슬거리며 부풀어오른 화관 같았으며, 실타래처럼 보풀이 일고 크리스마스 장식으로 사용해도 좋을 만큼 커다랬다. 어린 시절의 불안이 전부 덤불숲 같은 꾸불꾸불한 머리칼의 엉킴으로 형상화된 것처럼 보였다. 어떻게 손쓸 방법이 없는 그녀의 머리칼. 머리칼로 솥을 닦아도 그 구조는 바뀌지 않을 것 같았다. 깊은 먹빛 바다에서 거둬들인, 암초를 만들어내는 철사 모양의 미지의 유기체, 어쩌면 의학적으로 유용한 특성까지 지녔을지 모를, 산호와 덤불이 빽빽이 살아 있는 마노 빛깔의 잡종 생물체 같은 머리였다.

그녀는 희극 같은 자신의 인생 이야기로, 자신의 분노로, 자신의 머리카락으로, 흥분을 제조해내는 천부적 재능으로, 그리고 스스로를 불타오르게 하고 자신의 과장된 표현을 전부 믿게 만드는 훈련이 덜 되어 미숙하고 격정적인 지성과 연기 재능으로 콜먼을 세 시간이나 사로잡았다. 교묘하게 꾸며낸 이야기인 게 분명했고, 그런 재주로 말할 것 같으면 누구보다 콜먼 자신의 전매특허라 할 수 있었음에도, 콜먼은 그녀의 이야기를 듣는 동안 그녀에 비하면 자신은 스스로에 대해 아는 게 전혀 없다는 생각이 들었다.

하지만 그날 저녁 그가 설리번 스트리트의 자기 방으로 그녀를 데려갔을 때 모든 게 바뀌었다. 그녀가 도대체 자기가 누구인지에 대해 아무 생각이 없다는 사실이 드러났던 것이다. 일단 그 머리칼을 헤치고 들어가자 그녀는 아직 형체를 갖추지 못한 존재에 지나지 않았다. 인생을 향해 화살을 겨누고 있는 스물다섯 살의 콜먼 실크의 안티테제. 콜먼과 마찬가지로 자신의 자유를 위해 싸우는 투사이긴 했지만, 잔뜩 흥분한 투사이자 아나키스트 투사로서 자신의 길을 찾고 있었다.

콜먼이 흑인 가정에서 태어나 성장했으며 거의 전 생애를 흑인으로 살아왔다는 것을 안다 해도 아이리스는 단 오 분도 혼란스러워하지 않았을 것이다. 또한 그 비밀을 지켜달라고 요구했다면 그걸 지키는 데 추호도 고민하지 않고 그렇게 했을 것이다. 아이리스 기틀먼은 유별난 것을 포용하는 능력만은 부족함이 없었다. 합리적 기준에 가장 잘 부합하는 것이 그녀에게는 오히려 유별난 것이었으니까. 한 남자 대신 두 남자가 되는 것? 한 가지 피부색 대신 두 가지 피부색을 갖는 것? 정체를 숨기거나 위장한 채 거리를 돌아다니고, 이쪽도 저쪽도 아닌 그 중간에 해당하는 존재가 되는 것? 이중 혹은 삼중 혹은 사중 인격을 갖는 것? 그와 같은 표면적인 기형은 아이리스에게 전혀 기겁할 거리가 되지 못했다. 아이리스의 편견 없는 태도는 자유주의자니 자유의지론자니 하는 사람들이 자랑스럽게 여기는 도덕적 자질도 아니었다. 그것은 조증躁症에 더 가까웠고, 편협함의 균열된 안티테제에 더 가까운 것이었다. 의미라는 전제, 권위에 대한 신뢰, 통일성과 질서에 대한 신성화처럼 대다수 사람이 필수 불가결하다고 여기는 것들이 그녀에게는 살아오는 동안 터무니없는 헛소리이고 미친 짓 같았던 것이다. 정상적 상태라고 불리는 것이 존재에 처음부터 내재되어 있다면, 왜 우리가 보는 것 같은 일들이 벌어지고, 역사는 왜 그 모양이란 말인가?

그럼에도 콜먼은 아이리스에게 자신이 유태인이라고 말했고, 실크Silk라는 성을 갖게 된 것은 엘리스 섬*에 도착한 아버지에게 마음씨 좋은 세관원이 질베르츠바이크Silberzweig의 지역색을 좀 죽이라고 강권했

---

* 뉴욕 항으로 흐르는 허드슨 강의 하구에 있는 섬. 초기에 미국으로 이민하는 사람들이 처음으로 발을 들여놓던 곳.

기 때문이라고 둘러댔다. 게다가 그는 어린 시절에 이스트오렌지의 또래 흑인 친구들과 달리 성경에 나오는 징표인 할례까지 받았었다. 대다수 의사가 유태인인 병원에서 간호사로 일하던 콜먼의 어머니는 귀두의 포피를 잘라내는 것이 위생적으로 아주 유용하다는, 당시에 급격히 확산되기 시작한 의학적 견해에 공감했다. 그래서 실크 집안에서는 아들이 태어날 때마다 생후 이 주가 되면 의사에게 부탁해 유태인의 전통의식—그 무렵 비유태인 부모 중에도 출산 직후에 이 외과 수술을 선택하는 경우가 늘고 있었다—을 치렀다.

늘 죽치던 카페에서는 물론 뉴욕대에서조차 그를 아는 대다수 사람들이 처음부터 그를 유태인으로 생각해왔다는 걸 안 이후로, 콜먼은 몇 해째 유태인으로 살아가는 자신을 묵인하고 있었다. 혹은 사람들이 마음대로 생각하도록 내버려뒀다. 그가 해군에서 배운 것은, 자신에 대해서 그럴듯하고 일관된 정보를 퍼뜨려두기만 하면, 사람들은 그런 것에 별로 관심이 없기 때문에 굳이 그걸 캐고 드는 사람이 없다는 것이었다. 뉴욕대나 그리니치빌리지에서 그를 아는 사람들은 군 동료들처럼 그가 중동 지역의 혈통이라고 짐작했을지도 몰랐다. 하지만 당시는 워싱턴 스퀘어 부근의 전위적 지식인들 사이에서 유태인의 종전 후 자기도취가 정점에 다다른 때였다. 또한 그들의 유태인다운 정신적 대담성의 동력인 과장에의 욕구가 통제 불가능해 보이기 시작하면서, 〈코멘터리〉〈미드스트림〉〈파티전 리뷰〉 같은 잡지 못지않게 유태인들의 농담과 가정생활 일화, 그들의 웃음과 익살과 신랄한 경구와 논쟁에서, 심지어 그들의 모욕에서조차 문화적 의미의 오라가 발산되던 때였다. 그러니 콜먼이라고 그런 시류에 편승하지 못할 이유가 없었다. 특히 그는 고등학교 시절에 닥 치즈너를 도와 에섹스카운티의 유태인 소년들에게 권투를 가르쳤던 경험이 있었으므로, 시리아나 레바논계 미해군 수병으로 행세하는 것보다 뉴저지에서 소년기를 보낸 유태인이라고 주장하는 것이 훨씬 덜 위험했다. 맨해튼의 주변인으로 살아가는 것의 아이러니를 즐기고, 공격적으로 사고하고 자기분석적이며 불손한 미국 유태인의 위신을 도용해 살아가는 것은, 여러 해에 걸쳐 홀로 위장술을 창작해내고 공들여 손질하는 것보다 훨씬 덜 무모했지만, 그래도 쾌감을 얻을 수 있을 만큼은 무모해 보였다. 그리고 콜먼의 부모를 찾아와 똑똑한 버트가 졸업생 대표로 고별사를 할 수 있도록 콜먼이 졸업 시험에서 성적을 떨어뜨리기만 하면 삼천 달러를 주겠다고 제안했던 닥터 펜스터먼이 떠오를 때면, 그 일마저도 굉장히 우스운, 독자적인 방식으로 해묵은 원한을 갚는다는 내용의 농담 같았다. 세상이 그를 이런 존재로 바꿔놓다니, 이 얼마나 기막힌 아이디어이고 얼마나 절묘하고 세속적인 장난인가! 만약 완벽하게 유일무이한 창조물이 존재한다면—이러한 독자성이야말로 이제까지 줄곧 그의 내면 가장 깊숙한 곳에서 그의 자아가 품어온 야망 아니었던가?—그것은 이처럼 콜먼의 아버지의 펜스터먼 아들로 마법처럼 수렴된 자신일 것이다.

그는 더이상 무언가를 연기하는 것이 아니었다. 아이리스, 격정적이고 길들여지지 않은, 스티나와 완전히 딴판에 전혀 유태인 같지 않은 유태인인 아이리스를 매개체로 삼아 새롭게 태어나면서 콜먼은 마침내 배역을 온전히 소화했다. 그는 이제 더이상 끊임없이 연습하고 준비하면서 위장된 모습을 입었다 벗었다 하지 않아도 되었다. 바로 이것이었다. 모든 문제의 해결책이자, 우스꽝스러움—인간이 내리는 모든 결정에 인생이 제공하는 작은 기여, 결점을 덮어주고 위안을 주는 우스꽝스러움—한 방울이 묘미인, 그의 비밀을 위한 비법.

미국 역사 속의 탐탁지 않은 존재들 중 가장 닮지 않은 것들로 만든, 이제껏 누구도 본 적 없는 혼합물이 됨으로써 이제야 그는 이치에 닿는 존재가 되었다.

하지만 막간극이 하나 있었다. 스티나와 결별한 후, 그리고 아이리스와 만나기 전, 엘리 매지라는 여자와 함께한 오 개월짜리 막간극. 엘리 매지는 자그마한 몸집에 몸매가 좋은 흑인 여자애로 황갈색 피부에 두 뺨과 콧등에는 주근깨가 점점이 박혀 있고, 사춘기 여자아이에서 성인 여성으로 완전히 넘어오지 않은 것 같은 인상을 주었다. 식스스 스트리트에 있는 빌리지 도어숍에서 활발한 성격을 십분 발휘해 책선반 재료 세트와 문짝—다리를 달아 책상이나 침대로 쓰는 문짝—을 팔았다. 가게 주인은 피곤에 전 늙은 유태인 남자였는데 엘리를 고용하고 난 후 매출이 50퍼센트나 늘었다고 했다. "그동안 손님이 없어서 죽을 맛이었지." 남자가 콜먼에게 말했다. "입에 풀칠이나 하는 정도로 근근이 꾸려가고 있었다네. 하지만 이제는 그리니치빌리지 사람들 전부가 책상으로 쓸 문짝을 사고 싶어해. 손님이 와도 날 찾지 않아. 꼭 엘리한테 묻지. 전화로 물어볼 때도 엘리를 바꿔달라 하고. 이 조그만 여자애가 들어와서 모든 걸 바꿔놓았어." 주인의 이야기는 사실이었다. 처음에는 하이힐을 신은 쭉 빠진 다리에, 그다음에는 꾸밈 없는 그녀의 성격에 완전히 넘어간 콜먼을 포함해, 그녀의 매력에 저항할 수 있는 남자는 없었다. 자신에게 반한 뉴욕대 백인 남학생과 데이트를 나가고, 자신에게 반한 뉴욕대 흑인 남학생과 데이트를 나가는 그녀는 아직까지 무엇에도 상처받은 적 없는 스물셋의 생기 발랄한 어린 여자애였다. 자신이 자란 용커스에서 그리니치빌리지로 진출한 그녀는 사람들에게 알려진 그대로의 그리니치빌리지에서의 삶, 인습에 얽매이지 않으면서도 극단적이지는 않은 삶을 살아가고 있었다. 그녀는 횡재나 다름없는 사냥감이었고, 콜먼은 필요하지도 않은 책상을 사겠다며 가게에 들러 그날 밤 그녀를 데리고 한잔하러 갈 수 있었다. 스티나와 헤어지면서 자신이 그토록 원했던 사람을 잃은 것에 충격받은 이후 처음으로 그는 다시 즐거운 시간을 보냈다. 다시 살아난 기분이었다. 그건 두 사람이 가게 안에서 서로 수작을 거는 순간 시작되었다. 가게에서 그를 처음 보았을 때 그녀는 그를 백인으로 봤을까? 그로서는 알 도리가 없다. 흥미진진하다. 그런데 그날 저녁, 그녀가 깔깔거리더니 익살스럽게 눈을 가늘게 뜨고 바라보며 말한다. "대체 정체가 뭐야?" 그에게서 이상한 낌새를 알아차리자마자 곧장 묻는다. 하지만 이번엔 스티나의 시를 잘못 읽었을 때처럼 온몸에 식은땀이 흐르지는 않는다. "내 정체? 네가 원하는 대로 되어줄게." 콜먼이 말한다. "그게 네 인생 방식이야?" 그녀가 묻는다. "이게 내가 사는 방식이지." 콜먼이 대답한다. "그럼 백인 여자애들은 네가 백인이라고 생각해?" "걔들이 어떻게 생각하든 말든," 콜먼이 말한다. "난 내버려둬." "그럼 내가 어떻게 생각하든 그것도?" 엘리가 묻는다. "마찬가지지." 콜먼이 말한다. 두 사람은 그렇게 시시한 말장난을 주고받았고, 모호한 정체성을 갖고 노는 그 장난이 두 사람을 흥분케 한다. 콜먼은 특별히 친한 친구가 없었는데, 학교에서 알게 된 사람들은 그가 흑인 여자랑 사귄다고 생각하고, 엘리의 친구들은 그녀가 백인 남자랑 어울린다고 생각한다. 진짜 재미있는 점은 사람들이 두 사람에게 지대한 관심을 보인다는 것이다. 어딜 가나 그렇다. 1951년이었으니 그럴 만도 하다. 남자애들이 콜먼에게 묻는다. "그 여자 어때?" "죽여주지." 예전에 이스트오렌지의 이탈리아인들이 그랬던 것처럼 한 손을 엉성하게 흔들어대고 말꼬리를 길게 늘이며 콜먼이 말한다. 이런 관심 덕에 콜먼은 매일 매순간 스릴을 느끼고, 이제 그의 인생은 그저 그런 영화배우 정도는 되는 중대성을 띠게 된다. 엘리와 함께 외출하면 어딜 가나 그들에게 시선이 집중된다. 에이스 스트리트에 사는 사람 중 사실을 짐작하는 사람은 아무도 없고, 콜먼은 그 사실을 즐긴다. 엘리의 다리는 끝내준다. 그녀는 아무 때나 잘 웃는다. 천생 여자다. 편안하고 활기찬 천진함에 그는 완전히 매료된다. 백인이 아니라는 점을 제외하면 그녀는 어딘가 스티나와 비슷하다. 그래서 서둘러 그의 가족을 방문하지도, 그녀의 가족을 방문하지도 않는다. 그래야 할 이유가 어디 있단 말인가? 그들은 지금 그리니치빌리지에 살고 있는데. 그녀를 이스트오렌지에 데려간다는 생각은 그의 머릿속에 떠오르지 않는다. 어쩌면 가족들이 무언중에라도 이제야 그가 제정신을 차렸다는 듯 안도의 한숨을 내쉬는 꼴을 보거나 듣고 싶지 않기 때문인지도 모른다. 그는 스티나를 집으로 데려간 이유를 생각해본다. 모든 사람에게 솔직해지기 위해서? 그래서 얻은 게 뭐지? 안 돼, 가족은 절대 안 돼. 어쨌든 지금은 안 돼.

그러다 그는 그녀와 함께 보내는 시간이 무척 즐거웠던 나머지 어느 날 밤 진실을 털어놓고 만다. 스티나에게는 결코 말하지 못했던, 권투선수였다는 사실까지도. 엘리에게는 그런 말을 쉽게 할 수 있다. 엘리가 조금도 비난하지 않아 콜먼이 그녀에게 주는 점수가 더 올라간다. 그녀는 인습에 얽매이지 않는다. 그럼에도 대단히 건전하다. 콜먼은 편협함이라곤 전혀 없는 사람과 만나고 있는 것이다. 이 멋진 여자는 모든 내막을 듣고 싶어한다. 그래서 그는 이야기를 한다. 제약이 사라지자 그는 정말 놀라운 이야기꾼으로 변신하고, 엘리는 그 솜씨에 홀딱 반한다. 그는 그녀에게 해군 시절 이야기를 들려준다. 또 그의 가족 이야기도 하는데, 그녀의 가족과 별다를 게 없다는 걸 알게 된다. 할렘에서 약국을 경영하는 약사 아버지가 아직 살아 계시는데, 비록 엘리가 그리니치빌리지로 나와 사는 것을 탐탁지 않게 여기지만 다행히 계속 딸을 예뻐한다는 사실만 제외하면. 콜먼은 그녀에게 하워드대에 잠깐 다녔던 이야기도, 그곳을 정말 견딜 수 없었다는 이야기도 한다. 엘리의 부모가 보내고 싶어했던 대학도 거기였기 때문에 두 사람은 하워드대에 대해 숱한 이야기를 나눈다. 그리고 두 사람이 무엇을 화제로 삼건, 콜먼은 자신이 전혀 노력하지 않아도 언제든 그녀를 깔깔대게 만들 수 있다는 걸 알게 된다. "난 흑인이 그렇게 많은 건 한 번도 본 적이 없어. 뉴저지 남부에서 열리는 친족 모임에서도 그런 광경은 못 봤어. 내가 보기에 하워드대에는 한 장소에 흑인이 너무 많이 모여 있어. 별별 생각을 가진 별별 부류의 흑인이 다 모여 있는데, 난 그중 하나가 되어 그 사람들 근처에 있기가 싫었어. 나랑은 전혀 상관없는 곳이라는 생각이 들었거든. 모든 게 하나로 너무 집중되어 있어서 그나마 나한테 남아 있던 한 가닥 자긍심마저 오그라드는 것 같았어. 하나로만 집중된 잘못된 환경 때문에 완전히 오그라들어버렸지." "지나치게 단 소다수처럼 말이지." 엘리가 말한다. "글쎄," 콜먼이 말한다. "이것저것 너무 많이 집어넣었다기보다는 다른 걸 전부 솎아낸 거에 가까워." 엘리와 감추는 것 없이 이야기하며 콜먼은 안도감을 느낀다. 그는 더이상 영웅이 아니지만, 악한 또한 아니다. 그렇다, 이 여자, 강력한 경쟁자다. 탁월한 독립 의지, 그리니치빌리지 여성으로의 변신, 가족과의 원만한 관계. 아무래도 그녀는 모두가 누려야 할 완벽한 성장기를 누려온 게 틀림없다.

어느 날 저녁, 그녀는 콜먼을 블리커 스트리트의 작은 보석 가게로 데려간다. 주인인 백인 남자가 법랑으로 아름다운 장신구를 만들고 있다. 쇼핑을 하다 구경이나 할 겸 들어갔는데, 가게를 나오면서 그녀가 콜먼에게 주인 남자가 흑인이라고 말한다. "네가 잘못 아는 거겠지," 콜먼이 그녀에게 말한다. "그럴 리 없어." "내가 잘못 아는 거라는 소린 하지 마." 그녀가 깔깔댄다. "너야말로 장님이니까." 또다른 날 밤, 거의 자정이 가까운 시각에 그녀는 콜먼을 데리고 주로 화가들이 한잔하러 모여드는 허드슨 스트리트의 술집으로 간다. "저 사람 보여? 저 미끈한 남자?" 술집에 있는 모든 여자들을 홀린 이십대 중반쯤의 잘생긴 백인 남자를 고갯짓으로 가리키며 그녀가 나지막이 말한다. "저 사람도." 그녀가 말한다. "말도 안 돼." 이번에 깔깔대는 쪽은 콜먼이다. "콜먼 실크, 넌 지금 미국에서 가장 자유로운 4평방마일의 그리니치빌리지에 있어. 한 블록 건너 저런 사람이 하나씩 있다고. 넌 너무 우쭐대고 있어. 너만 그런 걸 생각해낸 줄 알겠지." 그녀가 그런 인간을 셋이나 알고 있다면—어쨌든 그녀의 말에 따르면 분명하다고 하니—열 명인들 없겠는가. 그 이상은 아니더라도. "사방에서 그런 사람들이 곧장 에이스 스트리트로 모여드는 거야." 그녀는 말한다. "네가 그 조그

만 동네 이스트오렌지에서 온 것처럼 말이야." "그런데," 콜먼이 말한
다. "내 눈에는 하나도 안 보이는데." 이 말에 두 사람은 배꼽이 빠지
도록 웃고 또 웃는다. 보고도 알아채지 못하는 바보 같은 콜먼이 우스
워서, 또 그의 안내자로 그런 사람들을 짚어주고 있는 엘리가 우스워서.

처음에 그는 자신의 문제에 대한 해결책을 찾았다며 기뻐한다. 비밀
이 없어지자 다시 소년이 된 기분이다. 비밀을 갖기 이전의 소년. 다시
개구쟁이 소년이 된 것 같다. 그녀의 꾸밈없는 모습에 그도 꾸밈없이
존재하는 것의 편안함과 유쾌함을 맛본다. 기사나 영웅이 되려면 갑옷
을 입어야 하는데, 지금 그는 갑옷을 벗어버린 상태가 주는 즐거움을
만끽하고 있다. "자넨 행운아일세." 엘리가 일하는 가게의 주인이 콜
먼에게 말한다. "행운아야." 주인은 같은 말을 되풀이한다, 진심을 담
아서. 엘리와 함께 있으면 비밀 따위는 무용지물이 되어버린다. 그는
무엇이든 그녀에게 이야기할 수 있고 실제로도 이야기하고 있다. 그뿐
아니라 이제는 그가 원한다면, 언제든 그가 원할 때 집에 갈 수 있다.
이제는 형도 상대할 수 있는데, 이런 상황이 아니라면 절대 그럴 수 없
으리라는 것을 그도 안다. 어머니와 그는 예전처럼 친밀하고 편안한
사이로 되돌아갈 수 있다. 그러던 차에 아이리스를 만난다. 그리고 그
상황은 끝이 난다. 엘리와 함께 보낸 시간은 즐거웠고, 계속 즐거울 테
지만 뭔가 중요한 게 빠져 있다. 그 관계에는 야망 같은 게 결여되어
있다. 그가 이제까지 살아오는 내내 추진력으로 삼았던 자신에 대한
계획에 보탬이 되지 못한다. 아이리스와 사귀면서 그는 다시 링에 올
라선다. 아버지는 그에게 말했다. "이제 넌 무패의 전적으로 은퇴할 수
있어. 넌 은퇴한 거다." 하지만 이제 그는 자기 코너에서 포효하며 뛰

쳐나간다. 다시 비밀을 가진다. 그리고 정체를 숨기는, 익히기 쉽지 않은 재능도 다시 살아난다. 그리니치빌리지에는 콜먼 같은 처지로 어정거리는 사내가 열 명은 넘을 것이다. 하지만 그들 모두가 콜먼과 같은 재주를 지닌 것은 아니다. 말하자면, 그들도 그런 재주가 있기는 하지만 시답잖다는 뜻이다. 그들은 그냥 늘 거짓말을 늘어놓는 것뿐이다. 콜먼처럼 대담하고 정교한 방식으로 정체를 숨기지는 못한다. 콜먼은 밖으로만 향하는 예전의 궤도에 다시 들어선다. 그는 비밀이라는 묘약을 갖고 있는데, 그것은 외국어에 능통한 것과 비슷하다. 마치 언제나 새로운 장소에 있는 것 같다. 비밀 없이 지내는 동안에는 아무런 문제도 없고 끔찍한 일도 전혀 일어나지 않고 불쾌하지도 않았다. 비밀 없이 산다는 건 즐거운 일이었다. 천진난만한 즐거움을 느낄 수 있었다. 하지만 그 밖의 다른 모든 게 부족한 기분이었다. 분명 그는 천진난만함을 되찾았었다. 그건 의심의 여지 없이 엘리가 준 것이었다. 하지만 천진난만함을 어디에 쓴단 말인가? 아이리스는 그 이상의 것을 준다. 그녀는 모든 걸 또다른 차원으로 끌어올린다. 아이리스는 콜먼이 살고 싶어하는 스케일의 삶을 되돌려주었다.

만난 지 이 년이 지난 후 그들은 결혼하기로 결정했다. 그리고 그가 스스로에게 허용한 그 일탈, 그가 떠들어댄 그 자유, 그가 감히 내린 그 선택들—게다가 그는 자신의 야망을 품기에 충분할 정도로 크고 세상과 맞서기에 충분할 정도로 강인하면서도 실행 가능한 자아를 얻기 위해 얼마나 교묘하고 영리하게 살아왔던가?—로 인해 처음으로 크나큰 대가를 치러야 할 때가 왔다.

콜먼은 어머니를 만나기 위해 이스트오렌지를 찾았다. 실크 부인은 아이리스 기틀먼의 존재를 전혀 몰랐지만, 콜먼이 결혼할 예정이고 여자는 백인이라고 말했을 때 전혀 놀라지 않았다. 심지어 콜먼이 결혼 상대자는 그가 흑인이라는 사실을 모른다고 이야기했을 때도 놀라지 않았다. 오히려 놀란 쪽은 콜먼이었다. 자신의 계획을 공개적으로 선언한 순간, 갑자기 그 모든 결정이, 그의 인생에서 가장 중대한 그 결정이 상상도 못할 만큼 조금도 중요하지 않은 것에 근거한 것이 아닌가 하는 의구심이 들었다. 혹시 아이리스의 머리카락, 콜먼보다 훨씬 더 흑인에 가까운 덤불숲같이 꾸불꾸불한 머리카락 때문에? 그 머리카락은 콜먼보다 어니스틴의 머리카락과 더 비슷했다. 어렸을 적 어니스틴은 시도 때도 없이 묻곤 했다. "왜 내 머리카락은 엄마처럼 날리는 머리카락이 아니야?" 그러니까 왜 자기 머리카락은 엄마 머리카락이나 외가 쪽 여자들의 머리카락처럼 산들바람에 날리지 않느냐는 뜻이었다.

괴로움에 일그러진 어머니의 얼굴을 보면서 콜먼은 섬뜩하고 비이성적인 두려움에 사로잡혔다. 자신이 아이리스 기틀먼을 선택한 이유는 자식들의 머릿결을 그녀의 탓으로 돌릴 수 있겠다는 게 전부일지도 모른다는.

하지만 그토록 노골적이고 그토록 현혹적인 실리적 동기를 어떻게 이때까지 생각하지 못한 걸까? 사실이 아니기 때문일까? 어머니가 이렇게 고통스러워하는 것을 보고 있는데—콜먼은 자신이 하려는 짓에 내심 치를 떨었지만, 그럼에도 늘 그랬듯 끝까지 밀고 나가기로 결심했다—어떻게 그 경악스러운 생각이 사실이 아닌 것처럼 보일 수 있겠는가? 겉보기에는 완벽하게 자제력을 유지하며 어머니와 마주 앉아 있는 것 같았지만, 속으로 그는 자신이 세상에서 제일 멍청한 이유로 아내가 될 여자를 선택했다는, 자신이 바보 중의 바보라는 느낌을 떨칠 수 없었다.

"그렇다면 그 여자애는 네 부모가 다 죽은 줄 알고 있겠구나, 콜먼. 네가 그애한테 그렇게 이야기했겠구나."

"맞아요."

"너한테는 형도 없고, 여동생도 없는 거구나. 어니스틴도 없고, 월터도 없고."

콜먼은 고개를 끄덕였다.

"그리고? 그것 말고 또 무슨 얘길 그애한테 한 거냐?"

"또 무슨 얘길 했을 것 같으세요?"

"그애한테 이야기해도 네게 문제되지 않을 이야기들을 했겠지." 그 말 한마디는 어머니가 오후 내내 보여준 모습을 다 합친 것만큼이나 가혹했다. 어머니는 그에게 이제까지 한 번도 화다운 화를 낸 적이 없었고, 그 점은 앞으로도 마찬가지일 것이었다. 그가 태어난 순간부터 죽 그녀는 그를 보기만 하면 감정이 북받쳐 무방비 상태가 되어버렸고, 그것은 그가 그럴 자격이 있는지 여부와는 관계없는 것이었다. "난 내 손자 손녀도 모르고 살겠구나." 어머니가 말했다.

그는 마음을 단단히 먹었다. 중요한 것은, 아이리스의 머리카락 따위는 잊는 것, 어머니가 이야기를 하게 놔두는 것, 어머니가 마음껏 말을 쏟아놓게 두는 것, 그리고 끊이지 않고 부드럽게 흘러나오는 그 말 속에서 어머니가 아들을 위한 변명거리를 만들 수 있게 해드리는 것이었다.

"넌 절대 아이들을 내게 보여주지 않겠지." 어머니가 말했다. "넌 절대 그애들에게 내가 누군지 가르쳐주지 않겠지. '엄마,' 넌 내게 이러겠지. '뉴욕 기차역에 와서 대합실 벤치에 앉아 계시면 애들을 깔끔하게 차려입혀서 오전 열한시 이십오분에 엄마 앞을 지나갈게요.' 이게 앞으로 오 년 후에 내가 받게 될 생일선물이겠구나. '거기 그대로 앉아 계셔야 해요, 엄마. 아무 말도 하지 말고요. 그러면 내가 애들을 데리고 천천히 지나갈게요.' 그리고 넌 내가 그 자리에 나갈 거라는 것도 잘 알지. 기차역. 동물원. 센트럴파크. 어디든 네가 말하는 곳이면 난 당연히 갈 거야. 내가 내 손자 손녀를 만져보려면 브라운 부인이니 뭐니 하는 이름으로 너희 집에 베이비시터로 들어가서 애들을 재우거나 하는 수밖에 없다고 한다면, 난 그것도 할 거다. 브라운 부인이 되어 네 집에 청소하러 와달라고 해도 난 그렇게 할 거다. 그럼, 그럼, 난 네가 하라는 대로 다 할 거야. 내겐 선택의 여지라곤 없으니까."

"없다고요?"

"선택할 수 있는 게 있니? 그래? 내가 선택할 수 있는 게 뭐냐, 콜먼?"

"저랑 의절하는 거죠."

마치 조롱하듯 어머니는 잠시 그 생각을 고려하는 척했다. "너한테 그 정도로 무정해질 수도 있을 것 같긴 하구나. 그래, 가능해. 그럴 수 있을 것 같다. 하지만 넌 내가 나 자신에게 그토록 무정하게 굴 수 있는 힘을 어디에서 찾을 수 있을 거라고 생각하니?"

그 순간은 어린 시절을 떠올릴 때가 아니었다. 어머니의 명석함이나 조소나 용기에 감탄할 때가 아니었다. 병적이다싶을 정도의 모성애에 자신을 굴복시킬 때가 아니었다. 어머니가 비록 말로는 표현하지 않았지만 실제로 소리 내어 말한 것보다 훨씬 더 명확하게 들리는 이야기들에 귀를 기울일 때가 아니었다. 자신이 그곳에 올 때 단단히 무장한 생각 이외의 다른 생각을 할 때가 아니었다. 이런저런 해명을 하며 이해득실을 멋지게 계산해가며 이것이 그가 내릴 수 있었던 최상의 논리적 결정이라고 둘러댈 때가 분명 아니었다. 그가 어머니에게 저지르고 있는 무도한 짓을 설명할 수 있는 건 애초에 존재하지 않았다. 그러므로 지금은 그가 이곳에서 얻으려 하는 것에 보다 확실하게 초점을 맞춰야 할 때인 것이다. 아들과 의절하는 것이 어머니에게는 애초에 가능한 선택이 아니었다고 한다면, 아들이 가하는 타격을 고스란히 받는 게 어머니가 할 수 있는 전부였다. 그러니 조용히 말하고, 말을 아끼고, 아이리스의 머리카락 따위는 잊고, 아무리 오랜 시간이 걸린다 할지라도, 그가 저지른 짓 중에 가장 짐승 같은 이짓의 잔인함을 어머니가 자신의 존재 깊숙이 흡수할 때까지 필요한 말을 계속하도록 해드리자.

콜먼은 어머니를 살해하는 중이었다. 우리는 아버지를 살해할 필요가 없다. 세상이 알아서 죽여 없애주니까. 우리의 아버지를 노리는 세력은 충분하다. 실제로 실크 씨를 처리해버린 것처럼, 세상이 아버지를 처리해줄 것이다. 살해해야 하는 건 바로 어머니이고, 그것이 지금 콜먼이 그녀에게 하고 있는 짓이다. 이 여자한테 사랑받았던 만큼 이 여자를 사랑했던 소년이 말이다. 자유라는 가슴 들뜨는 관념을 위해 어머니를 살해하는 것이다! 어머니가 없었다면 훨씬 쉽게 자유로워졌을 것이다. 하지만 오로지 이 시험을 통과해야만 그는 자신이 되고자 선택한 사람이 될 수 있다. 태어나는 순간 그에게 주어진 것들과 영원히 결별하고 자유롭기를 갈망하는 여느 인간들처럼 자유를 얻기 위해 자유롭게 싸워나갈 수 있다. 인생에서 자기 뜻대로 운명을 바꾸기 위해, 그는 해야만 하는 일을 해야 한다. 태어나면서부터 주어진 빌어먹을 인생에서 벗어나기를 원하는 인간이 어디 한둘인가? 하지만 그들은 주어진 인생에서 벗어나지 않는다. 그것이 그들을 그들이게 하고, 이것이 그를 그이게 하는 것이다. 펀치를 날리고, 상처를 입히고, 영원히 문을 닫아건다. 자식에게 무조건적인 사랑을 주고 자식의 행복만 생각하는 훌륭한 어머니에게 이런 짓을 저지른 이상, 이런 고통을 안겨준 이상, 다시 원래대로 돌아갈 수 있을 거라고는 생각조차 하지 말아야 한다. 그건 너무도 지독한 짓이어서, 평생 이 짐을 안고 가는 수밖에 없다. 일단 저지르고 나면 절대 원상태로 돌려놓을 수 없을 정도로 심한 폭력인 것이다. 그것이 바로 콜먼이 원하는 것이기도 했다. 웨스트포인트에서 상대 선수를 쓰러뜨렸던 그때도 지금과 같았다. 오로지 심판만이 콜먼의 충동적인 폭력으로부터 콜먼을 구할 수 있었다. 지금처럼 그때도 그는 권투선수로서 폭력의 위력을 경험했다. 절연이라는 가혹한 행위가 지닌 그 생생하고 용서할 수 없는 인간적 의미를 직시하고, 운명이 엄청난 상황에 직면하는 순간 가능한 한 명료한 정신과 현실감을 잃지 않고 맞서는 것 또한 시험이다. 이것이 그에게 주어진 시험이다. 한 남자와 그의 어머니. 한 여자와 그녀가 사랑하는 아들. 만약 스스로를 연마하기 위해 상상할 수 있는 가장 힘든 일을 하려는 것이라면, 어머니의 몸에 칼을 꽂는 짓을 제외하고는 지금 이 행위야말로 그것이다. 곧바로 문제의 핵심으로 치고 들어가는 행위. 그의 인생에서 더없이 중대한 행위. 이것이 얼마나 엄청난 짓인지 그는 선연하게 자각한다.

"왜 내가 이런 일에 좀더 철저하게 대비해두지 않았는지 모르겠구나, 콜먼. 그랬어야 했는데." 어머니가 말했다. "넌 거의 태어난 날부터 이런 일이 있을 거라고 확실히 경고해줬는데. 넌 젖을 빠는 것도 몹시 내켜하지 않았지. 그래, 넌 아기 때부터 그랬어. 이제야 왜 그랬는지 알겠구나. 내 젖을 먹는 것조차 네가 도망치는 걸 지연시키는 일이었겠지. 우리 가족한테는 언제나 뭔가가 있었단다. 피부색 얘기가 아니야. 우리가 네게 방해되는 존재인 것 같은 뭔가가 있었다는 뜻이다. 넌 감옥에 갇힌 죄수처럼 생각을 하지. 정말이야, 콜먼 브루터스. 넌 피부는 눈처럼 새하얗지만 생각은 노예처럼 해."

그 순간은 어머니의 지성을 믿을 때가 아니었다. 그녀의 말이 아무리 호소력 있어도 특별한 지혜가 담겨 있다고 생각할 때가 아니었다. 어머니는 자주 실제보다 더 많은 것을 알고 있는 것처럼 말하곤 했으니까. 합리적인 이견. 그것은 연설조의 웅변을 아버지에게 양보한 대신 얻은 것이었고, 그 때문에 상대적으로 중요한 이야기만 하는 것처럼 보였다.

"이쯤에서 네게 도망칠 길은 없고, 도망치려 발버둥쳐봐야 결국 출발했던 자리로 되돌아올 뿐이라고 말해줄 수도 있겠지. 네 아버지라면 그랬을 거야. 그러고는 「줄리어스 시저」에서 한 구절 인용했겠지. 하지만 젊고 누구라도 반하지 않을 수 없는 너 같은 아이한테 이런 말이 다 무슨 소용이겠니? 잘생기고, 매력적이고, 체격이 좋고, 결단력 있고,

빈틈없고 온갖 멋진 재능을 다 가졌는데? 초록색 눈동자에 긴 속눈썹을 가진 너 같은 애한테? 그러니 넌 별문제 없을 거다. 힘들어봤자 고작해야 날 보러 여기까지 온 것 정도겠지. 지금도 넌 그렇게 침착하게 앉아 있잖니. 이렇게 하는 게 완전히 이치에 들어맞는다는 걸 알기 때문이겠지. 넌 이치에 어긋나는 걸 목표로 삼는 애가 아니니까 나도 이게 이치에 맞다는 걸 알 것 같구나. 물론 넌 실망도 하겠지. 물론 네가 그렇게 침착하게 날 마주 보고 앉아서 상상하는 것처럼 현실이 만만하게 풀리지만은 않을 거야. 그래도 네 특별한 운명은 분명 특별할 거다. 하지만 어떻게? 넌 이제 겨우 스물여섯이니 그걸 지금 알 수야 없는 노릇이지. 하지만 설사 네가 아무 짓도 안 한다고 해도 그건 마찬가지 아니겠니? 인생에 뭔가 의미 있는 변화를 일으키려면 누군가에게 '난 당신을 모릅니다'라고 말해야 하는 건지도 모르지.”

어머니는 거의 두 시간이나 오래도록 이야기했다. 콜먼이 갓난아이였을 적부터 얼마나 독립적인 아이였는지를. 당신에게 닥친 일에 맞서겠다는 희망을 품을 수도 없이 그냥 견뎌야만 하는 그 모든 상황을 상세하게 묘사하는 것으로 능숙하게 고통을 삭이면서. 그동안 콜먼은 집에 온 스티나가 불편해하지 않도록 당신이 할 수 있는 온갖 호의를 베풀었던 삼 년 전 그 일요일 이후로 어머니가 얼마나 죽음에 가까이 다가섰는지를—가장 단순한 것들, 줄어든 머리숱(아이리스의 머리카락이 아니라 어머니의 머리카락), 점점 넓어져 돌출한 것처럼 보이는 이마, 부은 발목, 부어오른 복부, 너무 보기 흉하게 벌어진 커다란 치아들에서—못 본 척하려고 무진 애를 썼다. 그 오후의 어느 시점에서 어머니는 그 변화의 언저리에, 노인들에게서 볼 수 있는, 왜소하고 보기

흉한 존재로 변해가는 단계에 한 발 다가서는 것처럼 보였다. 어머니의 이야기가 길어질수록, 이러한 변화가 콜먼의 눈에 더 뚜렷하게 보이는 듯했다. 콜먼은 어머니를 죽음으로 몰아갈 병에 대해, 그들이 치를 장례식에 대해, 어머니의 무덤가에서 낭독할 조사와 기도문에 대해 생각하지 않으려고 애썼다. 어머니가 계속 살아 있는 경우에 대해서도 생각하지 않으려고 애썼다. 그가 떠나고 난 뒤에도 이 집에서 계속 살아갈 어머니, 세월이 흘러 아들인 자신과 며느리와 손자 손녀를 떠올릴 어머니, 또다시 세월이 흘러 모자의 연을 부인했기 때문에 오히려 더 강하게 아들에 대한 애착을 느낄 어머니.

어머니가 장수를 누리든 세상을 뜨든, 지금 자신이 저지르는 짓에는 아무런 영향도 끼칠 수 없었다. 어머니가 다 쓰러져가는 오두막에서 태어났고 일곱 살에 아버지를 잃을 때까지 부모와 남자 형제 넷과 함께 론사이드에서 힘들게 살았다는 사실도 마찬가지였다. 외조부의 가족은 1855년부터 뉴저지 론사이드에서 살았다. 그들은 도망 노예였는데 '언더그라운드 레일로드'* 소속 퀘이커 교도들의 도움을 받아 메릴랜드에서 뉴저지 남서부로 들어왔다. 흑인들은 그곳 론사이드를 처음에는 프리헤이븐**이라고 불렀다. 당시 백인은 한 명도 살지 않았고 지금도 손에 꼽을까 말까 한 그곳은 인구 이천 명 정도인 도시의 변두리 동네로 거의 모든 주민이 해던필드 퀘이커 교도의 보호를 받은 적 있는 도망 노예의 후손이었다. 시장도 노예의 후손이었고 소방대장, 경찰서장, 세금 징수원, 초등학교 교사, 그 초등학교의 학생도 모두 마

---

* 미국 남부에서 북부나 캐나다로 탈출하는 노예를 도와주던 비밀조직.
** '자유로운 안식처'라는 뜻.

찬가지였다. 하지만 흑인 마을로서 론사이드가 독특했다 한들 무엇이 달라질 수 있단 말인가. 그보다 남쪽으로 내려간 뉴저지 주 케이프메이 부근의 굴드타운도 독특했지만 역시 마찬가지다. 굴드타운은 콜먼의 외조모의 고향이었고, 콜먼의 외조부가 죽은 뒤 남은 가족들이 살러 간 곳이었다. 또다른 흑인 집단 정착촌이었던 굴드타운에서는 콜먼의 외증조할머니를 포함해 주민 대다수가 피부색이 거의 백인에 가까웠고, 모두가 어떤 식으로든 친인척 관계였다. "아주아주 오래전에." 콜먼이 어렸을 때 어머니가 들려주곤 했던 이야기, 어머니 당신이 어렸을 때 들었던 전래 이야기를 최선을 다해 전부 단순화시키고 압축한 이야기는 그렇게 시작되었다. 프렌치-인디언 전쟁*에 나갔다 전사한 북군 병사 소유의 노예가 있었다. 이 노예는 과부가 된 병사의 아내를 돌보았다. 노예는 온갖 일을 가리지 않고 해치웠으며, 새벽부터 밤까지 자신이 해야 할 일이 있으면 쉬지 않고 했다. 그는 주인댁이 겨울을 날 수 있도록 장작을 패고, 통나무를 나르고, 곡식을 거둬들이고, 땅을 파서 움집을 세워 양배추를 채우고, 호박을 저장하고, 사과와 순무와 감자를 땅속에 파묻어 보관하고, 헛간에 호밀과 밀을 쌓고, 돼지를 도살해 고기를 염장하고, 암소를 도살해 콘비프를 만들었다. 그리고 과부는 노예와 결혼해 세 아들을 두었다. 아들들은 굴드타운의 처녀들과 결혼했다. 이 처녀들의 집안 내력은 그 정착촌이 처음 생겨난 1600년대까지 거슬러올라가는데, 독립전쟁 무렵에는 모두 타인종과 결혼해 혈통이 심하게 뒤섞인 상태였다. 인디언 필즈에 있던 레나피 부족의 대

---

* 1754~1763년까지 북아메리카 대륙 식민지 지배권을 놓고 영국과 프랑스가 벌인 전쟁. 프랑스가 원주민과 연합하여 영국군과 맞섰기 때문에 붙여진 명칭.

규모 정착촌 출신인 인디언 여자가 스웨덴 남자—그 지역에 원래 살던 네덜란드계 정착민을 부근으로 밀어내고 들어앉은 게 스웨덴인과 핀란드인이었다—와 결혼해 다섯 아이를 낳았는데, 굴드타운의 주민은 이 사람 저 사람 따질 것 없이 모두 그들의 후손이었다. 또 이 사람 저 사람 가릴 것 없이 그곳 사람은 모두 서인도제도에서 출발해 그리니치에서 브리지턴까지 강을 거슬러올라온 무역선에 실려 도착한 두 물라토 형제의 후손이기도 했는데, 그들은 자신들의 뱃삯을 치러준 농장주에게 계약서를 쓰고 고용되었고, 나중에 자신들이 직접 뱃삯을 대어 아내가 될 네덜란드인 자매를 네덜란드에서 데려왔다. 또 이 사람 저 사람 가릴 것 없이 그곳 사람은 모두 영국 준남작을 아버지로 둔 존 펜윅의 손녀딸 후손이기도 했다. 존 펜윅은 크롬웰 공화정부 군대의 기병 장교였고, 퀘이커 교도였으며, 뉴시저리아(허드슨 강과 델라웨어 강 사이에 위치한 지역으로 영국 국왕의 동생이 영국인인 식민지 지배자 두 명에게 양도했다)가 뉴저지로 바뀐 뒤 몇 해 지나지 않아 뉴저지에서 사망했다. 1683년에 사망한 펜윅은 자신이 매입해 건설하고 통치했던 개인 식민지, 브리지턴 북쪽에서 세일럼까지, 남쪽과 서쪽으로는 델라웨어 강까지 뻗어 있었던 그곳 어딘가에 묻혔다.

펜윅의 열아홉 살 난 손녀 엘리자베스 애덤스는 굴드라는 흑인과 결혼했다. "그 아이의 신세를 망쳐놓은 검둥이." 엘리자베스의 조부가 "신께서 그애의 눈을 뜨게 하여 그애가 신의 뜻을 거스른 자신의 혐오스러운 죄악을 깨닫기 전까지" 엘리자베스에게는 자신의 토지를 한 조각도 줄 수 없다며 상속자 명단에서 엘리자베스를 제외시킨 유언장에서 굴드를 묘사한 표현이다. 전해오는 이야기에 따르면, 굴드와 엘리자베스 사이에서 태어난 다섯 아들 가운데 단 한 명만 살아남았는데, 그가 바로 앤이라는 핀란드 여자와 결혼한 벤저민 굴드다. 벤저민은 델라웨어 강 건너편 필라델피아에서 독립선언문이 서명된 다음해인 1777년에 딸 새라와 네 아들 앤서니, 새뮤얼, 아비야 그리고 엘리샤를 남겨둔 채 사망했다. 굴드타운이라는 명칭은 그의 성에서 유래한 것이었다.

어머니를 통해 콜먼은, 필라델피아 시를 포함하는 펜실베이니아 주일부 지역과 윌리엄 펜*의 관계와 마찬가지로, 뉴저지 남서부 지역과 불가분의 관계인 귀족 존 펜윅—때로 굴드타운 사람들 모두가 이 인물의 후손처럼 여겨지기도 했다—의 시대까지 거슬러올라가는 미로처럼 얽힌 가족사에 대해 배웠다. 그후로도 같은 이야기를 여러 번 다시 들었다. 세부적인 것들은 어머니의 이야기와 약간 다르기도 했으나, 어렸을 때 그와 월터, 어니스틴이 굴드타운에서 매년 한 차례 열리는 친족 모임에 부모와 함께 가면 백 살 가까이 된 사람도 있는 대고모들과 종조부들로부터, 종증조모들과 종증조부들로부터 그 이야기를 듣곤 했다. 그 모임 때는 뉴저지 남서부, 필라델피아, 애틀랜틱시티, 멀리는 보스턴에서 온 거의 이백 명에 달하는 친족들이 모여 하루종일 각 집안에서 가장 좋아하는 음식으로 준비해온 블루피시 튀김, 닭조림, 닭튀김, 집에서 만든 아이스크림, 설탕에 절인 복숭아, 파이, 케이크 들을 먹고, 야구도 하고, 노래도 하고, 옛 추억들을 떠올리기도 했다. 그 옛날 실을 자아 옷을 뜨고, 들에 나가는 남자들을 위해 살진 돼

---

* 영국인 신대륙 개척자. 펜실베이니아와 필라델피아를 건설했다.

228

지를 삶고 커다란 빵을 굽고, 옷을 짓고, 우물에서 물을 긷고, 홍역을 치료하기 위해 숲에서 구해온 약이나 허브 달인 물을 먹이고, 백일해를 낫게 하기 위해 당밀과 양파로 만든 시럽을 사용했던 여자들에 대한 이야기. 질 좋은 치즈를 만드는 제조장을 운영하며 가정을 돌봤던 여자들, 가정부나 재봉사, 교사로 취직하려고 필라델피아로 나간 여자들, 그리고 고향에 남아 눈에 띄게 환대해주던 여자들에 대한 이야기. 겨울 사냥철이 되면 숲으로 들어가 덫을 놓거나 총을 쏴 고기를 구하던 남자들, 쟁기로 밭을 갈거나, 땔감용 혹은 울타리용 나무를 자르거나 가축을 사고팔거나 도살했던 농부들, 트렌턴 도자기를 포장하는 데 쓰는 염생초를 자기 소유의 만이나 강기슭에 형성된 염습지에서 베어내 톤 단위로 거래했던 사업가들, 성공한 남자들에 대한 이야기. 남북전쟁이 벌어지자 참전하기 위해—일부는 백인 병사로, 일부는 흑인 병사로—숲을, 농장을, 습지를, 삼나무가 우거진 습지대를 떠났던 남자들 이야기. 해상봉쇄를 돌파하는 배의 선원이 되기 위해 바다로 나간 남자들, 장의사나 인쇄공, 이발사, 전기공, 시가 장인, 흑인 감리교회 목사가 되기 위해 필라델피아로 떠난 남자들, 그중에서도 테디 루스벨트와 그가 이끈 러프 라이더스*와 함께 쿠바로 건너가 기병대 일원으로 전투에 참가한 남자들과 사고를 치고 도망쳐 다시는 모습을 나타내지 않은 남자들에 대한 이야기. 옷도 제대로 입지 못하고 때로는 신발이나 웃옷도 없이 다니고, 겨울밤이면 세간도 없는 냉방에서 잠들어

---

* 후일 미국의 26대 대통령이 되는 루스벨트 대령이 이끌었던 미 제1의용기병대를 가리킴. 1898년 스페인과 미국 간에 벌어졌던 전쟁에서 루스벨트와 러프 라이더스가 쿠바 원정에 나섰다.

야 하고, 한여름의 열기 속에서 어른과 함께 건초를 뒤집거나 마차에 싣거나 운반해야 했던, 그러나 부모에게 예절을 배우고, 장로교인들이 운영하는 학교에서 읽고 쓰는 법과 함께 교리문답을 배우고, 힘든 시절이었음에도 돼지고기와 감자와 빵과 당밀과 사냥으로 잡은 고기를 원 없이 배불리 먹고, 강인하고 건강하며 정직한 사람으로 자라난, 자신들과 꼭 닮은 집안 아이들에 대한 이야기.

하지만 누구도 더는 론사이드 도망 노예의 역사나 굴드타운의 풍성한 친족 모임이나 얽히고설킨 이 집안의 미국적 혈통 때문에 권투선수가 되지 않기로 결심하지는 않는다. 누구도 더는 론사이드 도망 노예의 역사나 굴드타운의 풍성한 친족 모임이나 얽히고설킨 이 집안의 미국적 혈통 때문에 고전학과 교수가 되지 않기로 결심하지는 않는다. 이제는 어느 누구도 그런 이유로 그 밖의 다른 뭔가가 되지 않기로 결심하지는 않는 것이다. 한 가족의 가족사에서도 많은 것이 사라지기 마련이다. 론사이드가 그 하나고, 굴드타운이 또다른 하나이며, 혈통이 세번째고, 콜먼 실크가 네번째였다.

지난 오십여 년 동안 트렌턴 도자기를 포장하는 염생초 수확에 대해 듣고, 굴드타운 친목회에서 블루피시 튀김과 설탕에 절인 복숭아를 먹고 자란 아이들 중에 성인이 된 뒤 종적을 감춘 아이가 콜먼이 처음은 아니었다. 이렇게 종적을 감춘 경우를 두고 집안에서는 "그 아이의 모든 자취가 가뭇없어질 때까지"라는 식으로 이야기하곤 했다. "그 아이가 피붙이한테 보이지 않게 되었다"도 같은 상황에 대한 또다른 표현이었다.

콜먼에게 그것은 조상 숭배나 다름없었다. 옛사람을 공경하는 것이야 그렇다고 쳐도, 맹목적 숭배에 다름아닌 조상 숭배는 다르다. 그렇게 사람을 옭아매는 짓거리는 지옥에 가서나 하라지.

이스트오렌지에서 그리니치빌리지로 돌아온 그날 밤, 콜먼은 애스베리파크의 형으로부터 전화를 받았다. 그 전화는 콜먼이 계획했던 것보다 상황을 한층 더 빠르게 진전시켰다. "다시는 어머니 근처에 얼씬거리지 마라." 월터가 경고했다. 형의 목소리에서 뭔가를 겨우 억누르고 있다는 게 느껴졌다. 억누르고 있다는 사실로 인해 훨씬 더 겁을 먹게 만드는 목소리, 아버지가 돌아가신 후로는 들어본 적 없는 목소리였다. 콜먼을 반대편으로 완전히 밀어내는 새로운 힘이 이제 그의 가족 안에서 생겨났다. 그리니치빌리지라는 특정 공간에 사는, 뻔뻔스러운 젊은이라는 특정 인물에 의해, 1953년이라는 특정 시점에 저질러진 그짓 때문에 이제 그는 영영 반대편에 서 있게 되었다. 그렇지만 그가 알아낸 것처럼, 그것이 바로 핵심이다. 자유란 위태로운 것이다. 자유는 대단히 위험한 것이다. 그리고 어떤 것도 내가 바라는 조건으로 오래 지속되는 법은 없다. "어머니를 만나겠다는 생각조차 품지 마. 연락도 하지 마. 전화도 하지 마. 아무 짓도 하지 말라고. 절대. 무슨 소린지 알겠지?" 월터가 말했다. "절대. 감히 어머니 집 근처에 네 백합처럼 새하얀 낯바닥을 들이밀 생각은 두 번 다시 품지도 말란 말이다!"

3
글을 읽을 줄 모르는 이 아이를 어떻게 하죠?

"만약 클린턴이 그 여자 항문에 대고 그짓을 했다면 그 여자가 입을 닥치고 있었을 텐데. 빌 클린턴은 사람들이 떠들어대는 그런 사람이 아니야. 대통령 집무실에서 그짓을 할 때 여자를 획 돌려놓고 항문에 해버렸다면 이런 일은 절대 안 일어났을 거야."

"한 번도 그 여자를 휘두르지 못한 거지. 조심하느라고 말이야."

"일단 백악관에 발을 들여놓은 뒤로는 여자들을 휘두르지 못한 거야. 그럴 수 없었지. 윌리*도 휘두르지 못했잖아. 그래서 그 여자가 클린턴한테 화가 났던 거야. 대통령이 되고 나서는 아칸소 시절에 여자들을 휘두르던 그 능력을 상실했어. 별 볼 일 없는 조그만 주에서 검찰

---

* 캐슬린 윌리. 당시 백악관 보좌관.

총장이나 주지사나 했으면 완벽했을 텐데."

"당연하지. 제니퍼 플라워스*만 봐도 그렇지."

"아칸소에서 스캔들이 터져봤자 대수겠어? 아칸소에 있을 때 추락했다면 그리 높은 자리도 아니니 크게 다칠 일도 없었을 텐데."

"맞아. 게다가 항문 성교를 즐기는 건 정상이잖아. 전통적인 거니까."

"하지만 백악관에 입성하면 여자들을 휘두를 수 없지. 휘두르지 못하니까 미스 윌리도 기어오르고, 미스 모니카도 기어오르는 거야. 그 여자가 확실하게 충성하게 만들려면 항문에 했어야 돼. 사전 합의를 했어야지. 둘이 한 배를 탔어야 한다고. 그런데 합의 따위 없었던 거지."

"음, 그 여자도 겁을 잔뜩 먹었잖아. 아무 말도 안 하고 넘어갈 뻔했지. 자네도 알잖아. 그런데 스타**가 그 여자를 궁지에 몰아넣은 거지. 열한 놈이 그 여자하고 호텔 방에 같이 있었다잖아. 그 여자한테 껄떡거린 거 아니야? 윤간이나 마찬가지야. 그 호텔 방에서 스타가 연출한 건 윤간이라고."

"그래, 그렇지. 하지만 그 여자, 린다 트립***한테는 다 털어놓았잖아."

"아, 그랬지."

"그 여자, 아무한테나 다 주절거렸지. 그 여자도 얼빠진 요즘 문화의 일부야. 주절, 주절, 주절. 천박함을 자랑스럽게 여기는 이 세대의 일부인 거지. 진정성 연기 하나면 다 먹히잖아. 진정성은 있되 텅 빈, 완

---

* 클린턴이 대통령이 되기 전에 성관계를 맺은 것으로 알려진 연예인.
** 케네스 스타. 당시 특별검사.
*** 모니카 르윈스키가 추문 이후 근무하게 된 국방부의 동료 직원으로, 르윈스키가 클린턴과의 일을 털어놓을 때 그것을 녹음했다 스타 검사에게 넘겼음.

전히 텅 빈 세대. 진정성을 사방에 퍼뜨리지. 거짓보다 더 나쁜 게 진정성이고, 타락보다 더 나쁜 게 순진무구야. 온갖 탐욕이 그 진정성 밑에 감춰져 있어. 그리고 그들이 나불대는 말 속에도. 자신들의 '자부심 결여'에 대해 그럴듯한 이야기를 잔뜩 늘어놓지만—게다가 그 말을 믿는 것처럼 보인다니까—사실은 자기들이 뭐든 누릴 권리가 있다고 믿는단 말이지. 그들은 자신들의 뻔뻔함을 애정이라고 떠들어대고, 무자비함을 '자존감' 상실이라고 위장해. 히틀러도 자존감이 결핍되긴 했지. 그게 그 인간의 문제점이었어. 조무래기들이 뭔가를 해보겠다고 나서는 것 자체가 완전히 사기야. 아주 하찮은 감정의 초과대 포장이지. 관계. 나의 관계. 나의 관계를 명확하게 하자. 그놈들이 입만 열면 내가 돌 것 같다니까. 그놈들이 하는 말은 지난 사십 년 동안 벌어진 어리석은 일들의 총합이야. 정리. 딱 들어맞는 예가 하나 있네. 내가 가르치는 학생들은 도대체 생각을 해야 하는 자리에는 진득하게 앉아 있질 못해. 정리! 그놈들은 아무리 모호하고, 아무리 해결이 곤란하고 불가사의한 것이라고 해도 모든 경험을 서론, 본론, 결론이라는 서술 틀에 박아넣어야 직성이 풀려. 표준화하고 양식화하고 뉴스 앵커 방식으로 식상하게 만들어놓아야 직성이 풀린다고. 어떤 놈이든 '정리' 운운하면 난 낙제시켜버려. 정리를 원하니 내가 확실히 정리해주는 거지."

"글쎄, 그 여자가 어떤 여자건, 완전 나르시시스트이건, 음흉한 계집이건, 비벌리힐스 역사상 최고의 노출증 환자에 특권의식에 완전히 전 유태인 계집이건, 클린턴은 전부 간파했다고. 그 여자를 훤히 들여다볼 수 있었다고. 모니카 르윈스키의 생각도 못 읽는데 사담 후세인의 생각은 어떻게 읽어낼 수 있겠어. 모니카 르윈스키의 생각을 읽어내고 한 수 앞설 수 없다면, 대통령이 되지 말았어야지. 탄핵의 진짜 근거는 바로 이거라고. 그런데 아니었어. 클린턴은 알고 있었어. 다 알고 있었다고. 난 클린턴이 그 여자 거짓말에 그렇게 오랫동안 속아넘어갔다고는 생각 안 해. 완전히 타락한 여자인 동시에 완전히 천진난만한 여자라는 걸 당연히 알고 있었던 거지. 극도의 천진난만함은 곧 타락이야. 그게 그 여자의 타락이자 그 여자의 광기이자 그 여자의 교활함인 거야. 그게 다 합쳐진 것, 그게 그 여자의 힘이라고. 깊이라곤 없다는 점, 그게 바로 클린턴이 종일 미국의 대장 노릇을 하고 난 다음이면 클린턴한테 위력을 발휘했던 그 여자의 매력이었다고. 강렬한 천박함이 먹힌 거야. 천박한 강렬함은 말할 것도 없고. 그 여자 어린 시절 이야기를 봐. 자신이 사람들을 꼼짝 못하게 할 정도로 제멋대로였다고 떠벌리잖나. '왜냐, 전 세 살 때부터 이미 매력덩어리였거든요.' 클린턴도 알았을걸. 그 여자의 망상에 부합하지 않는 짓을 하면 여자의 자존감에 무지막지한 일격을 가할 거라는 걸. 하지만 클린턴이 몰랐던 건 그 여자의 항문에 대고 해버렸어야 한다는 거야. 왜? 그 여자가 입을 닥치게 만들기 위해서지. 우리 대통령 각하의 희한한 점이 바로 그거야. 그 여잔 처음부터 대통령한테 그걸 보여줬다고. 그걸 그의 얼굴에 들이댔지. 갖다 바쳤어. 그런데도 아무 짓도 안 한 거야. 난 이 남자를 이해할 수 없어. 그 여자 항문에 대고 확 해버렸다면 린다 트립 따위한테 떠벌렸을까. 자기 항문을 대준 이야기를 남한테 떠벌리고 싶지는 않을 거 아냐."

"그 여자, 시가 이야기*는 하고 싶어했잖아."

"그건 다르지. 그건 애들 장난 같은 거야. 그래, 그 여자가 떠벌리고 싶지 않을 만한 걸 정기적으로 했어야 돼. 자기는 원하지만 그 여자는 원하지 않을 그런 거 말이야. 거기서 실수한 거지."

"신의를 사는 데 항문 성교만한 것도 없지."

"그렇다고 그 여자가 입을 다물었을지는 알 수 없지. 그 여자 입을 막는 건 인간적으로 불가능할 거란 생각이 드는데. 딥 스로트**가 아니잖아. 입이 엄청 가벼운 여자야."

"그래도 그 여자가 더스패서스*** 이래로 미국이란 나라에 대해 누구보다 많은 걸 폭로했다는 건 인정해야 할걸. 그 여자가 이 나라의 항문에 체온계를 콱 꽂아버린 셈이니까. 모니카의 『U. S. A.』지."

"문제는 그 여자가 클린턴한테서 얻은 게, 그전의 다른 놈들한테서 얻은 것하고 전혀 다를 게 없었다는 거지. 뭔가 다른 걸 원했는데 말야. 클린턴은 대통령이고, 여자는 욕정을 무기로 삼은 테러리스트였던 거야. 그 여자는 대통령이 자기와 관계를 가졌던 선생****하고는 뭔가 다르기를 바랐으니까."

"그래, 클린턴은 친절로 제 무덤을 판 거야. 재밌어. 야만성이 아니라 친절함이라니. 자신의 규칙이 아니라 여자의 규칙에 따라 행동한 결과지. 여자가 클린턴을 쥐락펴락했던 건 그가 원했기 때문이야. 여

---

* 자신의 질에 대통령이 시가를 삽입한 적도 있다는 르윈스키의 증언을 가리킴.

** 닉슨의 워터게이트 사건을 〈워싱턴포스트〉 밥 우드워드 기자에게 제보해 닉슨을 사임하게 만든 인물인 윌리엄 마크 펠트 시니어 전 FBI 부국장의 암호명.

*** 미국의 소설가. 삼부작 소설 『U. S. A.』가 대표작임.

**** 르윈스키의 고교 연극 담당 교사를 가리킴.

자를 휘어잡았어야지. 전부 잘못했어. 그 여자가 일자리를 구하러 돌아다닐 때 케네디라면 뭐라고 했을지 자네도 알 거야. 닉슨이라면 뭐라고 했을지도. 해리 트루먼, 심지어 아이젠하워까지도 그렇게 말했을 거야. 2차대전을 총지휘했던 장군이라면 호락호락해 보이지 않는 법 정도는 아니까. 그들이라면 그 여자한테 그랬겠지. 일자리를 줄 수 없을 뿐 아니라 네가 살아 있는 동안 아무도 일자리를 주지 않을 거라고. 뉴멕시코 주 호스스프링스에서 택시를 모는 일조차 못 얻을 거라고. 절대. 병원 영업을 방해해 네 아버지도 실업자로 만들 거라고. 네 어머니도, 남자 형제도 두 번 다시 일자리를 얻지 못할 거라고. 그러니까 어디 가서 열한 번 오럴섹스를 해줬다고 입이라도 벙긋하는 날이면 그 집안의 누구도 땡전 한 푼 벌어들일 수 없을 거라고 말이야. 열한 번이라니. 한 다스도 아니고. 내 생각엔 이 년 넘게 열두 번도 안 했다면 방탕 부문 하이스먼 트로피* 수상은 어림도 없어."

"신중함, 그놈의 신중함 때문에 그 꼴이 난 거야. 틀림없어. 그런 짓을 하면서 변호사처럼 굴다니."

"그 여자한테 물증을 잡히기 싫었던 거야. 그래서 사정하지 않으려 했던 거지."

"그점은 그의 판단이 옳았어. 사정한 순간 끝장났으니까. 그 여자가 물증을 손에 넣었지. 거기서 표본을 얻었잖아. 너무도 명백한 물증이었지. 그냥 그 여자 항문에 하기만 했어도 이 나라가 이런 끔찍한 상처는 안 받았을 텐데."

---

* 전설적인 미식축구 코치 존 하이스먼을 기려 제정된 상으로 매년 대학 미식축구에서 가장 뛰어난 선수 한 명을 선정하여 이 트로피를 수여함.

그들은 낄낄댔다. 세 사람이었다.

"클린턴은 단 한 번도 진정으로 거기에 몰입한 적이 없어. 한쪽 눈은 항상 문에서 떼지 않았지. 자기 나름의 규칙이 있었던 거지. 여자는 좀 더 수위를 높이려고 했던 거고."

"왜 마피아들 수법 있잖나? 아무한테도 떠벌리지 못할 뭔가를 갖다 안겨버리는 거. 그럼 상대는 꽉 잡히는 거지."

"똑같이 범죄에 끌어들여 같이 썩자는 거군. 맞아."

"그럼 대통령의 문제는 좀 불충분하게 썩었다는 거네."

"그렇지. 그거지. 그리고 세련되지 못했다는 점도 일조했지."

"그건 대통령이 비난받아 마땅한 짓을 했다는 혐의와는 정반대군그래. 비난받아 마땅한 정도가 불충분한 격이니."

"물론이지. 그런 짓에 발을 담근 주제에 왜 선을 긋나? 정말 부자연스런 짓 아닌가?"

"일단 선을 그으면, 겁을 집어먹었다는 명백한 표시가 되는 거야. 겁을 먹으면 그걸로 끝장이고. 모니카의 휴대전화 통화 기록만 들춰내도 완전히 끝장나는 거잖아."

"클린턴은 자제력을 잃고 싶지 않았어. 이렇게 말했던 거 기억나? '난 당신한테 열중하게 되는 걸 원치 않아, 당신한테 빠져드는 것도 원치 않고.' 나한텐 진심인 것처럼 들렸는데."

"그냥 입 발린 소리 같던데."

"난 그렇게 생각 안 해. 그 여자는 그게 입바른 소리처럼 들렸다고 기억할지도 모르겠지만, 클린턴이 그런 말을 한 동기는…… 그래, 클린턴은 섹스 때문에 옴짝달싹 못하게 되는 걸 진짜로 원치 않았던 거라고. 그 여자랑 그짓을 하는 건 좋았지만 여자는 언제든 갈아치울 수 있었으니까."

"모든 사람이 대체될 수 있지."

"하지만 자넨 그의 경험이 어느 정도인지 모르잖아. 그는 매춘부 같은 거에 빠지진 않았어."

"케네디는 매춘부한테 환장했지."

"그렇지. 그게 진짜지. 클린턴이 한 건 학생이나 하는 짓거리야."

"아칸소에 있을 때는 학생 수준은 아니었던 것 같은데."

"아니었지, 아칸소가 클린턴한테는 딱 맞는 자리야. 워싱턴은 감당이 안 됐던 거지. 그러니 분명 환장할 노릇이었겠지. 미국 대통령쯤 되면 누구한테든 접근할 수 있는데 또 손은 대면 안 되는 상황이니. 지옥이 따로 있나. 특히 정숙한 척하는 마누라랑 지내자니 더하지."

"자넨 그 여자가 정숙한 척한 거라고 생각하나?"

"확실하다니까 그러네."

"그 여자랑 빈스 포스터*랑?"

"글쎄, 힐러리는 누군가와 사랑에 빠졌지만, 상대가 유부남이라 정신나간 짓 같은 건 하지 않았을지도 모르지. 힐러리는 간통조차 지루하게 만들어버릴 수 있는 여자야. 이 여자야말로 진정한 반-범칙자라니까."

"자네는 그 여자가 포스터랑 그짓을 했다고 생각하나?"

"당연한 거 아냐?"

---

* 힐러리 로댐 클린턴의 법률회사 동료이자 친구.

"온 세상이 힐러리의 내숭에 푹 빠져버린 셈이야. 완전 내숭쟁이한 테 반한 꼴이지."

"클린턴의 천재성은 빈스 포스터한테 워싱턴에 자리를 마련해줬다 는 거야. 손바닥 안에 데려다놓은 거지. 행정부에서 일하며 사적으로 도 기여를 하게 말이지. 그게 천재적인 거지. 클린턴은 수완이 뛰어난 마피아 두목처럼 행동해서 마누라의 약점을 쥐었던 거야."

"그래, 그렇다고 쳐. 하지만 그 수법을 모니카한테는 써먹지 않았잖 아. 버논 조던*한테만 모니카에 대해 털어놓았지. 버논이 그걸 의논하 기엔 가장 적합한 사람이었을 거야. 하지만 사태를 제대로 파악하진 못했어. 모니카가 머리 비고 속물인 캘리포니아 밸리 걸**들한테만 조잘 거렸을 거라고 생각했으니까. 좋아. 그 정도는 별일 아니지. 하지만 문 제는 이 린다 트립이야. 이 이아고***, 스타가 백악관에 스파이로 심어놓 은 이아고……"

그쯤에서 콜먼은 앉아 있던 자리에서 일어나 캠퍼스 쪽으로 향했다. 콜먼이 잔디밭 벤치에 앉아 이제는 어떻게 할까 궁리하다 엿듣게 된 코러스는 거기까지였다. 목소리만으로는 그들이 누군지 알 수 없었고, 콜먼 쪽으로 등을 돌린데다 두 벤치 사이에 나무 한 그루가 있었기 때 문에 얼굴도 볼 수 없었다. 콜먼이 짐작하기에 그 세 사람은 자신이 그 만둔 뒤에 새로 임용된 젊은 교수들 같았다. 그들은 시에서 운영하는

---

* 변호사 겸 전문 경영인으로 클린턴의 최측근 고문이었음.
** 캘리포니아의 샌페르난도 밸리에서 전형적으로 볼 수 있는, 쇼핑 따위에만 관심 있는 부잣집 딸.
*** 셰익스피어의 「오셀로」에 나오는 오셀로의 부하. 데스데모나의 시녀 에밀리아의 남편. 간악한 인물의 전형.

테니스 코트에서 연습을 막 끝내고 돌아오는 길에 시내 잔디밭 벤치에 앉아 생수나 디카페인 커피를 마시면서, 아내와 아이들이 있는 집으로 돌아가기 전에 그날 나온 클린턴 관련 뉴스를 가지고 떠들어대는 것 같았다. 콜먼이 보기에 그들은 섹스에 대해 잘 알고 자신감 또한 넘치는 것 같았다. 콜먼이 아테나 대학의 젊은 조교수들을 떠올리면 연상되는 것과는 다르게 말이다. 교수들의 농지거리치고는 상당히 거칠고 노골적이었다. 이런 거친 녀석들이 자신의 재임 기간 중에 주위에 없었다는 게 퍽 안타까웠다. 이런 녀석들이 좀 있었다면 한편이 되어 맞설 수 있는 핵심요원으로…… 아냐, 아냐. 모든 사람이 다 테니스 친구인 것은 아닌 대학 캠퍼스 안에서 이런 종류의 혈기는 스스로 잘 자제하지 않으면 농담 따먹기나 하며 소진되기 마련이지. 그러니 다른 교수들이 그랬던 것처럼 도움이 필요한 순간 발을 뺄지도 모른다. 어쨌든 콜먼은 그 젊은 교수들을 몰랐고, 알고 싶지도 않았다. 콜먼은 이제 아는 사람이 없었다. 'Spooks'를 집필하던 지난 이 년 동안 콜먼은 평생을 사귀어온 친구와 동료 교수, 지인 들과 완전히 연락을 끊었다. 따라서 오늘에야 비로소―정오가 되기 직전이었고, 콜먼 자신도 놀랐을 만큼 심한 독설을 퍼붓는 바람에 넬슨 프라이머스와의 미팅이 단순히 안 좋게가 아니라 놀랄 정도로 안 좋게 끝난 후였다―타운 스트리트를 벗어나 사우스워드 쪽으로 온 다음, 남북전쟁기념탑에서 캠퍼스로 이어지는 언덕을 올라, 지금 보다시피 근처 어딘가에 있는 것이다. 탱글우드 음악제, 스톡브리지에 있는 미술관들, 노먼록웰 박물관을 관람하는 일정이 포함된 대학 주최 엘더호스텔 프로그램에 참여하기 위해 7월마다 두어 주를 보내러 오는 은퇴자들을 가르치는 옛 동료들을 제외한다면, 그가 아는 사람과 마주칠 가능성은 전혀 없었다.

언덕 정상에 이르러 낡은 천문학과 건물을 돌아 햇빛이 드문드문 내리비치는 캠퍼스 안뜰로 들어서자, 대학 요람 표지에 실린 것보다 한층 천박해 보이는 대학 정경이 펼쳐지면서 제일 먼저 여름학교 학생들이 눈에 들어왔다. 그들은 점심식사를 하기 위해 나무가 늘어선 안뜰의 십자형 오솔길을 따라 쌍쌍이 구내식당으로 가고 있었다. 쌍의 행렬. 남편과 아내가 함께, 혹은 남편들끼리 아내들끼리, 혹은 과부들끼리 홀아비들끼리, 혹은 새로 짝을 지은 과부와 홀아비 들―적어도 콜먼에게는 그렇게 보였다―이었는데 엘더호스텔 프로그램에서 만나 짝지어 다니는 사람들이었다. 다들 가벼운 여름옷으로 단정하게 차려입었는데, 밝은 파스텔 색조의 셔츠와 블라우스가 많았고, 바지는 주로 흰색이나 옅은 카키색이었으며, 일부는 브룩스브라더스의 여름 상품인 격자무늬 바지를 입고 있었다. 대다수 남자들이 챙 달린 모자를 썼는데, 형형색색에 거개가 프로스포츠 팀의 로고가 수놓인 것이었다. 휠체어를 탄 사람, 보행보조기나 목발, 지팡이를 짚은 사람은 한 명도 눈에 띄지 않았다. 콜먼 또래였지만 팔팔하고, 겉으로 보기엔 콜먼 못지않게 탄탄한 몸매를 유지하고 있었다. 일부는 콜먼보다 나이가 좀 적거나 좀 들어 보였지만, 대체로 무리 없이 숨을 쉬고 대체로 고통 없이 걸어다니며 대체로 명료하게 사고하는 운좋은 사람들이나 누릴 수 있는 은퇴 후의 자유로움을 즐기고 있었다. 이것이야말로 콜먼이 누렸어야 할 삶이었다. 어울리는 사람과 짝을 이루고서. 적절하게.

적절하다. 오늘날 이 말은, 건전한 지침에서 일탈하는 걸 통제해 모두가 '안락하게' 살 수 있도록 하기 위한 목적으로 통용되고 있다. 내가 지금 비판당하고 있는 그런 행위 말고 윤리학자들 중 하나가 보기에 알맞은 걸 하라는 거지, 콜먼은 생각했다. 그게 뭔지 누가 알겠어. 바버라 월터스? 조이스 브라더스? 윌리엄 베넷?*〈데이트라인 NBC〉? 만약 그가 이곳에서 계속 교수 노릇을 하고 있었다면, '그리스 고전극 속의 적절한 행위'를 강의할 수 있었을지도 모른다. 물론 개강도 하기 전에 폐강됐겠지만.

그들은 노스홀이 보이는 곳을 지나 점심을 먹으러 갔다. 콜먼 실크가 학장으로 재직하는 동안 총장실 맞은편에서 십 년 넘게 사용했던 학장실이 있는 노스홀은 무성한 담쟁이에 뒤덮인, 세월의 흔적이 아름다운 식민지풍 벽돌 건물이었다. 이 대학의 건축학적인 이정표인, 노스홀의 육면 시계탑 위에는 첨탑이 있었고 그 위로 성조기가 휘날렸다. 거대한 성당이 자리잡은 유럽의 도시에서 사람들이 근방 도로에서도 바로 성당을 알아볼 수 있는 것처럼, 아래쪽의 아테나 시가지에서도 한눈에 들어오는 시계탑이 정오를 알리는 종을 울렸다. 콜먼은 안뜰에서 가장 빼어나고 옹이가 많은 늙은 참나무 그늘 아래 벤치에 앉았다. 가만히 앉아서 적절함이 강요하는 것들에 대해 침착하게 심사숙고해보려 애썼다. 적절함이 휘두르는 횡포. 1998년도 절반 넘게 지난 지금, 미국적 적절함의 위력이 영속되리라고는 콜먼 역시 믿기 어려웠고, 그 자신도 그 횡포의 피해자라고 생각했다. 대중의 언사에 굴레를 씌우고, 개인의 가식을 부추기고, 곳곳에서 반-남성화를 지속시키는 적절함의 횡포. 이를 미덕으로 포장하여 설교단에서 장사치처럼 퍼뜨

---

* 바버라 월터스는 방송 언론인, 조이스 브라더스는 심리학자, 윌리엄 베넷은 정치가로 세 명 다 미국의 유명한 오피니언 리더.

리는 짓을 H. L. 멩켄*은 유방숭배주의라고 불렀고, 필립 와일리는 마미즘**을 생각해냈으며, 유럽인은 자신들의 역사를 외면한 채 미국적 청교도주의라고 불렀고, 로널드 레이건 부류들은 미국의 핵심 가치라고 주장했다. 뭐라고 부르건 적절성은 다른 것으로—온갖 다른 것으로—가장한 채 광범위한 권한을 행사했다. 하나의 세력으로서 이 변화무쌍한 적절함은 천 개의 가면을 쓴 여성지배자였다. 필요하다면 시민의 책무로, 와스프의 품위로, 여성의 권리로, 흑인의 자긍심으로, 민족의 의무로, 혹은 감정이 실린 유태인의 윤리적 감수성으로 가장하여 곳곳으로 침투했다. 마르크스나 프로이트나 다윈이나 스탈린이나 히틀러나 마오는 결코 존재한 적도 없는 것 같았다. 싱클레어 루이스***도 아예 없었던 것 같았다. 『배빗』이 아예 쓰인 적도 없는 것 같군, 그는 생각했다. 아주 기본적 수준인 그 정도 창조적 사고조차 극히 미미한 동요라도 일으킬까봐 의식 속에 들어오는 것을 허락하지 않는 것 같다. 극단성의 측면에선 어떤 것도 따라갈 수 없는 파괴의 세기가 닥쳐 인류를 황폐화시킨다. 수천만 명의 보통 사람이 박탈에 더한 박탈로, 잔학 행위에 더한 잔학 행위로, 사악함에 더한 사악함으로 고통에 처하고, 전 세계의 절반 혹은 그 이상이 사회정책이라는 명목하에 병적 사디즘의 지배를 받으며, 전 사회가 폭력적인 박해의 공포에 의해 조직된 채 족쇄에 묶인다. 개인의 삶은 역사상 유례를 찾아보기 힘들 정도의 규

---

* 미국의 언론인, 수필가, 잡지 편집자, 풍자가.

** 미국의 작가 필립 고든 와일리가 만들어낸 신조어로, 어머니가 아들을 과잉보호하고 지배하는 사회현상을 지칭한다.

*** 미국의 소설가이자 극작가. 1930년 미국 작가로는 최초로 노벨문학상을 수상했는데 노벨상 수상에 결정적 역할을 한 작품이 바로 『배빗』이었다.

모로 질적 저하에 시달리고, 국가들은 이념을 내세운 범죄자들에게 모든 것을 빼앗기고 망가져 노예 상태로 전락하며, 전 인구는 아침에 잠자리에서 일어날 때 그날 하루를 버텨나갈 욕구가 생기지 않을 정도로 사기가 꺾여 있다…… 금세기가 우리 앞에 던져놓은 이 모든 끔찍한 시금석들. 그런데 그들은 포니아 팔리에 대해 분개해 달려든다. 이 미국이라는 나라에서 사람들이 분개하는 대상은 포니아 팔리 아니면 모니카 르윈스키 둘 중 하나뿐! 이들의 만족스러운 삶이 클린턴과 실크의 부적절한 처신 때문에 불안정해져버렸다! 이것이, 1998년에, 그들이 참아내야 하는 패악이다. 이것이, 1998년에, 그들이 겪고 있는 고통과 고뇌, 영적 죽음이다. 저들이 도덕적 절망감을 느끼는 가장 큰 원인이 내 거시기를 빨아주는 포니아와 포니아에게 그것을 해대는 나 콜먼인 것이다. 내가 타락자로 낙인찍힌 것은 단지 언젠가 백인 학생들만 있는 강의실에서 'spooks'라는 말을 한 번 내뱉어서가 아니다. 더구나 강단에 서서 노예제도의 유산, 블랙팬서스*에 대한 비난, 맬컴 X의 변신, 제임스 볼드윈**의 과장된 수사, 라디오 프로그램 〈에이머스 앤 앤디〉의 인기 같은 것을 짚어보면서 그런 것도 아니었다. 그저 늘 하던 대로 출석을 부르다 그 말이 나온 것뿐이었다. 내가 타락자로 낙인찍힌 이유는 단지……

이 모든 생각이, 한때는 학장으로 드나들던 아름다운 건물을 바라보면서 벤치에 앉아 있던 채 오 분도 안 되는 시간 동안 그의 머릿속을 스치고 지나갔다.

---

* 미국의 흑인 과격파 단체.
** 미국의 대표적인 흑인 작가.

하지만 이미 엎질러진 물이었다. 그는 돌아왔다. 바로 그곳으로. 그들이 자신을 내쫓은 바로 그 언덕 위로 돌아왔고, 그와 동시에 그의 편이 되어주지 않았던 친구들과 그의 주장에 전혀 동조해주지 않았던 동료 교수들, 그리고 학자로서의 자신의 경력이 지닌 의미를 통째로 그토록 쉽게 처리해버린 적들에 대한 경멸감 또한 되돌아왔다. 정의로운 척하는 그 백치들의 요사스러운 잔인함을 폭로하고 싶은 충동 때문에 분노가 치밀어올랐다. 그는 분노의 노예가 된 채 그 언덕에 다시 돌아왔고, 그 강렬한 분노가 그의 분별력을 깡그리 몰아내고 당장 행동하라고 자신에게 요구하는 것을 느낄 수 있었다.

델핀 루.

그는 벌떡 일어서서 그녀의 연구실로 향했다. 그는 생각했다. 어느 정도 나이를 먹으면 지금 하려는 이런 짓은 하지 않는 게 건강에 좋은데. 어느 정도 나이를 먹으면, 체념이나 전적인 항복까지는 아니더라도 절제를 통해 원만한 세계관을 갖는 것이 최선이다. 어느 정도 나이를 먹으면, 지난 세월을 돌아보며 과거의 불만에 다시 귀를 기울이거나 장래의 경건함에 도전해 현재에 저항을 자초하는 짓은 하지 말고 살아야 한다. 그러나 사회가 부과한 역할 외의, 그의 경우에는 품위 있게 은퇴한 일흔한 살 노인에게 부과된 역할 외의 다른 역할은 모두 포기하는 것이 분명 적절한 처신일 것이다. 콜먼 실크는 그 역할을 받아들일 수 없었다. 오래전 자신을 낳아준 어머니에게도 어쩔 수 없이 잔인하게 굴어 증명해 보였던 것처럼.

콜먼은 아이리스의 정신나간 아버지 기틀먼처럼 울분에 찬 아나키스트가 아니었다. 어느 모로 보나 콜먼은 선동가도, 정치 운동가도 아니었다. 미치광이도 아니었다. 급진적이지도 혁명적이지도 않았다. 권위적인 사회의 가장 엄정한 경계를 무시하고 법의 테두리 안에서 자유로운 개인적 선택을 독자적으로 주장하는 것이 인간의 기본 권리와는 다른 어떤 것이라고 믿는 것을 혁명적이라고 하지 않는 한, 학문적으로도 철학적으로도 그를 혁명가라고 부를 수는 없었다. 태어날 때 이미 자신의 서명이 기입된 계약서를 성인이 되어 자동으로 받아들이기를 거부하는 것을 혁명적이라고 말하지 않는 한 말이다.

그는 노스홀 뒤편을 지나, 바턴홀과 델핀 루의 연구실로 길게 이어지는 잔디 운동장 쪽으로 향했다. 가을 학기가 시작되려면 육칠 주나 남은 이 화창한 여름날에 설사 책상에 앉아 있는 그녀를 발견한다 해도 무슨 말을 해야 할지 알 수 없었다. 할말을 생각해낼 겨를도 없었다. 바턴홀을 둘러싼 넓은 벽돌 포장로에 가까이 가기도 전에, 노스홀 뒤편의 지하로 내려가는 계단 근처 그늘진 잔디밭에서 대학 잡역부 셔츠와 UPS* 트럭 색깔 같은 갈색 바지 차림의 잡역부 다섯이 배달된 피자를 나눠 먹으며 누군가의 농담에 낄낄대는 광경을 보았기 때문이다. 다섯 명 가운데 여자는 한 명뿐이었는데, 함께 점심을 먹는 남자 동료들의 관심을 한몸에 받고 있었다. 농담을 던졌거나 누군가의 농담을 재치 있게 받아넘겼거나 아니면 농담한 사람을 놀렸는지 여자가 가장 크게 깔깔거리고 있었는데, 다름 아닌 포니아 팔리였다.

남자들은 대략 삼십대 초반으로 보였다. 그중 둘은 수염을 길렀는데, 긴 머리를 하나로 묶은 쪽이 특히 어깨가 떡 벌어져서 황소 같았

---

* 미국의 택배회사.

다. 그 남자만 유일하게 서 있었는데, 보다 적절하게 표현하자면 기다
란 다리를 앞으로 쭉 뻗고 앉은 채 그 유쾌한 시간을 즐기느라 머리를
뒤로 젖히고 깔깔대는 포니아 위에서 맴도는 것처럼 보였다. 포니아의
머리 모양에 콜먼은 깜짝 놀랐다. 풀어 늘어뜨린 채였던 것이다. 콜먼
이 알기로 그녀는 언제나 머리카락을 뒤로 깔끔하게 그러모아 고무줄
로 묶었고, 침대에서만 고무줄을 풀었다. 벗은 어깨 위로 머리칼이 흘
러내리도록.

　애송이들하고 같이 있군. 포니아가 지난번에 말했던 그 "애송이들"
이 분명해. 한 녀석은 최근에 이혼했는데, 한때 별 볼 일 없는 자동차
정비공이었고, 포니아의 셰비가 제대로 굴러가게 늘 손을 봐주고, 어
떻게 해도 시동이 걸리지 않을 때면 자기 차로 포니아를 출퇴근시켜
준다는 녀석이고. 또하나는 블랙웰의 종이박스 공장에서 일하는 마누
라가 밤교대 근무에 걸리는 날 밤이면 포니아를 데리고 포르노 영화
를 보러 가고 싶어한다는 녀석이고. 또 한 녀석은 정말 어지간히도 순
진해서 남녀추니가 뭔지도 모른다는 녀석이군. 콜먼은 포니아와 대화
를 그들이 화제에 오르면 아무런 토도 달지 않고 듣기만 했다. 포니아
가 전해주는 그들의 대화 내용에서 포니아에 대한 그들의 관심이 엿보
여서 몹시 신경이 쓰이더라도 포니아에게 꼭 그런 이야기를 해야 하느
냐고 화내지 않았다. 하지만 포니아도 그들에 대한 이야기를 끝없이
늘어놓지 않았다. 콜먼도 굳이 질문을 해대어 이야기를 부추기지 않았
다. 따라서 콜먼은 그 애송이들 때문에 레스터 팔리가 영향받은 만큼
그렇게 영향을 받지는 않았다. 물론 포니아 스스로 약간 덜 자유분방
해지고 그들의 환상을 약간 덜 부추기게 되었는지도 모르지만, 그랬으

면 한다고 말하지 않을 수 없는 상황일 때조차 콜먼은 쉽사리 자제력을 발휘하곤 했다. 포니아는 누구에게든 자신이 원하는 대로 주책없이 혹은 신랄하게 이야기할 자유가 있었고, 그 결과가 무엇이건 스스로 감당할 일이었다. 그녀는 콜먼의 딸이 아니었다. 하물며 콜먼의 '여자'도 아니었다. 그녀는, 그저 그녀일 뿐이었다.

하지만 노스홀 건물 그늘에 몸을 숨긴 채 상대방의 눈에 띄지 않게 그 광경을 지켜보자니, 마냥 초연하고 관대하게 봐주기가 쉽지 않았다. 그녀에게서 늘 봐왔던 것—인생에서 이룬 것이 거의 없다는 사실이 그녀에게 미친 영향—만이 아니라, 그녀가 왜 거의 아무것도 이룰 수 없었는지도 보였기 때문이었다. 콜먼은 50피트도 채 떨어져 있지 않은 유리한 위치에서, 콜먼으로부터 영향받지 않는 그녀, 주변의 거칠기 짝이 없는 본보기들로부터 영향받는 그녀를 현미경으로 들여다보듯 세밀하게 관찰할 수 있었다. 너무도 조야하고 인간에 대한 기대치가 아주 낮으며 자아 개념이 더없이 피상적인 자들로부터 영향받는 그녀를 말이다. 볼룹타스는 사실상 상대가 생각하고 싶어하는 대로 자신을 실현하기 때문에, 아무리 지적인 인간이라 해도 볼룹타스의 가능성들을 열심히 추측해보는 것은 고사하고 아예 상상조차 못하며, 볼룹타스의 자질을 제대로 평가하는 것은 절대 불가능하다…… 살그머니 그늘 속에 몸을 숨기고 그녀를 관찰하기 전까지는 말이다. 콜먼의 인생에 대한 안티테제들이 모두 실패자 정비공의 모습으로 형상화되어 내려다보고 있는 동안, 잔디밭에 등을 대고 누워 두 무릎을 세워 살짝 벌린 채 한 손에는 치즈가 흘러내리는 피자 조각을, 다른 한 손에는 다이어트콜라를 쥐고 흔들어대며 배꼽이 빠져라 깔깔대는—뭐가 웃긴 걸까? 남녀추니가?—그녀를 관찰하기 전까지는. 저 녀석이 또다른 팔리인가? 또다른 레스터 팔리? 어쩌면 그렇게까지 불길할 것은 없는지 모르지만, 나보다는 팔리를 대신한다고 보는 게 맞겠지.

콜먼이 학장이던 시절의 어느 여름날이었다면 아무런 의미도 없어 보였을—틀림없이 콜먼이 숱하게 봐왔을—캠퍼스 풍경, 당시였다면 단순히 무해할 뿐 아니라 화창한 날 야외에서 식사하는 즐거움이 여실 해서 매력적으로 보였을 풍경이 이제는 아주 의미심장해 보였다. 넬슨 프라이머스의 말도, 그가 애지중지하는 리사의 말도, 심지어 델핀 루가 익명으로 보낸 영문 모를 비난 편지조차도 그를 납득시키지 못했건만, 노스홀 뒤편 잔디밭 위의 전혀 대수롭지 않은 그 광경이 마침내 그에게 그가 당한 치욕의 맨 밑바닥을 드러내 보여주었다.

리사. 리사와 그애가 가르치는 꼬마들. 꼬맹이 카르멘. 콜먼의 머릿속에 섬광처럼 떠오른 아이, 꼬맹이 카르멘. 여섯 살이지만 리사의 말에 따르면 그보다 훨씬 어린 애의 지능을 가진 아이. "그앤 귀여워요." 리사는 말했다. "하지만 하는 짓은 갓난아기 같아요." 콜먼은 실제로 카르멘을 보았을 때 감탄이 절로 나올 정도로 귀여운 아이라고 생각했다. 옅디옅은 갈색 피부, 촘촘하게 두 갈래로 땋아 늘어뜨린 칠흑 같은 머리칼, 지금껏 그가 다른 인간에게서는 한 번도 본 적 없는 눈, 내부의 열기와 빛으로 푸른빛을 띠는 석탄 같은 두 눈, 어린애답게 민첩하고 유연한 몸, 미니어처 같은 청바지와 운동화, 알록달록한 양말과 품이 거의 담배 파이프 소제기만큼 좁은 흰색 티셔츠를 말끔하게 차려입은 아이. 주위의 모든 것에, 특히 콜먼에게 관심이 많아 보이던 쾌활한 꼬마 소녀. "이쪽은 내 친구 콜먼 아저씨란다." 아침에 일어나자마자 뽀득뽀득 문질러 세수했을 얼굴에 약간은 재미있다는 듯, 약간은 거드름을 피우는 듯 억지 미소를 띤 채 꼬물꼬물 교실로 걸어들어오는 카르멘에게 리사가 말을 건넸다. "안녕, 카르멘." 콜먼이 말했다. "이분은 우리가 공부하는 걸 그냥 구경만 하실 거야." 리사가 설명했다. "네." 카르멘은 아주 기분 좋게 말했지만, 콜먼이 자신을 찬찬히 뜯어보는 것 못지않게 조심스러운 눈길로, 겉으로는 여전히 미소를 띤 채 콜먼을 살폈다. "우린 그냥 늘 하던 대로 할 거야." 리사가 말했다. "네." 카르멘이 대답하며 이제는 좀더 진지한 미소를 머금은 채 콜먼을 살폈다. 그러고는 돌아서서 낮게 걸린 작은 칠판에 플라스틱 자석 글자들을 배열했다. 리사는 카르멘에게 글자들을 이리저리 움직여 'want' 'wet' 'wash' 'wipe' 같은 단어들을 만들어보라고 했다. 리사가 말했다. "내가 늘 첫 글자가 뭔지 찾아봐야 한다고 얘기했지. 어디 네가 첫 글자를 읽을 수 있는지 한번 볼까. 손가락으로 짚어가며 읽어보자." 카르멘은 주기적으로 고개를 돌리고, 또 조금 후에는 온몸을 틀어 콜먼을 바라보았다. 그가 계속 거기 있는지 확인하듯이. "온갖 것에 주의가 산만해져요." 리사가 슬쩍 아버지에게 말했다. "자, 그러지 말고, 카르멘. 자, 자, 착하지. 저 아저씨는 투명인간이야." "그게 뭐예요?" "투명인간이라고." 리사가 되풀이해서 말했다. "그러니까 네 눈에는 보이지 않는다는 뜻이야." 카르멘이 깔깔거렸다. "잘 보이는데요." "자, 자, 그러지 말고 하던 걸 계속하자. 첫 글자를 읽어보자. 그래, 그거야. 잘했어. 하지만 그 뒤에 오는 글자들도 같이 읽어야지. 알겠지? 첫 글자, 그다음엔 나머지 글자들을 이어 읽는 거야. 잘했어. 'wash.' 이건 무슨 글자지? 알고 있잖아. 네가 이미 아는 건데,

'wipe'. 잘했어." 콜먼이 개별독서지도 프로그램 수업을 참관한 그날은 프로그램이 시작된 지 이십오 주나 된 시점이었지만, 카르멘은 진척을 보이긴 했으나 그리 대단한 정도는 아니었다. 콜먼은 카르멘이 그림동화책을 소리 내어 읽다가 'your'라는 단어를 읽지 못해 쩔쩔매던 모습을 기억했다. 손가락으로 눈 주위를 긁어대고, 셔츠 허리 부분을 꽉 쥐어 동그랗게 뭉치고, 어린이용 의자의 가로대를 짚은 두 발을 배배 꼬고, 느리지만 확실하게 의자에서 엉덩이를 점점 빼던 모습. 그런데도 여전히 'your'를 알아보거나 소리 내어 읽지 못하던 그 아이. "벌써 3월이에요, 아빠. 이십오 주째죠. 'your' 하나 가지고 이렇게 속을 썩이기에는 긴 시간이에요. 'couldn't'를 'climbed'랑 계속 헷갈리기에도 긴 시간이지만, 이젠 'your'만 제대로 읽어줘도 만족하겠어요. 원래 이 프로그램은 이십 주 과정이거든요. 걔는 유치원에도 다녔어요. 기초어휘는 배우고 왔어야 해요. 하지만 지난 9월에 걔는 1학년으로 입학할 예정이었는데, 단어 목록을 보여줬더니 이러더라고요. '이게 뭐예요?' 단어라는 게 뭔지도 몰랐던 거예요. 글자가 뭔지도 모르고요. h도 모르고 j도 모르고 u와 c는 계속 헷갈렸어요. 두 글자가 시각적으로 비슷해서 그랬다는 건 알겠지만, 문제는 이십오 주가 지난 지금도 여전히 그런다는 거예요. m이랑 w도 헷갈려요. i랑 l도. g랑 d도. 이것들이 아직도 걔한텐 어려운 모양이에요." "카르멘 때문에 상당히 낙담했구나." 콜먼이 말했다. "매일 삼십 분씩 가르치는데 안 그렇겠어요? 정말 적잖은 수업량인데. 상당한 노동이라고요. 집에서도 읽기 연습을 해야 하는데, 집에 출산한 지 얼마 안 된 열여섯 살짜리 언니가 있고, 부모도 잊어버리거나 아예 신경을 안 써요. 카르멘 부모는 이민자라서 영어가 외국어인 사람들이라 자녀들에게 영어로 뭔가를 읽어 준다는 게 쉽지 않아요. 하긴 카르멘은 스페인어를 읽는 법도 배운 적이 없지만요. 이게 제가 날이면 날마다 하는 일이에요. 아이들이 책을 볼 줄 아는지부터 확인하죠. 애들한테 이렇게 제목 아래에 커다란 그림이 있는 책들을 주고 물어봐요. '어느 쪽이 책 앞쪽인지 선생님한테 보여주겠니?' 어떤 애들은 알지만 대부분은 몰라요. 인쇄된 글자가 그 애들한테는 아무런 의미도 없는 거죠." 사람의 마음을 *끄는* 카르멘의 미소와는 거리가 먼 지친 듯한 미소를 띠며 리사가 말했다. "그런데 제가 가르치는 애들은 서류상으로는 학습장애가 없다고 되어 있어요. 카르멘은 제가 책을 읽어주는 동안 단어를 보지도 않아요. 신경을 안 쓰죠. 바로 그 때문에 하루가 끝나갈 무렵이 되면 녹초가 되어요. 다른 교사들의 업무도 쉽지 않다는 건 알지만, 카르멘 같은 애들을 연이어 상대하고 나서 집으로 돌아오면 마음이 팍팍해져요. 책 같은 건 읽을 수도 없어요. 전화할 기운조차 없죠. 뭐든 대충 먹고 침대로 가서 뻗어버려요. 전 이애들을 좋아해요. 이애들을 사랑한다고요. 하지만 진이 빠지는 것 이상이에요. 죽을 지경이에요."

포니아는 이제 잔디밭에 일어나 앉아서 들고 있는 음료수를 벌컥벌컥 마셔 비웠고, 사내 하나—가장 어리고 가장 호리호리하며 가장 앳되어 보이는데, 어울리지 않게 턱에만 수염을 기르고 있고, 갈색 유니폼에 붉은 체크무늬 두건을 머리에 매고 굽이 높은 카우보이 부츠처럼 보이는 신발을 신고 있었다—가 점심식사를 하고 나온 쓰레기를 모아 쓰레기봉지에 쑤셔 담았고, 나머지 세 사내는 햇볕 아래 흩어져 서서 다시 일하러 가기 전에 마지막으로 담배 한 개비를 태웠다.

포니아는 혼자였다. 그리고 이제는 조용했다. 진지한 표정으로 빈 음료수 캔을 들고 저기 앉아 무슨 생각을 하는 걸까? 그녀가 열여섯 살부터 열일곱 살 때까지 플로리다에서 웨이트리스로 일하며 보낸 이 년의 시간을 생각하는 걸까? 은퇴한 사업가들이 아내를 떼어놓고 점심을 먹으러 식당에 와서는 그녀에게 멋진 아파트에서 살며 멋진 옷에 멋진 새 핀토*를 몰고 발하버숍스**와 보석점과 미용실을 마음껏 이용하는 대가로 그저 일주일에 며칠 밤, 때로는 주말에 애인이 되어달라고 치근거리던 그때를? 첫해에만 그런 제안을 한 번도 두 번도 세 번도 아니고 네 번이나 받았다. 그러다 그 쿠바인이 제안을 했다. 손님 한 명 받을 때마다 백 달러씩 벌게 해주겠다고, 세금 한 푼 안 내도 된다고. 포니아처럼 금발에 날씬하고 피부도 희고 가슴도 풍만하고 키도 훤칠하고 얼굴도 예쁜 젊은 여자가 의욕과 야심과 배짱을 갖고 미니스커트와 홀터***에 부츠를 신고 나서면 하룻밤에 천 달러를 버는 것쯤은 일도 아니라고. 그렇게 한두 해 벌고, 원하는 때에 때려치우면 된다고. 그래도 된다고. "그런데도 그 일을 안 했단 말이지?" 콜먼이 물었다. "안 했어요. 당연히 안 했죠. 하지만 그 얘기에 솔깃했던 건 사실이에요." 포니아가 말했다. "식당 일은 지긋지긋하고 인간들은 아니꼽기 짝이 없고 요리사들은 미친 게 분명하고 메뉴판은 도대체 읽을 수도 없고 주문도 받아 적을 수 없어서 전부 한 번에 기억해야 했는데, 쉬운 일이 아니었어요. 하지만 난 읽을 수는 없어도 계산은 해요. 더하기도 할 수 있고

---

* 포드 사에서 1970년부터 생산한 소형차.

** 플로리다 주 마이애미에 있는 쇼핑몰. 고가 브랜드만 모여 있다.

*** 등과 팔이 드러나는, 어깨에 끈이 달린 여성용 상의.

빼기도 할 수 있어요. 글자는 못 읽지만 셰익스피어가 누군지는 알죠. 아인슈타인도 알아요. 남북전쟁에서 어느 편이 이겼는지도 알아요. 난 멍청이가 아니에요. 그저 글자를 모르는 거죠. 종이 한 장 차이지만 사실은 사실이니까요. 하지만 숫자는 달라요. 숫자라면 잘 알아요. 그러니 그 제안이 썩 나쁜 것만은 아니겠다는 생각을 내가 안 했을 거라고는 생각하지 마세요." 하지만 콜먼에게는 그런 설명이 필요 없었다. 포니아가 열일곱 살 때 매춘부가 되는 것이 괜찮을지도 모르겠다고 생각했을 뿐 아니라, 그런 생각을 단순히 마음에 품어본 것 이상으로 진지하게 고려했을 거라고 이미 생각했으니까.

"글을 읽을 줄 모르는 아이를 어떻게 하죠?" 절망적인 기분으로 리사는 콜먼에게 물었었다. "이게 모든 문제의 관건이라 뭔가 조치를 취해야 하는데, 제가 견뎌내질 못하겠어요. 둘째 해에는 좀더 나아져야 하잖아요. 셋째 해에는 그보다 좀더 나아져야 하고요. 그런데 올해가 벌써 넷째 해예요." "그런데 도통 나아지질 않는 거로구나?" 콜먼이 물었다. "힘들어요. 너무 힘들어요. 해가 갈수록 더 힘들어져요. 일대일로 가르쳐도 효과가 없다면, 뭘 어떻게 해야 하죠?" 음, 그가 한 일은 글을 읽을 줄 모르는 아이를 그의 정부情婦로 삼은 것이었다. 팔리가 한 일은 글을 읽을 줄 모르는 아이를 자기 펀칭백으로 만들어버린 것이고. 그 쿠바인이 한 일은 글을 읽을 줄 모르는 아이를 자신이 관리하는 매춘부로, 혹은 그 매춘부들 중 하나로 만들어버린 것이었다—아마도 그랬을 거라고 콜먼은 생각했다. 얼마나 오랫동안 그자의 매춘부 노릇을 했을까? 노스홀 복도 청소를 마치기 위해 일어나서 그쪽으로 가기 전에 포니아는 무슨 생각을 했을까? 얼마나 오랫동안 그렇게 살아왔는지 생각했던 걸까? 어머니, 계부, 계부에게서 벗어나기 위한 도피, 남부에서 살던 곳들, 북부에서 살던 곳들, 남자들, 매질, 별의별 일자리들, 결혼, 농장, 가축, 파산, 아이들, 죽은 두 아이. 애송이들과 삼십 분 동안 햇볕을 쬐며 피자를 나눠 먹은 시간이 그녀에게 천국과도 같았으리라는 건 의심의 여지가 없었다.

"이쪽은 내 친구 콜먼 아저씨란다, 포니아. 그냥 구경만 하실 거야."

"네." 포니아가 말한다. 그녀는 초록빛 코듀로이 점퍼를 입고, 깨끗하게 세탁한 흰 양말에 반짝이는 검정 구두를 신었는데, 쾌활함은 카르멘에게 미치지 못한다. 침착하고 예의바르고 언제 봐도 약간 풀이 죽은 예쁜 중산층 백인 아이로, 금발을 양 갈래로 묶어 나비 모양 핀으로 고정했다. 일단 콜먼을 소개받고 나자 카르멘과 달리 그에게 아무런 흥미도, 아무런 호기심도 보이지 않는다. "안녕하세요." 그녀는 온순하게 웅얼거리고는 원래 하던 대로 자석 글자를 이리저리 움직이며 w, t, n, s를 칠판 한쪽으로 몰아놓고, 모음을 전부 모으기 시작한다.

"두 손을 다 써야지." 리사가 그녀에게 말하자 그녀는 그 말대로 한다.

"이게 뭐야?" 리사가 묻는다.

그러자 포니아는 그 글자들을 읽는다. 하나도 틀리지 않고 정확하게.

"이 아이가 아는 단어를 만들어보라고 할게요." 리사가 아버지에게 말한다. "'not'을 만들어보렴, 포니아."

포니아는 그대로 따른다. 포니아가 'not'을 만든다.

"잘했어. 이제 이 아이가 모르는 단어를 만들어보라고 할게요. 'got'을 만들어보렴."

포니아는 한참 동안 뚫어지게 글자들을 들여다보지만 아무 일도 일어나지 않는다. 포니아는 아무것도 만들지 못한다. 아무것도 못한다. 그저 기다린다. 다음에 일어날 일을 기다린다. 평생 동안 다음에 일어날 일을 기다려왔듯이. 늘 무슨 일이든 일어났으니까.

"단어 첫 부분을 바꿔보렴, 포니아. 자, 어서. 넌 이 단어를 알잖니. 'got'의 첫 글자는 뭐지?"

"g요." 그녀는 n을 치우고 단어 첫 글자를 g로 바꾼다.

"잘했어. 이제 'pot'이라는 단어를 만들어보자."

포니아는 그렇게 한다. 'pot'을 만든다.

"훌륭해. 이제 손가락으로 짚어가며 읽어보자."

포니아는 손가락을 움직여 각 글자 밑을 짚으면서 또박또박 발음했다. "프―아―트."

"앤 금방 배우는구나." 콜먼이 말한다.

"네, 하지만 이 정도는 누구나 금방 배워요."

큰 교실의 다른 자리에는 세 아이가 다른 개별독서지도 교사 세 명과 함께 있다. 그래서 콜먼 주변으로 어린아이 특유의 내용과 관계없이 올렸다 내렸다 하며 똑같은 억양으로 소리 내어 읽는 작은 목소리들과 다른 교사들의 말소리가 들려온다. "그건 네가 아는 거야. 'umbrella'의 u와 같은 거지. u, u……" "그건 네가 아는 거야. ing, 배웠잖아 ing." "I 알잖아. 좋아, 잘했어." 그런데 주위를 둘러보니 거기 앉아 배우고 있는 다른 아이들도 모두 포니아다. 각각의 알파벳에 해당하는 사물을 그림으로 표현한 알파벳 표가 사방에 붙어 있고, 한 번에 한 단어씩 음운학적으로 조합하는 데 도움이 되도록 각기 다른 색깔로 만들어진 플라스틱 글자들이 어디서든 집어들 수 있게 사방에 놓여 있으며, 아주 단순한 이야기가 담긴 쉬운 책들이 여기저기 쌓여 있다. "금요일에 우리는 바닷가에 갔다. 토요일에 우리는 공항에 갔다." "'아빠 곰, 아기 곰하고 같이 있어요?' '아니' 아빠 곰이 말했다." "아침에 개가 세라를 보고 짖었다. 세라는 무서웠다. '세라야, 용감한 아이가 되어야지' 엄마가 말했다." 이런 책들과 이야기들과 세라들과 개들과 곰들과 해변들 전부에 더하여 교사 네 명이 있고, 교사들 모두가 포니아를 가르치는데, 그들은 여전히 포니아가 자기 단계에 맞게 읽을 수 있도록 가르치지 못한다.

"얘는 1학년이에요." 리사가 아버지에게 말한다. "우리 넷은 매일 하루종일 이애를 가르쳐서, 연말쯤에는 이애가 제 나이에 맞게 읽도록 만들고 싶어요. 하지만 애 스스로 동기를 갖게 하기가 어려워요."

"예쁜 애로구나." 콜먼이 말한다.

"예, 아빠 눈에도 예뻐 보여요? 이런 타입을 좋아하세요? 긴 금발에 의지박약인데다 나비 모양 머리핀을 한 예쁘장하고 읽기를 배우는 속도가 느린 아이가 아빠 타입이에요?"

"그런 말이 아니야."

"됐어요. 아빠가 저애와 함께 있는 걸 죽 지켜봤으니까요." 그러고는 리사가 교실 안을 빙 가리켜 보이는데, 네 명의 포니아가 칠판 앞에 조용히 앉아서 색색의 플라스틱 글자들을 움직여 'pot'과 'got'과 'not' 같은 단어를 만들었다 흩뜨렸다 다시 만들기를 반복하고 있다. "저 아이가 'pot'을 손가락으로 한 자씩 짚어가며 읽어나갈 때부터 아빠는 쟤한테서 눈을 떼지 못했어요. 글쎄요, 저런 모습에 매력을 느끼신다면, 지난 9월에 여기 오셨으면 좋았을 뻔했네요. 지난 9월에 저애는 자기 이름은커녕 성도 철자를 틀렸으니까요. 유치원에서 갓 온 당시에 저애가 단어 목록에서 알아볼 수 있는 거라곤 'not'밖에 없었어요. 인쇄된 글자에 뜻이 담겨 있다는 것도 몰랐어요. 오른쪽 페이지보다 왼쪽 페이지를 먼저 읽어야 한다는 것도 몰랐고요. 저애는 「골디록스와 곰 세 마리」도 몰랐어요. '「골디록스와 곰 세 마리」 이야기 아니, 포니아?' '아뇨.' 그건 저애가 유치원에서 배운 게 신통치 않았다는 뜻이에요. 동화나 동요 같은 것들을 배우는 데가 유치원이니까요. 지금 저애는 「빨간 망토」 이야기도 알지만, 당시엔 어땠을 거 같으세요? 말도 마세요. 아, 아빠가 유치원에서 제대로 따라가지 못한 채 여기로 온 지난 9월에 포니아를 보았다면, 장담하는데, 아빠는 완전히 흥분하셨을 거예요."

글을 읽을 줄 모르는 아이를 어떻게 해야 할까? 차고 위에 지은 작은 집에서 자기 자식들이 이동식 난로에 불을 지핀 채 자는 동안, 집 앞에 세워놓은 픽업트럭 안에서 어떤 남자의 성기를 빨아주고 있는 아이. 자식들은 방치되어 있고, 난로가 쓰러지면서 화재가 났는데, 여전히 남자와 함께 픽업트럭 안에 있는 아이. 열네 살 때 가출한 이후로 도대체 설명할 길 없는 자신의 인생으로부터 평생을 도망치듯 살아가는 아이. 남자가 제공해줄 안정과 보호를 찾아, 잠결에 몸만 뒤척여도 달려들어 목을 조르는, 전쟁 때문에 정신이상이 되어버린 퇴역 군인과 결혼하는 아이. 진실하지 않은 아이. 자신의 본모습을 드러내지 않고 거짓말로 둘러대는 아이. 글을 읽을 줄 알면서 읽을 수 없다고 하고 글을 못 읽는 척하는 아이. 이 중대한 결함을 기꺼이 감당함으로써, 실제로는 그렇지도 않고 그럴 필요도 없지만 온갖 그릇된 이유로 자신이 변종이라고 콜먼이 믿도록 만들고 싶어하는 아이. 변종으로 행세하는 것이 더욱 어울리는 아이. 자신이 변종이라고 믿고 싶어하는 아이. 일곱 살에 자신의 존재가 환각이 되어버렸고, 열네 살에는 불운이, 그후에는 재앙이 되어버린 아이, 웨이트리스, 매춘부, 농부, 청소부 등 어떤 직업을 택하든 영원히 음탕한 계부의 의붓딸이고, 자기 자신에게만 집착하는 어머니로부터 보호받지 못하고 자란 자식이라는 멍에에서 벗어나지 못하는 아이. 누구도 신뢰하지 않고 모든 사람을 사기꾼으로 여기지만, 결코 보호받지 못하는 아이. 어떤 것에도 겁먹지 않고 버티는 능력은 엄청나지만 인생에서 그러쥐는 능력은 하찮은, 불운의 특별한 사랑을 받는 아이. 인간에게 닥칠 수 있는 온갖 고약한 일은 다 당하고 팔자가 변할 조짐이라곤 전혀 보이지 않지만, 그럼에도 스티나 이후로 누구보다 콜먼을 흥분시키고 성적으로 자극한 아이. 도덕적 견지에서 말하자면, 콜먼이 아는 사람 중 가장 혐오스럽지 않은 인간은 아니지만 그나마 가장 덜 혐오스러운 인간이며, 그토록 오랫동안 그와는 정반대의 삶을 살아왔기 때문에—정반대의 삶을 사는 동안 그가 놓친 모든 것 때문에—끌린 아이. 전에는 그를 얽어맸던 올바름이라는 근원적인 감정이 정확히 말해 이제는 그를 앞으로 나아가게 만들기 때문에 육체적 결합 못지않게 정신적 결합까지도 그와 함께하는, 생각지 않게 가장 친밀한 사이가 된 아이. 그가 자신의 동물적 본성을 위해 일주일에 두 차례 덮치는 노리개이기는커녕 이 세상 누구보다 가까운 전우라고 하는 편이 더 어울리는 아이.

이런 아이를 어떻게 해야 할까? 가능한 한 서둘러 공중전화를 찾아내 멍청한 실수를 바로잡아야 한다.

콜먼은 포니아가 얼마나 오랫동안 그런 삶을 살아왔는지, 어머니, 계부, 계부로부터의 도피, 남부에서 살던 곳들, 북부에서 살던 곳들, 남자들, 매질, 별의별 일자리들, 결혼, 농장, 가축, 파산, 아이들, 죽은 두 아이에 대해 생각하고 있다고 짐작한다. 어쩌면 그럴지도 모른다. 다른 사내들이 담배를 피우거나 점심식사 뒤처리를 하는 동안 혼자 잔디밭에 앉아 그녀 스스로는 비록 자신이 까마귀를 생각하고 있다고 생각할지라도, 콜먼의 생각이 맞을지도 모른다. 그녀는 매우 자주 까마귀 생각을 한다. 까마귀는 어디에나 있다. 그녀가 자는 침대에서 멀지 않은 숲에 둥지를 틀고, 그녀가 소떼를 위해 울짱을 옮겨 박으러 밖에 나갈 때면 풀밭에 내려앉고, 오늘은 캠퍼스를 뒤덮은 채 까악까악 울어댄다. 그래서 그녀는, 콜먼이 그녀가 생각하고 있을 거라고 짐작하는 것을 콜먼이 짐작하는 방식으로 생각하는 대신, 화재가 난 후부터 팔리를 피해 가구가 구비된 방이 있는 농장으로 이사를 오기 전까지 실리폴스에 있는 그 상점 주위를 맴돌곤 하던 까마귀, 우체국과 그 상점 사이에 있는 주차장을 떠나지 않던 까마귀, 버림받았거나 어미가 죽어서—그녀는 그 까마귀가 어쩌다 어미를 잃었는지 끝내 알지 못했다—누가 애완용으로 길들여놓았던 까마귀에 대해 생각하고 있었다. 그 까마귀는 두번째로 버림받은 이후로 낮 시간에 사람이 많이 지나다니는 주차장에 정을 붙여 떠나지 않았다. 그 까마귀는 실리폴스에 여러 문제를 일으켰다. 우체국에 들어가는 사람들의 머리 위로 급강하하고, 여자애들의 머리핀을 빼앗으려고 달려들었기 때문에—유리 조각이나 그 비슷한 반짝거리는 것을 수집하는 게 까마귀의 습성이기에—

여자 우체국장은 그 문제에 관심이 있는 마을사람 몇몇과 상의한 끝에 까마귀를 붙잡아 오듀본소사이어티*에 보내기로 했다. 그곳에서 녀석은 새장에 갇혀 지내며 가끔 풀려나 날아다닐 터였다. 야생에 놓아줄 수는 없었는데, 주차장에서 죽치고 있는 걸 좋아하는 새라 야생에 적응하지 못하기 때문이었다. 까마귀의 울음소리. 낮이나 밤이나, 깨어 있을 때나 잠들었을 때나, 불면증으로 잠을 이루지 못할 때나 그녀는 늘 그 울음소리를 떠올린다. 녀석의 울음소리는 기괴했다. 다른 까마귀들과 달랐는데, 아마 다른 까마귀와 어울려 자라지 못했기 때문인 것 같았다. 화재가 나고 얼마 되지 않았을 때, 그 까마귀를 보러 오듀본소사이어티에 가곤 했었지. 돌아서 나오려고 할 때면 늘 그 이상한 울음소리를 내며 돌아오라고 불러댔어. 그래, 새장에 갇혀 지내긴 하지만, 다른 까마귀들하고 다르게 지내는 게 차라리 잘된 거야. 거기에는 사람들이 맡긴 다른 새들도 있었지. 야생에서 살아갈 수 없는 새들이었어. 새끼 올빼미도 두 마리 있었어. 얼룩덜룩한 게 꼭 장난감같이 생긴 녀석들이었지. 거기 가면 올빼미들도 들여다보곤 했는데. 그리고 귀청이 찢어지는 듯한 울음소리를 내는 송골매도 있었어. 멋진 새들이었는데. 그후 여기로 이사했고, 예전처럼 지금도 혼자고, 까마귀에 대해선 전보다 훨씬 더 잘 안다. 까마귀도 나에 대해 잘 알고. 까마귀의 유머 감각. 그걸 유머 감각이라고 봐도 될까? 어쩌면 유머 감각이 아닐지도. 하지만 나한테는 그렇게 보인다. 걷는 모습부터가 그래. 머리를 처박고 있는 모습도 그렇고. 나한테 자기들에게 줄 빵이 없다는 것을

알아채고 까옥거리는 모습도. 포니아, 가서 빵 좀 가지고 와. 까마귀는 한껏 으쓱거리며 걷는다. 마치 대장이라도 되는 양 다른 새들을 부린다. 토요일에 컴벌랜드에서 붉은꼬리매와 이야기를 나누고 집에 왔을 때 까마귀 두 마리가 과수원에서 울어대는 소리를 들었다. 난 무슨 일이 생겼다는 걸 알았다. 다급한 상황을 알리는 까마귀 소리. 아니나 다를까, 밖에 나가보니 까마귀 두 마리가 매 한 마리를 내쫓으려고 울어대고 있었다. 어쩌면 내가 조금 전까지 이야기를 나눴던 바로 그 매일지도 모르는데. 매를 쫓다니. 붉은꼬리매가 뭔가 못된 짓을 하려 했던 게 분명해. 그렇다고 매한테 싸움을 건다? 그게 현명한 생각일까? 그렇게 해서 다른 까마귀들한테 점수를 딸지도 모르겠지만, 나라면 그렇게 하지 않았을 것 같다. 아무리 두 마리가 합세했다해도 매와 맞붙는 게 가능할까? 정말 공격적인 녀석들이다. 대개는 적대적이지. 녀석들에게 어울려. 언젠가 사진을 본 적이 있다. 까마귀 한 마리가 독수리에게 곧장 달려들며 울부짖는 사진. 독수리는 전혀 신경쓰지 않는다. 심지어 눈길조차 주지 않는다. 하지만 그 까마귀는 물건이야. 비행하는 모습에서 알 수 있어. 정말 멋지고 아름답게 곡예비행을 하는 큰까마귀보다는 못하지만. 까마귀는 지면을 차고 날아오르기에는 몸통이 좀 큰 편이지만, 그렇다고 도움닫기까지는 필요 없다. 그저 몇 발짝만 떼면 된다. 언젠가 그 모습을 본 적이 있다. 그건 엄청난 노력이 필요한 일이다. 녀석들은 그렇게 엄청난 노력을 쏟고 나서야 비로소 날아오르는 것이다. 아이들하고 외식을 하러 프렌들리스에 들르곤 했던 때. 사년 전이다. 거기 수백만 마리가 있었다. 블랙웰의 이스트메인 스트리트에 있는 프렌들리스에. 늦은 오후였다. 어두워지기 직전. 수백만 마리 까마귀가 주차장에 있었다. 프렌들리스에서 전국 까마귀 대회라도 여는 것처럼. 까마귀와 주차장은 무슨 관계일까? 도대체 뭘까? 뭐, 우리로선 결코 알 수 없다. 까마귀와 비교하면 다른 새들은 좀 둔해 보인다. 물론 파랑어치는 통통 튀어오르듯 아주 멋지게 걷는다. 트램펄린 위를 걷는 것처럼. 훌륭하다. 하지만 까마귀도 그처럼 튀어오를 수 있는데, 거기에다 뽐내듯 가슴까지 내밀고 걷는다. 대단히 인상적이다. 머리를 좌우로 홱홱 틀며 주변을 살피는 폼은 또 어떻고. 아, 정말 끝내주는 녀석들. 최고다. 까옥거리는 소리. 시끄러운 까옥 소리. 들어봐. 한번 들어보라구. 아, 난 저 소리를 사랑한다. 저런 식으로 서로에게 끊임없이 연락을 취하는 거지. 미친 듯이 위험을 알리는 거다. 난 저 소리를 사랑한다. 저 소리를 들으면 난 밖으로 뛰쳐나간다. 새벽 다섯시라도 상관없다. 다급한 울음소리, 서둘러 밖으로, 그러면 곧 멋진 광경을 볼 수 있다. 다른 울음소리는 딱히 무슨 의미인지 알 수 없다. 어쩌면 아무 뜻도 없는지도. 어떤 때는 울음소리가 아주 빠르다. 어떤 때는 아주 쉰 목소리. 큰까마귀 울음소리와 혼동하면 안 되는데. 까마귀는 까마귀와 짝을 짓고, 큰까마귀는 큰까마귀와 짝을 짓는다. 상대를 헷갈리지 않는 걸 보면 신기하다. 어쨌든 내가 아는 한은 그렇다. 녀석들을 보기 흉한 청소부 새라고 말하는 사람들은 모두—그런데 다들 그렇게 말한다—바보다. 난 녀석들이 아름답다고 생각한다. 정말, 그렇다. 대단히 아름답다. 그 윤기. 그 어두운 색조. 어찌나 새까만지 자줏빛으로 보일 정도다. 녀석들의 머리. 부리가 시작되는 부분에 돋은 털 몇 가닥, 콧수염처럼 보이는 그 털. 그 털은 깃털과 반대로 앞을 향해 있다. 아마도 그 털에도 정식 명칭이 있겠지. 하지만 이름 따위는 중요하지 않다. 중요했던 적도 없고. 중요한 건 거기 그런 게 있다는 것. 왜 있는지 아는 사람은 없다. 다른 것과 마찬가지로, 그저 거기 있을 뿐이다. 녀석들은 하나같이 눈이 검다. 다들 검은 눈이다. 발톱도 새까맣다. 날아다니는 모습은 어떻고? 큰까마귀는 하늘 높이 솟구쳐 오르지만 까마귀는 그저 가려고 하는 곳을 향해 날아가는 것처럼 보인다. 내가 아는 한 까마귀는 쓸데없이 날아다니지 않는다. 큰까마귀 녀석들이나 실컷 날아오르라지. 그 녀석들이나 비행 솜씨로 실컷 재주를 부려보라지. 누적 비행 거리를 잔뜩 늘려 기록을 깨고 상을 받거나 말거나. 까마귀는 한 장소에서 다른 장소로 이동하기에도 바쁘니까. 나한테 빵이 있다는 소문을 들으면 까마귀들은 여기로 몰려온다. 또 2마일쯤 떨어진 곳이라도 누군가가 빵을 가지고 있다고 알리는 울음소리가 들리면 거기로 몰려간다. 까마귀에게 빵을 던져주면 언제나 한 마리는 경계를 서고, 또다른 한 마리가 멀찍이서 울어대는데, 그렇게 신호를 주고받으며 무슨 일이 있는지 모든 까마귀에게 알린다. 모든 까마귀가 다른 까마귀들에게 신경을 써준다는 건 믿기 힘든 이야기겠지만, 그렇게 보이니 어쩔 수 없다. 내가 결코 잊지 못하는 멋진 이야기가 하나 있다. 어렸을 때 친구가 자기 엄마한테 들었다며 들려준 것이다. 부리로 깨뜨릴 수 없는 단단한 호두를 큰길로 가지고 나가 깨뜨릴 생각을 할 정도로 영리한 까마귀들이 있었다. 이 까마귀들은 등을, 신호등을 지켜보다 언제 차들이 움직이는지 파악하고는—녀석들은 신호등 불빛이 뭘 의미하는지 알 정도의 지능을 가졌다—호두를 타이어 바로 앞에 떨어뜨렸다가 신호등 불빛이 바뀌면 알맹이를 먹기 위해 날아 내려왔다. 당시에 나는 그 얘기를 믿었다. 뭐든 다 믿을 때였으니까. 그런데 아는 사람 하나 없이 까마귀에 대해서만 잘 아는 지금, 나는 다시 그 말을 믿는다. 나랑 까마귀. 아주 제격이다. 까마귀 편에만 붙으면 뭐든 잘 풀릴 거다. 까마귀는 서로 깃털을 골라준다지. 한 번도 본 적은 없지만. 까마귀가 서로 바짝 붙어 앉아 있는 걸 보고 뭘 하는 건지 궁금해한 적은 있다. 하지만 실제로 깃털을 골라주는 것을 본 적은 없다. 자기 깃털을 고르는 것조차 본 적 없다. 하기야 나는 까마귀 둥지 옆에 사는 것뿐이지 둥지 안에 사는 건 아니니까. 나도 둥지 안에 살 수 있으면. 까마귀로 살 수 있다면 더 좋을 텐데. 맞아, 그럼 좋을 텐데. 두 번 생각할 것도 없지. 까마귀로 사는 쪽이 훨씬 좋다. 까마귀는 누군가나 무언가에서 벗어나기 위해 이사할 걱정 따위 할 필요도 없잖아. 그냥 떠나면 된다. 짐을 쌀 필요도 없잖아. 그냥 버리고 가면 된다. 뭔가에 박살나면 그걸로 그만, 그대로 끝이다. 날개 한쪽이 뜯겨나가도 그걸로 끝. 발이 부러져도 그걸로 끝. 이렇게 살아가는 것보다 훨씬 낫다. 어쩌면 다음 생에는 나도 까마귀로 환생할지도. 이런 모습으로 환생하기 전에 나는 뭐였을까? 까마귀! 그래! 난 까마귀였어! 그런데 내가 이렇게 말했던 거다. "신이시여, 저는 저 아래 있는 저 가슴 큰 여자애가 되고 싶습니다." 그래서 소원이 이루어진 건데, 이제, 젠장, 원래대로 까마귀로 돌아가기를 원하게 되다니. 나의 까마귀 상태.* 까마귀의 이름으로도 딱이다. 상태. 검고 덩치 큰 것에 잘 어울리는 이름이다. 어깨를 으쓱거리며 가자. 상태. 어렸을 때 나는 놓치고 지나가는 게 없었다. 새를 좋아했다. 항상 까마귀랑 매랑 올빼미에게 정신이 팔

---

* My Status crow. 관용어 'status quo(현재의 상태)'를 연상시킨다.

려 있었다. 밤에 콜먼의 집에서 우리 집으로 운전해 돌아올 때면 요즘
도 올빼미를 본다. 그러면 나도 모르게 올빼미와 이야기를 나누러 차
에서 내리고 만다. 그러면 안 되는데. 그 자식이 날 죽이려 들기 전에
곧장 집까지 운전해 가야 하는데. 다른 새들의 노랫소리를 들으면 까
마귀는 무슨 생각을 할까? 바보 같다고 생각하겠지. 진짜 바보 같으니
까. 까옥거리는 소리. 그게 최고다. 그렇게 뻐기며 걸어다니는 새가 감
미롭고 작은 소리로 노래하는 건 영 어울리지 않는다. 그래, 죽어라 까
옥거려라. 젠장, 그게 제격이다. 죽어라 까옥거리면서 아무것도 무서
워하지 말고 죽은 것이면 뭐든 달려들어 먹어치우는 거다. 그런 식으
로 날아다니려면 차에 치여 죽은 짐승을 하루에도 숱하게 먹어치워야
한다. 찻길에서 끌어낼 것도 없이 그냥 길바닥에 놔둔 채로 파먹는다.
차가 달려오면 마지막 순간까지 버티다 고개를 들고 피하지만, 멀리
피하지는 않는다. 차가 지나가자마자 깡충깡충 되돌아가 곧바로 다시
파먹어야 하니까. 도로 한복판에서 식사하기. 상한 고기면 어쩌지? 까
마귀 사전에 상한 고기란 없는지도. 청소부로 산다는 건 그런 건지도
모른다. 까마귀와 터키벌처, 이 새들의 직업이 청소부니까. 이 새들은
우리 인간은 전혀 처리할 생각이 없는 동물의 사체를 말끔하게 치워준
다. 숲에서든 도로에서든. 이 세상에서 까마귀가 굶주릴 일은 없다. 널
린 게 먹이니까. 설사 썩어 문드러진 거라도 까마귀는 도망치지 않는
다. 죽음이 있는 곳에는 언제나 까마귀가 있다. 뭔가가 죽으면 까마귀
가 찾아와 먹어치운다. 난 그게 마음에 든다. 정말 마음에 든다. 죽은
너구리가 어떤 상태건 먹어치우니까. 트럭이 달려와 너구리의 척추를
부러뜨려 뱃속이 열리기를 기다렸다 달려들어 그 아름다운 검은색 몸

통을 지상에서 날아오를 수 있게 해줄 온갖 영양분을 말끔하게 빨아들인다. 물론 까마귀도 이상한 행동을 한다. 다른 모든 짐승과 마찬가지로. 나는 까마귀가 나무 위에 모여 떠들어대며 뭔가 일을 꾸미는 것을 본 적이 있다. 하지만 그게 뭔지 알 길은 없다. 뭔가 대단한 계획이 있는 게 분명하다. 하지만 까마귀 스스로도 그 계획이 뭔지 알고 있을까. 모르겠다. 다른 모든 것과 마찬가지로 무의미한 것일 수도 있다. 하지만 나는 그럴 리 없다고, 지상에서 인간들이 세우는 빌어먹을 계획 따위보다 젠장, 백만 배는 더 의미 있을 거라고 장담한다. 그렇지 않다면? 뭔가 특별한 것 같지만 실제로는 아무것도 아닌 수많은 것과 마찬가지라면? 어쩌면 그냥 유전적인 특성일지도. 아니면 말고. 까마귀가 이 세상을 관장한다면 어떨까. 쓰레기 같은 세상의 재탕밖에 안 될까? 무엇보다 까마귀는 실용적인 동물이다. 비행 방법도. 대화법도. 심지어 색깔도. 온통 검은색. 오로지 검은색. 어쩌면 나는 까마귀였을 수도 있고, 아니었을 수도 있다. 이따금 나는 이미 내가 까마귀라고 생각하는 것 같다. 그래, 몇 달째 간간이 그런 생각을 해왔다. 안 될 게 뭐 있지? 여자 몸에 갇혀 사는 남자도 있고, 남자 몸에 갇혀 사는 여자도 있는데, 내가 이 몸속에 갇힌 까마귀가 되지 못할 거 없잖아? 그래, 이 몸에서 나를 꺼내줄 수 있는 의사가 어디 있을까? 어디를 가야 내가 나일 수 있는 수술을 받을 수 있을까? 누구한테 의논해야 하지? 어디로 가서 어떻게 해야 내가 빠져나올 빌어먹을 방법을 찾을 수 있을까?

나는 까마귀다. 난 안다. 안다고!

노스홀에서 언덕을 따라 내려가다 중턱에 있는 학생회관 건물에 도착한 콜먼은 엘더호스텔 프로그램 참가자들이 점심식사를 하고 있는 구내식당 맞은편 복도에서 공중전화를 발견했다. 양쪽으로 열리는 출입문을 통해 안쪽이 보였는데 커플들이 기다란 식탁에 뒤섞여 앉아 행복하게 식사를 하고 있었다.

제프는 집에 없었다. 로스앤젤레스는 오전 열시쯤이었고, 자동응답기로 연결되었기 때문에, 콜먼은 제프가 아직 강의에 들어가지 않았기를 빌며 주소록에서 아들의 대학 연구실 번호를 찾았다. 아버지가 장남에게 할말이 있을 때는 즉시 해버려야 한다. 지난번에 지금과 비슷한 상황에서 제프에게 전화를 건 것은 아이리스의 죽음을 알려야 했을 때였다. "그놈들이 네 엄마를 죽인 거다. 날 죽이려 달려들다 결국 네 엄마를 죽인 거야." 콜먼은 만나는 사람마다 그 이야기를 했는데, 아내가 죽은 다음날 하루만 그런 게 아니었다. 그것이 붕괴의 시작이었다. 분노가 모든 것을 징발해갔다. 하지만 지금 전화를 걸어 할 이야기는 그것이 끝났다는 것이다. 끝. 이것이 그가 아들에게 전하고자 하는 소식이다. 그리고 그 자신에게도. 예전 삶에서 추방당한 상황을 끝내겠다는 것. 스스로를 유배시키고 힘에 부치는 일에 도전하는 걸 그만두고 덜 대단한 것에 만족하겠다는 것. 실패를 겸허히 받아들이고, 이성을 가진 존재답게 인생을 다시 한번 추스르고, 어두운 그림자나 분노는 완전히 지워버리겠다는 것. 고집을 부리려거든 조용히 부리자. 평화롭게. 당당한 관조, 포니아가 즐겨 하는 말처럼, 그게 제격이다. 필록테테스[*]를 늘 마음속에 떠올리며 지내지 않아도 되는 인생을 사는

---

* 트로이 원정에 참가한 영웅. 헤라클레스 장례식에서 헤라 여신이 두려워 아무도 하려 들지 않던 화장용 장작에 불을 붙이는 일을 해 헤라클레스의 활과 독화살을 얻는다. 하지

것. 수업 시간에 가르치던 비극적 인물처럼 꼭 살 필요는 없다. 원초적인 것이 해결책처럼 보이는 게 새삼스러운 일은 아니다. 늘 그러니까. 욕망은 모든 것을 바꿔놓는다. 망가져버린 그 모든 것에 대한 설명. 이런데도 저항을 멈추지 않고 추문을 연장하는 쪽을 택하겠다고? 도처에 나 자신의 어리석음이 보인다. 나 자신이 미쳐가고 있음이 도처에 보인다. 게다가 조악하기 그지없는 감상적 행동들은 어떻고. 그리워하듯 스티나를 다시 추억하고. 장난치듯 네이선 주커먼과 춤을 추고. 네이선에게 속내를 털어놓고. 네이선과 함께 과거를 반추하고. 네이선에게 내 이야기를 들려주고. 작가의 현실감각을 날카롭게 만들어주고. 소설가의 정신이라는 그 위대한 기회주의적 위장을 채워주고. 재앙을 발견하면 그게 무엇이든 소설가는 글감으로 둔갑시킨다. 소설가에게 재앙은 전장의 총알받이나 마찬가지다. 정작 나는 지금의 이 재앙을 무엇으로 둔갑시킬 수 있지? 나는 꼼짝없이 매여 있다. 보다시피. 언어도 형태도 구조도 의미도 없이. 통일성도 카타르시스도 없이, 그 어떤 것도 없이. 변형되지 않는, 예측 불허의 연속. 누군들 뭐하러 이런 걸 더 원하겠는가? 하지만 그 여자 포니아는 예측 불허이다. 오르가슴이 느껴질 정도로 예측 불허와 뒤얽히고, 인습이 견딜 수 없어지고. 올곧은 원칙도 견딜 수 없어졌다. 그녀의 몸과의 접촉, 그것이 유일한 원칙. 그보다 중요한 것은 없다. 그리고 그녀의 냉소가 지닌 정력. 철저한 이질감. 그것과의 접촉. 내 인생을 그녀의 인생과 그 인생의 예측 불허한 변화에 종속시켜야 하는 의무. 그 방랑에. 그 태만에. 그 특이함에. 이 원

만 화가 난 헤라 여신이 보낸 뱀에게 물린 상처가 썩어들어가는 냄새가 지독했던 탓에 원정길에서 렘노스 섬에 버려졌고, 십 년 동안 섬에서 분노의 세월을 보낸다.

초적이고 성적인 사랑이 주는 쾌락. 사라질 줄 모르고 끈질기게 버티는 모든 것, 모든 기고만장한 정당화를 포니아라는 망치로 박살내버리고 자유를 향한 내 길을 찾는 것. 무엇으로부터의 자유인가? 올바름이라는 멍청한 영광으로부터의 자유. 의미를 찾기 위한 우스꽝스러운 탐색으로부터의 자유. 정당성을 얻기 위한 결코 끝나지 않을 싸움으로부터의 자유. 일흔하나의 나이에 맞닥뜨린 자유의 맹공격. 일생을 남겨두고 떠날 자유. 아셴바흐적 광기로 알려져 있는 그 자유. "그리고 밤이 찾아들기 전에"—「베네치아에서의 죽음」마지막 문장—"그의 부고를 접한 세계는 충격에 빠졌고, 그에게 경의를 표했다." 아니, 그 어떤 수업에서 가르친 비극이건, 그는 그 안의 인물처럼 살 필요가 없다.

"제프냐! 아버지다. 네 아비다."

"잘 지내세요?"

"제프, 난 왜 네가 나한테 연락을 끊고 사는지, 마이클이 왜 연락 안 하는지 안다. 마크한테는 기대도 안 한다만. 그리고 리사는 지난번에 전화했더니 그냥 끊어버리더구나."

"리사한테 전화가 왔었어요. 얘기 들었어요."

"잘 들어라, 제프. 그 여자와의 관계는 끝났다."

"그래요? 왜요?"

콜먼은 생각한다. 그 여자에게는 희망이 없으니까. 남자들이 그 여자를 찍소리도 못하게 두들겨팼으니까. 그 여자의 애들이 화재로 죽었으니까. 그 여자가 청소부로 일하니까. 그 여자가 교육도 받지 못했고 글도 읽을 줄 모르니까. 열네 살 이후로 계속 도망치듯 살아온 여자니까. 나한테 "나랑 지금 뭐 하자는 건가요?"라고 묻는 일조차 없으니까.

상대가 누구건 자기와 뭐 하려는 속셈인지 빤히 다 아는 여자니까. 볼 꼴 못 볼 꼴 다 본 여자로 희망이라곤 없으니까.

하지만 콜먼은 아들에게 이렇게만 말했다. "내 자식들을 잃고 싶지 않아서다."

더없이 부드러운 웃음소리와 함께 제프가 말했다. "자식을 잃으려고 아무리 노력하셔도 아버진 그러실 수 없을걸요. 당연히 저를 잃으실 순 없어요. 마이클이나 리사를 잃으실 것 같지도 않고요. 마크는 좀 다를 수 있지만. 마크는 우리 가운데 누구도 줄 수 없는 걸 바라니까요. 아버지뿐만 아니라 우리도 절대 줄 수 없는 걸요. 마크가 그러는 건 정말 유감이에요. 하지만 우리가 아버지를 점점 잃어가고 있다고요? 엄마가 돌아가시고 아버지가 대학에서 사직한 후로 우리가 아버지를 잃어가고 있었다고요? 그냥 우리 형제 모두 참고 견디고 있었던 것뿐이에요. 아버지, 다들 어찌해야 할지 몰랐다고요. 아버지가 대학과 싸우기로 한 후로, 아버지를 대하기가 쉽지 않았어요."

"그 점은 나도 안다." 콜먼은 말했다. "나도 이해해." 하지만 겨우 이 분 통화했을 뿐인데 그는 이미 참을 수 없는 지경에 이르렀다. 합리적이고 누구보다 유능하며 낙천적인 아들, 장남이자 형제 가운데 가장 냉철한 아들이 아버지가 원인인 가족 문제에 대해 차분하게 이야기를 늘어놓으니, 아버지한테 화가 나서 실성할 것처럼 행동하는 분별없는 막내아들을 견뎌내야 하는 것만큼 끔찍했다. 아이들에게 공감을 바란 것은 과도한 요구였던 것이다. 다른 누구도 아닌 자식들인데! "이해한다." 콜먼은 다시 말했는데, 자신이 아이들 입장을 이해한다는 게 더 끔찍했다.

"그분과 너무 안 좋게 끝난 건 아니었으면 좋겠네요." 제프가 말했다.

"그 여자하고? 아니다. 난 그저 이제 그만둘 때라고 생각했을 뿐이란다." 콜먼은 의도했던 것과 전혀 다른 이야기가 자기 입에서 튀어나올까봐 더이상 말하기가 두려웠다.

"다행이네요." 제프가 말했다. "정말 안심이에요. 아버지가 그렇게 말씀하시는 걸 보니 뒤탈 같은 건 없었나보네요. 정말 잘됐어요."

뒤탈?

"무슨 소린지 모르겠구나." 콜먼이 말했다. "왜 뒤탈이 난단 말이냐?"

"아버지는 이제 아무 부담 안 가지셔도 되는 거죠? 원래대로 돌아오신 거죠? 지난 몇 년간 보던 것보다 훨씬 더 아버지다워 보이세요. 전화를 하신 것만 봐도 그렇죠. 이건 정말 중요한 거거든요. 저는 기다렸어요. 희망을 놓지 않고. 그런데 이렇게 전화를 주셨잖아요. 더이상 무슨 말이 필요하겠어요. 아버지가 돌아오신 거죠. 우리가 걱정한 것은 그게 다였어요."

"난 갈피를 잡을 수 없구나, 제프. 자세히 좀 이야기해다오. 지금 우리가 무슨 이야기를 하고 있는 건지 알 수 없구나. 왜 뒤탈이 난단 말이냐?"

제프는 잠시 뜸을 들이다 마지못해 이야기했다. "낙태 때문에요. 자살 미수나."

"포니아가?"

"맞아요."

"낙태를 했다고? 자살을 하려고 했다고? 언제?"

"아버지, 아테나 사람들은 전부 알고 있어요. 그래서 저희도 알게 된 거고요."

"전부? 그 전부가 누구냐?"

"저기요, 아버지, 뒤탈이 없다는 거……"

"얘야, 그런 일은 일어난 적도 없고, 그게 '뒤탈'이 없는 이유이기도 하다. 그런 일은 절대 없었다. 낙태도 없었고, 자살 소동도 없었다. 내가 알기로는 말이다. 그리고 그 여자가 알기로도 그럴 거야. 하지만 도대체 그 전부라는 인간들이 누구냐? 제길, 너희는 그런 이야기를 들었으면서, 그런 말도 안 되는 이야기를 들었으면서 왜 전화하지 않은 거냐, 왜 나한테 묻지 않은 거냐?"

"아버지께 대놓고 묻는 건 제 도리가 아니니까요. 아버지 정도로 나이가 드신 분한테 그런 일에 대해……"

"그래, 차마 묻지 못했다? 그래서 그 대신 내 나이의 인간에 대해 무슨 이야기가 들리건, 그게 아무리 터무니없고 악의적이고 말도 안 돼도 그대로 믿었다는 거구나."

"제가 실수한 거라면 정말 죄송해요. 아버지 말씀이 옳아요. 당연히 아버지 말씀이 옳죠. 하지만 우리 형제 모두에게 너무도 길고 힘든 시간이었어요. 요즘 아버지한테 연락하기가 정말 쉽지 않……"

"그 이야기를 누가 너한테 해줬지?"

"리사요. 리사가 그 얘기를 처음 들었거든요."

"리사는 누구한테 들었다던?"

"여러 사람한테 들었대요. 아는 사람들, 친구들이겠죠."

"그 인간들 이름을 대라. 그 전부라는 게 누군지 알아야겠다. 어떤 친구들이냐?"

"어렸을 적 친구들이래요. 아테나에 있는 친구들요."

"그애가 죽고 못 살던 어렸을 적 친구들 말이구나. 내 동료라는 인간 들의 자식들. 그애들은 누구한테 들었을지 궁금하구나."

"자살 소동 같은 건 없었군요." 제프가 말했다.

"없었다, 제프. 그런 일은 없었어. 내가 아는 한 낙태도 없었고."

"네, 알겠어요."

"그리고 설사 그런 일이 있었대도! 설사 내가 그 여자를 임신시켰고, 그래서 그 여자가 낙태한 후에 자살하려고 했었대도! 생각해봐라, 제 프, 그 여자가 자살에 성공했다 치자. 그러면 어쩔 건데? 그랬다면 어쩔 거냐고, 제프? 네 아비의 정부가 자살을 했다. 그러면 어쩔 건데? 이 아 비한테 대들기라도 할 거냐? 아비를 범죄자 취급하면서? 안 되지, 안 돼, 안 되지. 되돌아가보자, 한 발짝 되돌아가보자, 자살 시도로 되돌아 가보자고. 아, 아주 마음에 들어. 자살을 시도했다는 이야기를 누가 생 각해냈는지 정말 궁금하구나. 낙태 때문에 자살을 시도했다는 건가? 리사가 아테나에 있는 친구들한테 주워들은 이 멜로드라마를 확실하 게 정리 좀 해보자. 그 여자가 낙태를 원치 않았기 때문에 자살하려 들 었다는 건가? 낙태를 강요당해서? 알지. 그게 얼마나 잔인한 짓인지 안 다. 화재로 어린애 둘을 잃은 엄마가 애인의 아이를 가진 것으로 밝혀 진다. 미칠 듯 기뻐하겠지. 새로운 인생이 시작되는 거니까. 새로운 기 회를 얻는 거고. 죽은 아이들의 빈자리를 채워줄 아이가 새로 태어나 는 거니까. 그런데 그 애인이 절대 안 돼, 라고 말하며 여자의 머리채를 잡아끌고 의사에게 데려가고, 그런 다음에, 두말할 것 없이, 남자는 원 하는 대로 했으니 발가벗고 피를 뚝뚝 흘리는 여자의 몸뚱이를……"

그쯤에서 제프가 전화를 끊어버렸다.

하지만 그쯤에는 콜먼도 제프를 붙들고 계속 떠들어댈 마음이 없어졌다. 엘더호스텔의 노인 커플들이 다시 프로그램에 들어가기 전에 구내식당에 앉아 남은 커피를 마시는 걸 바라본 것만으로도, 지긋한 나이에 적절한 외모와 지긋한 나이에 적절한 이야기를 나누며 편안하게 그 시간을 즐기면서 두런거리는 소리를 들은 것만으로도, 이제까지 그가 해온 그 모든 인습적인 일들이 그에게 전혀 위안이 되지 못한다는 생각이 들었기 때문이다. 교수 노릇을 했던 것, 학장 노릇을 했던 것, 만만찮은 여자와 온갖 일을 겪으며 결혼생활을 유지해왔던 것뿐 아니라 가족을 거느렸던 것, 머리 좋은 자식들을 두었던 것 전부 인습을 따르는 행위였다. 그런데 그 모든 것이 그에게 준 게 아무것도 없었다. 만약 누군가의 자식들이 이런 상황을 이해할 수 있어야 한다면, 그건 그의 자식들이어야 하는 것 아닌가? 학교에 들어가기 전에 그가 해준 그 모든 교육. 읽어준 책들. 그가 사준 백과사전들. 늘 시험 준비를 도와준 것. 식사 시간에 나눈 대화. 아이리스와 그가 인생의 본질이 다양한 형태일 수 있음을 끊임없이 교육시켜왔던 것. 언어 습관에 대한 세심한 관찰. 이 모든 것을 함께했는데, 고작 그따위 사고방식으로 내게 대거리를 한단 말인가? 학교 교육도 끝까지 시키고 책도 다 사주고 그렇게 많은 대화를 나누고 하나같이 높은 SAT 점수를 받을 수 있게 해줬는데, 도저히 참을 수 없는 일이다. 그토록 진지하게 대해줬는데. 아무리 멍청한 소리를 해대도 진지하게 상대해줬는데. 이성과 정신과 풍부한 상상력으로 교감하는 능력을 발달시키기 위해 그토록 신경을 썼건만. 그리고 의심도. 철저한 논거에 기반해 의심하는 능력도 발달시키려 그렇게 신경을 썼건만. 혼자 힘으로 사고하는 능력은 또 어떻고. 그랬는데 소문을 듣자마자 그대로 믿어? 그 모든 교육이 다 소용없다 니. 아무것도 저 저열하기 짝이 없는 사고를 막아주지 못하다니. 이런 자문조차 해보지 않았던 거지. "하지만 우리 아버지가 그런 짓을 했다 니 말이 돼? 내가 아는 아버지가 그런 사람인가?" 네놈들 아비는 척 보 면 단번에 알 수 있는 인간이었던 게냐. TV는 절대 보지 못하게 했는 데 네놈들이 연속극에나 어울릴 사고를 하고 있구나. 그리스 고전이나 그에 상응하는 작품만 읽혔는데 한 사람의 인생을 빅토리아조의 연속 극으로 만들어버리다니. 네놈들 질문에 대답도 다 해줬는데. 뭐든 물 어보면 다. 한 번도 얼버무리지 않고. 너희가 조부모에 대해 물으면, 그분들이 어디 있느냐고 물어보면 난 대답해줬어. 너희 조부모님은, 그분들은 내가 어렸을 때 돌아가셨다고. 할아버지는 내가 고등학교에 다닐 때, 할머니는 내가 해군에 복무할 때 돌아가셨다고. 전쟁에서 귀 향했더니, 집주인이 오래전에 우리 세간을 모두 길바닥에 내놓았더라 고. 남아 있는 게 아무것도 없었다고. 집주인은 집세가 한 푼도 들어오 지 않아 어쩔 수 없었다는 둥 떠들고, 난 그 개자식을 죽이고 싶어 미 칠 지경이었다고. 사진첩. 편지. 내 어린 시절, 너희 조부모님의 어린 시 절을 떠올리게 해줄 물건, 그런 것이 모두, 남김없이, 사라져버렸다고. "할머니 할아버지는 어디서 태어나셨어요? 어디서 사셨어요?" 두 분 은 뉴저지에서 태어나셨지. 양가 친척 중 여기서 태어난 첫 세대셨단 다. 할아버지는 술집을 하셨지. 아마도 그분의 아버지, 너희 증조부도 러시아에서 술집 관련 일을 하셨던 것 같더구나. 러시아인에게 술을 파셨던 거지. "우리한테 고모랑 삼촌도 있어요?" 너희 할아버지에게는 형님이 한 분 있었는데 내가 어렸을 적에 캘리포니아로 갔고, 너희 할머니는 나와 마찬가지로 무남독녀셨지. 날 낳은 후로 할머니는 아이를 낳을 수 없게 되셨단다. 이유는 나도 잘 몰라. 너희 할아버지의 형제, 그러니까 할아버지의 형님이지, 그 양반은 질베르츠바이크라는 성을 그대로 쓰셨단다. 내가 아는 한 성을 바꾸지 않으셨어. 잭 질베르츠바이크였어. 구세계에서 태어나신 분이니까 그 성을 그대로 유지하신 거지. 해군에 있을 때 샌프란시스코에서 출항하게 되어 그 양반 소재를 알아내려고 캘리포니아 전화번호부를 모두 뒤졌단다. 그분은 너희 할아버지와 사이가 틀어졌었거든. 할아버지는 당신 형님을 게으른 건달이라고 생각하셔서 연을 끊고 싶어하셨어. 그래서 잭 백부님이 어느 도시에 사는지 아는 사람이 아무도 없었단다. 난 전화번호부를 다 찾아봤어. 백부님에게 친동생이 세상을 떴다는 소식이라도 전해주고 싶었거든. 한번 만나보고도 싶었고. 친가 쪽으로는 유일하게 생존해 있을지도 모르는 친척이잖니. 설사 그 양반이 건달이라 해도 무슨 상관이겠어? 그 양반에게 자식이 있다면, 그러니까 내 사촌들도 만나보고 싶었단다. 질베르츠바이크라는 성을 가진 사람들을 다 찾아봤지. 실크라는 성도 찾아보고. 실버라는 성도. 아마도 캘리포니아에서 살고 있다면 실버라는 성을 쓰지 않을까 싶었거든. 하지만 못 찾았단다. 지금도 모르고. 전혀 알 길이 없어. 그러다 찾는 걸 그만뒀어. 자기 가족이 없으면 헤어진 친척을 찾아보고 싶어지지. 그러다 너희가 태어났고, 난 백부나 사촌들에 대해 관심을 끊었단다…… 아이들 모두가 똑같은 이야기를 들었다. 그런데 마크만은 이 이야기에 만족하지 못했다. 마크의 형들은 그다지 캐묻지 않았지만 쌍둥이는 집요했다. "우리 조상

중에 쌍둥이가 있었어요?" 내가 알기로는, 이런 이야기를 들은 것도 같은데, 증조부나 고조부 중 한쪽이 쌍둥이였다는 것 같아. 이건 아이리스에게도 한 이야기였다. 이 모든 이야기는 아이리스에게 해주려고 콜먼이 날조해낸 것이었다. 두 사람이 처음 만났던 설리번 스트리트에서 그가 아이리스에게 해준 이야기이자 그 이후로도 고집스럽게 되풀이해온, 일종의 표준문안이었다. 그리고 이 이야기에 끝내 만족하지 못했던 아이가 바로 마크였다. "증조할아버지랑 증조할머니는 어디 출신이셨어요?" 러시아지. "어느 도시요?" 나도 네 할아버지나 할머니한테 물어본 적이 있지만 두 분 다 정확히 모르시는 것 같았어. 한번은 여기라고 했다가 또 한번은 다른 데라고 하셨으니까. 유태인 한 세대 전체가 그런 식으로 출신지를 확실히 모르는 일도 있다. 실제로 알지 못했던 거지. 나이든 양반들은 그런 얘기를 별로 안 하는데다 미국에서 태어난 아이들은 그다지 궁금해하지도 않았단다. 그저 자신들이 미국인이 되었다는 데 잔뜩 흥분해서, 다른 유태인 집안들처럼 우리 집안도 총체적인 지리적 기억상실증 같은 것에 걸려버렸지. 물어봐도 돌아오는 대답이라곤 "러시아"가 전부였어, 라고 콜먼은 아이들에게 말했다. 하지만 마크는 말했다. "러시아는 엄청나게 커요, 아빠. 그러니까, 러시아 어디요?" 마크는 잠자코 있으려 들지 않았다. 그런데 왜요? 왜요? 거기에 대답이 있을 리 없었다. 마크는 조상이 누구며 어디 출신인지 알고 싶어했다. 전부 콜먼이 절대 대답해줄 수 없는 것들이었다. 마크가 정통파 유태교 신자가 된 게 그 때문일까? 그 때문에 그애가 성서를 주제로 저항시를 쓰게 된 걸까? 마크가 나를 그토록 증오하는 것도 그래서일까? 그건 말도 안 된다. 기틀먼가(家)가 있었으니까. 기틀먼가의 외조부모가 있었다. 기틀먼가의 고모와 삼촌 들이 있었다. 뉴저지 전역에 기틀먼가의 어린 사촌들이 있었다. 그걸로 충분치 않았단 말인가? 친척이 얼마나 더 필요했기에? 실크나 질베르츠바이크 가문의 친척이 있어야 했던 걸까? 그런 걸로 불만스러워한다는 건 말도 안된다. 절대! 그럼에도 콜먼은, 전혀 이치에 닿지 않음에도 마크의 음울한 분노가 자신의 비밀과 관련된 것은 아닐까 걱정스러웠다. 마크가 콜먼과 불화하는 한, 그는 절대로 그 걱정을 털어버릴 수 없었고, 제프가 일방적으로 그의 전화를 끊어버린 이 순간만큼 그 걱정이 그를 괴롭힌 적은 없었다. 그의 혈통을 유전자에 지니고 있고 그 혈통을 그들의 아이들에게 전해줄 그의 자식들이, 그가 포니아에게 그렇게 잔인한 짓을 저질렀다고 그토록 쉽사리 의심할 수 있다는 걸 도대체 어떻게 이해해야 한단 말인가? 그가 그의 집안에 대해 이야기해줄 수 없기 때문인가? 자식들에게 당연히 이야기해줘야 하는 걸 이야기해주지 않았기 때문인가? 아이들에게 그런 정보를 주지 않은 것이 잘못이기 때문인가? 말도 안 돼! 응보는 무의식적으로 혹은 당사자 모르게 일어나지 않는다. 그런 식으로 대가를 치르지는 않는다. 그건 절대 아니다. 그럼에도 그는 전화 통화를 한 뒤 학생회관을 벗어나, 캠퍼스를 벗어나, 눈물을 흘리며 차를 몰고 산 위의 집으로 돌아오는 내내 그렇게 느꼈다.

집으로 돌아오는 동안 줄곧 그는 하마터면 아이리스에게 털어놓을 뻔했던 때를 회상했다. 쌍둥이가 태어난 뒤였었다. 이제 완벽한 가족을 이룬 셈이었다. 두 사람은 이뤄냈다. 그가 해낸 것이다. 아이들 중누구도 그가 감추고 있는 비밀의 징후를 보이지 않았고, 그는 자신의비밀에서 구원받은 것이나 다름없었다. 해냈다는 기쁨을 주체할 수 없었던 그는 모든 사실을 털어놓기 직전까지 가고 말았다. 그랬다, 그는 자신이 간직한 가장 큰 선물을 아내에게 안겨주려 했다. 그의 네 아이의 엄마인 그녀에게 아이들의 아버지가 진짜로 어떤 사람인지 말해주고 싶었던 것이다. 그는 아이리스에게 진실을 밝힐 참이었다. 아이리스가 눈부실 정도로 예쁜 쌍둥이를 낳은 후 그는 그 정도로 흥분하고 안도했으며, 그 정도로 자신이 딛고 있는 땅이 단단해졌다고 느꼈다. 그는 제프와 마이클에게 쌍둥이인 남동생과 여동생을 보여주기 위해 병원으로 데려갔다. 온갖 걱정거리 가운데 가장 무서운 걱정거리 하나가 그의 인생에서 송두리째 뽑혀 사라져버린 것 같았다.

하지만 끝내 그는 아이리스에게 그 선물을 줄 수 없었다. 선물을 주려던 충동으로부터 그를 구원한—또는 고스란히 떠안고 살도록 저주한—것은 아이리스의 친한 친구이자 미술협회 위원회에서 그녀와 가장 가까운 동료로 예쁘고 세련된 아마추어 수채화가인 클라우디아 맥체스니에게 닥친 지각변동 같은 사건이었다. 그 카운티에서 가장 큰 건설회사 사장인 남편이 두 집 살림을 해오고 있었다는 경악스러운 비밀이 폭로된 것이었다. 하비 맥체스니는 거의 팔 년 동안 아내 클라우디아보다 한참 어린 여자와 살았는데, 여자는 태코닉 근처 의자 공장의 경리였다. 하비는 그 여자와의 사이에 네 살과 여섯 살짜리 아이를 두었고, 매사추세츠 주 경계선과 바로 접한 뉴욕 주의 한 소도시에 이들을 위한 집을 얻었다. 그는 이들을 매주 찾아갔고, 이들을 부양했으며, 이들을 사랑하는 것처럼 보였다. 익명의—아마 건축업계에서 하비의 경쟁자인 누군가가 걸었을—전화 한 통이 클라우디아와 사춘기인 세 자녀에게 하비가 회사에 있지 않을 때 무슨 짓을 하고 다니는지 폭로하기 전까지, 아테나에 사는 맥체스니의 가족 누구도 이들의 존재를 몰랐다. 그날 밤 쓰러진 클라우디아는 완전히 무너져 손목을 그어 자살을 시도했다. 이날 새벽 세시부터 정신과 의사 친구의 도움을 받아 클라우디아를 구조해 날이 밝기도 전에 스톡브리지의 오스틴리그스 정신병원에 집어넣은 것이 아이리스였다. 아이리스는 갓 태어난 쌍둥이에게 젖을 먹이고 아직 학교에 들어가지 않은 두 사내아이의 엄마 노릇을 하는 한편, 매일같이 병원에 들러 클라우디아에게 말을 걸고 그녀가 흔들리지 않도록 격려하고 안심시키고 돌볼 화분을 가져다주고, 한가한 시간에 들여다보도록 미술 관련 서적을 구해다주고, 심지어 클라우디아의 머리를 빗기고 땋아주기까지 했다. 오 주 후 정신과 치료 못지않게 헌신적이었던 아이리스의 간호 덕에 퇴원해 집으로 돌아온 클라우디아는 자신에게 지독한 비참함을 안긴 남편이라는 사내를 떼어버리는 데 필요한 조치를 취하기 시작했다.

며칠 지나지 않아 아이리스는 피츠필드에 있는 이혼 전문 변호사 한 명을 클라우디아에게 소개했다. 그리고 갓난아이 둘을 포함한 실크네 아이 모두를 스테이션왜건 뒷좌석에 벨트로 묶어 앉힌 다음, 옆에 클라우디아를 태우고 변호사 사무실로 운전해 갔다. 별거 준비가 시작되었는지, 클라우디아를 맥체스니로부터 해방시키기 위한 조치가 진행중인지 직접 확인하기 위해서였다. 그날 집으로 운전해 돌아오는 동안, 아이리스는 사람들의 사기를 북돋는 데 일가견이 있는 자신의 장기를 십분 발휘해 클라우디아를 쉼 없이 격려했고, 자신의 인생을 바로잡겠다는 클라우디아의 결심이 다른 두려움 때문에 약해지지 않도록 신경을 썼다.

"정말 사람을 비참하게 만드는 짓이야." 아이리스가 말했다. "애인 얘기만이 아니야. 그것도 정말 못된 짓이지만 그럴 수도 있다 쳐. 달리 자식을 뒀다는 것 때문만도 아니야. 다른 여자하고 어린 아들딸을 기르고 있었다니, 아내라면 누구라도 그런 사실을 알면 고통스럽고 끔찍해. 하지만 정말 사람을 비참하게 만드는 건 비밀을 갖고 있었다는 거야, 콜먼. 클라우디아가 더이상 살고 싶지 않다고 생각한 건 그래서야. '내가 느낀 그 친밀감은 뭐였지?' 이 생각만 하면 걘 울음을 터뜨려. '내가 느낀 그 친밀감은 뭐였지.' 걘 이렇게 말해. '그런 비밀이 있었는데?' 남편이 개한테 사실을 숨겼다는 거, 남편이 개한테 사실을 숨긴 채 살아왔다는 거. 이 사실이 클라우디아를 완전 무방비 상태로 만드는 거야. 그래서 아직도 자살을 생각하는 거고. 나한테 그랬어. '시체를 발견한 기분이야. 시체 세 구를. 우리 집 마루 밑에 시체 세 구가 숨겨져 있었던 거야.'" "그랬군." 콜먼이 말했다. "꼭 그리스비극에 나오는 이야기 같네. 「바쿠스의 여신도들」 말이야." "그것보다 더 심하지." 아이리스가 말했다. "이건 「바쿠스의 여신도들」에 나오는 이야기가 아니니까. 클라우디아의 인생에서 벌어진 이야기니까."

거의 일 년 가까이 외래환자로 통원 치료를 받은 후 클라우디아는 남편과 화해했고, 남편은 다시 아테나의 집으로 돌아왔으며, 맥체스니 집안은 다시 한 가족으로 새 출발했다. 하비가 배다른 아이들을 버릴 수는 없으니 부양 책임은 지겠지만, 아이들의 엄마와는 관계를 끊는 데 동의했던 것이다. 그렇게 되자 클라우디아는 우정을 지속시킬 열의가 없는 것처럼 보였는데, 아이리스도 마찬가지였다. 클라우디아가 미술협회 위원을 그만둔 뒤로는, 대개 아이리스가 중심이 되는 사교 모임이나 단체 모임에서 두 여자가 만나는 일은 없었다.

콜먼은 아내에게 자신의 놀라운 비밀을 털어놓으려던—쌍둥이가 태어났을 때 승리감에 도취되어 저지르려 했던—계획을 접었다. 자신이 저지를 뻔했던 그야말로 유치한 감상적 곡예에서 구원을 받은 것이라고 콜먼은 생각했다. 갑자기 바보처럼 생각하기 시작했던 거야. 타인에 대한 불신, 경계심, 자기 불신을 완전히 털어버리고, 모든 고난이 끝나고 복잡한 문제들도 사라졌다고 생각하고, 내 현재 상황뿐 아니라 어쩌다 이렇게 됐는지조차 망각하고, 부지런함과 극기를, 어떠한 상황도 철저하게 따져보는 걸 포기하는 것이 모든 상황과 모든 사람에게 최선이라는 생각이 갑자기 들었던 거야…… 누구나 감내해야 하는 혼자만의 싸움을 어떻게든 회피할 수 있을 것 같았던 거지. 특유의, 불변의 자아, 그것을 위해서 전쟁을 불사하기도 하는 그 자아라는 걸 마음대로 선택했다 버릴 수라도 있는 것처럼. 쌍둥이가 흠잡을 데 없는 백인으로 태어났다는 사실 때문에 그는 하마터면 자신의 내면에서 가장 강하고 가장 현명한 부분을 끄집어내어 갈가리 찢어발길 뻔했다. 그는 "아무 짓도 하지 마라"는 지혜에 구원을 받았다.

하지만 이전에도 콜먼은 비슷하게 멍청하고 감상적인 짓을 저지른 적이 있었다. 첫아이가 태어난 후였는데, 애들피 대학 고전학과의 젊은 교수였던 그는 펜실베이니아 대학에서 사흘에 걸쳐 열린 일리아스 학회에 참석했다. 그는 연구 논문 한 편을 발표했고, 사람들과 안면을 트기도 했으며, 한 유명한 고전학과 교수로부터 프린스턴 대학에 교수 자리가 났으니 지원해보라는 은밀한 권유를 받기도 했다. 집으로 돌아오는 길에 그는 생의 정점에 다다랐다는 생각에 심취한 나머지, 뉴저지 유료 고속도로에서 북쪽으로 방향을 잡아 롱아일랜드로 가는 대신 하마터면 남쪽으로 방향을 틀어 세일럼과 컴벌랜드카운티 뒷길을 따라 내려가는 도로로 접어들 뻔했다. 어머니의 조상들이 대대로 살아온 고장이자 그가 어렸을 적에 매년 친족들끼리 소풍을 가곤 했던 굴드타운으로 가기 위해. 그랬다, 그때도 아버지가 되었다는 사실 때문에, 인간이 생각하기를 멈추면 으레 찾게 마련인 중요한 감정인 느긋한 기쁨을 맛보려 했던 것이다. 하지만 아들 하나를 얻었다고 해서 남쪽으로 방향을 틀어 굴드타운으로 향할 필요는 없었다. 아들 하나를 얻었다고 해서, 조금 후 뉴저지 북쪽에 이르렀을 때 굳이 뉴어크 분기점으로 빠져나가 이스트오렌지로 방향을 잡을 필요는 없었다. 억눌러야 할 충동이 하나 더 있었던 것이다. 어머니를 만나서 어떻게 살았는지 이야기하고 손자를 데려와 보여주고 싶은 충동. 어머니를 버린 지 이 년 만에, 월터가 그렇게 경고했음에도 불쑥 솟구친, 자신의 모습을 어머니에게 보여주고 싶다는 충동. 안 될 일이었다. 절대 그럴 수는 없었다. 그래서 그는 그 대신 백인 아내와 백인 자식들이 기다리는 집을 향해 곧장 달렸다.

그리고 그로부터 사십여 년 뒤, 비방에 시달려야 했었던 대학에서 차를 몰고 집으로 돌아가는 내내, 그는 그의 인생 최고의 순간을 떠올렸다. 자식들의 출생, 그로 인해 들떴던 마음, 몹시 순수했던 흥분, 결심마저 위태롭게 만들었던 동요, 그의 결심을 거의 없었던 일로 만들 뻔했을 만큼 크나컸던 안도감. 그리고 그는 그의 인생에서 최악의 밤을, 해군 시절 노퍽의 그 유명한 백인 전용 매춘업소 오리스의 집에서 쫓겨났던 밤을 떠올렸다. "어이, 애송이, 자기 새까만 깜둥이 아냐?" 그 말이 떨어지기 무섭게 깡패들이 현관문 밖으로, 계단과 인도 너머 차도로 그를 내팽개쳤다. 워윅 애비뉴의 룰루의 집으로나 가보라면서. 룰루의 집이 너 같은 깜둥이가 가는 곳이야, 깡패들이 그의 등뒤에서 소리쳤다. 그는 이마를 차도 바닥에 짓찧었지만 이내 몸을 일으켜 골목이 나타날 때까지 죽어라 달렸다. 토요일만 되면 곳곳에서 곤봉을 휘저으며 순찰을 도는 해군 헌병대의 눈에 띄지 않으려고 큰길에서 벗어났다. 그가 화장실을 찾아 간신히 들어갈 용기를 낼 수 있었던 술집은 그의 몰골만큼이나 추레했다. 햄턴 로드와 뉴포트 뉴스 페리(해병을 룰루의 집으로 실어 나르는 페리)에서 겨우 몇백 피트 떨어져 있고 오리스의 집에서는 열 블록쯤 떨어진 데 있는 유색인 바였다. 이스트오렌지에서 친구와 어울려 뉴어크 어름에 자리잡은 빌리스 트와일라잇 클럽을 들락거리며 축구 도박에 빠져 지내던 고등학생 시절 이후로 처음 들어가보는 유색인 바였다. 고등학교에 들어가고 첫 두 해 동안 콜먼은 사람들 눈을 피해 권투를 하는 틈틈이 가을 내내 빌리스 트와일라잇에 들락거렸다. 이스트오렌지의 백인 아이로서 유태인 아버지가 운영하던 선술집에서 보고 들은 거라고 그가 주장하고 다닌 술집에 대한 온갖 지식은 사실 그때 얻은 것이었다.

그는 그 밤 찢어진 얼굴에서 흐르는 피를 지혈시키려고 얼마나 애썼는지, 흰 점퍼에 묻은 핏자국을 아무리 닦아내도 피가 계속 떨어져 온전신에 튀는 바람에 얼마나 난감했었는지 떠올렸다. 시트가 떨어져나간 변기에는 똥이 튀어 있었고 축축한 판자 바닥은 오줌으로 흥건했으며, 세면대라고 불러도 되는지 의심스러운 세면대는 가래와 토사물로 가득해 돼지 구유를 방불케 했다. 그래서 손목의 통증 때문에 구역질이 났을 때 그는 오물 구덩이 위로 고개를 숙이느니 차라리 벽에 대고 토했다.

그곳은 정말 불쾌하고 시끄럽고 음습한 술집으로, 살면서 그렇게 끔찍한 곳은 처음이었다. 머릿속에 떠올릴 수 있는 최악으로 구역질나는 술집이었다. 하지만 그는 어딘가에 몸을 숨겨야 했고, 그래서 그 술집에 바글거리는 인간쓰레기들로부터 가능한 한 멀리 떨어진 자리에 앉았다. 극심한 두려움에 사로잡힌 그는 마음을 가라앉히고 통증을 누그러뜨리기 위해, 그리고 사람들 시선을 끌지 않기 위해 맥주를 찔끔찔끔 마시는 척했다. 그가 맥주를 사서 빈 테이블들 구석 벽에 몸을 감춘 뒤로는 술집 안의 누구도 그가 앉은 쪽으로 시선을 주지 않았지만 말이다. 백인 매춘업소에서 그랬던 것처럼, 이 바에서도 그를 그가 아닌 다른 사람으로 보는 사람은 아무도 없었다.

맥주를 두 병째 마시고 있었지만 그는 있어서는 안 될 장소에 있다는 것을 알고 있었다. 만약 해군 헌병대한테 붙잡히기라도 한다면, 그가 왜 오리스의 집에서 쫓겨났는지 그들이 알게 된다면 그야말로 신세를 망칠 판이었다. 군사재판, 유죄판결, 장기 노역형에 이어 불명예제대를 당할지도 몰랐다. 그저 인종을 속이고 해군에 들어왔을 뿐인데, 검둥이라면 행주를 빨거나 어지럽혀진 마루에 대걸레질을 하는 것이 당연한 곳에 발을 들여놓을 정도로 멍청했을 뿐인데.

이것으로 끝내자. 복무 기간을 채우고 나면, 백인으로서 남은 기간을 보내고 나면, 그만 끝내자. 더는 못하겠어. 그는 생각했다. 이러고 싶지도 않아. 그전에 그는 진정한 치욕이 어떤 것인지 알지 못했다. 경찰을 피해 숨어 다녀야 한다는 것이 어떤 것인지 알지 못했다. 전에는 단 한 번도 주먹에 맞아 피를 흘려본 적이 없었다. 아마추어 권투경기에서 숱한 라운드를 싸우면서도 그는 피 한 방울 흘린 적 없었고, 어떤 식으로건 다치거나 몸이 상했던 적이 없었다. 그런데 이제 그의 흰 점퍼는 수술 자리를 싸맨 붕대만큼이나 새빨갰고, 바지는 엉긴 피로 축축했으며, 나가떨어질 때 도랑에 처박혔던 무릎 부분은 찢어진데다 더러웠다. 게다가 한쪽 손목은 나가떨어질 때 바닥을 짚다 다쳤는지, 뼈가 으스러진 게 아닐까 싶을 정도로 아팠다. 움직일 수도, 건드릴 수도 없었다. 그는 통증을 덜기 위해 맥주를 마저 마셔버리고 한 병을 더 사왔다.

일이 이렇게 돼버린 것은 애초에 그가 아버지의 기대를 채워드리지 못했기 때문이었다. 아버지의 명령을 조롱했기 때문이었고, 돌아가신 아버지를 완전히 저버렸기 때문이었다. 그가 아버지처럼, 월터처럼 살았다면 모든 게 달랐을 것이다. 하지만 그는 처음에는 해군에 입대하기 위해 법을 어겼고, 지금은 백인 여자를 사서 그짓을 해보려다 일어날 수 있는 최악의 재앙에 빠져버렸다. "제대할 때까지만 버틸 수 있게 해주세요. 무사히 복귀하게 해주세요. 그러면 다시는 거짓말 안 할게요. 복무 기간만 제대로 마칠 수 있게 해주면, 이걸로 다 끝낼게요!" 아버지가 식당차에서 급작스럽게 세상을 뜬 후 처음으로 그는 아버지를 향해 말했다.

계속 이런 식으로 살아간다면 그의 인생은 결국 아무것도 아니게 되고 말 것이다. 그걸 어떻게 아느냐고? 아버지가 콜먼의 말에 응답해주었기 때문이다. 늘 그랬던 것처럼, 정직하게 살아온 사람의 절대적인 정당성이 실린, 그 익숙하고 거역하기 힘든 권위 있는 충고가 다시 한 번 아버지의 가슴에서 울려나왔던 것이다. 콜먼이 계속 이런 식으로 살아간다면, 목에 칼을 맞고 길에서 생을 마감할 것이다. 지금 그가 있는 곳을 보라. 숨겠다고 어디로 기어들었는지 한번 보란 말이다. 어쩌다 이 꼴이 된 거지? 이유가 뭐지? 바로 그의 신조 때문이다. 그 건방지고 오만한 "난 당신들과 다르고, 난 당신들을 참을 수 없고, 난 당신들 흑인들이 말하는 '우리'의 일부가 아니다"라는 신조 때문이다. 그들의 '우리'에 맞서기 위한 그 대단한 영웅적 투쟁. 그런데 지금 그가 어떤 꼴인지 보라! 그 대단한 독자성을 지키기 위한 열정적 투쟁, 흑인들의 숙명에 대한 반란. 그리고 그 잘난 반항아가 결국 어떤 꼴이 됐는지 보라! 존재의 보다 심오한 의미를 찾겠다던 네가 다다른 곳이 겨우 여기냐, 콜먼? 사랑으로 충만한 세상, 그게 네게 주어졌는데도, 대신 이런 꼴이 되려고 그걸 버린 거로구나! 네가 저지른 그 슬프고 무모한 짓을 봐라! 단순히 너 자신에게만 그런 게 아니다. 우리 모두에게 그런 짓을 한 거다. 어니스틴에게. 월터에게. 어머니에게. 내게. 무덤에 누워 있는 내게. 무덤에 누워 있는 네 할아버지에게. 또 무슨 거창한 일을 꾸미는 거지, 콜먼 브루터스? 다음에는 누굴 현혹시킨 다음 배반하려는 거지?

그렇다 해도 거리로 나갈 수는 없었다. 해병 헌병대가, 군사재판이, 영창이, 그리고 남은 평생을 따라다닐 불명예제대가 두려웠다. 그의 내면의 모든 감정이 격하게 들끓어서 그는 계속 술을 마셔대는 것 말고는 아무것도 할 수 없었다. 그리고 당연한 수순인 듯 그와 같은 인종임을 한눈에 알 수 있는 매춘부 하나가 다가와 그의 옆에 앉았다.

아침에 그를 발견한 해군 헌병대는 그의 피투성이 상처와 부러진 손목과 때가 잔뜩 묻고 흐트러진 군복을 검둥이 동네에서 하룻밤을 보낸 탓으로 돌렸다. 검둥이 갈보와 그짓이 하고 싶어 그곳을 헤집고 돌아다닌—가진 돈은 다 털리고 몰골은 엉망진창으로 망가진(거기다 근사한 문신까지 얻은)—휜둥이 녀석이 도선장 경사로 뒤편의 깨진 유리병 조각들로 뒤덮인 곳에 버려져 있다가 청소부에게 발견된 거라고 결론을 내렸다.

문신 내용은 "미 해군"이 전부로, 글자 크기는 0.25인치도 채 안 되었고, 길이 2인치 정도 되는 푸른색 닻의 푸른색 닻혀 사이에 푸른 안료로 새겨져 있었다. 군인 문신치고는 그야말로 소박한 것으로, 오른팔에서 어깨로 이어지는 부위 바로 아래쪽에 신중하게 위치를 잡아 쉽게 가릴 수 있는 문신이었다. 하지만 어떻게 해서 그 문신이 생겼는지 떠올릴 때면, 인생 최악의 밤에 겪었던 혼란스러움뿐 아니라 그 혼란스러움의 저변에 깔려 있는 모든 게 한꺼번에 떠올랐다. 그것은 그가 살아온 전 인생의 내력, 영웅심과 치욕의 불가분성을 보여주는 징표였다. 그 푸른색 문신 안에 깊이 새겨진 것은 진정한 그의 총체적 모습이었다. 결코 지워버릴 수 없는 것의 원형으로서 문신이야말로 제거할 수 없는 것의 상징이었기에, 거기에는 결코 지워버릴 수 없는 인생 전체가 고스란히 담겨 있었다. 어마어마한 기획 또한 거기 있었다. 외부의 힘들도 거기 있었다. 예측 불허한 것들, 즉 폭로가 지닌 모든 위험과 은폐가 지닌 모든 위험의 총체적인 사슬이었다. 심지어 인생의 무의미함까지도 그 어리석고 조그만 푸른 문신에 담겨 있었다.

그와 델핀 루의 껄끄러운 관계는 그가 강의실로 복귀한 첫 학기에 시작되었다. 콜먼의 그리스비극 강좌 수강생 가운데 공교롭게도 루 교수의 애제자인 여학생이 있었는데, 이 학생이 강의 텍스트인 에우리피데스의 희곡에 대한 불만을 학과장인 루 교수에게 제기했던 것이다. 한 작품은 「히폴리투스」이고 다른 하나는 「알케스티스」로, 엘리나 미트닉이라는 그 학생은 두 작품이 '여성 폄하적'이라고 생각했다.

"그렇다면 미트닉 양의 심기를 건드리지 않기 위해 내가 어떻게 하면 되겠나? 내 강의 목록에서 아예 에우리피데스를 빼버리라는 건가?"

"전혀 그렇지 않습니다. 교수님께서 에우리피데스를 강의하는 방식에 달려 있는 게 분명하니까요."

"그렇다면 요즘에는 도대체 어떤 게 지정된 강의 방식인가?" 콜먼은 그 논쟁에는 인내심이나 정중함 따위를 갖출 필요가 없다고 생각하며 물었다. 게다가 델핀 루를 당황하게 만들기 더 쉬운 방법은 논쟁을 아예 피하는 거였다. 루는 자신의 지적인 면에 대해 자부심이 넘쳤지만 겨우 스물아홉 살이었고, 학교 밖 경험이 사실상 전무했다. 또 학과장 일에도 익숙지 않았고, 이 대학과 미국이라는 나라도 상대적으로 낯설었다. 지금까지 그녀와 대면해본 결과, 그녀가 콜먼의 단순한 상급자가 아니라 시건방진 상급자처럼 보이려 드는 행태―가령 "강의 방식에 달려 있는 게 분명하다" 어쩌고 하는 언사 따위―를 격퇴하는 최고의 방법은 그녀의 판단 따위에는 전혀 관심 없다는 듯 행동하는 것이었다. 그를 참을 수 없이 싫어하면서도 그녀는, 아테나 대학의 다른 교수들에게 그토록 깊은 인상을 남겼던 자신의 화려한 학력이 여전히 이 전임 학장은 제압하지 못한다는 사실을 못 견뎌했다. 예일대 대학원을 갓 졸업한 그녀를 오 년 전에 마지못해 임용한 남자, 이후 내내 그녀를 고용한 걸 후회한 남자, 특히 그의 과의 돌대가리 교수들이 정신 못 차리고 애송이 여교수를 학과장으로 앉힌 뒤로는 더더욱 못마땅함을 감추지 않는 이 남자 앞에서 본의 아니게 위축되는 습관을 그녀는 도무지 떨치지 못했다.

오늘날까지도 그녀는 자신이 콜먼을 동요하게 만들 수 있기를 바랄 정도로 콜먼 실크의 존재에 불안감을 느꼈다. 콜먼의 어떤 면이 늘 그녀를 어린 시절로 돌아가게 만들었다. 사람들에게 간파당하고 있는 게 아닐까 두려워하던 조숙했던 어린아이 시절로, 또한 아무도 자신의 마음을 알아주지 않을까 두려워하던 조숙했던 어린아이 시절로. 자신의 속내를 들키는 것을 두려워하면서 동시에 남의 시선을 받지 못해 안달인 것, 그야말로 딜레마였다. 콜먼의 어떤 면은 심지어 그녀로 하여금 자신의 영어 실력을 의심하게 만들었다. 콜먼만 아니라면 평소 영어를 사용하면서 전혀 불편함을 느끼지 않는데 말이다. 두 사람이 대면할 때마다 뭔가가, 그가 원하는 것은 오로지 그녀의 두 손을 등뒤로 돌려 결박하는 것뿐이라는 생각이 들게 했다.

이 뭔가는 뭘까? 면접을 보기 위해 맨 처음 그의 연구실을 찾았을 때 그가 성적 측면에서 그녀에 대해 평가를 내린 게 그것일까? 아니면 성적 측면을 배제하고 평가를 내린 게 그것일까? 그날 아침은 스스로 생각해도 그녀의 모든 능력을 최대한으로 발휘한 날이었는데도, 그가 그녀를 어떻게 평가했는지를 읽어내기는 불가능했다. 그녀는 멋지게 보이길 원했던 만큼 멋지게 보였고, 능변가로 보이길 원했던 만큼 유려하게 말했고, 자신의 이야기에서 학자다움이 묻어나기를 원했던 만큼 그 점에서도 성공을 거뒀다. 그녀는 확신했다. 그럼에도 그는 그녀가 어린 여학생인 것처럼, 별 볼 일 없는 부모를 둔 하찮은 어린애인 것처럼 바라봤던 것이다.

그런데 이제 와 생각해보면 그건 격자무늬 킬트 스커트 때문이었는지도 모른다. 미니스커트처럼 보이는 킬트가 여학생 교복을 연상시켰을 수도 있다. 특히 그걸 입은 사람이 두 눈이 거의 얼굴 전체를 차지하고 있는 것처럼 보일 만큼 작은 얼굴에, 몸에 걸친 옷가지니 뭐니 다 합쳐도 100파운드* 될까 말까 하는, 날씬하고 자그마한 몸집에 머리칼은 새까만 젊은 여성이었으니까. 검정 캐시미어 터틀넥 셔츠와 검은색 타이츠 그리고 검은색 롱부츠에 킬트 스커트를 입은 건, 복장으로 성적 매력을 제거하려는 것도(그녀가 이제까지 미국에서 만난 대학가의 여성들은 그렇게 하기 위해 너무도 열심히 노력하는 것처럼 보였다), 그를 애태우려는 것처럼 보이기 위한 것도 아니었다. 육십대 중반이라고 들었는데도 콜먼은, 쉰 살인 그녀의 아버지보다 별로 나이들어 보이지 않았다. 실제로 콜먼은, 그녀가 열두 살 때부터 그녀에게 눈독을 들였던 아버지 회사의 주니어 파트너와 비슷하다고 봐도 될 정도였다. 학장과 마주 앉았을 때 그녀는 다리를 꼬았다. 그러자 킬트 자락이 벌어졌는데 그녀는 일 분 정도 기다렸다 끌어내려 덮었다. 마치 지갑을 닫는 것만큼이나 기계적으로. 자신이 비록 어려 보이기는 해도, 어린 여학생처럼 겁이 많고 새침하지도 않으며, 여학생들의 규칙에 갇혀 꼼짝 못하지도 않는다는 것을 보여주고 싶었기 때문이다. 벌어진 스커트

---

* 약 45.36킬로그램.

자락을 그대로 놔두어 인터뷰하는 내내 검정 타이츠 속의 날씬한 허벅지에 그의 시선이 가게 할 생각이라고 그가 상상하게 만들어 정반대의 인상을 주고 싶지 않았던 것만큼이나 여학생 같은 인상을 남기고 싶지도 않았던 것이다. 그녀는 태도뿐만 아니라 의상 선택에서도 스물넷인 자신을 아주 흥미로운 존재로 만들어주는 온갖 힘이 그에게 복합적으로 작용하도록 최선을 다했다.

그날 아침 그녀가 착용한 액세서리는 왼손 중지에 낀 커다란 반지뿐이었다. 그것 또한 그녀의 지식인적 일면을 보여주기 위해 선택된 것이었다. 욕망과 심미안을 숨기지 않고, 솔직하고 방어적이지 않은 방식으로 인생의 탐미적 측면을 즐기면서도, 평생 헌신적으로 학문에 매진하는 지식인이기도 하다는 걸 보여주기 위한 장신구였다. 로마 시대의 인장 반지를 본떠 18세기에 만들어진 그 반지는 전에 남자가 꼈던 것으로 남자 손가락 굵기에 맞춰져 있었다. 반지에 평평하게—그래서 투박하고 남성적으로 보이게—박힌 타원형 마노에는 다나에가 황금비雨로 변한 제우스를 받아들이는 장면이 새겨져 있었다. 델핀 루가 스무 살이던 사 년 전, 파리에서 반지의 주인이었던 교수가 정표情表로 준 것이었다. 그녀가 저항하지 못하고 열정적인 관계에 빠지고 만 유일한 교수였다. 공교롭게도, 그 교수 역시 고전학자였다. 그의 연구실에서 처음 만났을 때, 그는 몹시 쌀쌀맞고 사람을 평가하려 드는 듯이 보였다. 그래서 그가 못마땅한 척하면서 사실은 게임을 하듯 자신을 유혹하고 있다는 것을 깨닫기 전까지 그녀는 몸이 말을 듣지 않을 정도로 두려움을 느꼈었다. 실크 학장이 의도했던 것도 그런 것이었을까?

하지만 시선을 끌 만큼 반지가 큰데도, 학장은 마노에 조각된 황금

비를 구경하자고 한 번도 청하지 않았고, 그녀는 그것도 나쁠 것 없다고 판단했다. 어떻게 해서 그 반지를 손에 넣었는지에 대한 이야기가 그녀가 대담한 성인임을 나타내는 증거가 될 수 있다 할지라도, 그는 오히려 그 반지를 경솔한 탐닉이나 성숙의 결여를 나타내주는 징표로 치부해버릴지도 몰랐다. 가능성이 별반 없는 희망을 제외한다면, 그녀는 처음 악수를 나눈 순간부터 줄곧 그가 비슷한 맥락으로 자신을 보았을 거라고 확신했는데, 그 생각이 맞았다. 콜먼이 그녀를 보고 내린 결론은, 그녀가 교수가 되기에는 너무 어리다는 것이었다. 그녀의 내면에는 미해결 상태의 모순들이 너무 많았고, 그러면서도 좀 지나치다 싶을 정도로 자기 자신을 대단하게 여기고, 어린애 그것도 자제력이 부족한 어린애처럼 뽐내기를 좋아했다. 쉽게 상처받는 데에도 상당한 재능이 있어 자신에 대한 반감의 기미만 느껴져도 지체 없이 달려들었다. 어린애로서는 물론 여자로서도 자신감이 넘치는 만큼 불안감도 강해서 성취에 성취를 더하고 찬사에 찬사를 더하며 정복에 정복을 더하는 것에 이끌리는 사람이었다. 나이에 비해 똑똑한, 지나치게 똑똑한 사람이지만 정서적으로는 표준에서 한참 벗어나 있고, 다른 측면에서도 대부분 심각하게 미숙했다.

그녀의 이력서와 여섯 살 때부터 시작된 지적 여행의 과정을 상세히 설명한 열다섯 쪽짜리 자전체自傳體의 자기소개서를 통해 콜먼은 너무도 분명하게 이해했다. 그녀의 자격 증명서는 실로 우수했지만, 콜먼은 그녀의 모든 면(그 자격 증명서까지도 포함해)이 아테나 대학처럼 작은 대학에는 특히 들어맞지 않는다는 인상을 받았다. 파리 16구 뤼 드 롱샹에서 특권층 자녀로 자람. 무슈 루는 엔지니어로 직원이 사십 명인 회사의 사주. 마담 루(발랭쿠르 가문 출신)는 유서 깊은 귀족 가문에서 태어난 지방 귀족, 한 남자의 아내이자 세 아이의 어머니, 중세 프랑스문학을 연구하는 학자, 하프시코드의 달인, 하프시코드 관련 문헌을 연구하는 학자, 가톨릭 역사학자 '등등'. 이 '등등'에 얼마나 많은 것이 함축돼 있는지! 위아래로 남자 형제가 있는 외동딸 델핀은 장송 드 사이 고등학교를 졸업했고, 그곳에서 철학과 문학, 영어와 독일어, 라틴어, 프랑스 문학을 공부했다. "프랑스 문학작품 전체를 공인된 방식으로 읽었고……" 장송 고등학교를 졸업한 후에 앙리4세 고등학교에서 "프랑스 문학과 철학, 영어와 영문학사를 깊이 있게 연구했음". 스무 살이 되어 앙리4세 고등학교를 마친 후에는 "한 해에 겨우 서른 명만 뽑히는…… 프랑스 지식인 사회의 엘리트로……" 퐁트네 고등사범학교를 다녔다. 논문은 「조르주 바타유의 자기부정」. 바타유? 뻔하지. 대단히 이지적인 척하는 예일대 대학원생이라면 너 나 할 것 없이 말라르메 아니면 바타유를 연구 과제로 삼는다. 그녀가 그에게 뭘 말하고 싶어하는지 이해하긴 어렵지 않았다. 특히 젊은 교수 시절 풀브라이트 재단의 지원을 받아 가족과 함께 일 년 동안 파리에 체류한 적이 있기 때문에 그곳에 대해 웬만큼 알았고, 엘리트 고등학교에서 교육받은 야심만만한 프랑스 아이들에 대해서도 웬만큼 알았다. 만반의 준비가 되어 있고, 지식인들 쪽에 훌륭한 연줄이 있으며, 가장 속물적인 프랑스 교육제도의 혜택을 누리며 자신들의 인생이 선망의 대상이 되도록 열심히 대비한, 아주 똑똑하지만 유치하기 짝이 없는 이 젊은이들은 토요일 밤만 되면 뤼 생자크에 있는 싸구려 베트남 식당에 죽치고 앉아 거창한 담론을 일삼는데, 절대로 시시한 주제나 잡담을 나누는 일이 없다. 오로지 사상, 정치, 철학만이 대화 주제가 될 수 있었다. 이 젊은이들은 한가한 시간이나 혼자 있을 때조차 헤겔의 사상이 20세기 프랑스 지식인의 삶에 어떤 식으로 수용되었는지에 대해 고심한다. 지식인이란 경박해서는 안 된다. 오로지 사유에만 전념하는 인생. 공격적인 마르크스주의자로 세뇌를 당했건, 공격적인 반마르크스주의자로 세뇌를 당했건 상관없이 그들은 모든 미국적인 것에 생래적으로 기겁한다. 이러한 혹은 이 이상의 지적 분위기 속에서 그녀는 예일대에 진학한다. 학부생들에게 프랑스어를 가르치면서 박사과정을 병행하는 조건으로. 자전체 자기소개서에서 밝히고 있듯, 그녀는 모든 프랑스 출신 지원자 가운데 입학이 허가된 단 두 명 중 하나다. "예일에 왔을 때 저는 데카르트적 이원론자였는데, 예일의 모든 것은 훨씬 더 다원주의적이고 다성적이었습니다." 학부생들을 가르치며 그녀는 신기해한다. 도대체 이 학생들은 지적 관점이라곤 없는 건가? 그저 인생을 즐기자는 그들의 인생관에 그녀는 큰 충격을 받는다. 이토록 혼란스럽고 무이념적인 사고방식, 생활방식이라니! 그들은 구로사와의 영화조차 본 적이 없었다. 그 정도도 모른다. 그들 나이였을 무렵, 그녀는 이미 구로사와의 전작全作, 타르코프스키의 전작, 펠리니의 전작, 안토니오니의 전작, 파스빈더의 전작, 베르트뮐러의 전작, 사티아지트 라이의 전작, 르네 클레르의 전작, 빔 벤더스의 전작, 트뤼포, 고다르, 샤브롤, 레네, 로메르, 르누아르의 모든 작품을 섭렵했는데, 그들이 본 영화라고는 〈스타워즈〉가 전부이다. 예일에서 가장 앞서가는 교수들의 강의를 들으며 그녀는 본격적으로 자신의 지적 사명을 재개한다. 하지만 약간은 헤매기도 한다. 혼란스러워하기도 한다. 특히 다른 대학원생들 때문에. 그녀는 자신처럼 지적 언어를 사용하는 사람들이 익숙한데, 이 미국인들이란…… 게다가 모든 사람이 그녀에게 흥미를 느끼는 건 아니라는 사실을 알게 된다. 미국에 건너올 때만 해도 모든 사람이 "이런 세상에, 이 여자, 고등사범학교 출신이야"라며 놀랄 것이라고 생각했다. 하지만 미국에 오니 그녀가 프랑스에서 밟아온 대단히 특별한 학문 여정과 그 권위를 높이 평가하는 사람이 아무도 없다. 그녀는 프랑스 엘리트 지식인의 신진으로서 당연히 받아야 한다고 길들어 있는 그런 유형의 인정을 받지 못한다. 심지어 그녀에게는 이미 익숙한 적의敵意 같은 것도 경험하지 못한다. 지도교수를 정하고 논문을 쓴다. 논문 심사에서 자기 논문을 방어한다. 학위를 받는다. 그렇게 놀라울 정도로 신속하게 학위를 받을 수 있었던 것은 이미 프랑스에서 죽어라 공부를 해뒀기 때문이다. 학교교육을 그토록 많이 받았고 공부도 열심히 했으니 이제 명문 대학—프린스턴, 컬럼비아, 코넬, 시카고—에서 비중 있는 자리만 얻으면 되는데, 그녀는 아무 자리도 얻지 못하고 코가 납작해진다. 아테나 대학 객원교수? 아테나 대학이 도대체 어디 박혀 있는 어떤 곳이람? 그녀는 코웃음친다. 지도교수가 이렇게 말하기 전까지는. "델핀, 이 시장에서는 비중 있는 자리를 얻으려면 일단 교수직에 있어야 해. 아테나 대학 객원조교수 자리라고 했나? 자네는 그 대학에 대해 들어본 적이 없겠지만 우리는 그렇지 않아. 나무랄 데 없는 꽤 훌륭한 대학일세. 첫 임용치고는 아주 훌륭한 자리야." 그녀와 동기인 외국 출신 대학원생들은 그녀가 아테나 대학에서 썩기에는 너무 아까운 인재라고, 그런 데 가는 건 스스로의 지위를 격하시키는 거라고 말한다. 하지만 가르치는 일만 주어진다면 스탑앤샵*의 보일러실이라도 기꺼이 달려갈 태세인 미국인 동기생들은 그렇게 도도한 모습을 보면서 델핀답다고 생각한다. 마지못해 그녀는 아테나 대학에 지원한다. 예의 그 미니킬트와 부츠 차림으로 실크 학장의 책상 맞은편에 앉게 된다. 다음 자리, 멋진 자리를 얻기 위해 먼저 아테나에서 자리를 얻어야 하는데, 실크 학장은 한 시간 가까이 그녀의 이야기를 듣기만 하는 것으로 그녀가 아테나 교수직에 적합하지 않음을 암시한다. 서사 구조와 시간성. 예술작품이 지니는 내적 모순. 루소는 스스로를 숨기지만 그의 화려한 문체는 그의 정체를 드러낸다(자전체 소개서 속의 이 여자와 약간 닮은 데가 있군, 학장은 생각한다). 비평가의 목소리는 헤로도토스의 목소리만큼이나 정당하다. 서사학. 디에게시스적인. 디에게시스와 미메시스의 차이.** 판단이 유보된 경험. 텍스트가 지니는 예기적 특성. 콜먼은 그 모든 게 무슨 뜻이냐고 물을 필요가 없다. 예일대에서 사용하는 모든 용어와 고등사범학교에서 사용하는 모든 용어의 어원인 그리스어의 단어와 그 의미를 이미 꿰고 있기 때문이다. 이 여자도 그럴까? 콜먼은 삼십 년 넘게 그걸 파왔기 때문에, 더이상은 그런 데 귀기울일 시간 따위 없다. 그는 생각한다. 왜 이처럼 아름다운 여성이 자신의 경험이 지닌 인간적 차원으로부터 도망쳐 이런 말들 뒤에 숨으려 드는 걸까? 어쩌면 너무도 아름답기 때문인지 모른다. 그는 생각한다. 그래서 저토록 조심스럽게 자기평가를 하고 저토록 철저하게 착각에 빠지는 것이다.

---

* 뉴잉글랜드 지역을 기반으로 하는 슈퍼마켓 체인점.
** 서사학에서 사용되는 개념으로, 디에게시스는 사물이나 사건에 관해 서술하는 것, 미메시스는 사물이나 사건을 보여주는 것.

물론 그녀에게는 자격 증명서가 있다. 하지만 콜먼이 보기에 그녀는 명문대의 헛소리들 그 자체였고, 아테나대 학생들에게 그런 헛소리는 전혀 필요 없지만 아테나의 이류 교수들은 그 헛소리의 호소력에 저항하지 못할 것이었다.

당시 그는 그녀의 임용이 자신을 편견 없는 사람으로 만들어주는 일이라고 생각했다. 하지만 사실은 그녀가 빌어먹게도 매혹적이기 때문이었다는 쪽이 진실에 더 가까울 것이다. 너무도 아름다웠다. 너무도 마음이 끌렸다. 특히 딸 정도의 나이로 보이는 것 때문에.

델핀 루는 약간 멜로드라마같이 생각하는 바람에 그의 시선을 오해했다. 그가 그녀의 두 손을 등뒤로 돌려 결박하길 원한다고 말이다. 그녀의 영리함을 가로막는 장애의 하나가 바로 이런 욕망, 즉 단순히 멜로드라마스러운 결론으로 비약하는 데 그치지 않고 멜로드라마적 주술에 에로틱하게 굴복하고 마는 욕망이었다. 그녀는 그가 무슨 수를 써서든 그녀를 그의 주변에 두지 않을 것이라고 생각했다. 하지만 결국 그는 그녀를 임용했다. 그렇게 해서 둘의 적대적인 관계가 본격적으로 시작되었다.

그런데 이제 면담을 하자고 사무실로 부른 것은 그녀 쪽이었다. 콜먼이 학장 자리에서 물러나 강의실로 복귀한 1995년에 그녀는 아직 서른이 되기도 전에—그러나 어쩌면 한때는 콜먼이 앉았던 학장 자리에 눈독을 들인 채—그리 규모가 크지 않은 학과의 학과장을 맡았다. 콜먼이 보기엔 자그맣고 예쁜 델핀이 고등사범학교 출신다운 세련된 감언이설과, (콜먼이 "영원히 변치 않을 자기과시 행위"라고 묘사했던) 장난꾸러기 계집애가 슬쩍슬쩍 내비치는 듯한 은근한 관능미로 거의 모든 돌대가리 교수들을 완전히 홀린 결과였다. 그 학과는 다른 어학과들을 비롯하여 몇십 년 전에 콜먼이 강사로서 출발했던 고전학과를 흡수, 통합해 생겨난 것이었다. 새로 생긴 어문학과에는 열한 명이 소속되어 있었는데, 러시아어, 이탈리아어, 스페인어, 독일어를 맡은 교수가 각 한 명씩이었고, 프랑스어는 델핀이, 고전학은 콜먼 실크가 맡았으며, 초급 강좌를 가르치는 몇몇 국가의 외국인들과 더불어 과중한 강의 시간에 허덕이는 신출내기 보조 강사가 다섯이었다.

"미트닉 양이 그 희곡 두 편을 엉뚱하게 해석한 것은," 콜먼이 루에게 말했다. "어떻게 바로잡아줄 도리가 없는 너무도 편협하고 지엽적인 이념적 관심사에 토대를 두고 있어서일세."

"그렇다면 교수님께서는 그 학생의 말을 부인하는 건 아니군요. 그 학생을 도와주려 들지 않으셨다는 것 말입니다."

"내가 자기한테 '젠더화된 언어'로 이야기한다고 들이대는 학생이라면 나한테 도움받을 단계를 넘어섰다고 볼 수 있네."

"그렇다면," 델핀이 가볍게 응수했다. "문제는 바로 거기 있는 거군요, 안 그런가요?"

콜먼은 웃었다. 그 웃음은 자연스럽게 나온 것이기도 했지만, 목적이 있는 것이기도 했다. "그래? 내가 사용하는 영어가 미트닉 양처럼 세련된 정신을 가진 사람에게 뉘앙스를 제대로 전달하기에 불충분하다는 말인가?"

"콜먼 교수님, 교수님은 오랫동안 강의실을 떠나 있었습니다."

"그리고 자네는 한 번도 강의실을 떠난 적이 없고. 자기." 일부러 이런 호칭을 사용하며 콜먼은 의도적으로 상대의 신경을 긁는 미소를 지었다. "난 평생에 걸쳐 이 희곡들을 읽어왔고, 이 희곡들에 대해 생각해왔네."

"하지만 단 한 번도 엘리나의 페미니스트적 관점에서는 아니었겠죠."

"단 한 번도 모세의 유태인적 관점으로 읽어본 적도 없지. 단 한 번도 요즘 유행하는, 관점에 대해 말하는 니체적 관점으로 읽어본 적도 없고."

"이 지구상에서 오직 콜먼 실크만은 순수하게 공평한 문학적 관점 외의 다른 관점은 없다는 거군요."

"거의 그렇다고 봐야지, 자기." 하는 김에 한번 더? 안 될 것도 없지. "우리 학생들은 무식하기가 구제불능 수준일세. 도대체 믿을 수 없을 정도로 저열한 교육을 받아왔다고. 이 학생들의 인생은 지적으로 황무지나 다름없어. 아무것도 모르는 상태로 대학에 들어와 아무것도 모르는 상태로 졸업하지. 학생들은 고전극을 읽는 방법조차도 모르는 상태로 내 수업을 듣기 시작한다네. 아테나 대학에서 가르친다는 것은, 특히 1990년대에, 미국 역사상 최고로 멍청한 세대를 가르친다는 것은 맨해튼의 브로드웨이를 걸어가며 혼자 중얼거리는 거나 같아. 다른 점이 있다면 열여덟 명이 자네가 혼자 중얼거리는 소리를 거리에서 듣는 대신 강의실에서 듣는다는 거지. 학생들은 '있잖아요' 말고는 쥐뿔도 모른다네. 거의 사십 년 가까이 그런 학생들—미트닉 양은 그런 학생들의 전형적인 예지—을 상대해온 내가 지금 말할 수 있는 것은, 그 학생들에게 가장 필요 없는 것이 바로 에우리피데스의 작품을 페미니스트적 관점으로 읽는 짓 같은 거라는 거야. 아주 무지한 독자들에게 에우리피데스를 페미니즘 관점으로 읽히는 것은 그애들이 '있잖아요' 따위의 골 빈 말을 집어치우게 만들 기회를 갖기도 전에 그애들의 사고를 아예 정지시켜버리기 위해 자네가 고안해낼 수 있는 최고의 방법일세. 자네처럼 프랑스의 학문적 풍토 속에서 공부한 교양 있는 여성이 에우리피데스를 페미니즘적 관점에서 읽는 것이 단순한 바보짓이 아닐 수도 있다고 여기다니 정말 믿기 힘들군. 자네는 그토록 짧은 기간 동안 정말로 그 분야에 해박해질 수 있었던 건가, 아니면 단순히 케케묵은 입신출세주의 때문에 페미니스트 동료들이 무서워 지금 이런 주장을 하는 건가? 만약 단순히 입신출세주의 때문이라면 난 뭐라고 할 생각이 없네. 그건 인간적이고, 이해할 수 있는 일이니까. 하지만 이 멍청한 주장에 대한 지적 책무에서 이러는 것이라면 매우 당황스럽네. 자네는 백치가 아니기 때문이지. 자네는 그렇게 어리석은 사람이 아니잖나. 프랑스에서 파리 고등사범을 나온 사람이라면 누구도 이런 문제를 진지하게 고려해볼 생각 따위 하지도 않을 것이기 때문일세. 아니면 그런 사람이 있는 건가? 「히폴리투스」나 「알케스티스」 같은 희곡 작품을 읽고, 각각의 작품에 대해 일주일 동안 강의실에서 논한 것을 듣고, 두 작품 가운데 어느 쪽에 대해서도 ‘여성 폄하적’이라는 주장 외에는 아무런 할말도 없는 것을, 빌어먹을 ‘관점’이라고 할 수는 없지 않겠나. 그건 구강청정제일 뿐일세. 그야말로 최신 구강청정제란 말일세.”

“엘리나는 학생입니다. 겨우 스무 살이고요. 그앤 지금 배우는 중이잖아요.”

“자기 학생을 두고 감상적이 되다니 자네답지 않군, 자기. 학생들을 좀더 진지한 태도로 대하게. 엘리나라는 학생은 배우고 있는 게 아닐세. 앵무새처럼 흉내나 내고 있을 뿐이지. 모르긴 몰라도 그 학생이 곧장 자네한테 달려간 건 아마 자네 흉내를 내고 있기 때문이겠지."

"그렇지 않아요. 만약 교수님이 저를 그런 문화적 프레임 안에 가두는 게 좋으시다면 그러셔도 상관없어요. 충분히 예상했던 일이니까. 저를 그런 유치한 프레임으로 판단하심으로써 별 무리 없이 우월감을 느끼신다면 그렇게 하시죠, 자기." 이번에는 그녀가 그 호칭을 미소와 함께 콜먼에게 되돌려주었다. "교수님이 엘리나를 대한 방식에서 그애는 모욕을 느꼈어요. 그래서 저한테로 달려온 거였고요. 교수님이 그애를 겁먹게 하셨어요. 그애는 기분이 상했다고요."

"글쎄, 자네 같은 인물을 임용한 내 행동의 결과를 대면할 때면 성가신 버릇들이 나타나서 말이네."

"마찬가지로," 그녀가 응수했다. "우리 학생 가운데 일부도 화석처럼 굳어진 교수법과 대면할 때면 성가신 버릇들이 나타나는 것 같습니다. 만약 교수님께서 늘 하던 것처럼 그 지루한 방식의 문학 강의를 고집하신다면, 그러니까 1950년대 이후로 계속해오신 대로 그리스비극에 대한 소위 인문학적 접근 방식만을 고집하신다면, 이런 갈등은 계속 일어날 겁니다."

"좋아." 콜먼이 말했다. "그냥 갈등이 일어나게 두게나." 그러고는 그 방에서 나와버렸다. 그랬기에 바로 다음 학기에 트레이시 커밍스라는 학생이 루 교수에게 달려가, 눈물이 그렁그렁한 채 거의 말도 제대로 잇지 못하면서, 자신이 없는 자리에서 실크 교수가 과 학생들 앞에서 자신에 대해 악의적이고 인종차별적인 표현을 썼다는 이야기를 들었는데 몹시 당혹스럽노라고 했을 때, 델핀은 그 혐의에 대해 논의하기 위해 콜먼을 자기 사무실로 부르는 것은 시간낭비일 뿐이라고 판단했다. 지난번에 여학생이 불만을 제기했을 때만큼이나 콜먼이 오만 불손하게 행동할 거라고 확신했기 때문이다. 그리고 지난번의 경험으로 볼 때 그를 면담해봐야 또 어떤 건방진 계집애가 감히 자신의 행동에 대해 따지고 드느냐고, 하찮게 여겨 마땅한 계집애의 문제에 자신이 직접 나서야 하느냐고 깔보는 태도로 나올 게 분명했기 때문이다. 그래서 콜먼의 후임인, 다루기 쉬운 학장에게 그 문제를 넘겨버렸다. 그러고 나서 그녀는 트레이시를 진정시키고 위로하며, 몹시 의기소침해진 부모도 없는 흑인 여자애를 거의 책임지다시피 하면서 좀더 유용하게 시간을 보낼 수 있었다. 그리고 사건이 있고 몇 주 후에는 트레이시가 짐을 싸 도망치지 못하도록—도망칠 곳도 없는 아이였기에—기숙사에서 나와 자기 아파트의 남는 방에서 지내도 좋다는 허가를 받아내어 임시로나마 일종의 보호자 역할까지 했다. 비록 그 학년 말에 콜먼 실크가 알아서 교수직을 사직함으로써 기본적으로는 'Spooks' 사건에서 악의가 있었다는 것을 자백한 격이 되긴 했으나, 그 사건이 준 타격은 누구도 부인할 수 없을 만큼 트레이시를 쇠약하게 만들고 말았다. 사건 조사 때문에 공부에 집중하지 못한데다 실크 교수가 다른 교수들에게 자신에 대한 편견을 심어줄지 모른다는 두려움 때문에 트레이시는 전 과목에서 낙제하고 말았던 것이다. 트레이시는 대학뿐 아니라 그 도시에서 떠나기 위해 짐을 쌌다. 델핀이 그녀에게 일자리를 알아봐주고 다시 대학으로 돌아올 수 있게 될 때까지 개인교습을 해주며 지켜볼 수 있기를 바랐던 아테나에서 말이다. 어느 날, 트레이시는 털사 시市에 사는 이복자매와 지내겠다며 오클라호마행 버스를 탔다. 델핀은 털사의 주소로 연락했지만 두 번 다시 그녀의 소재를 알아낼 수 없었다.

그후 델핀은 콜먼이 감추기 위해 가능한 모든 조치를 취했던 포니아 팔리와의 관계를 알게 되었다. 델핀은 믿을 수 없었다. 은퇴한 지 이 년이나 지난 일흔한 살의 노인이 아직도 그걸 하고 돌아다니다니. 자신의 편견에 감히 의문을 제기하는 여학생을 위협할 일도 없고, 훈육이 필요한 어린 흑인 여학생을 조롱할 일도 없고, 콜먼 자신의 지배권을 위협하는 그녀와 같은 젊은 여교수를 을러대고 모욕할 일도 없어지자, 콜먼은 결국 대학 내의 가장 밑바닥까지 손을 뻗어 복종시킬 대상으로서 무력한 여성의 전형인 여자를 찾아낸 것이었다. 매 맞는 아내라는 완벽한 조건을 갖춘 여성을. 델핀이 포니아의 이력에 대해 알아내기 위해 대학 인사과 사무실에 들렀을 때, 전남편이라는 사람에 대한 것과—전남편이 저질렀다고 추정하는 사람도 있는 원인 불명의 화재로 인한—두 어린아이의 끔찍한 죽음에 대해 읽은 순간, 글을 읽을 줄 모르기 때문에 포니아가 잡역부 업무 중에서도 가장 하찮은 일밖에 할 수 없다는 사실에 대해 읽은 순간, 그녀는 생각했다. 콜먼 실크가 여성차별주의자가 바라 마지않는 대상을 찾아냈다고. 포니아 팔리를 통해 엘리나나 트레이시보다 훨씬 더 자기방어 능력이 없는, 짓밟아버리기에 딱 좋은 여자를 용케도 찾아냈다고. 아테나 대학에서 그의 터무니없는 특권의식에 감히 맞섰던 모든 사람들에 대한 죗값을 포니아 팔리에게 대신 치르게 할 작정인 것이다.

그리고 그를 말릴 사람도 없어. 델핀은 생각했다. 그를 가로막을 사람이 아무도 없어.

그가 대학의 교칙 바깥에 있기 때문에 그녀에게, 그래, 그녀에게 보복하려 든다 해도 제제할 방법이 없다는 사실을 그녀는 깨달았다. 그가 여학생들에게 심리적 위협을 가하는 것을 막으려 했던 그녀에게, 그의 권위를 박탈하고 그를 강의실에서 쫓아내는 역할을 기꺼이 맡았던 그녀에게 말이다. 그러자 그녀는 끓어오르는 분노를 억제할 수 없었다. 그에게 포니아 팔리는 그녀의 대체물이었다. 포니아 팔리를 통해 그는 그녀에게 반격을 가하고 있는 것이다. 포니아라는 존재가 나 말고 다른 누구의 얼굴과 이름과 형상을 암시할 수 있단 말인가. 거울을 들여다보듯 나와 똑 닮았으니, 포니아가 나 외에 다른 누구를 암시할 리 없다. 나와 마찬가지로 아테나 대학에 고용되어 있고, 나와 마찬가지로 그의 나이의 절반밖에 안 된 여자를—그렇지만 그 외 모든 면에서 나와 정반대의 조건인 여자를—유혹함으로써 콜먼 당신은 영리하게도 가면을 사용하는 동시에 당신이 파괴하고자 하는 대상이 누구인지 분명하게 밝히고 있는 거야. 당신은 그걸 모를 정도로 멍청이가 아니고, 또 그 높으신 자리에서 그걸 즐길 만큼 아주 잔인해. 하지만 나 역시 당신이 보복하려는 대상이 나라는 걸 알아보지 못할 정도로 멍청하지 않아.

순간적으로 터져나오는 말들 속에서 너무도 신속하게 상황이 파악되었다. 편지의 둘째 장 말미에 서명을 하고 겉봉에 콜먼의 주소와 유치우편 방식을 명기하는 동안에도 델핀 루는 분노를 억누를 수 없었다. 이미 모든 것을 잃어버린데다 지독하게 불리한 입장에 있는 한 여자를 장난감으로 삼을 수 있는, 오로지 델핀 자신에게 복수하기 위해 포니아 팔리처럼 고통받는 인간을 잠깐의 노리개로 삼을 수 있는 그의 사악함에 치를 떨면서. 아무리 콜먼이라도 어떻게 이런 짓을 저지를 수 있지? 아니, 편지에 적은 건 단 한 음절도 바꾸지 않을 것이고, 그가 읽기 쉽도록 타이핑하는 수고도 절대 하지 않을 것이다. 그녀는 직접 손으로 쓴 글의 그 힘차고 강력한 기세에 여실히 드러나는 자신의 메시지를 무효화시킬 생각이 없었다. 그가 그녀의 결심을 과소평가하는 일이 있어서는 안 된다. 이 순간 그녀에게는 콜먼 실크가 어떤 인간인지 폭로하는 것보다 중요한 일은 없었다.

하지만 이십 분 후 델핀은 편지를 찢어버렸다. 다행스럽게도. 정말 다행스럽게도 말이다. 이상론에 걷잡을 수 없이 압도될 때면 그녀는 간혹 그것이 백일몽임을 망각하곤 했다. 비난받아 마땅한 포식자를 비난하는 그녀가 옳다는 것은 분명했다. 하지만 트레이시도 구하지 못한 그녀가 포니아 팔리처럼 갈 데까지 간 여자를 구한다고? 쓸쓸한 노년기에 접어들어 이제는 온갖 제도의 제약에서 자유로워졌을 뿐만 아니라—그는 인문주의자인데!—모든 인도적인 배려로부터도 자유로워진 사람과 맞서 이기겠다고? 자신이 콜먼 실크의 간계에 대적할 수 있다고 믿는 것보다 더 큰 망상이 있을까. 도덕적 혐오감에 격앙되어 그토록 명쾌하게 작성했던 편지. 그의 비밀이 드러났다고, 그의 가면이 벗겨졌다고, 그의 정체가 폭로되었다고, 그의 꼬리가 밟혔다고 분명하게 알려주기 위한 편지라고는 해도 일단 그의 손에 들어가면, 어떻게 해서든 그녀와 협상을 할 수 있는, 또 그럴 기회만 있다면 그녀를 완전히 파멸시킬 고소장으로 둔갑할 터였다.

그는 무자비한 인간에다 편집증 환자였다. 그녀가 원하건 원치 않건 고려해야 할 실제적인 문제들이 존재했다. 마르크시즘에 빠져 불의를 좌시하지 못하는 성향이, 그녀 스스로도 인정했듯 상식의 선을 넘기도 했던 고등학교 시절이라면 그런 문제들은 전혀 개의치 않았을지도 몰랐지만. 그러나 이제 그녀는 대학교수이고, 젊은 나이에 종신 재직권을 획득했으며, 이미 자신이 속한 학과의 학과장이고, 언젠가는 분명 프린스턴대나 컬럼비아대나 코넬대나 시카고대로, 어쩌면 득의양양하게 예일대로 옮길 것이었다. 그런데 그녀의 서명이 들어간 협박 편지가 콜먼 실크의 손에서 이 사람 저 사람 손을 거쳐 돌고 돌다가 결국 불가피하게, 너무 젊은 나이에 승승장구하는 그녀를 시샘하거나 그녀에게 원한이 있는 사람의 손에까지 들어간다면…… 그렇다, 그녀의 분노가 전혀 검열되지 않은 이 대담한 편지를 이용해 콜먼은 그녀를 하찮은 존재로 만들어버리고, 그녀가 성숙하지 못하다고 어느 누구의 상관도 될 자격이 없다고 주장할지도 몰랐다. 그는 인맥이 있고, 여전히 아는 사람도 많았다. 그라면 그렇게 할 수 있지. 그렇게 하고도 남을 거야. 내 편지 내용을 왜곡해서……

그녀는 서둘러 편지를 잘게 찢어버리고, 깨끗한 백지의 한가운데에 평소라면 절대 편지 쓰는 데 사용하지 않을 붉은색 볼펜으로 아무도 그녀가 쓴 것이라고 알아볼 수 없도록 커다란 블록체로 이렇게 썼다.

모두가 알고 있다

하지만 그게 전부였다. 그녀는 거기서 멈췄다. 사흘 밤 뒤, 불을 끈지 채 몇 분도 지나지 않아 그녀는 침대에서 일어나 나왔다. 제정신으로 돌아온 그녀는 '모두가 알고 있다'라고 적힌 그 종이를 구겨 쓰레기통에 버리고 완전히 잊을 작정으로 책상으로 향했다. 그런데 대신 의자에 앉지도 않고 책상 위로 몸을 숙인 채—의자에 앉는 사이 다시 겁먹을까봐 두려워—서둘러 몇 자를 더 적고 말았다. 폭로가 임박했음을 그에게 알리기에 충분할 만큼만. 봉투에 주소를 쓰고, 우표를 붙이고, 서명이 안 된 짧은 편지를 봉투 안에 넣고 봉한 다음 책상의 불을 껐다. 그러고는 자신이 처한 현실적 한계 내에서 가장 효과적인 방법을 택했다는 데에 안도한 델핀은 다시 침대로 돌아왔고, 걱정 없이 잠들 수 있는 도덕적 상태를 회복했다.

그러나 처음에는 다시 일어나 봉투를 찢어 열고 뭐라고 썼는지 다시 읽어보고 싶은 온갖 충동을 억눌러야만 했다. 너무 불충분하게 혹은 너무 약하게 말하고 있지 않을까, 혹은 너무 공격적으로 말하고 있지 않을까. 물론 그것은 그녀가 주로 쓰는 수사법이 아니었다. 절대 아니었다. 그게 바로 그녀가 그런 수사법을 사용한 이유였다. 너무도 노골적이고, 너무도 천박하고, 너무도 구호 투라서 그녀가 꼬리를 밟힐 일은 없었다. 하지만 바로 그 때문에 어쩌면 그녀는 편지를 잘못 판단했을지도 몰랐고, 설득력이 없을 수도 있었다. 필체를 위장해야 한다는 사실을 잊지 않았는지 일어나서 확인해야 한다. 순간적인 주술에 걸려, 분노를 표출하는 와중에 무심코, 자기 입장을 망각해 서명이라도 한 건 아닌지 확인해야 한다. 어떤 식으로든 생각 없이 정체를 드러내지는 않았는지 확인해야 한다. 만약 실제로 그런 실수를 했다면? 그녀는 자신의 서명을 넣어야 한다. 그녀의 전 생애는, 다른 모든 사람을 특권을 이용해 누르고 뭐든 원하는 대로 해야 직성이 풀리는 콜먼 실크 같은 자들한테 겁먹지 않기 위해 벌여온 전쟁이나 마찬가지였다. 남자들에게 할말은 하는 것. 남자들에게 당당하게 할말을 하는 것. 나이가 훨씬 많은 남자에게도. 당연한 것으로 여겨지는 그들의 권위 혹은 현명한 척하는 허세를 두려워하지 않는 법을 배우는 것. 여성으로서 지성을 갖추는 게 중요하다는 사실을 알아차리는 것. 용감하게 자신을 그들과 동등하다고 생각하는 것. 논쟁을 시작했는데 자신의 주장이 받아들여지지 않을 때 그들에게 굴복하려는 충동을 극복하는 법을 배우는 것. 내 입을 닥치게 하기 위해 그들이 무슨 짓을 하건 무슨 말을 하건 논쟁을 계속할 수 있도록 논리와 자신감과 냉정함을 갖는 법을 배우는 것. 주저앉는 대신 계속 노력하기 위해 대책을 강구하는 법을 배우는 것. 항복하는 일 없이 자신의 논점을 내세우는 법을 배우는 것. 그녀는 그의 의견을 따를 필요가 없었다. 누구의 의견도 따를 필요가 없었다. 그는 더이상 그녀를 임용했던 학장이 아니었다. 또한 그는 학과장도 아니었다. 그녀가 학과장이었다. 실크 학장은 이제 아무것도 아닌 것이다. 그러니 정말로 봉투를 개봉해 편지에 서명을 하는 게 맞다. 그는 아무것도 아니다. 그 말은 위안을 주는 주문 같았다. 아무것도 아니다.

그녀는 봉해버린 편지를 보내야 할 이유뿐만 아니라 망설이지 말고 거기에 서명을 해야 할 이유를 곰곰 생각하면서 몇 주 동안이나 그것을 가방에 넣고 다녔다. 그는 완전히 나락으로 떨어져 어떻게 반격할 수도 없을 게 분명한 여자를 골랐다. 그와 경쟁조차 할 수 없는 여자를. 지적인 면에서 본다면 아예 존재하지 않는 것이나 마찬가지인 여자를. 단 한 번도 자신을 방어해본 적 없는 여자, 자신을 방어할 능력이 없는 여자, 세상에서 가장 약해 이용해먹기 쉬운 여자, 가능한 한 모든 면에서 그보다 극단적으로 열등한 여자를 그는 골랐다. 그것도 가장 속이 들여다보이는 안티테제적 동기에서. 그는 모든 여성을 열등한 존재로 여기기 때문에, 머리가 좋은 여자에게는 공포감을 느끼기 때문에 그렇게 한 것이다. 나는 뭐든 할말을 해버리기 때문에, 나에게는 협박 따위가 먹혀들지 않을 것이기 때문에, 나는 성공한 여자이기 때문에, 나는 매력적이기 때문에, 나는 독립심이 강하기 때문에, 나는 일류 교육을 받았고 학위도 일류이기 때문에……

그러다 어느 토요일, 잭슨 폴록의 전시회를 보러 뉴욕에 간 그녀는 편지를 가방에서 꺼냈고, 서명도 안 된 그 편지를 하마터면 보난자 버스*에서 내린 후 맨 처음 눈에 띈 포트 어소리티 터미널 건물의 우편함에 집어넣을 뻔했다. 지하철을 탔을 때도 그녀는 여전히 편지를 손에 쥐고 있었지만, 일단 지하철이 움직이기 시작하자 편지에 대해 잊어버리고 다시 가방에 집어넣은 다음, 지하철의 의의에 대한 생각에 열중했다. 뉴욕의 지하철을 탈 때마다 그녀는 경탄과 흥분을 금치 못했다. 파리에서 메트로를 타고 다닐 때는 한 번도 그런 생각을 해본 적이 없었는데, 뉴욕 지하철의 승객들은 음울한 고뇌를 지닌 것처럼 보였다. 그런 그들을 보면 언제나 미국으로 건너온 것의 정당성에 대한 확신이 회복되곤 했다. 뉴욕 지하철은 그녀가 미국으로 온 이유의 상징, 현실에 움츠러 들지 않기 위한 저항의 상징이었다.

폴록 전시회는 그녀의 마음을 온통 사로잡았고, 그녀는 그 굉장한 그림들을 차례로 음미하며 걸음을 떼어놓는 동안 욕망의 조증이라고 할 법한, 점점 부풀어오르며 들썩이는 감정을 느꼈다. 〈넘버 1A, 1948〉이라는 제목이 붙은 그림 속의 혼돈이 통째로, 그날 그 순간 이전에는—

그해 그 순간 이전에는—그저 그녀의 육신에 지나지 않았던 공간으로 걷잡을 수 없이 밀려들어왔다. 그런데 갑자기 어떤 여자의 휴대전화가 울려댔다. 그녀는 어찌나 화가 났던지 전화 주인을 돌아보며 소리를 꽥 질렀다. "부인, 당신 목을 확 비틀어버리고 싶네요."

그런 다음 그녀는 포티세컨드 스트리트에 있는 뉴욕 공공도서관으로 향했다. 뉴욕에 오면 늘 이 도서관에 들렀다. 그녀는 미술관에, 화랑에, 콘서트에, 산골 아테나의 우중충한 극장에는 절대 걸릴 일 없는 영화들을 보러 영화관에 간 다음에는, 뉴욕에 온 이유가 무엇이건 마지막에는 꼭 이 도서관의 대열람실에 가서 한 시간 남짓 자신이 들고 간 책을 읽곤 했다.

그녀는 책을 읽는다. 주위를 둘러본다. 관찰한다. 그곳에 있는 남자들에게 조금씩 반한다. 파리의 어느 영화제에서 〈마라톤맨〉이라는 영화를 본 적이 있다. (극장에만 가면 델핀은 정말 지독하게 감상적이 되어 종종 눈물까지 흘리는데 아무도 그 사실을 모른다.) 〈마라톤맨〉에는 가짜 여대생이 뉴욕 공공도서관에서 늘 죽치고 있다 더스틴 호프먼에게 데이트 신청을 받는 장면이 나오는데, 그 때문에 그녀는 뉴욕 공공도서관을 늘 로맨틱한 장소로 생각해왔다. 그때까지 그곳에서 그녀에게 데이트 신청을 한 남자라곤, 너무 어리고 너무 촌스럽고 입을 열자마자 분위기 파악 못하는 소리나 늘어놓았던 의대생 하나밖에 없었지만. 그 학생은 대화를 시작하자마자 그녀의 억양에 대해 뭐라고 이야기했는데, 그녀는 참을 수 없이 불쾌했다. 도대체 인생을 제대로 살아본 적도 없는 남자애였다. 그애와 있으니 마치 그애의 할머니가 될 것 같은 기분이 들었다. 그애 나이 때 그녀는 이미 여러 차례 연애를 했고, 아주 많이 생각하고 또 생각했으며, 숱한 단계의 고통을 경험했다. 그 남자애보다 몇 살 어렸을 적인 스물에 그녀는 한 번도 아니고 두 번이나 진한 연애담을 겪어본 터였다. 미국으로 건너온 것에는 그런 연애로부터 도피하려는 목적도 일부 있었다(또한 거의 범죄라고 생각될 만큼 수많은 성공을 이룬 어머니의 인생 그 자체인, 장기 공연중인 〈에트 세테라〉*라는 제목의 연극에 단역으로 출연하는 것으로부터 도망치기 위해서이기도 했다). 하지만 이제 그녀는 마음이 통하는 연인을 만날 수 없었고 몹시 외로웠다.

그녀에게 수작을 거는 사람 중에는 이따금 썩 거슬리지는 않는 이야기를 하거나, 매력적이다 싶을 만큼 적당히 아이러니컬하고 적당히 짓궂은 대화를 걸어오는 이들도 있긴 했다. 하지만 얼마 안 가 소심해져서는 슬슬 꽁무니를 빼고 만다. 가까이서 보면 그녀는 그들이 생각했던 것보다 더 아름답고, 그토록 몸집이 자그마한 여자치고는 그들의 예상보다 약간 더 오만했기 때문이다. 그녀와 눈길이 마주치는 남자들은 자동적으로 그녀의 마음에 들지 않는 남자로 분류된다. 그리고 읽고 있는 책에 푹 빠져 있는 남자들, 주변 상황은 안중에도 없기에 더욱 매력적이고 욕망을 자극하는 남자들은……그냥 읽고 있는 책에 푹 빠져 있을 뿐이다. 그녀는 어떤 사람을 찾고 있는 걸까? 그녀를 한눈에 알아봐줄 남자. '위대한 안목'을 지닌 남자를 찾고 있는 것이다.

오늘 그녀는 일찍이 우울증을 다룬 어떤 논문보다 훌륭한 쥘리아 크리스테바**의 프랑스어 책을 읽고 있다. 그런데 옆 테이블 맞은편에 앉

---

* 라틴어에서 온 프랑스어로 '기타 등등'이라는 뜻.
** 불가리아 태생의 프랑스 철학자, 문학비평가, 정신분석학자, 페미니스트.

은 남자가, 하고많은 책을 놔두고, 크리스테바의 남편인 필리프 솔레르*가 쓴 프랑스어 책을 읽고 있는 게 눈에 들어왔다. 그녀는 지적 발달의 초기에는 장난스러운 솔레르의 작품을 진지하게 받아들였지만, 이제는 그러지 않는다. 쿤데라 같은 동구권의 유쾌한 작가들과 달리 프랑스의 익살스러운 작가들은 더이상 그녀를 만족시키지 못한다……하지만 지금 여기 뉴욕 공공도서관에서는 그게 문제가 아니다. 중요한 것은 바로 우연의 일치, 불길하게 느껴질 정도인 우연의 일치인 것이다. 갈망으로 들뜬 상태에서 그녀는, 자신이 크리스테바를 읽는 동안 솔레르를 읽고 있는 남자에 대해 수천 가지 추측을 하기 시작한다. 그리고 단지 자기에게 말을 걸어오는 것으로 끝나지 않고 머지않아 연애 상대로까지 발전할 것 같다고 느낀다. 그녀는 마흔 혹은 마흔둘 정도로 보이는 검은 머리칼의 그 남자가 아테나 대학의 누구에게서도 찾아볼 수 없었던 유의 진중함을 지니고 있음을 안다. 그가 조용히 앉아 책을 읽는 방식에서 짐작할 수 있는 어떤 것들이 그녀에게 곧 무슨 일이 일어날 것 같다는 희망을 갖게 만든다.

그리고 무슨 일이 일어난다. 앳된 여자, 분명 앳된 여자다. 델핀보다 훨씬 어려 보이는 여자가 그와 알은체를 하고는 함께 자리를 뜬다. 그녀도 자신의 소지품을 챙겨 도서관을 나온다. 그리고 우체통이 눈에 띄자마자 가방에서 편지—그 가방에 한 달 넘게 넣고 다녔던 그 편지—를 꺼내 우체통에 넣는다. 폴록 전시회에서 목을 확 비틀어버리고 싶었던 여자에게 느꼈던 것과 같은 분노를 느끼며. 자, 어때! 사라

---

* 프랑스 태생의 소설가, 문학비평가.

져버렸어! 내가 해낸 거야! 잘했어!

그 실수의 심각성이 그녀를 압도하기까지 좋이 오 초가 흐른다. 그녀는 다리가 후들거리는 것을 느낀다. "아, 안 돼!" 서명을 하지 않은 채였지만, 자신의 수사법이 아닌 천박한 수사법을 사용했지만, 콜먼 실크처럼 그녀에게 병적으로 집착하는 사람에게는 편지의 출처를 밝혀내는 것이 별 어려운 문제도 아닐 것이다.

이제 그는 절대 그녀를 그냥 두지 않을 것이다.

(2권으로 이어집니다)

문학동네 세계문학전집 발간에 부쳐

세계문학은 국민문학 혹은 지역문학을 떠나 존재하는 문학이 아니지만 그것들의 총합도 아니다. 세계문학이라는 용어에는 그 나름의 언어와 전통을 갖고 있는 국민문학이나 지역문학의 존재를 인정하면서 그것을 넘어서는 문학의 보편적 질서에 대한 관념이 새겨져 있다. 그 용어를 처음 고안한 19세기 유럽인들은 유럽 문학을 중심으로 그 질서를 구축했지만 풍부한 국민문학의 전통을 가지고 있는 현대의 문학 강국들은 나름의 방식으로 세계문학을 이해하면서 정전(正典)의 목록을 작성하고 또 수정한다.

한국에서도 세계문학 관념은 우리 사회와 문화의 변화 속에서 거듭 수정돼왔다. 어느 시기에는 제국 일본의 교양주의를 반영한 세계문학 관념이, 어느 시기에는 제3세계 민족주의에 동조한 세계문학 관념이 출현했고, 그러한 관념을 실천한 전집물이 출판됐다. 21세기 한국에 새로운 세계문학전집이 필요하다는 것은 명백하다. 우리의 지성과 감성의 기준에 부합하는 세계문학을 다시 구상할 때가 되었다.

문학동네 세계문학전집은 범세계적으로 통용되는 고전에 대한 상식을 존중하면서도 지난 반세기 동안 해외 주요 언어권에서 창작과 연구의 진전에 따라 일어난 정전의 변동을 고려하여 편성되었다. 그래서 불멸의 명작은 물론 동시대 세계의 중요한 정치·문화적 실천에 영감을 준 새로운 작품들을 두루 포함시켰다.

창립 이후 지금까지 한국문학 및 번역문학 출판에서 가장 전문적이고 생산적인 그룹을 대표해온 문학동네가 그간 축적한 문학 출판 경험을 바탕으로 새로운 세계문학전집을 펴낸다. 인류가 무지와 몽매의 어둠 속을 방황하면서도 끝내 길을 잃지 않은 것은 세계문학사의 하늘에 떠 있는 빛나는 별들이 길잡이가 되어주었기 때문이다. 우리가 자부심과 사명감 속에서 그리게 될 이 새로운 별자리가 독자들의 관심과 애정에 힘입어 우리 모두의 뿌듯한 자산이 되기를 소망한다.

문학동네 세계문학전집 편집위원
민은경, 박유하, 변현태, 송병선, 이재룡, 홍길표, 남진우, 황종연

세계문학전집 019

휴먼 스테인 1

1판 1쇄 2009년 12월 15일
2판 1쇄 2013년 7월 31일 | 2판 8쇄 2025년 5월 14일

지은이 필립 로스 | 옮긴이 박범수
책임편집 김경미 | 편집 이예원 김나리 류현영 오영나
디자인 김마리 이원경 | 저작권 박지영 형소진 오서영
마케팅 정민호 서지화 한민아 이민경 왕지경 정유진 정경주 김수인 김혜원 김예진 나현후 이서진
브랜딩 함유지 박민재 이송이 김희숙 박다솔 조다현 김하연 이준희
제작 강신은 김동욱 이순호 | 제작처 영신사

펴낸곳 (주)문학동네 | 펴낸이 김소영
출판등록 1993년 10월 22일 제2003-000045호
주소 10881 경기도 파주시 회동길 210
전자우편 editor@munhak.com | 대표전화 031) 955-8888 | 팩스 031) 955-8855
문학동네카페 http://cafe.naver.com/mhdn
인스타그램 @munhakdongne | 트위터 @munhakdongne
북클럽문학동네 http://bookclubmunhak.com

ISBN 978-89-546-0920-3 04840
        978-89-546-0901-2 (세트)

잘못된 책은 구입하신 서점에서 교환해드립니다.
기타 교환 문의 031) 955-2661, 3580

www.munhak.com

● 문학동네 세계문학전집은 계속 출간됩니다